黑客

暗夜守护人

丁一鹤 著

北京联合出版公司
Beijing United Publishing Co.,Ltd.

图书在版编目（CIP）数据

黑客：暗夜守护人 / 丁一鹤著 . -- 北京：北京联合出版公司，2023.5
　ISBN 978-7-5596-6655-0

Ⅰ．①黑… Ⅱ．①丁… Ⅲ．①长篇小说—中国—当代 Ⅳ．① I247.5

中国国家版本馆 CIP 数据核字 (2023) 第 027780 号

黑客：暗夜守护人

作　　者：丁一鹤
出 品 人：赵红仕
责任编辑：周　杨
封面设计：赵银翠

北京联合出版公司出版
（北京市西城区德外大街83号楼9层 100088）
北京新华先锋出版科技有限公司发行
大厂回族自治县德诚印务有限公司印刷　新华书店经销
字数288千字　787毫米 × 1092毫米　1/16　20印张
2023年5月第1版　2023年5月第1次印刷
ISBN 978-7-5596-6655-0
定价：59.00元

版权所有，侵权必究
未经许可，不得以任何方式复制或抄袭本书部分或全部内容
本书若有质量问题，请与本社图书销售中心联系调换。电话：（010）88876681-8026

雄立東方

丁二鶴書

無名英雄就是侠极英雄

二鶴

目录
CONTENTS

第一章　**惊　魂**　_001

第二章　**自投罗网**　_052

第三章　**黑猫打枪**　_101

第四章　**入主鹰扬**　_135

第五章　**安全洗牌**　_177

第六章　**丛林法则**　_213

第七章　**大道之行**　_262

后　记　_313

第一章 惊魂

奥运前夕

这是奥运会开幕前的一个深夜。

东河市东四环外的地铁四慧东站,地铁一号线与九岭线连接处。车站里灯火通明,穿堂风随着列车的飞驰呼啸而来,人流从下班高峰时的熙熙攘攘、摩肩接踵,慢慢变得稀疏起来。

夜行的东河地铁一号线,由西往东过了东四环的四慧站,从地下冲出地面后向四慧东站疾驰而去。车窗外从黑洞洞一片瞬间转换为霓虹闪烁,乘客们几乎没人在意窗外风景,有的打着瞌睡,有的把目光集中在地铁车厢的电视屏幕上,电视上正在播放着各国运动员抵达奥运村的消息。

奥运会即将开幕,关于奥运会的各种新闻占据了所有电视台,也吸引着所有人的目光。

生活在东河的大部分人,出行与地铁息息相关,每个人都像陀螺一样,在地铁传动系统中,按照一个个指令,在东河这架巨大的机器中旋转着、奔忙着。

几乎没有人注意到,在深夜渐渐稀疏的人群中,一个戴着连衣帽的年轻男子，正蹲在地铁站台角落的厕所指示牌下，低头敲击着一台精巧的笔记本电脑。每次地铁到站、出站，他的手总在键盘上敲打不停。只有地铁驶出站台，他才抬起头来，揉一下眼睛，等待着下一趟列车到来。

年轻人抬起头的时候，人们会看到一张精致的脸。他略带蔑视的眼神里，总是露出一丝不易察觉的微笑。

这个年轻人，在每个地铁站里待半小时左右，就会合上笔记本电脑转到下一站，然后继续找一个角落敲击他的电脑。插在他电脑后端接口位置的一个U盘，飞快地由绿转红、由红转绿。

过路的人们当然不知道，这个年轻人具有一种近乎特异功能的天赋：他能够通过无线电信号看到一张极速运动着的巨网，而且能够在这张巨网中迅速锁定一些他需要的节点和漏洞。

这张只呈现在年轻人视野中的巨网，其实是年轻人大脑里的画面。

列车上传来播音员的声音："前方到站四慧东站，四慧东站为本次列车的终点站，有换乘九岭线的乘客，请在……"

突然，播音员的声音戛然而止，电视画面从蓝色的奥运主体育馆切换成一个黑客头像——嘴角上扬，牵动着一撇小胡子，眉毛挑起一个弯月形，眼角是不怀好意的微笑。

与此同时，地铁公司的系统控制室里响起了警报声，电脑显示屏上也出现了黑客的头像！控制室里的地铁技术人员惊愕地看着黑客诡异的笑脸，慌作一团。

同样慌乱的还有地铁车厢里的乘客，往东行驶的地铁车轮擦着火花，在一号线四慧东站猛然停下，昏昏欲睡的乘客被自身的惯性往前甩了出去，车厢里一片狼藉。在一片尖叫声中，乘客们捂着痛处面面相觑、惊恐不已。

有人高喊："恐怖袭击！恐怖袭击！"

刚刚试图站起来的乘客，听到这种喊声又立即趴下身去。只有车厢尾部那个背着电脑的小伙子，紧紧抓住扶手，成为车厢里唯一没有摔倒的乘客——这一次，他没有在地铁站敲电脑，而是选择在车厢里。乘客们惊异地发现，他留着一撇与黑客很像的胡子，连衣帽下露出一张得意的笑脸，嘴角也不经意地扬起一抹恶作剧般的微笑！

当所有乘客奔向车门时，他们才发现车门紧锁着。

慌乱的人群中有人喊道："赶紧找应急按钮，拿逃生锤子敲碎玻璃！"

有人立刻奔向放逃生锤的地方，却被那个戴连衣帽的小伙子拦住了："哪有什么恐怖袭击，车门马上就会开的，不用拿锤子。"

果然，小伙子说完之后，车门就开了！

所有乘客急忙逃离地铁车厢，只有这个年轻人等人们全部涌出去之后，才慢慢走出车厢，低头汇入换乘人群中。

卸载完所有乘客的地铁，正要启动列车转进车库的时候，驾驶室里再次传出紧急报警信号！

列车不动了！

地铁技术部门负责人立即下达紧急通知："地铁系统出现严重故障，黑客逼停了一号线地铁，立即启动紧急预案，以免造成撞车事故！同时立即报警！"

随后，地铁公司领导和技术部门负责人迅速驱车赶往四慧东站。

与此同时，东河市公安局网络安全保卫处年轻警官胡平阳正开着一辆警车从东河饭店门口疾驰而过，往东四环奔去。副驾驶位上坐着一位三十出头、文质彬彬的帅气警察，这位身穿蓝色短袖警服的一级警督，是东河市公安局网络安全保卫处副处长邓宝剑。

邓宝剑用手机拨通了一个标为"林总"的电话号码，然后不紧不慢地说："老领导，这么晚打扰您，不好意思啊！林博士在您身边吗？有个紧急任务，能不能请林博士帮个忙？"

电话那边停了一下，传来一个女子的声音："邓叔叔，这么晚了有事吗？请指示！"

邓宝剑口气顿时变得焦急起来："林博士，你能不能马上赶到四慧东地铁站？有个紧急案子需要你这位无线电专家帮忙！"

那边传来干脆的答复："好！马上出发！"

邓宝剑补充了一句："千万记住，不要坐地铁，你开车或者打车都可以！对了，我比你大不了几岁，咱们马上就成同事了，以后别叫叔叔了。"

胡平阳一脸疑惑地问："谁呀？办案还找外援啊？"

邓宝剑挂断电话，对胡平阳说："问那么多干吗，好好开你的车，赶紧走。"

灯火通明的阳光街上，一辆红色陆虎越野车飞速驶过金万福广场，驾车的是一个身着红色短袖T恤的长发女子，英姿飒爽、酷劲十足！

当红衣女子急匆匆赶到四慧东站时，她被眼前的阵势搞蒙了：一群警察把守着地铁站的出入口，每个人的脸色都异常凝重、如临大敌。

她在路边停好车，连忙跑到地铁口，问站岗的警察："邓处长在里面吗？"

"无可奉告，请你靠后，不要妨碍我们执行任务！"站岗的警察冷冰冰地回绝了她。

红衣女子说："我是市局网络安全保卫处的，刚参加工作，还没来得及办警官证，你让我进去吧，我们邓处长让我过来的。"

"没证件不让进，要不让你们领导出来接你吧，我们接到的命令是不能放任何人进去。"守卫的警察毫不松口。

"好吧，我打电话！"红衣女子只好打电话给邓宝剑。

邓宝剑接到电话回答说："这样吧，你告诉岗哨我在里面等你，你赶紧下来，你把电话给岗哨，我让刑侦的朱嘉支队长跟他说。"

邓宝剑转手将电话递给了身边的东河市刑警总队第十支队支队长朱嘉，朱嘉接过电话，对守卫的警察说："我是朱嘉，马上放门口的女孩进来，问清楚，她姓林。"

随后，邓宝剑对胡平阳说："你拿我手机去接一下林博士，是个长发美女！"

邓宝剑说完，把手机递给了胡平阳。胡平阳拿着手机就跑出去，在警戒线内，迎到了匆匆赶来的红衣女子。

胡平阳先敬礼，然后伸出双手握住红衣女子的手说："林博士吧？我是胡平阳，邓处的手下！"

林欢一手拿着手机，一手伸出来与胡平阳握了一下，她边走边问："地铁出了什么问题？既然跟网警有关系，会不会是无线传输故障？"

胡平阳如实说："目前还不知道原因，地铁停在半路上了。这趟地铁进不了车库，后面的列车就进不来，如果造成堵塞，后面的列车就会……"

林欢看也不看胡平阳，一边往前走一边说："地铁系统自身故障，还是黑客逼停了地铁？"

"不会吧，什么黑客有这么高的技术？"胡平阳一脸蒙。

"进去看看就知道了，快走。"林欢说着跑了起来。

胡平阳跟着林欢，从站台进入车库，看见地铁公司的人凑在邓宝剑和朱嘉身边商议着什么。

看到林欢，邓宝剑没有寒暄，说："来，我给大家介绍一下，这位是林博士，网络安全专家。我们一起来商议一下，故障一定会很快排除的！大家别紧张，地铁公司的应急处置非常果断，已经把这列列车牵引到合适位置，不会挡着后面的列车进来。好在这是今晚的最后一班地铁。不然，哪怕是在地铁停运前十分钟逼停列车，也势必造成连环撞车！"

邓宝剑说完，连忙把朱嘉、胡平阳和林欢三个人拉到一边说："故障情况很复杂，地铁技术人员怀疑黑客通过无线信号进入地铁控制系统，他们追踪到四慧东站这边，黑客信号消失的同时，逼停了这趟列车。黑客有没有攻击整个地铁系统，目前情况不明。所以，现在整个地铁系统也不敢动，怕黑客动了什么手脚。乐观的是，黑客目前只针对这趟末班地铁展开了攻击，现在又是半夜，所有末班车都到站了，没有人员伤亡和其他事故。我个人认为，这是黑客有意留给我们时间。奥运会马上开了，这将是轰动世界的大事件。是不是恐怖袭击，我们目前不好定性！"

林欢说："国外有黑客入侵地铁的先例，看来，这个黑客在时间掌控上拿捏得很准，是个不好对付的家伙。"

邓宝剑从地铁技术人员手里接过笔记本电脑递给林欢："林博士，你是网络安全专家，请吧。"

林欢会意，打开电脑之后，飞快地在键盘上敲击起来。她一边搜索无线信号，一边指着电脑问地铁工作人员："你们的地铁控制系统，是用这个格式的无线传输，对吗？"

"对！"地铁技术人员回答。

地铁里没有可以放置电脑的地方，林欢把电脑递给胡平阳。胡平阳茫然问："干吗？"

"帮我托着电脑啊！你看我一手敲键盘，一手托着电脑，你觉得方便吗？"林欢头也不抬地说。

胡平阳顺从地托起电脑，林欢噼里啪啦不停地敲击着键盘。

林欢指着电脑对地铁技术人员说："你看，我只要抓取你们的无线传输流量包，就有可能破解地铁网线系统的加密方式，一旦解密，就能进入你们的无线传输系统。你们的系统存在漏洞，这是黑客致命的攻击方式。"

邓宝剑站在林欢身后问："破解地铁的加密方式，难吗？"

林欢一边说一边敲击键盘："难，很难！但我可以试试。"

"好，黑客能破解，你就能破解！"邓宝剑说。

过了一会儿，林欢指着电脑对地铁技术人员说："好了，我已经进入地铁传输系统的核心，你们看，这是你们密钥的加密方式吗？"

"对，没错！"地铁技术人员有些不敢相信，"你怎么会这么快就查到我们密钥的加密方式？是不是破解加密方式就能找到漏洞？漏洞后面是什么？"

"加密方式大同小异，就看你们的密钥设置是不是容易破解了。一旦破解密钥，渗透这个致命漏洞，顶级黑客就可以轻而易举地攻击列车信号传输系统、运输系统。如果这样，整个东河地铁系统就会陷入瘫痪，撞车等恶性事件难以避免。"林欢脸色凝重。

胡平阳也忍不住插嘴说："形象一点儿说，你们这个系统就是一个生鸡蛋。因为有外壳的保护，蛋黄和蛋清之间不会层层加密，它们之间有一些我们看不见的缝隙，也就是漏洞。所以系统内部是很脆弱的，很容易被操控，破壳而入的黑客只需要轻轻一键，就会让整个东河地铁系统陷入崩溃境地。"

"我不是黑客，所以没必要去破解你们的加密方式，但即便是黑客，也不可能短时间内破解你们的加密方式，看来这个黑客盯上地铁很久了。现在请你输入密码，这样我才有可能查找黑客进入的路径，看看是否有恶意代码。如果查到有恶意代码，就可以阻止黑客继续攻击！"林欢连忙把电脑让给了地铁技术人员，自己站到了一边。

地铁技术人员连忙输入了一连串的字符，然后敲了一下回车键说："好了，您继续吧！"

林欢满头大汗地敲击着键盘，最终，她在地铁系统中找到了一个黑客可能入侵的漏洞。顿时，林欢脑海里出现了美国大片那样火车连环相撞、腾起巨大火球的恐怖场景。

林欢被自己想到的可怕场景惊出了一身冷汗。

再有两天，各国政要都要出席奥运会开幕式，如果此时发生地铁相撞事故，那将是轰动世界的大新闻！

但随着电脑程序的变化，林欢脸上的表情也慢慢变得轻松起来，她笑着对地铁工作人员和邓宝剑说："已经查明白了，这个入侵的黑客，只是恶作剧地入侵了控制系统，并没有攻击漏洞，也没有在列车启动、倒退、并轨等指令上做手脚，只是在列车到站的瞬间启动了一下紧急制动程序，然后恶作剧般在影视传输系统上传了一张黑客的照片。好在地铁系统自我防护能力强大，黑客一有动作就报警了，所以我们能够知道系统遭到了黑客入侵。假如这个黑客破坏欲极强，后果是不可想象的。"

地铁工作人员都诧异地瞪大了眼睛，面面相觑。

邓宝剑安慰他们说："不用太过担心，这只是黑客的炫技！这个黑客应该预知这种行为的可怕后果，并没有继续做下一步的攻击，没有用几个恶意代码葬送很多人的生命，也没有葬送他自己的人生。放心吧，这种炫技的黑客，跟恐怖袭击截然不同。我担心的是，这种炫技的黑客常常管不住自己，他有没有通过什么方式和渠道，提醒过你们这个漏洞的存在？"

地铁技术人员解释说："我们还没有建立起完备的漏洞报告规则！不过，前一段时间，国家安全部门转来一条内部消息，说我们的无线传输系统存在三个漏洞，我们没有足够重视，只是给其中的两个漏洞打了补丁，因为系统有强大的自动防护功能，控制系统指令一旦有故障，就会立即报警，所以，其中有一个漏洞打补丁需要一定时间，我们检查之后没发现什么问题，也就忽视了。没想到真有黑客在这个节骨眼上发动攻击！"

看到地铁技术人员有些慌张，邓宝剑镇定地说："这个黑客之所以动了一下你们的控制指令，就是敲了一下你们的房门，是在提醒你们注意安全。不管怎么说，先把这次发现的漏洞堵住，封锁住黑客的来路，以免黑客再沿着同样路径进入系统，确保天亮之前地铁恢复正常运行！"

"好的！"林欢脸上的汗珠不停地流到她白皙的脖子里。

林欢的手指在键盘上舞动着，仿佛一场绝美的天鹅之舞。所有人的目光都集中在她修长的手指上。

"我先尝试看看能不能堵住漏洞，如果没有找到漏洞或者堵漏洞的方式不安全，那就使用 FPGA 进行暴力破解，因为暴力破解是速度最快的解决方案，没有之一。"林欢一边敲打着键盘，一边说。

"什么是 FPGA 暴力破解？"胡平阳也是网络安全高手，但这个词对他而言，还是非常陌生。

"这是一种现场可编程门阵列，就是在可编程器件的基础上经过简单的布局，将程序快速烧录到芯片里，或者说是地铁专用集成电路中一种半定制的电路。这么说吧，就好像外科手术中临时救急的办法，骨头受伤了临时找根棍子绑上，以免伤员再次受伤！明白了吧？"林欢头也不抬地回答说。

"明白了！"胡平阳似懂非懂地点着头。其实，他还真的没听懂。

站在边上的刑警支队长朱嘉挠着板寸头，像听天书一样嘟囔着说："挺玄乎的，没搞懂！只听懂了用木棍支撑断腿，临时救急。"

"就是这个意思。好了！漏洞已经堵住，目前无线系统正常，请测试一下吧！"林欢敲击完键盘之后，疲惫的脸上露出一抹微笑。

地铁技术人员检查一遍，确认无误之后，一名司机跑向车头，赶在四慧东站首班车开动前半个小时，启动了列车。

朱嘉攥起拳头，用力一挥："太棒了！"

所有人都欢呼起来，略显疲乏的林欢也微微笑了。

陪了一晚上、配合地铁技术人员测试地铁控制系统的司机这时候却莫名其妙地发火了："爬火车炸桥梁，以为这是鬼子火车啊，整这么大动静，这孙子当自己是铁道游击队啊，我以为我操作错误呢，这他妈不是开玩笑吗？你们警察好好查查吧，查出来不能轻饶了这孙子！"

他憋了一晚上，到这时候才说了一连串的脏话，声音还挺大。

朱嘉听了有点儿不耐烦："你怎么知道那黑客就是个孙子呢？你别以为没事了，奥运无小事，你手里可是成千上万条人命呢，安全第一！万一有个什么国家政要的公主、王储什么的，悄悄溜出来坐地铁，出了事你担着啊！"

邓宝剑拍了拍司机的肩膀，转身对朱嘉、林欢说："辛苦了，咱们撤吧！"

经过这一夜的折腾，疲惫的邓宝剑坐在林欢的陆虎车的副驾驶座位上，在漫天朝霞映照下穿过阳光街往城里赶。过建国门桥的时候邓宝剑才想起来说："林博士，我请你吃早餐吧，在报到之前先尝尝你新单位的早餐，怎么样？"

"算了吧邓叔叔，我累了。等我准备好了，过两天再去报到吧！还没上班就折腾了一个通宵，这是给我一个下马威吗？没想到当警察这么辛苦。我现在能回家休息吗？是不是得请假啊？"林欢面色疲惫，那口吻不像在请示，而是就这么定了的意思。好像俩人的辈分，眨眼间调了个位置。

"没问题！不过，以后不能喊叔叔了，要喊邓副处长，呵呵。"邓宝剑腰板挺了挺，故意装出一副领导的派头。

"那好吧邓副处长同志，我把你送去单位，再开车回家吧。没穿上警服之前，我还不是你的正式部下呢。"林欢说。

"好！"邓宝剑回答说。

林欢的陆虎车在一处大门口停下，门边上挂着东河市公安局网络安全保卫处的牌匾。邓宝剑下车后，在清晨的阳光下看着林欢飞驰而去。

随后驱车赶到的胡平阳和朱嘉站在邓宝剑身后,也都一起愣神儿遥望着,然后相视一笑。

博士入警

第二天,东河市公安局网络安全保卫处的一间办公室里,同事们正在热议奥运会开幕式的壮阔与华丽。胡平阳推门进来的时候,众人立即转移话题说:"胡平阳,厉害啊,听说前天晚上你化解了一场地铁危机,为奥运会立下了汗马功劳,厥功甚伟啊!"

"客气客气,小事一桩,不值一提。"回到办公桌前的胡平阳跟同事们打着哈哈,喜滋滋地享受着同事们的夸赞。

东河闷热的桑拿天,逼得人们纷纷躲进空调房间里享受着凉爽,就像从外面刚进办公室时的感受,让人想到一个字:爽!

有种大萝卜叫心里美!这正是年轻警官胡平阳此时的心情。因为刚入职的美女博士林欢不仅要成为他的同事,还要成为他的徒弟。胡平阳甚至憧憬着,人生最美的风景正在他面前徐徐展开。

正在胡平阳发呆的时候,邓宝剑带着林欢走了进来。林欢上身穿着红色T恤、下身穿着休闲西裤,一身清爽的打扮。邓宝剑喊了一声正盯着林欢发愣的胡平阳:"胡平阳!"

"到!"胡平阳故意头一仰,回答得很夸张。

"是你啊林博士!幸会幸会!"胡平阳忙着伸手去握。其他人看着办公室里来了一位陌生的高挑美女,纷纷凑了过来。

几位男警官笑着问邓宝剑:"英姿飒爽啊!当过兵吧?刚转业的美女军官?"

邓宝剑微微笑着说:"看你们这帮家伙,急什么?我给大家介绍一下,这位是处里刚分来的女博士林欢,美国卡梅隆大学的高才生。"

一听是留洋归来的女博士,男警官们眼里的小火焰顿时暗淡下来,低头忙别的去了。

"邓处，是卡内基梅隆大学！"胡平阳连忙在美女面前显摆。显然，他早已对林欢的履历做过功课。

"哦，你说得对，是我口误，这个卡内基梅隆大学是美国排名第二的大款卡内基和银行家梅隆办的大学！看我这脑子，上年纪不好使了。"邓宝剑自嘲地笑着。

"别逗了邓处，您这才三十来岁就上年纪了，让我们这些小光棍儿情何以堪啊？"胡平阳打哈哈说。

邓宝剑也不接胡平阳的话头，严肃地对胡平阳说："言归正传，先说正事儿，虽然林欢是我们的网络安全专家，但刚进公安队伍，还要按照咱们警队老规矩办，新人都需要一个引路人，处里决定由你担任林欢的师父。"

"是！"胡平阳在一片艳羡的目光中把手伸给了林欢。

"老师多关照！"林欢显然见过不少世面，不动声色地伸出右手。胡平阳激动地一握，却只重重握住了林欢的食指和中指。

胡平阳帮林欢安排好办公桌之后，顺便要到了林欢的手机号码。眼看就到了下班时间，胡平阳瞄了一眼林欢的背影，随后拿起手机发了一条短信："林博士，师父晚上请你吃饭——给你接风。"

不一会儿，胡平阳手机振动了一下，他拿起来一看，手机显示屏上显示两个英文字母：OK。

胡平阳在手机上输入："下班十五分钟后，单位门口东100米见。"

发送完短信，胡平阳再次抬眼望过去，斜对面的林欢抬手扶着有些夸张的黑框眼镜，回头朝他俏皮地眨了一下眼睛，并用手指了指门外。

胡平阳心领神会。他觉得林欢那似笑非笑的眼神，仿佛是在向他抛媚眼儿。

胡平阳走出公安局大门，悄然走到路口东边，一边等着林欢，一边准备招手打车。突然，一辆红色陆虎越野车在他面前来了一个急刹车，车上的林欢那副夸张的黑框眼镜不见了，嘴唇上不知道什么时候涂上了鲜艳欲滴的口红。

林欢朝着胡平阳一招手:"师父,走吧!"

胡平阳拉开车门,跳上副驾驶座,陆虎越野车汇入东河熙熙攘攘的车流中。

放下车窗,凉爽的晚风吹拂着林欢的长发:"说吧老大,去哪儿?"

"去云开村!咱先不谈吃饭的事儿,我有个事需要林博士您亲自出马。我一大哥那边新开了家公司,内部局域网遇到问题,他去美国办事暂时回不来,他手下的人又处理不了,刚才来电话让我赶紧过去救急!你是专家,怎么样?赏个脸呗?"胡平阳说。

"那就走吧!听老大的。"林欢的回答干脆爽快。

"你不戴眼镜开车,能行吗?"胡平阳有些担忧地问。

"什么啊,你自己看!"林欢顺手从座位右侧拿起黑框眼镜递给胡平阳。胡平阳接过来的时候,一不小心食指戳过镜框,才发现只是一副眼镜框,根本没有镜片。

胡平阳讪笑着:"你不近视啊?"

林欢俏皮地笑笑说:"标准视力,一点五!"

"嗨,套路啊!又是套路。"胡平阳哈哈笑了起来,他棱角分明的脸上,看起来充满阳光。

胡平阳性格豪爽直率,对自己看重的朋友,他总是有求必应。这次请刚入职的女同事林欢出来救急,是受他的老大哥孟雷所托。胡平阳说得没错,孟雷去了美国暂时回不来,而在公司里主事的妹妹孟扬一个人又忙不过来,只好请胡平阳帮忙。

到了目的地,林欢在路边泊好车后,随着胡平阳上了电梯。走出电梯,迎面是一家公司的标志——一只伫立在山巅的雄鹰,双爪如钩、双目如电、振翅欲飞。图案下面标注了四个大字:鹰扬科技。

林欢看到这个图案和公司名字,愣了一下,脚步略微停顿片刻,仔细打量着鹰扬公司的这个标志。胡平阳并未注意到林欢的愣神,他在鹰扬公司前台打了个招呼,然后带着林欢一头钻进了最里面的写字间。

在林欢看来,胡平阳对这家公司很熟悉,因为除了前台工作人员,并没有其他人过来打招呼，而胡平阳却知道局域网的问题出在哪里。

"不会是你自己的公司吧，胡师父？"林欢甩了一下头发，歪着头问。

"我是公职人员，怎么可能自己开公司？是朋友开的，我只是帮忙而已。来吧，可能是网线或者插头出了问题。我们一起查查。"胡平阳一边低头去查找网线一边说。

林欢微微仰起头，眯着眼说："我看这个公司的规模并不大，根本不用每个电脑都插上一根网线。你忘了我的专业方向了吧？我可是搞无线的！现在，各种无线接入产品已经涌现，无线上网时代已经来到，将来的互联网发展史会这么记载：中国奥运年，无线上网的流行之年！"

"无线上网只是电视广告中美丽的噱头，用到实际生活中的还是很少啊！"胡平阳双手一摊说。

林欢双手环抱，说："那我今天就给你普及一下无线通信知识吧，也让你的朋友率先实现无线上网。目前，无线上网包括无线局域网与无线广域网。无线局域网是基于WAP、蓝牙等无线网络技术开发的，可以在整个办公室里漫游，不再受到网线的束缚。至于广域网，就是借助中国移动与中国联通的通信网络，实现随时随地无线上网。在美国，已经有越来越多的咖啡馆和饭店为顾客提供无线局域网服务了，在100米以内的消费者，只需通过笔记本电脑与无线网卡就可以实现无线上网。好了，我给你设置好，你只要让你朋友准备无线网卡就行了。"

胡平阳本以为很麻烦的事情，让林欢轻描淡写几句话就解决了。他拿起手机给朋友打电话说："孟总，你赶紧想办法搞几个无线网卡过来，我给你设置无线上网！对啦，别忘了带点儿夜宵来，我们还没吃晚饭呢。"

挂断电话之后，看林欢忙着，胡平阳对林欢说："你先忙着，我先休息一会儿，前天跟你熬了一个通宵处理地铁的黑客事件，昨晚熬夜看奥运会直播，两个晚上都没好好休息，现在瞌睡虫上来了，我先打会儿盹儿，等一会儿来人了再叫我。"

"好的师父，你休息，我设置一下局域网，一会儿就完事。"

过了一会儿，门吱呀一声响了，林欢知道有人来了，她忙着敲击键盘，没有回头,轻轻喊了一声:"师父,来人了。"

胡平阳没有答复。林欢回头一看,胡平阳在她身后并排凑了几把椅子,早已躺在那里呼呼大睡。

林欢不好意思再喊胡平阳,低头又忙了起来。

进来的是一个身材曼妙的女孩,一只手提着一个塑料袋,另一只手拿着无线网卡,推开门走进来之后,全然不顾正在敲击键盘的林欢,而是循着微微的鼾声,过去推了推正在酣睡的胡平阳,嗔怪着说:"起来了胡哥,起来吃夜宵了。空调开这么凉,也不怕冻着。"

女孩这么一喊,胡平阳腾的一下从椅子上跳起来,椅子在他的屁股后面噼里啪啦一顿乱响,纷纷歪倒在地。胡平阳接过女孩手里的饮料,"咕咚、咕咚"一口气喝完,然后一只手揉着布满血丝的眼睛,一只手抓着炸鸡腿就往嘴里塞,吞咽的间隙还不忘说:"孟总,技术问题基本解决了,放心吧,林博士在帮你做无线网络的设置。来,林欢,你来一下。"

林欢扭过头,目光却放在刚刚进来的女孩身上。林欢满脸讶异地朝着女孩高喊了一声:"孟扬?孟扬!怎么会是你?"

"林欢?!是你啊!你怎么跟小胡子混在一起啊?"孟扬也是一怔,惊喜地冲过来,抓着林欢的胳膊兴奋地问。

"我从美国回来了,这不,被家里人逼着接过革命钢枪,成了警察事业的接班人。今天是第一天报到,可不就跟着他混了嘛。你的这位小胡子哥哥,现在可是我师父。"林欢大大咧咧地说。

"你真是羊跟老虎做朋友——总有一天要吃亏啊!小胡子,你这样的也敢给林欢当师父?你不会是炒菜的厨子师傅吧?"孟扬上前抻了抻胡平阳皱皱巴巴的衣服,又指了指他蓬乱的头发,"你看你这形象,在美女面前也不注意一下!告诉你吧,林欢是我大学同学,我们可是最好的闺密,你得对她好点儿,不然我首先不答应。好了,你赶紧回去休息,好好理个发冲个凉,明天来领钱,你说个数,我给你准备好。不过,今天晚上你可得把林欢给我留下,我俩好几年没见了,我们好好聊聊天,你在这里不方便,嘻嘻。"

满手是油的胡平阳，抬手揉了一下血丝密布的双眼，疑惑地问："什么钱啊？"

"你说什么钱啊？你帮我们干活儿，我们给你钱啊。我们鹰扬公司虽然刚起步，但也没欠过别人的钱。"孟扬说。

"咱俩谈钱，那不就见外了吗？不就是帮你解决点儿小问题吗？哥干的就是这个，要钱就太瞧不起你哥了。再说，你和你哥孟雷，还有彭鹰，也都没少帮我啊！"胡平阳满脸无所谓。

听到"彭鹰"这个名字，林欢禁不住扭头看了胡平阳一眼。

孟扬咯咯一笑，然后认真地说："你可不要忘了，现在你不是一个人在战斗，你把你的美女博士给忘啦？你可以亏待你女徒弟，我可不能亏待我闺密啊！"

"嗨，对不起，对不起，林博士，吃夜宵了！"胡平阳仿佛刚回过神来，连忙向林欢道歉。

林欢顺手从电脑主机上拔下了U盘装进口袋里，站起来两手一摊，说："老大，完事了。"

没等胡平阳答话，他口袋里的手机响了，是邓宝剑打来的："胡平阳，你在哪儿？"

胡平阳说："我和林博士在云开村呢。"

只听邓宝剑在电话里命令说："你俩立即赶到云开村南大街的海天大厦写字楼，紧急出现场！"

胡平阳挂断电话，对孟扬说了声对不起，带着林欢急匆匆下楼赶往海天大厦。

云开村枪案

就在胡平阳和林欢从云开村驱车赶往海天大厦的同时，巡天公司董事长程云鹤正带着公司的产品经理彭鹰，在天河桥上散步。

程云鹤慷慨激昂地对彭鹰说:"小彭,你还记得国内第一家互联网公司赢威海吗?"

彭鹰点点头:"当然记得,赢威海的董事长张开新是一代人的偶像,那时候他就是我们心目中的哥伦布,为我们开启了这个世界的新大陆。"

"是啊,中国互联网的哥伦布,多么高的荣耀,可是现在,谁还记得张开新?谁还知道赢威海这个公司?"

"以前是江山代有人才出,各领风骚数百年;现在是江山时有人才出,各自蹦跶三五天。时代变了……"

程云鹤点点头:"深刻呀,互联网的浪潮一浪高过一浪,前浪还没到沙滩就被拍死了,这就是现实!"

"所以,我们互联网人只能拼命奔跑,哪怕身后没有人,也不能停下来。"

程云鹤斩钉截铁地说:"我们要做就做最好的互联网公司,让每一个人都能轻松上网!"

彭鹰附和说:"我知道咱们公司为什么叫巡天了,毛主席说过,坐地日行八万里,巡天遥看一千河!做人要有梦想,做公司要有雄心!您看,北边的云开村如果是龙身,我们的海天大厦就是龙头!您是要把巡天公司做成中国互联网的龙头企业!"

程云鹤站在桥下,边往南走边指着远处说:"你看,这条路上个世纪还叫白怡路呢,现在却叫云开村大街了!日新月异啊!要是张公村路口哪天修高架桥,我一定竞标这座桥的冠名权,就叫巡天桥!把海天大厦改名巡天大厦!"

彭鹰不动声色地说:"我记得十几年前我还没出国读书,这条路还没翻修呢,白石桥头有一块牌子,上面写着:中国离信息高速公路有多远,前方500米。竖这块牌子的公司是不是让赢威海收购了?现在哪里去了?是不是也跟赢威海一起灰飞烟灭了?"

程云鹤对彭鹰笑笑说:"尖锐!一句话说到点子上了!我之所以选在这里开公司,就是要时刻提醒自己,我们绝不做互联网的先烈!我们要做先锋！先驱！"彭鹰不语，只是微笑着，陪着程云鹤往南走去。

这时候，程云鹤的手机响了。程云鹤接到电话，脸色突变，大声对彭鹰喊道："快跟我走！公司出事了！"

说完，程云鹤拽起彭鹰的胳膊往南飞奔而去！

当程云鹤赶到公司时，看到几名警察正在对公司员工进行训诫。

事情是这样的，公司员工在公司里玩仿真枪，还玩起了模拟绑架，这一下就惊动了同一楼层的图书出版公司的人，把人家吓得赶紧报了警。报警的是个小说编辑，平时看小说看多了，对警察说的时候声情并茂，说海天大厦有人被绑架，还说他们通过暗网买枪，说得十分逼真，搞得警察也不确定事情是不是真的，于是过来调查。

"哎呀，领导，闹误会了！"程云鹤急赤白脸地说着，额上的青筋都鼓出来了。他连忙亮出挂在胸前的工牌，工牌上面印着：程云鹤，巡天公司董事长。

而后，程云鹤闪到一旁，指着一排AK-47冲锋枪对邓宝剑说："你们找的就是这个吧？塑料的仿真枪，只会喷水。我们只是加班累了，玩玩枪战游戏，放松放松！"

正在执行任务的两位警察白了他一眼，懒得理他。

眼看没事了，朱嘉带队要离开的时候，谢侠站起来换了副笑脸对着朱嘉，腰一弯、头一低，右臂画了一条弧线，做出了一副礼送的姿势。这个谢侠就是当初在四惠东站的那个神秘少年，也是这家公司的值班程序员，就是他给程云鹤打的电话。

警察走了之后，程云鹤没好气地转过脸来对着还在发愣的员工们，铁青着脸抓起警察遗漏的一个鬼脸塑料面具恶狠狠地掼在地上，大声吼道："谁他妈背后给老子捅刀子！有本事跟老子钢刀对钢刀，拳头对拳头地干！背后打黑枪，算男人吗？"

看样子，程云鹤是真的火了！

"不会是孟雷吧？太过分了！"谢侠嘟囔了一句。

程云鹤眼睛一翻，随即说道："就你聪明啊？"

为了掩饰自己的沮丧情绪，程云鹤抬头望了望天花板，抹了一把脸上的汗，红着眼睛说："没有证据不要随便猜测！这事到此为止，就算过去了，大家该干吗干吗去，不要再议论了。"

尽管程云鹤心里有自己的猜测，但他知道，这报假案的事，永远查无对证。

收队之后，朱嘉带领特警队员撤走了。林欢开车拉着胡平阳回家，边开车边问胡平阳："你刚才上楼的时候，并肩上楼的那个人是不是你在孟扬那边提到的彭鹰？巡天公司的产品经理，对吗？"

"是，你怎么知道？"胡平阳不解地问。

"彭鹰在互联网界是大名鼎鼎的技术大牛，谁不知道？你俩熟悉吗？"林欢随口答了一句，又接着问。

胡平阳有些得意地说："熟啊，太熟了，我的好兄弟。你对他感兴趣？"

林欢不接话，突然问："他跟你什么关系？跟孟扬又是什么关系？"

胡平阳并没有看出，林欢此时已经脸色大变，他滔滔不绝地说："是啊，你是网络专家！忘记你跟彭鹰是同行了。彭鹰好像在跟孟扬谈恋爱，不过，好像彭鹰癞蛤蟆想吃天鹅肉吧，我估计孟扬看不上他。"

林欢好像并不关心这些男女之间的事情，继续问："彭鹰要跳槽吗？还是新开了这个鹰扬公司？"

胡平阳说："今天晚上他还跟巡天的董事长程云鹤在一起，应该没跳槽吧。孟扬那个鹰扬公司应该跟彭鹰没什么关系，孟扬是公司的法人，投资人估计是孟扬和她哥哥孟雷，怎么可能有彭鹰什么事呢，他哪有钱开公司？"

"你怎么就能确定，这公司不是彭鹰投资的？一个彭鹰的鹰，一个孟扬的扬，合起来就是鹰扬，这不是夫妻店是什么？"林欢看着霓虹闪烁的马路。

"我敢保证，彭鹰没戏，无论在程云鹤这边还是孟雷那边，他顶多只是个马仔！"胡平阳随口说。

"我可没空操人家的闲心，我建议你也别操心！你到前面路口下来打车回家吧，我得回家了！"林欢一踩刹车，陆虎车在路边停住了。

胡平阳见林欢一脸不高兴的样子，只好下车站到路边。还没等他打上车，林欢的陆虎车已呼啸而去。

胡平阳看不到的是，开车离去的林欢，泪水突然间夺眶而出……

警察撤走之后，彭鹰跟着程云鹤来到他的办公室里，安慰他说："程总，您别着急上火！这事儿一查就清楚是谁在您背后捅刀子了。"

程云鹤说："急也没用，我不想去查谁捅的刀子。只想听听你的意见，下一步公司怎么办？"

彭鹰看着程云鹤的脸色，试探地说："孟总做事太过分了，我建议换人吧。放心吧程总，我会一直追随您的。"

这句话似乎正中程云鹤下怀，他盯着彭鹰说："如果孟总走了，你觉得谁适合做这个总经理？"

彭鹰谨慎地说："这个我不好说，建议您跟我师姐商量一下吧。"

彭鹰所说的师姐，是巡天公司的法人，也是程云鹤的女朋友沈丹。六年前，在美国宾夕法尼亚州匹兹堡的卡内基梅隆大学计算机科学学院，沈丹是比彭鹰高一届的同门师姐，两人是这所全球顶级计算机学院的研究生，而他们的同门师兄孟雷，当时是即将毕业的博士。

"好吧，你带人把今天的烂摊子收拾一下吧，一会儿过来找我，我有事要跟你商量。"程云鹤心里烦乱，但知道彭鹰说话一向谨慎，一抬手让他先出去了。

看彭鹰带上门后，程云鹤拿起电话，想了想，还是拨通了女朋友沈丹的电话："你回来吧。"

"我在家啊。是你没回来啊，这么晚了，你怎么了？"刚下班回到家里的沈丹，一下子没听明白程云鹤的意思。

"我是说，你还是回公司来帮我吧！"程云鹤解释说。

"又怎么啦？公司又没钱了？没钱你说啊，我给你打啊！我给公司预算好的钱，起码够花半年的，怎么回事？"沈丹问。

"不是钱的问题，比钱的问题更严重，人心都要散了，你不回来，我不知道该怎么办啊！"程云鹤无奈地说。

"有问题你问孟总啊，他懂现代企业管理。我回去不好吧！毕竟他是我师兄，又是我们请来的职业经理人，是公司总经理啊！"沈丹说。

"别说你那大师兄了，公司都要黄了，还谈什么职业经理人？让你回来是帮我收拾残局的！这时候还废什么话啊！"程云鹤突然暴躁地说。

"好好好，我答应你，这么晚了，你先回家，咱俩好好商量一下，好吗？"沈丹安慰说。

程云鹤说："好吧，你先休息，我一会儿就回家，别等我了！"

程云鹤放下电话，伸了个懒腰，长长地呼出一口浊气，重重地发出一声叹息！

望着天花板的时候，程云鹤突然想起来，今天是奥运会开幕后争夺金牌的第一天，现场直播的时候，他正带着彭鹰在出去办事的路上，没能赶上看直播。直到这会儿消停下来，程云鹤才想起来这茬儿，他连忙打开电脑观看直播回放。

走在路上的时候，程云鹤还跟彭鹰打赌说，中国的奥运会首金肯定会在射击比赛中产生。喜欢射击的程云鹤之所以这么说，自然有他的道理。1984年新中国成立后首次参加洛杉矶奥运会，许海峰在开赛的第一天便获得了男子手枪慢射的金牌；2004年的雅典奥运会，山东姑娘杜丽为中国代表团射落首金。这位戏言只喜欢吃大馒头的可爱姑娘，在雅典夺冠时只有22岁，按照赛程安排，杜丽很可能再次出现在东河奥运会的赛场上。

然而，打开电脑看直播回放的时候，程云鹤才发现，为中国队夺得首金的竟然是意料不到的举重冠军陈双双。女子举重虽然开赛时间比射击晚，但比赛进行得却比射击快得多，因此，首金在女子举重的48公斤级比赛中产生了。

有趣的是，获得首金的广东选手陈双双，是在最后时刻搭上奥运会的末班车的，她也成为东河奥运会中国代表团中最后一名入围的选手。

女子举重48公斤级是中国传统优势项目，近年来更是对它形成了垄断。细心的程云鹤不禁思索着，陈双双能够在最后时刻击败此前被普遍看好的杨恋，靠的是什么呢？

除了过硬的实力，还有初生牛犊不怕虎的良好心态。中国队为确保首金做了什么安排程云鹤想不清楚，但他坚信，陈双双承受着常人难以承受的重压！正像自己目前的心境。

作为选手，在重压之下保持一份优雅才是最高境界！程云鹤伸出右手大拇指，朝着笔记本电脑上的陈双双晃了晃。

随后，程云鹤顺手拧开家庭影院的按钮，雄壮的《命运交响曲》响起，单簧管与弦乐齐奏出四个"梆梆梆梆"的音符，极富雄性气息，仿佛发出引人深思的警语：命运在敲门！

每次遇到巨大情绪波动的时候，程云鹤总是用音乐来安抚自己，他最爱听贝多芬的《命运交响曲》，每次都能感受到一种不可言喻的感动与震撼。

就像他此前三十年的人生际遇一样，充满着跌宕起伏。

颠覆式创新

程云鹤正沉浸在《命运交响曲》的雄壮之中，带人收拾完烂摊子的彭鹰敲门进来报告说："程总，收拾好了，您要不要检查一下？"

"不用了，今天太晚了，你让谢侠、陆璐他们下班回去，你留下，我有事情要跟你说。"

彭鹰出门安排好之后，端着两个一次性水杯回到程云鹤的办公室里，两人一边喝着水一边闲聊着。

彭鹰说："今天这事儿我觉得是个意外，以我对孟雷的了解，他不是那种小肚鸡肠的人。孟雷跟您一样，是对互联网行业有着巨大梦想的人，价值观上跟您没有冲突，冲突的是方法而已。你俩目的相同，但做事方法不同。我个人认为，可能是您的颠覆式创新引发了流氓软件泛滥，与孟雷的软件推广理念产生了冲突，他刚到公司就跟您在这个问题上产生了巨大分歧，你们两人都不是可以轻易妥协的人，他改变不了您的做事方式，又不肯逾越自己的底线，才会突然以这种决绝的方式离职。站在孟雷的立场上考虑问题，如果我是孟雷，我也有可能跟您分道扬镳，只不过我的方式会更温和，只会选择默默离去。"

程云鹤耐心地听完，拉着脸辩解说："当初我们推广巡天上网软件，没有那么多钱在媒体上做广告，所以我选择了这种省钱省力的方式，快速推广自己的软件。这有什么错吗？巡天的生存问题，是我们当前必须面对的。"

彭鹰带着反驳的口吻分析说："您解决问题的办法，就是在IE的地址栏上做一个插件，强行推荐给用户。您的观点没错，只要拥有足够多的用户，巡天就能立于不败之地。大多数软件安装，都要经过下载、存盘、安装、运行四个阶段，您这样一键式的安装虽然速度便捷，但有强迫用户之嫌。孟雷多次提醒过你，您这样虽然表面上是为用户服务，但本质上还是在劫持流量，是用自己的软件实力破坏规则，别人会骂巡天是流氓软件！所以，我觉得核心的冲突，还是您跟孟总在理念上的冲突！他接受的是美式教育，讲的是严守规则。您熟读《三国演义》，用的是兵道。您的每一次推陈出新，在孟雷看来，都是在破坏规则。"

"规则都是人定的，人定的规矩也是可以改的！除此之外，我认为没有别的更好的推广方式，况且我们的软件是安全、有效的！"程云鹤不管不顾地辩解说。

彭鹰笑着说："是啊，站在您的角度，生存是第一位的，而在孟雷看来，规则才是第一位的。当初，您让我做巡天搜索插件的时候，用户只要打开网页，只要发现哪台电脑没装巡天软件，我们就可以弹出对话框提醒他们安装，巡天搜索软件就可以强行插进用户的电脑里。我之所以毫不犹豫地听了您的话，是因为我感动的是，您放手让我去做事情，并坚信我能做好，我才做出了这款巡天插件。我本来以为这只是一款软件而已，并没有想到您会以这个巡天插件为利器，与各大门户网站展开合作，在他们的网页上安装巡天客户端软件。今天，这个办法带来的效益，我们已经看到了，巡天插件攻城略地战无不胜攻无不克，很快获得了大量用户。但孟雷更考虑用户的感受，您想过吗？"

程云鹤笑笑说："这种神速的软件安装方式，让巡天的客户端以几何级数量爆炸式上涨，事实证明我们的做法有效果，赚钱了啊！"

彭鹰不无忧虑地说："我们这种软件推广方式，在孟雷看来是一种彻头彻尾的流氓行为。这是他跟您产生分歧的最大原因。目前中国超过60%的上网用户，不管自愿还是不自愿，都安装了巡天上网软件。当然，我承认，在列强争霸、跑马圈地的疯狂时代，没有任何一家互联网公司能够置身事外。但是，也没有一个能够避开疯狂后的冲击与灾难。孟雷不想跟您一起承受这个灾难性的后果，这才是孟雷与您决裂的原因。"

程云鹤收起笑脸，有些愤愤地说："他那不是决裂！是置我于死地的绝户阴招！他的突然袭击，一下子让公司回到了原点。可是，放眼中国互联网公司，你看看有几家推广软件不是抄袭我的方法？现在，连国际上的各大网络公司，都在复制和使用这种软件推广手段。这说明什么？说明这种颠覆式创新能带来巨大的流量和用户。在这个流量为王的年代，你能指望我免俗吗？"

彭鹰犀利地说："这跟您颠覆式创新的盈利模式很相似，因为快速高效，现在被各种软件推广企业竞相效仿，已经泛滥成灾。不信您打开电脑试试，大多数电脑用户在不知情的情况下，被安装了十几个甚至几十个插件。当然，这些插件都不是巡天的，但所有用户都认为是巡天开发的。有些插件不但强制安装，而且根本删不掉，就像植入电脑里的毒瘤，这些毒瘤在电脑里相互打架互不兼容，导致用户的电脑上网速度变慢、卡机甚至死机。所有人都认为，流氓插件的始作俑者是您程总啊！"

程云鹤辩解说："这是谁在造谣啊？我怎么不知道？孟雷只是跟我谈过几次，停止发布巡天搜索软件，或者与门户网站合作，把巡天搜索挂在他们的网站上，但也没说巡天搜索就成了毒瘤啊，这不是恶毒攻击是什么？即便软件有问题，那孟雷也不至于报假案，以这种决绝的方式离开啊！"

"您先别激动，您知道吗？巡天搜索已经被很多业界同行定义为流氓软件了，有人甚至专门成立地下插件公司，他们其中的一项业务就是帮助别人安装插件，也就是用自己的流氓软件帮助别人推广流氓软件，安装一个收4分钱。另一项业务是给广告公司做弹窗，一个弹窗收5分钱到8分钱。这样下来，一个地下插件公司，只要有百万的软件装机量，毛利润就可以达到年收入500万元以上。这些人一边赚着钱，一边把黑锅扣在了您头上。"

程云鹤双手一摊，说："技术从来都是一把双刃剑，往往是提高了效率，也满足了某些人的私欲，道高一尺魔高一丈。"

彭鹰依然满脸严肃："但从插件变成流氓软件，您始料未及吧？您颠覆式创新，发明了插件推广的方式，但有人仿效这种做法做出了弹窗广告甚至劫持流量的软件，所有的诟病都集中到您一个人身上，您在网络江湖的第一个名号是'流氓软件之父'！"

程云鹤一听，也有些茫然："流氓软件之父？你说的是真的？这是谁给我扣的帽子？我怎么从没听说过？"

"谁扣的我不知道，但这个名号已经传遍网络江湖，不信您去打听一下，除了您自己，所有人都知道您这江湖名号了。"彭鹰无奈地说。

"那怎么办？你拣最重要的说！"程云鹤说。

"没什么可说的，当务之急，一是先洗刷您流氓软件之父的恶名。至于跟孟雷的冲突，那只能算是个人恩怨，先放在一边吧！无论如何，巡天不能因为总经理的离开而倒掉。二是孟雷离去之后，巡天必须肃清他对公司的影响，包括我这个孟雷的师弟，也要深刻反省。当然，更重要的是巡天公司的业务，还要尽快进行调整！"彭鹰提醒说。

程云鹤说："你的意思我明白了，如果流氓软件不除，我们的巡天搜索软件无论推广得多么成功，都是一个失败的产品，对吗？"

彭鹰说："是的，尽管这个产品是我在您的带领下开发的，但建桥的设计师，往往就是那个最后炸桥的人。挥泪干掉自己的得意作品，这是没办法的事情，这就是科技产品创造中必须面对的两难选择！"

程云鹤点点头，抬头看看窗外泛白的天空，疲倦地打了个哈欠说："好了，这天快要亮了，你赶紧去休息吧，我先回家补一觉去。这一夜，太折腾了！"

彭鹰疲惫地起身离开，也许只有他自己最清楚，孟雷为什么会突然变得这么反常，绝不仅仅是做事方式的冲突，而是孟雷没有解开自己与沈丹情感上的疙瘩。但是，这一点恰恰是不能对程云鹤说出来的。

而彭鹰自己，又何尝能够坦然解开自己的情感疙瘩呢？

彭鹰心里清楚，在一朵带刺的玫瑰面前，孟雷的方式是如果自己得不到，就会用疾风暴雨的方式做出让自己无法回头的事情。彭鹰表面上有着超强的执行力，但内心优柔寡断、患得患失，恰恰做不到像孟雷那样坦然地挥一挥手，不带走一片云彩。

在美国匹兹堡卡内基梅隆大学求学的时候，彭鹰因为经常跟在沈丹和孟雷身后，隐隐约约地能够感受到，孟雷一直在追求沈丹，但沈丹似乎并不钟情孟雷，只与孟雷保持着若即若离的同门之谊。

孟雷的父母是中国最早富起来的那一批富豪，从小孟雷就被父母送到美国读书。他风流倜傥又儒雅博学，还带有豪门之后那种骨子里的骄傲，正是很多女孩梦寐以求的青年才俊。出身于东河工人家庭的彭鹰没想到，身为名校教授之后的沈丹，不但拒绝了"海龟"孟雷，而且回国后竟然爱上了带有草莽气息的"土鳖"程云鹤，而且还爱得死心塌地。

彭鹰想不到，他估计孟雷也想不到。

孟雷毕业后黯然离开了匹兹堡，到硅谷一家美国著名互联网公司工作。学校里只剩下沈丹和彭鹰，彭鹰曾经无数次想过追求沈丹，但想到沈丹连孟雷这种前途无量的人物都拒绝了，自己一个寒门子弟，而且又是小师弟，沈丹一定不会答应。所以，在与沈丹相处的最后一年中，彭鹰将这种叫作爱情的东西深深埋在心底，一直像弟弟一样，跟随在沈丹身边，言听计从，跑前跑后。

三人回国相聚之后，虽然彭鹰和孟雷两人的性格不同，但两人都不会在别人面前表现出对沈丹的感情，而彭鹰更不可能让程云鹤知道他们三人在美国的往事。

第二天一大早，阳光倾泻在巨大的落地窗上。刚回到家的程云鹤蹑手蹑脚地提着早点进门，轻轻放在客厅的餐桌上，然后悄悄走进卧室，打开窗帘。

阳光照在沈丹平静的脸上，程云鹤趴在床边，轻轻地拍着沈丹的肩膀说："起床了！起来吃早餐了。"

"嗯，让我再睡会儿嘛！"睡眼惺忪的沈丹伸出修长的手臂，抱了下程云鹤的头问，"又折腾了一个通宵啊？"

程云鹤说："是啊，我把早餐准备好了，你先睡会儿，一会儿起来再吃。"

"买早餐了？太阳打北边出来了吧？好，我马上起床！"说完，沈丹伸了个懒腰，准备起床。

沈丹知道，程云鹤是那种属啄木鸟的人，就是身子软成了泥巴，也绝不嘴软，任何时候绝不在嘴上道歉。这次主动买早餐回来，一定是有事相求。

沈丹没说什么，梳洗一番之后，两个人坐在餐桌旁。

程云鹤开口说："你那师兄孟雷是没法儿用了，咱们得重新聘请职业经理人来做巡天的总经理，你说怎么办？"

"你说吧，想必你已经有主意了吧？"沈丹反问道。

"我现在想明白了，请职业经理人跟找女朋友是一个道理。这种合作伙伴如同没血缘关系的兄弟。我这辈子最大的成功，就是老婆没选错，呵呵，你说是吧？找职业经理人，就是把我们的事业和梦想交给他，他不但得帮我们圆梦，还得跟我们心心相印、琴瑟和鸣！你说，谁做巡天公司的总经理合适呢？"程云鹤铺垫了一番，又抛出一个问题让沈丹回答。

"这么说，你已经有人选了吧？"沈丹知道，很多重大问题程云鹤都是深思熟虑之后再征求别人意见的。沈丹以为，程云鹤这么一通铺垫，是想让自己出山担任巡天公司的总经理。

但程云鹤的回答让她有些猝不及防："我觉得可以让彭鹰试试，你说怎么样？"

沈丹立即做出强烈反应，说："你疯了吧？彭鹰虽然是技术高手，但他没有职业经理人的经历，我觉得不合适。"

"凭我的观察，他做事缜密、人又聪明，是个成功的产品经理，加上又是你的同门师弟，应该没问题吧？"程云鹤信心满满。

"用不用彭鹰，先不要急着做决定。咱们先去公司收拾一下孟雷留下的烂摊子吧，还不知道折腾成什么样子了呢。"沈丹转移了话题。

这的确是公司的当务之急，程云鹤连忙接话说："好吧，那我们吃完饭就去公司。"

"你一晚上没休息，不睡会儿啊？"沈丹有些怜惜地问。

程云鹤放下筷子："碗不用洗了，晚上回来我洗，现在就走吧。我一会儿在你车上眯一会儿就行！"

当睡眼惺忪的程云鹤清醒过来时，车已经到了公司楼下。程云鹤揉着红肿的双眼，走进公司大门时，那个扔在地上的塑料面具还躺在地上龇牙咧嘴。程云鹤心里不快，飞起一脚把面具踢到了一边，面具径直向孟雷的总经理办公室飞去。

果然不出所料，总经理办公室没开门。

程云鹤拿起手机给孟雷打电话，对方挂断电话之后，回了一条短信：我在美国，正忙着谈事。辞职报告放在我办公室的办公桌上了，钥匙在前台。有什么情况，等我回京后面谈。

程云鹤让前台把孟雷办公室的门打开之后，桌上果然放着一份辞职报告。文字非常简短：我决定辞去巡天公司总经理职务，辞职相关手续请联系我的律师按照法律程序办理。

辞职报告上留下了孟雷律师的名字和联系方式，以及孟雷的亲笔签名和时间。

孟雷是程云鹤和沈丹请来的第一位职业经理人。孟雷希望成为互联网行业一名顶级的职业经理人。他的选择当然有他的理由，父母是经商的，他很早到美国读书，在东河并没有很多的人脉资源，想在东河创立自己的公司太艰难，不如发挥自己的特长做一名职业经理人更潇洒。对于自己的专业和能力，孟雷自信满满。

孟雷从卡内基梅隆大学毕业后，先后在美国硅谷几家国际知名的计算机公司工作，并且很快升到高管的位置，拿到了美国绿卡。

回国后，孟雷效力于美国一家著名计算机公司，担任亚太中国区的副总裁，主要业务是做硬件。

沈丹硕士毕业回国后，在孟雷的引荐下，顺理成章地来到孟雷的计算机公司工作。在这里，沈丹遇到了刚刚从国内一所大学毕业的研究生程云鹤。

与孟雷的沉稳内敛不同，程云鹤总是异想天开并具有极强的执行力，这正是沈丹所欣赏的。充满创业激情的程云鹤向沈丹发动了爱情攻势，两人很快坠入情网。

眼看沈丹找到了自己的真爱，孟雷也接受了在公司工作的女高管Shelly的爱情。程云鹤不愿意喊这位肤色略黑的女高管的英文名字，当面叫她的中文名字谢莉，背后跟沈丹说话的时候，用"黑玫瑰"代替。

最初的时候，他们共同租住在东河大学东门的小区里，每天一起去上班，一起下班买菜做饭，半夜里看完音乐会，相约到路边摊儿上去撸串，看起来是那么融洽、快活。他们的青春与爱情，飘荡在云开村的上空。

然而，程云鹤终究不是寄人篱下的性格，他与沈丹确定恋爱关系后，云开村的软件开发进入起步阶段，两人双双辞职创办了巡天公司，专注于软件开发。

在大多数计算机公司还在靠硬件盈利的时候，程云鹤和沈丹率先成为本土软件行业的先驱，程云鹤的梦想是让所有中国人都能轻松上网，为此，他开发了一系列上网软件。程云鹤在战战兢兢中摸索前行，带领巡天公司一路打拼，熬过了互联网企业的喧嚣与寒冬，在过山车一样的跌宕起伏中惨淡经营，他们目睹了很多网络公司如雨后春笋般破土而出，又看着那些公司像被龙卷风扫荡过的麦田一样齐刷刷倒下。

巡天公司在暴风骤雨中，像一棵坚韧的稗草苦苦挣扎，坚持在中文软件开发的阵地上支撑,终于在寒冬过后成为中国少数盈利的互联网企业之一。到年底结完账,程云鹤突然乐了:巡天公司年收入过亿,纯利润超过5000万元。

踌躇满志的程云鹤拿出2000万元巨资,在东河电视台的重点栏目打起了广告。在那个医药和酒类广告占据电视黄金时段的时代,突然有做软件的互联网公司在电视上做广告,是一件很吸人眼球的事情。东河电视台每天播放的巡天公司软件广告,仿佛给中国的IT人士打了鸡血,也让陷入低潮的中国互联网先驱们看到了融融春意。

奥运会之前的云开村,就像一个菜市场,随便什么人租个摊位都能卖货,而且大家都在做硬件组装电脑,极少有人做真正意义上的互联网生意。所谓的IT人士,其实都是蹬三轮或者开着货车到处卖货的倒爷。

专注于软件开发推广的程云鹤,突然成了云开村炙手可热的互联网公司大佬,在大多数互联网公司都赔钱的时候,巡天公司因软件推广获得了强大的流量,每年上亿的利润让程云鹤也志得意满、脑袋发热。

随着业务的发展,公司的规范化管理提上了日程,程云鹤和沈丹商议之后,决心引进先进的现代企业管理制度,把巡天公司打造成国内顶级互联网公司。

程云鹤当然清楚,本来沈丹会是巡天公司CEO的最佳人选,但因为是自己的女友,不能给别人造成夫妻店或者家族企业的错觉。基于这个共识,沈丹也支持程云鹤从外面聘请职业经理人。但接触了很多职业经理人之后,都觉得不合适。

放眼整个云开村,程云鹤把目光放在了孟雷身上。

孟雷曾当过程云鹤和沈丹的领导,某种意义上还是两人的介绍人,又是沈丹知根知底交情不错的师兄,而且是美国计算机公司亚太中国区的副总裁,这样的人选,放眼整个云开村也找不到第二个。

程云鹤认定孟雷是巡天公司总经理的不二人选,但沈丹却不觉得程云鹤的这个选择是正确的,她对程云鹤说:"你慎重考虑一下,孟雷在美国公司干得好好的,把他挖到咱们这朝不保夕的民营公司里来——你是怎么想的？"

程云鹤却信心满满："你去找他探探口风嘛，凭我的观察和对他的了解，他有那么多年做硬件的经验，做事谨慎周全，性格开朗乐观，堪称运筹帷幄的诸葛亮，是总经理的不二人选啊。我呢，起码可以做个冲锋陷阵的关云长吧，带着彭鹰他们过五关斩六将不在话下。我觉得我们搭档就是绝配啊！"

"你当关云长，那谁来做刘备啊？你不要把角色搞错位了，你不能占着刘备的位置，却干着关羽、张飞的事，冲锋陷阵交给彭鹰就行了。不过，你把孟雷比作诸葛亮倒是挺准确的。好吧，既然你铁心要请孟雷，我就去试试！"沈丹应允道。

然而，沈丹带回了让程云鹤沮丧的消息：美国那边传来消息，要将亚太中国区负责人调往欧洲，孟雷可能要升任公司的亚太中国区负责人。

"这意味着什么呢？"程云鹤沮丧地问沈丹。

"意味着孟雷前途光明！按照常规，亚太区的老总通常会兼任美国总部的副总裁，意味着我们的庙太小，没戏了呗！"沈丹也有些丧气地说。

程云鹤安慰说："不过，我觉得这不是最终结果，咱俩还得找孟雷谈谈，万一他变了思路呢？"

程云鹤之所以急于请孟雷到巡天公司担任总经理，是因为巡天公司遇到了一个前所未有的强劲对手：杨晋东的金点公司！

巡天公司有两大业务板块：一是中文上网的工具软件，这项业务能够获得很大流量，也是巡天公司盈利的主要来源；二是中文搜索引擎，经过长期竞争，巡天搜索稳稳占据了中文搜索的第二把交椅。

在中文搜索领域，国内第一个吃螃蟹的，恰恰是程云鹤的巡天公司。但是，中文搜索并没有给巡天公司带来任何经济效益，空耗了无数人力物力。程云鹤做出了一个让他肠子悔青的决定：在页面上去掉搜索框！

这当然很快就被证明是个错误的判断。当时程云鹤面临的情况是：公司虽然在销售软件上盈利不错，但花钱的地方也很多。为了公司的长远发展，需要更多的研发资金投入，但眼下却没钱养那么多技术人员提供中文搜索服务。在公司赖以生存的搜索引擎与中文上网这两架马车中，必须丢卒保车，让公司更好地生存下去。

程云鹤和所有人的想法空前一致：保留赚钱的中文上网软件开发，暂停烧钱的搜索引擎开发。

很快，巡天在中文搜索市场上的霸主地位被取代。

当程云鹤看到商机重新收拾旧河山的时候，为时已晚。巡天公司只能屈居第二把交椅。而最近发生的巨变让程云鹤又坐不住了，当初巡天公司重金请来的搜索技术高手，跳槽到了其他公司。这些程云鹤曾经的手下，最近还有些去了一家刚刚成立的公司：金点。

像"土鳖"出身的程云鹤专注于开发中文上网软件一样，"海龟"出身的金点公司大中华区总裁杨晋东博士，看到中文搜索这块大蛋糕，率领金点公司杀入中国搜索市场，专注于搜索引擎服务，大有灭掉巡天搜索的架势。

令程云鹤始料不及的是，他去掉搜索业务之后，金点公司以旋风之势抢占了巡天的业务，很多网站停止了与巡天公司的合作，纷纷转向与金点公司合作，采用了金点公司的搜索引擎。

刚刚出道的金点以迅雷不及掩耳之势，完成了战略布局，还没等程云鹤回过味来，金点公司迅速上位成为搜索行业的翘楚。

老大做不成，程云鹤认了，但连老二也做不成，程云鹤就有点儿坐不住了。当程云鹤看到自己的"地盘"被新上位的杨晋东迅速吞噬，他决定出手与金点一较高下，夺回本来属于自己的市场。

天生充满危机感的程云鹤，有一种"黑云压城城欲摧"的压抑。覆巢之下安有完卵，程云鹤担心，也许第二天睁开眼，他的巡天就会土崩瓦解。必须尽快找到一位职业经理人帮助调整公司的战略布局，就像诸葛亮隆中对就预言了三分天下的格局。目前巡天公司在互联网的战略格局，的确需要一位大才出谋划策！

程云鹤召集巡天公司的几位高管，通宵达旦讨论怎么应对金点公司的攻势。程云鹤开诚布公地说："本来是去掉了烧钱的搜索业务，留下了赚钱的软件开发，但突然之间冒出几匹搜索引擎的黑马，迅速抢占了搜索地盘。他们的扩张造成了我们用户量的下滑，还造成了我们目前的困境。决策错误使我们错失成为互联网巨头的良机，但我们今天不是来开检讨会的，而是如何应对用户量下滑带来的盈利危机。"

沈丹分析说："有一种植物叫紫茎泽兰，如果大家不知道这种外来入侵的植物，应该知道水葫芦，这在植物学家眼里，都是外来物种，一旦传入本土就会肆意生长、挤压本地植株的生长空间，给生态环境造成严重破坏。可怕的是，这些外来物种还具有毒副作用，给人类和动物健康、农业生态造成威胁。金点公司，对我们巡天来说，就是这种入侵植物！"

程云鹤接着说："阻击金点，是巡天公司的生死之战！清除流氓软件，是我们的名誉之战！我们要做好两线作战的准备，临阵准备需要一位运筹帷幄的军师诸葛亮啊！"

彭鹰听出了程云鹤的话外音，他顺着程云鹤的思路说："如果一个企业家什么事情都要亲力亲为，那你身边的人什么都干不了。程总的确需要一个军师，就像刘邦身边的张良、包公身边的公孙策，能在程总的宏伟战略构想和一线团队中间，发挥缓冲作用。说再清楚一点儿，再伟大的皇帝，也需要个好宰相辅佐。否则，就要像有些企业家一样，要么把自己气疯，要么把手下逼疯。"

彭鹰的优点之一，就是能够准确地揣摩上意，这是程云鹤欣赏彭鹰的原因之一，也是程云鹤愿意跟彭鹰进行平等交流的原因。他笑着问彭鹰："你认为找个什么样的宰相才算合适呢？"

彭鹰激情四射地分析说："很多老板赢在战略机会的把握上，却输在了与手下的利益分享上；很多老板赢在超凡个人能力上，却输在了不能凝聚人才上。老板的能力，首先要体现在组建好团队，并建立好的管理和激励机制，就是胜在决策和用人上。程总之所以能够获得今天的成功，是因为程总有天马行空的思维和脚踏实地的干劲。但公司发展到现在的规模，是时候需要找到一个好的搭档，聘用一个在管理上出色的人才。我个人认为，这个人在心理上，愿意辅助老板，不越权、不越位；在能力上，要有极强的执行力,雷厉风行地贯彻执行董事会决议,还要擅长救火,在危急时刻挺身而出,甚至修正决策者的失误,就像唐太宗时期的魏征,时刻拿面镜子给李世民照一照。"

程云鹤欣赏地说:"按你这么一说,这人不好找啊!你有没有合适的人可以推荐?"

"这个我不好说,还是请程总和沈总考虑。想必程总和沈总已经有合适的人选了吧?"彭鹰嘴上不说,可他心里认定,程云鹤接下来一定会点他的名字。

可是,程云鹤的话还是让彭鹰大失所望,程云鹤说:"我跟沈总商量过,总经理人选倒有一个,就是你的孟雷师兄,目前正在接洽之中。"

沈丹也补充说:"老程爱看历史,尤其爱看三国,就像刘备用人,打仗用关、张、赵,计谋用卧龙、凤雏!文武之道,一张一弛,我也觉得孟雷是最佳人选!"

"那好,我们继续做孟雷的工作!"程云鹤一锤定音。

彭鹰却低头不语。

为了劝说孟雷,第一拨由沈丹出马。她这样做孟雷的工作:"师兄,老程让我来找你,请你出山。我也觉得不可能啊,你是看着我们从创业一步步走到今天的,没有任何背景,说实话跟你比还是挺自卑的。你可是云开村炙手可热的著名职业经理人,你也不愿意辞职加盟巡天,是吧?"

孟雷优雅地在铺着羊毛毡的书桌边,挥动毛笔写下"唯道集虚"四个字,写字的同时笑着对沈丹说:"你把话都说到这个份儿上了,我还能说什么呢?不管怎么着,你是我师妹,老程也是我最看重的好朋友,仗义、直率、有梦想。可你看,我这也是身不由己啊!"

孟雷的书法大巧若拙,气势开张,如龙蟠雾,似凤腾霄。但沈丹只觉得字很好看,好在哪儿却说不出来,更无法体会到书法的神妙。

看着沈丹一脸欣赏的样子,孟雷双手一摊,笑笑说:"师妹,你知道'唯道集虚'这四个字的意思吗?这是《庄子·人间世》里的一句话:若一志,无听之以耳,而听之以心;无听之以心,而听之以气,听止于耳，心止于符。气也者，虚而待物者也。唯道集虚，虚者，心斋也。文章里面说的虚，是什么意思呢？就是心斋，就是要求我们耳不能听，心不能思，而只能用气去连接，因为气场能够感知，却不需要思考，是真正的虚而待物。"

师兄孟雷说话就像打太极拳，看似软绵绵的一掌，却力大无穷；看似动若脱兔、快如疾风，却毫不费力。就像刚才这玄而又玄的一番话，还要沈丹费尽心思去猜，不像程云鹤那样干脆直接。在情感上，沈丹对孟雷充满尊重和敬仰，而对于程云鹤的果断甚至冲动，沈丹却觉得可爱。所以，沈丹遇到程云鹤之后两人最大的默契，总是程云鹤提出思路，沈丹忠实地去执行。

沈丹的这次劝说，并没有收到预想的效果。

接下来，程云鹤亲自出马，他说："孟哥，当外国人的亚太区负责人有意思吗？说穿了还是给资本家打工，整天仰人鼻息，自己想做的事情做不了。你到我那里去，当我的老大，公司你说了算，我给你鞍前马后牵马坠镫！"

孟雷依然不紧不慢地拿着毛笔，缓缓写下四个大篆字体的"得鱼忘筌"。

程云鹤嘿嘿一笑："孟总，这是什么字？它们认识我，我可一个也不认识啊。你给解释解释？"

孟雷放下毛笔说："那好，我就给你掉掉书袋。这是《庄子·外物》的话，原文是：筌者所以在鱼，得鱼而忘筌；蹄者所以在兔，得兔而忘蹄；言者所以在意，得意而忘言。我给你翻译一下：筌就是竹笼子，竹笼是用来捕鱼的，有人捕到了鱼却忘了竹笼；兔网是用来捕兔的，有人捕到兔子却忘了兔网；语言是用来表达思想的，有人领会了思想却忘了语言。这意思里面，强调得鱼得兔是目的，筌、蹄只是达到目的采取的手段。我写的就是'得鱼忘筌'这个成语，你可不能只想着抓鱼，忘了用什么样的鱼篓啊！"

"我哪敢啊？我是吃水不忘挖井人啊！还有句话，大海航行靠舵手！"程云鹤一下子没怎么搞清楚孟雷想表达的意思。心里说，你不是跟我掉书袋吗？我也给你整几句经典名句，看你明白不？

孟雷摇摇手说:"使不得,使不得,你是舵手,我是水手,顶多算个二副!"

孟雷岔开话头,不拒绝也不答应。程云鹤的劝说依然没得到他想要的结果。

在早期的互联网时代,很少有人对搜索引擎有全面的认识。程云鹤也认为,搜索只是互联网业务中微不足道的一个小环节。而当其他搜索公司最终将吸金的触须伸入消费市场,并开展付费搜索的时候,程云鹤才看清楚搜索引擎的能量,但为时已晚。

经过几年的苦苦挣扎,程云鹤好不容易占据了搜索市场的一小部分份额,正当国内搜索市场趋于稳定的时候,杨晋东斜刺里杀进搜索领域,守土之战一触即发!

程云鹤知道,他与杨晋东的正面交锋不可避免!但没有诸葛亮的计谋和关、张、赵的勇武,一旦赤壁大战来临,怎么联吴抗曹?

孟雷当然也知道程云鹤面临的困境,迈过这个坎儿,前面是一马平川。迈不过去,程云鹤就会被拍死在互联网的沙滩上。

孟雷越是拒绝,程云鹤越是紧追不舍。程云鹤对沈丹说:"你这个大师兄,真把自己当诸葛亮了?那咱俩就一起三顾茅庐吧!我不信劝不动他。"

最后,程云鹤和沈丹双双出马,硬拉着孟雷描绘着自己的互联网梦想。最后,口干舌燥的程云鹤说:"让所有中国人都能轻松上网,这是划时代的网络革命!让千千万万个中国人因为我们的梦想而得到便捷,这是一件多么伟大高尚的事业啊!当官的、有钱的人,在中国比比皆是,但能影响并引领中国人生活方式的人有几个?这个梦难道不是你的梦吗?我这个梦里没有你,就不会圆满!你放心,到了我那里,股份或期权要多少,你说个数,收入绝不会低于你现在的标准!你现在坐什么车?我给你配奥迪!部级待遇!当然,奔驰、宝马也行。"

孟雷手持茶碗,看着激情四射的程云鹤,微笑着慢慢饮着:"不是奥迪的弟弟奥拓吧?"

"当然不会啊!"沈丹连忙说。

孟雷依然不语，缓缓走到写字台前，拿起一张四尺的宣纸准备铺开。程云鹤一见，连忙过去摁住孟雷的手说："孟大哥，别跟我们谈庄子、孔子、老子了，我俩都三顾茅庐了，你就直接来个干脆的，行还是不行！"

孟雷定睛看着程云鹤说："你都已经三顾茅庐了，我再拒绝也不合适。这样吧，我先试试看？说好了，先试三个月，不合适我随时离开！你俩可不能拦着。"

"孟哥，我没听清楚，你再说一遍！"程云鹤不敢相信自己的耳朵。

"你听好了，我决定跟你试三个月！"孟雷重复了一遍。孟雷做出这个决定，实际上也是无奈之举，因为孟雷也看到，云开村已经从硬件为王的IT时代，到今天软件占据半壁天下的互联网时代，做硬件已经日薄西山，软件是未来互联网行业的一片蓝海。而巡天公司恰恰是云开村最强的技术公司之一。

"太好了，你来代替我都行，你来当董事长，当老大，我听你的！"程云鹤抑制不住自己的激动。

"那怎么行？我又不是下山摘桃子，你随便给我安排个差事吧。"孟雷淡然地说。

"不行，你是来主持大局的，不能委屈了你！你说吧，董事长，CEO，任你选！"程云鹤很慷慨。

"我哪敢抢你的董事长位置啊，我就当个CEO吧，就算给你当管家了。"孟雷提出了自己的设想。

"CEO就CEO吧，咱不讲究那名分，就这么定了！"程云鹤掩饰不住自己的激动，爽快地对沈丹说，"赶紧去给孟总买辆车，要气派的！奥迪！"

"太好了！我这就去办。"沈丹笑吟吟地看着欣喜若狂的程云鹤，并把感激的目光投向了孟雷，"谢谢师兄！"

一周之后，在清晨明媚的阳光下，程云鹤和沈丹在海天大厦门口迎来了孟雷。当然，还有一辆崭新的奥迪A6。程云鹤把一串崭新的钥匙交给孟雷："孟哥，说好的奥迪！"

孟雷想要客气两句，程云鹤和沈丹一人一边拉着胳膊，把他拉进了办公楼。

程云鹤和沈丹都对孟雷知根知底，所以程云鹤把权力交得非常彻底，人事权和财务权全部放手，孟雷在巡天公司可以一言九鼎。

沈丹与孟雷交接完巡天总经理业务之后，用试探的口吻问孟雷："师兄，你比我们年龄大，云鹤的性格你知道，你来巡天公司，对云鹤多包涵。"

孟雷笑着说："这不是个问题，总经理要服从董事会领导。我既然来了，首先一条就是认同程云鹤的领导地位。就像诸葛亮，再聪明也是汉家丞相，对吗？但是，你知道我做事遵守规则，有些原则上的问题，程云鹤不能超越我的底线。"

"当然！不过，有个事情我得跟师兄说一下，既然你已经走马上任，我就不在巡天待着了。"沈丹突然冒出的话让孟雷一愣。

"你不在巡天去哪儿啊？你可是巡天公司的法人啊！"孟雷有些摸不着头脑。

沈丹真诚地说："公司规模小的时候，我支撑一下还可以。现在公司面临两条战线作战，你俩都是杀伐决断的决策者，我也不善于在你和老程之间做缓冲，反而容易添乱。所以，我已经答应一家外企的邀请，去做副总，也算锻炼一下自己吧。"

"来巡天我是冲着你来的，你离开巡天，我在这里有什么意思？"孟雷脸上闪过一丝不悦。

"别劝我了师兄，这也是老程的意思。征战杀伐毕竟还是你们男人的事情！"沈丹紧紧咬住了嘴唇，口气不容置疑。

弹窗之战

孟雷进入巡天遇到的第一个问题，就是与金点公司争夺搜索市场。慎重分析之后，孟雷建议程云鹤："你与杨晋东面对面交流一下吧，争取两家各退一步，两家都有饭吃。毕竟，我们有共同的利益，不仅仅是对手。"

程云鹤咬咬牙说："那我们就放下身段，登门拜访一下这位杨大博士。"

在云开村一幢不起眼的小楼里，程云鹤和孟雷来到了杨晋东的办公室。只有五六平方米的办公室里，除了一张简易的桌子，就是两张折叠椅子，连套像样的茶具都没有。这让程云鹤一下子想起自己当初与沈丹出来创业的时候，也是在这样逼仄的地方起步的。

坐在程云鹤和孟雷对面的杨晋东，看起来是一个风度翩翩的少年郎，虽然只有二十七八岁的样子，却有一种令人惊诧的平静内敛。与程云鹤鲜红的上衣不同的是，静若处子的杨晋东身着绿色的上衣，而且是纯正的鲜绿，像一个刚走出校园的大学生。

程云鹤在气势上有些居高临下，还没摸清对方的底数，他就开出了自己认为的优厚条件："我们巡天是国内第一家提供搜索业务的公司，在很多门户网站都没有盈利的情况下，我们巡天是最早盈利的软件公司之一。撇开这个不说，巡天公司还是目前流量最大的互联网公司。既然你们金点公司开展搜索业务，跟巡天的搜索业务重合，放心，我不会背后给你使绊子。我希望互利双赢，你推广我的上网软件，我在自己的网页上推广你的搜索，强强联手就会达到双赢的结果，我会让你的流量以几何级数增长。咱们业务不冲突，我也不会抢你的买卖。你的主要业务是搜索，我的主要业务是提供中文上网服务软件。"

杨晋东左手半握着拳，一直虚放在嘴巴上，沉静地看着对面的程云鹤，待程云鹤滔滔不绝地讲完，杨晋东只说了一句话："我们两家本质都一样，都是搜索，都是锁定用户，都是流量为王！"

杨晋东的话很委婉也很清楚：我们两家是同行，也是冤家。这在程云鹤听来，仿佛冰冷刺骨的剑，带着锐利的寒意。

"你的意思是我们无法合作了？不管你自己愿不愿意接受，我认定金点是一家媒体公司，而巡天是一家技术公司！"程云鹤有些恼怒。

"我们是实际上的竞争对手，表面上的区别在于我专注于搜索业务，搜索引擎是引进美国最好的搜索引擎，目前也是世界上最好的搜索引擎，只是比你的巡天搜索引擎强大一点儿而已。我们实质的区别是，我们金点有很好的盈利模式，而巡天搜索没有找到新的盈利模式，所以在你看来搜索是鸡肋，在我来说是一块肥肉。"杨晋东一直笑着，嘴上却毫不饶人。

程云鹤嘴巴上也毫不相让："那我告诉你，中国的互联网是媒体！不管是电子媒体还是传统纸质媒体，中国本土的媒体改革还没有实质性的时间表。不管你的搜索引擎怎么酷，不完成本土化改造，就想赚大把人民币是不可能的。搜索引擎是一门很深奥的技术吗？我们做技术的人都知道。"

程云鹤说完，站起来对一言不发的孟雷说："咱们走。"

仿佛剃头挑子一头热的程云鹤，心里有自己的小九九，他本想将自己的上网软件捆绑在金点搜索上，这样就可以监控金点搜索的访问量。而杨晋东一句话就点明了程云鹤的小心思。程云鹤冷不丁碰了个软钉子，这合作也就谈不下去了。

"我们把杨晋东当作同行，但他看我们是冤家！这小子哪里知道云开村的水有多深？太不知道天高地厚了！"程云鹤一出门，就对孟雷抱怨说。

孟雷说："我倒是觉得这个杨晋东一语中的，他只是说出了事实。"

按照孟雷的分析，深藏不露的杨晋东早已摸透了程云鹤的盈利方式。巡天盈利靠的是巨大流量，而流量的主要来源就是巡天搜索框，只要金点从技术上抓住客户，依靠金点强大的搜索功能，就能超越巡天成功上位！显然，在程云鹤上门的时候，杨晋东似乎已经做好了布局。

所以，孟雷叮嘱程云鹤："尽量不要与杨晋东产生正面冲突，不然会两败俱伤。别看他们刚进中国市场的时候很寒酸，但他们背后有强大的资金和技术支持，硬碰硬不是好办法。"

程云鹤一瞪眼："怎么着？那我就眼睁睁看着他抢我的客户不成？你那意思，我们不是死定了？"

果然不出孟雷所料，就在程云鹤与杨晋东谈崩之后不久，两家的搜索战争无声地展开了：金点也紧随巡天之后，推出了搜索弹窗。

在此之前，只要用户打开电脑上网，弹出的都是巡天的搜索弹窗，而现在弹出的却是两个弹窗：一个是巡天的，一个是金点的。

当彭鹰将这一情况告诉程云鹤时，程云鹤微微一笑："咱们能出弹窗，人家也能，模仿而已，有什么大惊小怪的？金点一个刚出道的小公司，轻易撼不动我们！我们的搜索弹窗在全国用户装机量占有最大份额。"

"他们正在抢夺我们的客户，我们搜索弹窗的装机量正在急速下滑！"彭鹰有些着急。

"我的做人原则是，各人在各自领地里，你玩儿你的，我玩儿我的，互不侵犯，如有交集，有饭同吃有酒同喝。孟总的意思也是我们不要睚眦必报立即还击，毕竟大家都要生存。"程云鹤嘴上虽然这么说，但眼看着用户被金点抢走，心里当然不爽。

更让他不爽的事情接踵而至，金点祭出一招撒手锏，公开发文称：用户安装金点搜索，必须删掉巡天搜索。

这意味着金点发出了你死我活的宣战檄文。而且，金点在搜索方面的技术实力要比巡天强大许多。

地盘被抢，程云鹤当然不干，他把孟雷的叮嘱抛到脑后："你抢我的，我就再抢回来。你删我的软件，我就删你的，看谁能删过谁。"

程云鹤带着彭鹰和谢侠等人连夜加班，对软件进行修改加固，让对方根本删不掉。

金点随即也采取了相同的应对策略。

双方在地址栏上互殴的后果是：两家弹窗争先恐后在电脑上弹出，如果用户同时安装两个软件，软件不兼容，就会互相打架，用户没法儿用，而且令用户头疼的是，这两个软件根本删不掉，最终导致机器缓慢甚至死机。

尽管金点只是一家体量很小的新公司，但从杨晋东含而不露的微笑眼神里，程云鹤感到了威胁。初次与金点交手，让程云鹤失去了不少用户，而且拖慢了用户的上网速度。

对于程云鹤与杨晋东以这样的方式开战，孟雷认为不妥，当程云鹤提出跟金点决战时，孟雷向程云鹤发出了警告："你这样做，伤害的不仅仅是杨晋东的利益，最终伤害的也是用户。你用恶劣的手段，触犯了众怒，同业的恶性竞争会害了巡天公司的！"

但杀红了眼的程云鹤哪里听得进去？他想不通孟雷为什么会发这么大的火。

"那你有什么更好的办法？难道因为你和杨晋东都是美国回来的海归，就惺惺相惜吗？"程云鹤硬邦邦地抛出了这句话。

孟雷一听，无奈地摇摇头，但他并不解释，扭头便走。

程云鹤是一个天生的战士，他一心对付正面的对手杨晋东，根本听不进孟雷的意见，更忘记了一句老话：木秀于林，风必摧之。

在程云鹤眼里，坚决阻止他跟杨晋东开战的孟雷，是自己的军师和兄弟。既然是自己的兄弟，争执两句没什么问题，即便翻脸了也跟夫妻吵架一样，床头吵架床尾和，不会有什么问题。

而杨晋东则是翻了脸的敌手，无论老拳相向还是撒泼打滚儿，只要不玩阴招、使暗器，谁有力气谁占便宜，打不服气咱继续打下去，直到分出胜负为止。

程云鹤坚持认为，谁拥有用户，谁就有市场，谁就能在互联网世界拥有话语权。但是，在与孟雷理念相悖的情况下，程云鹤与杨晋东在搜索插件上的用户争夺战，又被杨晋东掐住了命门。

孟雷的意见是，即便与杨晋东竞争，也要引进全球最好的搜索引擎，在技术上与金点一较高下，硬碰硬地打一场技术战，而不是跟金点公司这样狗咬狗一样打游击战。打来打去，把两家互联网公司打得一地鸡毛，太掉价了。

程云鹤可不管什么招数，只要能在这场肉搏中胜出，不管白猫黑猫，能抓住老鼠就是好猫。

让程云鹤意想不到的是，正当他撸起袖子准备跟杨晋东在软件升级中肉搏的时候，巡天公司突然收到法院的传票：金点公司以巡天公司侵犯著作权、构成不正当竞争为由，将巡天公司和程云鹤告上了法庭。

"打不过就使暗器，算什么本事？有本事咱们继续斗下去，看看谁能斗过谁？"程云鹤虽然嘴上不以为意，但创业以来第一次遇到官司，还是让他措手不及。

眼看开庭的日子越来越近，程云鹤既忐忑又兴奋，他想象了无数个法庭上的场景，比如怎样拍案而起怒指杨晋东耍阴招使暗器，比如当庭把杨晋东驳得无地自容。这些凭空想象的场景，让程云鹤处于临战前的亢奋中。

程云鹤无论如何都不会想到，他本来想兴致勃勃地跟孟雷一起上法庭与杨晋东对决，可就在这个当口，孟雷会突然以一种决绝的方式离去。孟雷闪电般辞职的同时，公司还莫名其妙地被警察包围了。

那个报假案的，到底是对手杨晋东还是突然辞职的孟雷？程云鹤想破脑袋也想不明白，到底是谁射出了这支暗箭。

沈丹劝程云鹤说："既然想不明白就暂时放下，目前的当务之急是先收拾孟雷离开后留下的烂摊子。"

"只好这样了。"程云鹤也想不出更好的办法来。

两人来到公司后，叫来财务总监和人力资源部部长到程云鹤的办公室开会。

沈丹先问人力资源部部长："孟总来公司这几个月，总共招了多少人？"

"50多个吧。"人力资源部部长递上了花名册。

"招这么多人，用得了吗？"沈丹脸上的神情突然变得有些僵硬。

人力资源部部长回答说："当时我也说，用不了这么多人。但孟总说，二十一世纪缺的是什么？是人才！没有人才怎么做大做强！"

"可咱们没这笔给新来的员工发工资的预算啊，现在公司的业务，也用不着那么多人啊！"沈丹急了。

"孟总说，没钱没人，互联网公司怎么开下去啊，互联网公司就是烧钱的。"人力资源部部长一脸无奈。

"行，你先去忙吧。"沈丹毫无表情地说。

财务总监拿出一份高档写字楼的承租合同，摆在沈丹面前，沈丹一看蒙掉了，300万元租金已经打到云开村一个写字楼的账户上。财务总监告诉沈丹，前不久孟雷在云开村租下了一处独栋写字楼，作为巡天公司的办公场地。

"老程，你怎么不跟我说一声，就自作主张租房子啊。你不知道你花出去的这 300 万租金，是咱们公司最后的家底吗？"沈丹一下子就急了。

程云鹤解释说："孟雷说，公司现在的办公场地太小，不够气派，不像个大互联网公司的样子，他提出要在云开村租下一栋楼。他跟我说过，我想，既然把巡天的管理权交给他，就要由他这个 CEO 说了算，再说孟雷说的也有道理，我们公司在这边还是有些偏，毕竟不如云开村的核心地段，所以，我就同意了。"

"这么重大的决策必须开会讨论啊！再说，怎么着也要告诉我一声啊，虽然我不干涉巡天公司的业务，可巡天公司的法定代表人还是我啊。这么重要的合同，应该法人签字吧？公司搞砸了，最后顶雷的是我！这么重大的事，为什么不跟我商议一下？"沈丹一脸无奈。

两人正说着，谢侠急匆匆推开门进来说："孟雷跳槽去了潜龙公司，就是美国那个著名的潜龙，网上有报道说潜龙已经进入中国了！说孟雷担任大中华区总经理。"

程云鹤听到这个消息，顿时一屁股跌坐在椅子上傻掉了。

沈丹倒还冷静，她问财务总监："账上还有多少钱？"

"没了，账上的钱都拿去交房租了。"财务总监说。

"如果咱现在不租了，那房租钱能要回来吗？"程云鹤抱有一线希望。

"不好说，钱已经到了人家账上，又有合同，不去是咱们违约啊，只能试试看。"财务总监担忧地说。

"好吧，你跟他们商量试试看，咱们能不能取消那个合同，你先去忙吧。"程云鹤无力地缩回到椅子上。

沈丹拍拍程云鹤的肩膀说："你把咱们上次做的那份准备融资的商业计划书找出来，我们兵分两路，你这就出去找投资，公司内部的烂摊子我来收拾。这是我们两人共同的心血，不能眼睁睁看着公司黄了。"

危机来临的时刻，往往是女人显出更柔韧的承受力。沈丹看着程云鹤的眼睛，思考片刻说："我想，咱们当务之急是先把孟雷招来的员工全部清退。同时，公司高层管理人员暂时不发全薪，同舟共济先渡过这个难关，你觉得行吗？"

"我没意见，按你的意思办吧，我现在去找投资。"程云鹤站起来，转身出门而去。

望着程云鹤那一团火焰般闪动的红色上衣，犹如壮士赴死般决绝的背影，沈丹关上办公室的门，眼泪止不住地奔涌而出。她精致漂亮的脸上，泪水横流，犹如梨花带雨。

她的双肩不停地抽动着，但她没有哭出声来。

公司的员工们不知道发生了什么事，面面相觑。正当大家交头接耳的时候，办公室的门突然打开了。

沈丹妆容精致的脸上，硬生生挤出一丝不自然的笑容，口气却不容置疑："公司各部门高管都来我办公室，开会！"

所有高管集中到了沈丹办公室。沈丹开门见山地说："我也不瞒大家了，现在公司遇到了前所未有的危机，我们的钱全部糟蹋光了。现在老程出去找资金去了，能不能找到还不知道。我现在宣布三件事：第一，孟总新招来的员工一律清退，一个不留，该补偿的要补偿，要做好他们的工作，不能引起纠纷。"

高管们面色严峻，纷纷点头表示同意。

沈丹接着说："第二，我们花高价租下的云开村写字楼，是肯定不能搬去了。交出去的房租和押金，想办法要回来，能要多少要多少，这事由我和财务总监去办。"

高管们无语，纷纷低下了头。

沈丹的目光巡视了全场一周，镇定地说："第三条，这最后一条涉及大家的利益了，鉴于公司目前的困境，从今天开始，在座的高管暂时不发工资，中层发一半，其他普通员工工资一分不能少。大家都是公司创立以来一起打拼的元老，希望大家理解公司暂时的困难，同舟共济渡过难关。但如果哪位想离开巡天我也不拦着，按照公司的辞职规矩办，就是借钱，我也补发大家三个月的工资。在场的各位，有要走的吗？"

"不走！我们不走！"彭鹰带头回答得斩钉截铁，其他所有高管纷纷附和。

"那好，既然大家相信我和老程，就请干好各自的工作，带好自己的团队。散会！"沈丹说完，留下财务总监说，"你带好相关合同和打款凭据，我们要钱去。"

沈丹带着财务总监来到那家写字楼，拿着合同好言商量，希望退租并退回已经支付的租金。开始对方的财务负责人坚决不答应，签了合同而且付了款，现在要毁约，当然是没有道理的事。他们一次次将沈丹他们推到门外，沈丹只好赔着笑脸苦苦哀求，一次不行两次，两次不行三次。对方还是以领导不在、做不了主为由，把他们赶走了。

直到一周后，沈丹将对方的领导堵在了办公室里，领导走到哪里，沈丹就跟到哪里，不断地去问他要钱。最后，这位领导被沈丹磨得终于没法子，对沈丹说："你过两天来办退款手续吧。"

两天之后，沈丹去了，但这位领导又不见了。沈丹气炸心肺，但她还是拍拍自己的胸口，让自己平复下来。她站在对方的财务负责人面前，恳求说："请你理解我，如果我们两个企业换过来，你会怎么样？我们都是女人，这个钱是我和男朋友辛辛苦苦积攒下来创业的，现在创业未成，却一下子损失了这么多。而且这个合同违约责任的约定上，不入住就不退款，不说是霸王条款，至少有失公平吧？要是我们去打官司，把双方的精力扯进无尽的官司之中，对双方都不利啊。您说呢？"

对方财务负责人看沈丹动之以情晓之以理，悄悄说："我做不了主。你先回去，我们领导什么时候来，我悄悄通知你，好不好？"

沈丹只好黯然离开。

过了几天，沈丹接到对方财务负责人电话后，终于将对方老总堵在了办公室里，同时坐在办公室里的，还有孟雷的妹妹孟扬。突然的遭遇，沈丹和孟扬都各自一愣。

当孟扬明白沈丹是来要钱的时候，主动打圆场对写字楼的领导说："沈总不是外人，300万也不是个小数，能不能退一部分啊，别伤了和气。"

对方领导换了一副客气的口吻说:"那我们退一半吧。"

沈丹说:"一半太少了。耽误你们出租,我可以接受赔偿你们一个月的房租,赔你们30万。那270万退给我们!"

对方领导僵持说:"那你到法院起诉我们吧,合同约定的是如果你们违约,全款不退!"对方说着,把合同书递给了沈丹。

沈丹没有接,回敬说:"这份合同是霸王条款,显失公平,法院也不会支持你们的。"

对方领导把合同一摔,说:"那你随便吧。"

孟扬连忙打圆场说:"要不这样吧,退200万,好不好?"

对方领导说:"行,我是看孟扬的面子!"

沈丹想了想,咬着嘴唇说:"行,马上办退款手续!"

沈丹收到通知款项已经到账的短信后,起身告别时冲着对方领导说:"你记住,这辈子我不想见到你,也不会和你做生意!"

沈丹心里清楚,这话不是说给对方领导的,而是说给孟扬的。

孟扬头一仰装作没听见。她当然也听出来了,沈丹这话是说给她的。

出门的那个瞬间,沈丹眼泪流得稀里哗啦。从见到孟扬的那个瞬间,她仿佛一切都明白了。她伤心的是,孟雷兄妹怎么可以这样联手坑自己。

沈丹想不通为什么。但要回来200万元就是胜利!沈丹清楚,这种讨债的事情太难了,不能求全胜,能要回来这些钱就能维持公司运转,渡过暂时的危机了。

真人战场

沈丹办理完终止租房合同回到公司,只见程云鹤脸色阴郁,双手抱头坐在自己的办公室里。沈丹心说坏了,这又是遇到什么麻烦了?还是没人愿意投资?

"怎么了,老程,你别这样,没有过不去的坎儿,有我呢。已经退回

200万元,我们的损失不算大。"沈丹走过去抓着程云鹤的手说。

程云鹤的双手从他宽大的额头上顺着头发往后一捋,本来硬挺的头发更桀骜不驯了,他哭丧着脸说:"跟你说件事,你可别激动啊!"

"什么事啊?你快说,你想急死我啊?"沈丹按捺不住性子。

程云鹤伸出右手的食指和中指,比画了一下,说:"我找到投资了,你猜猜多少?"

"你吓死我了!讨厌,这时候还开玩笑!"多事之秋,沈丹不敢往多了想,小心地问,"二百万?"

"不对!"程云鹤卖了个关子。

"两千万?"沈丹高兴地跳了起来,"我猜对了吧?"

"有点儿对!但还是错了!"程云鹤继续卖关子。

"快告诉我啊,到底多少!不会真是两千万吧?"沈丹扭过脸装作生气。

"两千万!没错,不过我说的是美元!我们有救了!"程云鹤哈哈笑了起来。

他本以为沈丹听到这个消息会冲过来亲自己一下,但沈丹却心事重重地坐下来说:"你先别高兴得太早,告诉我这次融资下来,你在巡天的股份还剩多少?"

"这我还没在意呢,我算算。"程云鹤此时才想起来,自己的股份还是个大问题。他掰着指头算了一下,说,"还剩百分之六十多呢,还好吧,只要挺过这个坎儿,股份多少无所谓啊!"

"你甘心做一个产品经理啊!我就知道,你是以股份为代价拿到的风险投资!"沈丹口气里充满了无奈,但她知道程云鹤要的不是金钱,而是那个让所有人都能轻松用中文上网的梦想。

"任何伟大的互联网公司,都是产品经理做起来的,比如微软的比尔·盖茨、雅虎的杨致远。"

程云鹤正要掰着指头数下去,沈丹就打断了他的话:"既然如此,有了投资,你下一步准备怎么做?"

程云鹤神秘一笑："先不谈下一步的设想，你叫上彭鹰，去北京怀柔雁栖湖，我带你们去个好玩儿的地方好好放松一下。"

北京北郊怀柔雁栖湖畔艳阳高照，蓝天白云之下郁郁葱葱。雁栖湖周边有两个季节最美，一是像今天这样的夏日季节；二是秋末，万山红遍、层林尽染、碧水蓝天。甚至很多本地人都不知道，北京最美的红叶不在香山，而在这一片深山老林里。

程云鹤并没有带沈丹和彭鹰来到湖边，而是开着车沿着雁栖湖畔的山路一直往山里走，七拐八拐停下车之后，他们钻进了一个山坳里，这时候沈丹和彭鹰才发现，这里竟然隐藏着一处鲜为人知的 CS 野战基地。

跟着程云鹤进入 CS 基地，沈丹和彭鹰顿时眼花缭乱，只见战壕沟壑纵横，城楼、碉堡、残墙、街道应有尽有。程云鹤即兴当起了向导，兴致勃勃地介绍说："看到了吗，这个基地差不多有五六百亩，可以同时容纳两个步兵营的兵力展开红蓝军对抗。知道一个加强连多少人吗？给你们科普一下，一个北方甲种摩托化步兵团的编制 2000 人左右，步兵营编制在 500 人左右，我们巡天公司目前的人员差不多勉强凑够一个步兵连。我估计，三五年内我们会扩军成一个步兵营，十年内扩军到一个步兵团。我的设想是，我们在这里建立一个巡天训练基地，就算巡天职业学校的雏形吧。现在不是拓展训练很时髦吗？你们看一下这个场地，只要你有充沛的体力和完美的技战术动作，不但能在沙场上所向披靡，还能充分体验到野战的乐趣。怎么样，有没有进入真人战场的感觉？"

说完之后，程云鹤和彭鹰领来了迷彩服和仿真冲锋枪，全副武装后，程云鹤拍了拍手中的冲锋枪说："看吧，这枪做得太差，要是我，就用 AK-47 突击步枪，我们国家一般都叫冲锋枪。这种枪的枪身短、适合近距离战斗。知道谁设计的吗？苏俄枪王米哈伊尔·季莫费耶维奇·卡拉什尼科夫。知道我为什么喜欢这种枪吗？AK-47 坚实耐用，射击性能好，不管风沙泥水都不影响射击。就像一个战士，在任何情况下都不能忘记冲锋。战士的最高荣誉，就是头朝前倒在冲锋的路上。你们知道吗？死于 AK-47 枪口下的人数，远远大于核武器。"

"没想到程总还是军事专家啊,我可是一窍不通!"彭鹰笑笑说。

"呵呵,无论你是总裁还是普通白领,只要穿上迷彩服,手持冲锋枪,在枪林弹雨中与敌人周旋作战,你就会血脉偾张。在这里,青春主宰一切。来吧,你俩扮演红军,我当蓝军,我以一敌二也会打败你俩,怎么样?信不信?"程云鹤兴奋得像个孩子。

三个人进入野战基地,端着武器的程云鹤穿梭奔跑在"战场"上。还没等彭鹰和沈丹注意,程云鹤瞬间就消失在战壕之中。等两人准备展开进攻时,却被早已从战壕另一端钻出来的程云鹤两枪打中。第一局对抗,不到五分钟就结束了。

接下来,三人又钻进丛林战场,三个人来回穿梭,在障碍基地展开搏杀,玩得不亦乐乎。直到累得大汗淋漓之后,沈丹坐在地上再也不起来了,摇着手说:"跑不动了,不玩了不玩了。"

程云鹤和彭鹰一看,只好停下战斗。程云鹤一挥手,说:"走,吃饭去!"

三人在训练基地旁边的农家菜馆里坐了下来。程云鹤对彭鹰说:"咱俩整两口?要一瓶二锅头怎么样,回去让你师姐开车。"

"好嘞!"彭鹰回答得很干脆。

三杯小酒下肚,彭鹰主动打开了话匣子:"程总,拿到投资之后,下一步您想怎么办?"

程云鹤捏起一粒花生米扔进嘴里,兴奋地嚼着说:"你知道我的性格,我最受不了别人给我下黑手,背后捅刀子,孟雷咱们留不住了,换人呗!"

沈丹夹了一筷子菜放在程云鹤面前的碟子里:"没搞清楚,你就这么敢肯定是孟雷背后捅刀子、报假案?没证据你别乱说!"

"不是他,还有谁?"程云鹤头一歪,对着沈丹说。

彭鹰站起来打破尴尬,端起杯子跟程云鹤一碰,说:"换人势在必行,但无论换谁,您永远是这支队伍的核心,是灵魂!您在,灵魂就在,人心就不会散。"

这话听在程云鹤的耳朵里很舒服,像一口暖酒下肚。他也推心置腹地说:"我只是团队的灵魂人物,但你却是公司技术方面的一面旗帜。真正带头冲杀在技术最前沿的,还是你彭鹰啊!我想给你加点儿担子,能不能把公司的管理责任担一部分啊?"

"您的意思是,让我干一点儿孟总的活儿?可我连副总都没干过,这些年一直是做产品,我也不懂管理啊!"彭鹰坦率地说。

程云鹤就喜欢彭鹰这种坦率,他鼓励说:"哪个互联网大佬不是产品经理出身?我也不懂管理,所以才请职业经理人,但事实证明他们搞砸了。不如你来挑个头,一边干管理,一边带头做开发。"

彭鹰问:"那您想好下一步要做什么产品方向了吗?"

程云鹤说:"做什么我还没下定决心,但我知道一定要抓住这次跟杨晋东争取用户的机会。如果咱们一起做起来,展开两线作战,一是跟杨晋东这边在搜索上争取用户,二是开拓新的业务,比如网络安全,我们一定会在云开村做一个伟大的软件公司。你知道人生最珍贵的是什么吗?是那些终将散尽的财富吗?当然不是,而是无法被夺走的梦想和创业激情,是生死与共的兄弟。你们这些兄弟,跟随我程云鹤绝对不仅仅是为了钱,为的是咱们兄弟的这份感情,为了一起开创一份伟大的事业!只要有兄弟在,事业就在,梦想就在,巡天公司的核心价值观就在!"

此时的彭鹰才发现,看似在商场上纵横捭阖、征战杀伐的程云鹤,骨子里却有诗人气质。

但是,目前除了与杨晋东在搜索上的竞争,下一步公司业务往哪个方向发展,彭鹰却看不清前路。

沈丹最了解程云鹤,程云鹤已经想到了网络安全,但却没有下定决心。在拿到这笔投资的时候,投资人一定跟程云鹤有过深层的交流,但程云鹤却不愿意说出来。

沈丹明白,与其说程云鹤不愿说,不如说程云鹤需要一个人帮他下决心!因为程云鹤一直跟她念叨,他一直在考虑一种办法去掉自己头上被强加的"流氓软件之父"的帽子,但又不想引起其他互联网公司的围猎。

去掉流氓软件,是网络安全领域之事,所以沈丹猜想程云鹤打算进军网络安全行业，方向已经确定，只是很多细节没有想好而已。

一直在喝茶的沈丹突然插话说："老程，你有没有发现一个问题。电脑只要一上网，各种插件和流氓软件横行，弹窗眨眼之间就会从电脑右下角跳出来。就像《水浒传》里的洪太尉，强迫住持真人打开镇妖的伏魔之殿，放走了殿内镇压的三十六天罡星、七十二地煞星。洪太尉误放妖魔差点儿闹翻大宋，流氓软件和各种病毒为祸互联网，能不能从这个方面考虑一下？毕竟，你被扣上的'流氓软件之父'帽子，你得自己摘下来！你不摘，谁也不会帮你摘！在任何行业里混，声誉都是第一位的！"

沈丹仿佛是那个点燃思想火种的人。在电光石火之间，沈丹的话就像一个火星子扔进汽油桶，点燃了程云鹤和彭鹰的灵感。

程云鹤笑着对彭鹰说："彭鹰，有没有兴趣成立一个项目组，开发一款软件，先干掉流氓软件？我们要堂堂正正在网络江湖立足，就要放下屠刀立地成佛！"

沈丹的提醒，让程云鹤和彭鹰也确认了巡天公司前行的方向：网络安全！

第二章

自投罗网

公交卡漏洞

程云鹤面对杨晋东在搜索市场上的攻城略地，如芒刺在背，试图突出重围。与此同时，黑客入侵让东河市公安局网络安全保卫处副处长邓宝剑、胡平阳、林欢等人如临大敌！

黑客入侵地铁控制系统，国内从无先例，放眼全球也没有这么大胆的黑客。如果东河地铁被黑客控制，后果甚至比美国的"9·11"事件更可怕。如果真的是黑客发动恐怖袭击，那后果谁也无法预料。

邓宝剑严令胡平阳："我立即将案情上报公安部，同时市局决定成立专案组，我任组长，主要成员有你和林博士。从现在开始，密切监视入侵地铁系统的黑客动向，一旦黑客露头，立即循线追踪，绝不放过。全处所有同志严阵以待，随时提供一切支援！"

在接下来的日子里，从每天清晨地铁开始运行，到深夜地铁停运，邓宝剑带领胡平阳和林欢穿梭在东河地铁的各个站台，对东河地铁无线安全系统进行了全方位的侦测。

白天，胡平阳全天候守在地铁控制系统的机房里。而林欢则抱着一台笔记本电脑，旁若无人地或坐在地铁里，或蹲在站台上，始终监测着地铁系统，搜索任何一个可疑的信号。

曾经有一次，林欢和下班的谢侠在地铁里擦肩而过，但两人互不相识。

经过一周的跟踪监测，在多次论证与推演之后，林欢非常确定地向邓宝剑汇报说："我们已经堵塞了黑客可能入侵的所有漏洞，黑客再次入侵的可能性几乎为零！也就是说，目前的系统是安全的！但我更关心的是，这个胆大包天的黑客是谁。"

邓宝剑笑了笑："我要知道这黑客是谁，不就省劲儿了吗？黑客之所以黑，就是躲在暗处嘛！干坏事的人，总是见不得天日。不过，你们要密切监视，绝不能有半点儿松懈，要是黑客冷不防背后来一刀狠的，那我们不集体脱警服，也得掉层皮！"

林欢庄重地说："这个黑客，敢拿成千上万人的生命开玩笑，黑得我都开始怀疑人生！不过，东河虽然不是纽约，要是真有人敢发动恐怖袭击，地铁绝对是个焦点！我们当下第一任务，就是要挖出这个黑客！"

邓宝剑赞许地对林欢说："没错，这就是我要交给你和胡平阳的任务。你现在回你办公室吧，你的入职手续已经办完，警服放在你桌子上了，快去试试吧。"

林欢一听，兴奋地回到自己的办公室，一眼就看见自己办公桌上摆着一套警服和警帽，警服上面，还搁着一本带着警徽的警官证。

"咋不给配枪呢？警察叔叔不是都配枪吗？难道警察妹妹没资格啊？"林欢嬉笑着翻动着警服和警官证。

"警察叔叔有枪，妹妹用枪得找叔叔打报告啊！"胡平阳开着玩笑走过来，歪着头对林欢说，"快穿上，打扮打扮给师父看看，我们的网络女警花不一般啊，还是博士厉害，一授衔就比师父高一级！"

此时林欢才发现，自己的警衔是一道杠三颗星的一级警司，果然比一道杠两颗星的二级警司胡平阳警衔高。但她并没有表现出有多么兴奋，而是扔下警服，拉着胡平阳走出办公室，追问胡平阳："你跟彭鹰很熟悉，是吗？"

"是啊，你怎么突然想起来问这个？"胡平阳随口回答。

"你们认识多久了？"林欢表情很凝重。

"有三四年了吧，你问这个干吗？你告诉我，我再说。"胡平阳有些不解。

"你们怎么认识的？你实话告诉我，那天你带我去的公司，是彭鹰的吗？我那个女同学孟扬，是他女朋友对吗？"林欢抛出一连串的问题。

胡平阳正挠着头不知道怎么回答，邓宝剑走过来叫住他们说："快过来吧，刚说黑客都是躲在暗处的，这大白天的，就有一个嫌事不大的家伙来闹鬼了。一个小子破解了公交卡，上门跟我们叫板来了，咱们去会会他吧。"

"邓处，你有毒啊？说谁谁到！"胡平阳调侃道。

林欢停止对胡平阳的追问，与胡平阳一起跟着邓宝剑进了邓的办公室。

一个身材高瘦、穿着紧身花格子衬衣的小伙子坐在办公桌前，看见有人进来，他才客气地站起身来。

见惯了帅哥的林欢，忍不住多看了小伙子一眼：这个风流倜傥又有点儿傲气的小伙子太像吴彦祖了，那清秀劲儿，还有点儿像韩国的某个影星，更像某个自己熟悉的人。

至于像谁，兀自愣神的林欢一下子想不起来，脑海里却突然冒出一个词：纨绔子弟。

而胡平阳一眼就认出来了，这小子正是巡天公司那个叫谢侠的家伙。

"来，我介绍一下，这位是谢侠，巡天公司工程师，也是黑客。"邓宝剑说完，又指着胡平阳和林欢说，"胡平阳警官、林欢博士都是我们网安的精英，你有什么新发现，跟他俩交流一下吧。"

"哦，警察同志，必须说明的是，本人不是黑客，我的准确称呼是网络工程师，也就是你们说的白帽子，请记住，我叫白帽子！"谢侠突然间的一本正经，惹得大家忍俊不禁。

谢侠也不在意，话锋一转，对林欢说："失敬了，女博士好！"

谢侠说的"女博士"三个字，拖长了尾音和间隔，让人听着那么别扭！

"你真够贫的！"林欢不客气地回敬了一句，刚刚第一眼的好感瞬间化为乌有。她皱了皱眉头，没有跟谢侠握手。

谢侠的手在胸前画了一圈儿，讪讪地握在了林欢身边的胡平阳手上："哥，你好！"

胡平阳也没接话，毫无表情地背过手，象征性地点了点头。

邓宝剑打破尴尬："都坐下说吧！"

"不用，你们忙，我也很忙，说完我马上闪人！"谢侠从胡平阳眼神里看出了不屑，自我解嘲说。

"你说，有什么事？"胡平阳问。

"没多大事，就是我把公交卡攻破了。我想这事估计得归你们管，我来就是告诉你们一声，别说我没告诉你们。"谢侠一脸小事一桩的样子。

"你怎么攻破的？"胡平阳迫不及待地问，在场的几个人都警觉起来。

"在射频安全领域，我有点儿技术积累，就想看看这个公交卡有没有射频安全问题。试了一下，果然有问题啊。"谢侠轻描淡写地说。

"你懂射频安全？"林欢忍不住细细打量了谢侠一番。

射频安全是鲜为人知的新型无线网络安全领域，正是林欢的博士研究课题，在卡内基梅隆大学都是顶尖的研究，国内这个领域的研究人员凤毛麟角，能称得上专家的人士更是屈指可数。眼前这个略带痞气、满嘴跑火车的小伙子，却用漏洞攻击的方法，攻破安全程度极高的公交卡，不能不引起林欢的注意。

林欢连忙主动发问："你什么学历？哪个学校毕业的？清华还是北邮？你具体说说，是怎么攻破的？"

谢侠环视了在座的三人，有些得意地说："我中专都没上完呢，清华、北邮的门儿朝哪儿我都不知道。怎么了女博士？不信吗？那我给你普及一下射频安全知识吧，大多数信息存储卡是32个区，一般的标准卡是16个区，但真正的数据存储，大概使用不到这么多区，几个区就够了。所以，我不用全面攻破这32个区，只要通过漏洞侵入后控制一个区，就可以继续扩大战果侵入其他存储区域，因为内部区域的防范措施有漏洞。就像我只要打开你家防盗门，进屋之后无论卧室、客厅还是厨房、卫生间，都是畅通无阻的。明白了吧？对啦，你家客厅和厨房不会上锁了吧？"

"上不上锁关你什么事？你刚才说的意思是，你通过漏洞攻击进入之后，就意味着，你可以随便修改公交卡里的数据。至于给卡里充值，几乎就是一键搞定，对吗？"林欢问。

"果然是女博士！没错！"谢侠再次把"女博士"的尾音拉得很长，然后故作神秘地说，"接下来，我用自己的公交卡做试验，侵入并控制了其中一个区，但这个区并没有金额、交易记录等信息。我依靠自己的经验写了破解程序，把这张卡所有可以写权限的密码，全部破解了。你们当然明白，如果让黑客攻破这个系统，好可怕哟，就像贼进了家门，随便翻是不是？要真是坏人攻破了公交卡，只要随便在网上买个百元的读卡器，加上侵入程序就可以随便刷卡充值了。东河常住人口2000万人，有很多人不止有一张公交卡，如果遭到攻击，你想想吧，整个公交系统就会全部乱套。"

邓宝剑接茬说："后果严重到什么程度，我们当然可以预见。不过小伙子，你还是值得表扬的，你没有因为发现漏洞去干坏事，而是报告给我们，证明你是充满正能量的，你这个白帽子，所言不虚！"

"当然！白帽子代表了正义、正直、正能量，我要是黑你们，也不会主动送上门来，我没那么傻！"谢侠坏笑地看着林欢。

"该说的我说了，这是我找到的漏洞，还有技术攻击方式和我做的解决方案，现在就交给你们，你们转交给公交公司吧。下一步的事情我就不管了，我公司里还有好多事呢。"谢侠拿出一个U盘递给林欢，说完就要走。

邓宝剑伸手拦住谢侠说："小伙子，你可不能走，我们正在完善网络安全领域的报毒规则，你攻破公交卡这件事，可以作为一个范例。我们按照程序，立即上报给中国信息安全应急响应协调中心，这个机构负责接受信息安全问题，然后按照规则办事，好不好？"

"那好吧，那我先回去等着，你们随时叫我吧。再见，女博士！"谢侠拖着长长的尾音告别。

林欢厌恶地皱了一下眉头，没有抬头打招呼，而是在电脑上打开了谢侠提供的 U 盘。

流氓软件

在怀柔雁栖湖野战基地的讨论中，程云鹤确定把网络安全作为巡天公司下一步的发展方向。那么，在与病毒和黑客作战的这场战役中，用什么样的战略战术得民心、赢天下？

每次遇到重大决策问题，程云鹤总是习惯于在《命运交响曲》中寻找灵感。程云鹤打开办公室的音响，播放起了《命运交响曲》第三乐章，在快板 C 小调的四分之三节拍中，命运的变奏依然凶险莫测，但在大提琴跃跃欲试的曲调后，乐队奏出旋风般的舞蹈主题，引出振奋人心的桥段，在低音乐器震撼人心的渐强声中，仿佛昭示着黑暗必将过去，曙光就在眼前。

"我要扼住命运的咽喉，它不能使我屈服！豪情战胜宿命，光明战胜黑暗，命运的交响必然迎来壮丽凯歌。"想到这里，程云鹤抓起电话打给彭鹰，"走，今晚到我家整二两。"

程云鹤拉着彭鹰坐在自家客厅的餐桌前，沈丹在厨房里忙得热火朝天，不到半个小时，一桌色香味俱全的饭菜摆在了三人面前。

"今天难得我兴致高，咱们聊聊历史呗？"程云鹤端着小酒杯，一饮而尽，还满意地咂巴了一下嘴。

"聊吧。"沈丹和彭鹰知道程云鹤没空儿闲聊，一定有重要的事情需要做决策，说不定内心正在"四海翻腾云水怒、五洲震荡风雷激"呢。

两人摆出一副乐意奉陪的架势。

沈丹与彭鹰之所以有如此默契，是因为在卡内基梅隆大学，当年两人陪着孟雷吃饭，也是这样附耳倾听的。只不过，孟雷喝的是红酒，程云鹤饮的是白酒。

沈丹也恍惚回到了美国匹兹堡，那时候，三人经常一起买菜到孟雷租住的公寓里做中餐。卡内基梅隆大学的上空，飘荡着他们温暖的青春时光。

沈丹突然想起，彭鹰从美国毕业回到东河当天，在欢迎他的晚宴上，除了郁郁寡欢的孟雷和笑得花枝乱颤的孟扬，还多了一个慷慨激昂的程云鹤。

彭鹰心里清楚，孟雷在匹兹堡追求沈丹好几年，但沈丹却对孟雷敬而远之。在孟雷面前，彭鹰自惭形秽，一直把对沈丹的那份复杂的感情藏在心底，直到孟雷黯然回国，他才委婉地向沈丹表露了自己的心迹，但他也不软不硬地碰了个钉子，沈丹拒绝了他。孟雷和彭鹰都猜不透沈丹到底喜欢什么样的人，但他们都万万没想到，最终抱得美人归的，竟然是这个有些莽撞的程云鹤。

那天在程云鹤为彭鹰摆下的接风宴上，三个各怀心事的男人，一边称兄道弟一边频频举杯，最后喝得酩酊大醉。

彭鹰回国后，在程云鹤的邀请之下加盟巡天公司，从创业元老成为巡天公司的三号人物。后来，孟雷被程云鹤夫妇请来担任公司总经理，三个同学再次聚首。可谁也没想到，大师兄孟雷负气出走，竟给巡天带来了一次危机。

也正因为这次危机，让程云鹤找到了网络安全的发展方向。

程云鹤端起酒杯感慨道："按照孟雷的说法，互联网发展到今天，如果想做一个伟大的公司，不一定是最挣钱的公司，而是赢得民心的公司。用户至上，得用户者得民心，得民心者得天下。只要扎扎实实地为用户做事情，最终就会赢得他们的认同，对吗？"

"对极了，当一个人朝着自己梦想的方向拼命奔跑的时候，路上的风、天上的雨都不再是他的对手，因为此时他的对手只有自己！但同时你必须想到一条，颠覆式创新就是改变规则，改变之前，你必须首先想好要付出的代价。"沈丹明白程云鹤要做出重大战略决策，因此特别提醒了一句。

彭鹰说："你俩谈战略，我只能谈谈战术。从战术的层面来说，战术不同决定了结局的不同。名将善于集中优势兵力打歼灭战，不在乎一城一地的得失。而庸将用兵，每个山头都要派兵去守，兵力分散战斗力就会减弱，就形不成一招制敌的拳头。我虽然想不到具体怎么办，但毕竟巡天公司不是专业做网络安全的，贸然抛出一个杀毒软件，背后没有强大的技术支持必然会全军覆没。"

程云鹤说："最好的办法是合纵连横，建立统一杀毒战线。"

沈丹不无担忧地说："杀毒软件公司早已把市场瓜分完毕，他们怎么可能跟我们搞统一？要说统一战线，只可能是他们统一起来灭掉我们。所以，还是找准一个不会引起他们强烈反弹的切入点，先壮大自己的力量，在用户中赢得口碑，再进入杀毒市场。就像我军建立了大片敌后根据地，拥有雄兵百万之后再对阵敌人，无论是战是和，都有主动权了。"

彭鹰说："我们自己建根据地已经没有机会了，有一款外国杀毒软件就是前车之鉴，来自欧洲的杀毒企业推出的杀毒品牌尤利西斯，他们拼尽全力杀进中国，却被中国杀毒市场的传统公司围追堵截，要死不死，要活不活，尽管努力挣扎，但一直处于半死不活的状态。"

电光石火之间，程云鹤一拍脑袋，说："但他们的杀毒引擎，我们倒是可以拿来一用！说干就干，我们明天就去找尤利西斯谈判去！"程云鹤端起酒杯，一饮而尽。

程云鹤带着沈丹和彭鹰，与尤利西斯的老板坐在了谈判桌前。

经过几轮磋商，程云鹤与尤利西斯达成协议：巡天每年向尤利西斯公司支付300万美元，由尤利西斯提供杀毒引擎，巡天公司把尤利西斯的杀毒引擎与巡天杀毒软件捆绑起来，提供给用户。

这就相当于自己做了个爆竹，借用别人的二踢脚发射出去，虽然不伦不类，但火箭的雏形可就出来了。

程云鹤是这样一类人，把梦想当生命、把平淡当激情、把散步当冲锋。杀毒这么过瘾的事，最能够调动起他的激情。

程云鹤将巡天公司杀毒软件开发团队起名为独角兽战队，彭鹰担任独角兽战队负责人，谢侠、陆璐都是核心成员。在彭鹰带领谢侠等人研发杀毒软件的过程中，谢侠惊奇地发现，很多大公司都在使用流氓软件，而且多数都有很强的内部保护。

谢侠对彭鹰说："目前最强大的流氓软件，一款是金点公司的搜索插件，还有一款是潜龙公司的流氓软件，是请国外杀毒专家帮他们设计的保护系统，国内没有这么高的技术把它清掉，一般的杀毒技术也杀不掉它们，导致很多网民有插件也清除不了，怎么办？"

彭鹰说："按照程总的意见，独角兽战队之所以把第一波的攻击目标锁定在流氓软件上，相当于清理战场障碍物，而流氓软件对老百姓上网的影响巨大。至于潜龙公司的这个流氓插件，你先不要动，不要忘了，孟雷现在是潜龙公司的老大，不然会捅马蜂窝的。"

谢侠说："事实上，大部分流氓软件都是互联网大牌公司做的，杀毒企业跟这些互联网公司都有切不断的联系，因此互联网界有一个不成文的默契：杀毒企业不把流氓软件当病毒，也不会去查杀。因为谁查杀流氓插件就是断人财路，自己又不得利。"

彭鹰说："清理流氓插件意味着把战场上的杂草和灌木丛清理干净，这样病毒就更容易暴露在独角兽的火力打击之下。每个著名的流氓软件背后都是一家大公司，剜大公司的心头肉，这和一场火并差不多。所以，我们还是慎重为上，不能让别人抓着把柄。"

谢侠为难地两手一摊，说："这个不能动，那个不能动，我们的战队作为冲锋在前的杀毒战士，又必须打好这一仗！这些插件还怎么清理？"

"凡是流氓软件全部清除，一个不剩，连我们自己的巡天弹窗插件也要清除！"程云鹤不知道什么时候走进办公室，一锤定音地说。

"那就好办了！欲练神功，必先自宫！"谢侠笑着做了个鬼脸，扭头忙活去了。

彭鹰和谢侠把清理软件做出来之后，经过公司的慎重讨论，巡天公司为这款软件起名为"巡天神剑"。

这款软件不但具备流氓软件查杀、系统自动修复功能，还具备尤利西斯自带的病毒查杀功能，大有降妖伏魔的意思。

程云鹤把公司的销售人员集中到雁栖湖野战基地进行强化培训，集中精力讨论推广"巡天神剑"的办法。他还请来各大网络公司的销售高手，给大家传授软件渠道的拓展秘籍。

不仅如此，程云鹤也亲自登台演讲。他激情四射地说："你们都给我冲到一线去，沉到社会最底层，我不管你找卖鱼的、卖菜的还是找七大姑八大姨，只要把软件卖出去就是胜利。让那些深受流氓软件之苦的中小企业和广大网民都能便捷地使用互联网。我给大家算一笔账，一个企业花年费500元买咱们的软件，中国有多少企业？万分之一，哪怕是十万分之一的企业用我们的软件，会是什么样子？要打一场人民战争，像《南征北战》那样，用我们的双腿，跑过敌人的汽车轮子！大家伙儿拼命去干吧！放心，奖金厚厚的，福利高高的！"

这种一对一的游击销售模式，在当时最有效率。很快，在当时所有互联网公司都在烧钱的时候，巡天神剑软件开始有了小小的盈利。

程云鹤明白，这种传统的销售模式肯定不是互联网的未来，必须寻找更适合互联网的商业模式。

与此同时，普通用户盼望清理流氓软件，就像干裂的大地渴望雨水一样！

在流氓软件肆虐的年代，几乎所有人都为流氓软件头疼不已，无论是开机还是上网聊天查找资料，都卡得不行，而且随时都会跳出一些流氓软件引导用户点进黄色网站，无论怎么删都删不掉，多数用户无奈之下只好重装系统，有的用户几乎每个月都要重装一次系统。

清除流氓软件看似是巡天杀毒的小试牛刀，但令各大网络公司惊诧的同时，也引发了它们的疯狂反扑！

第一场是技术升级战。各大杀毒企业开始在杀毒软件的升级过程中，添加清理部分插件的功能，尽管做得不如巡天神剑彻底，但用户不用再花钱就能通过网络在线升级获取清理功能，巡天神剑的市场份额开始下滑。

第二场是一触即发的价格战。在杀毒市场的格局中，国内杀毒软件和进口杀毒软件经过博弈后，价格基本固定在百元左右，保持着微妙的平衡。面对巡天神剑的冲击，他们几乎同仇敌忾地站在了一个战壕里，联手把价格调低了 30 元左右，一下缩小了与巡天神剑的价格距离。巡天神剑软件马上在市场上滞销。

程云鹤正沉浸在《命运交响曲》的乐曲中苦思冥想的时候，彭鹰敲门进来问："价格战打响了，这下咱们怎么办呢？"

程云鹤说："这个价格战一下把我打醒了，我把巡天神剑清理软件的价位定得只有他们的一半，看来低价策略也不管用啊。巡天神剑上市时间太短，技术含量也不够高，并没有市场口碑，即便定的价格再低，用户也不买账。"

彭鹰说："我们巡天神剑的功能还是比较强大的，围剿流氓软件肯定没问题，这不是技术问题，应该考虑怎么调整一下销售策略。我们开始的时候考虑得有些简单了，光靠技术优势和价格战还远远不够。那么，什么才是更好的赢得民心的撒手锏呢？我们辛辛苦苦做出来的软件，总不能白送吧？"

"那就白送！别人收费，我们免费！白给的谁不喜欢啊！"程云鹤笑嘻嘻地说。

"不会吧？您开玩笑吧？"彭鹰有些惊诧。

"这有什么不会的？软件免费大势所趋！将来搞不好硬件也要进入免费时代呢。"程云鹤说。

彭鹰提醒说："我们目前底子不厚，几十个人的团队提供清理插件的无偿服务，吃喝拉撒一大摊子，您可做好思想准备了？"

"想好了，你注意到没有，中国的用户只肯把钱花在看得见的东西上，绝不在知识产权上投入，所以愿意花钱买硬件，但你见过几个人愿意花钱买软件的？都是能用盗版绝不用正版。那我们就利用这个心理，免费推出去，只要赢得用户，就有了一切！你信不信，将来的互联网江湖，一定是免费为王！今天是软件免费，总有一天，硬件都会免费的！"程云鹤说。

"那是以后的事情，我只想知道，这次是不是想好了。"彭鹰问。

"我想好了！"程云鹤斩钉截铁。

"好，我这就去布局！"彭鹰得到程云鹤肯定的答复后，转身而去。

巡天神剑

在巡天神剑软件免费版发布之前，一场充满火药味的董事会，在巡天公司召开。

等全部六名董事会成员及其他相关人员在会议室坐定之后，程云鹤宣布了他的设想："彭鹰和谢侠他们经过夜以继日的研发，我们巡天公司进入安全市场的第一款杀毒软件横空出世，名字就叫巡天神剑，前期销售不错，但最近几家杀毒企业降价，怎么办？我的想法是免费推出！"

会场顿时炸开了锅，大家面面相觑，然后把吃惊的目光投向了程云鹤，像看一个怪物。

程云鹤被看得浑身不自在，他左右看了看会场上的所有人，然后问道："你们怎么了？这么看着我干吗？"

一位董事会成员说："老程，你有没有核算一下成本？前期的研发、后期的更新、长期的服务，做软件和维护，不花钱吗？光买尤利西斯杀毒引擎就花掉了300万美金，目前杀毒企业共同遵守的商业模式是收费杀毒。你提出免费杀毒，这是破坏商业规则啊！"

程云鹤预感到会遭受质疑，显然有所准备，他慷慨激昂地说："规则就是用来打破的。那些杀毒企业都是一些大家伙，他们都很厉害，我如果跟他们都一样，大家看到了，卖光盘我们卖不过他们，他们卖100，我们就是卖50，也不会卖得比他们更好。什么叫创新？把别人做过的事情，换一种思维方式来做，就是创新。"

另一位董事会成员提出质疑："我们的核心竞争力就是巡天神剑，也是主要收入来源，如果连核心软件都免费了，我们巡天靠什么生存？"

程云鹤说:"我最近感觉到来自两个方向的危机。一是技术战,我们并不比传统企业水平高;二是价格战,我们被逼进了死胡同。大家说我们不免费怎么办?与其苟延残喘,不如壮士断腕!软件免费是必然趋势,目前各大杀毒企业都依靠卖软件生存,他们好比航空母舰,无法轻易掉头。但我们是快艇,可以灵活机动。我们不跟他们比力量,但可以比速度。对手技术强大,杀毒技术门槛并不是特别高,如果不免费,我们所有用户都会被别家抢去,巡天赖以生存的根本,就会瞬间土崩瓦解。与其等别人来抢我们的地盘,不如我们自己打土豪,把田地免费分给老百姓,把杀毒软件分享给用户。当然,这个土豪就是我们自己,就是投资人了!"

董事会中的第三位投资人代表站起来:"老程,没听说自己打自己的土豪的,当年红军也没这么干过啊,你能不能不这么折腾了?我们已经失败过几次了,不怕再次失败吗?"

"你要看着巡天死,还是半死不活?从哪里摔倒,就要从哪里爬起来。如果害怕失败而不去尝试,那才是最大的失败。"程云鹤坚持说。

另一位投资方代表不无讥讽地反问:"听程总的口气,已经高瞻远瞩、运筹帷幄、决胜千里了吧?"

程云鹤坦言:"那是抬举我了,根本没那回事,之所以拿免费说事,我告诉你吧,我就是黔驴技穷,想不出更好的招数了。如果你有,可以告诉我,我按照你的招数办。但我告诉你两条我理解的互联网法则,无论做什么产品——哪怕是一件很小的东西——一是要满足用户体验,越简单越容易普及;二是改变商业模式,人家收费我免费,你认为什么叫颠覆式创新?免费就是创新。互联网成功的例子都在这两条里面,请大家好好琢磨。"

"那你做好失败的准备吧!"一位投资人说得更直接。

程云鹤的回答毅然决然:"资本是逐利的,你肯定会反问,谁肯给我投资?但你这是一元价值观,评价一个人、一个公司,不是以他赚了多少钱来衡量,甚至不能用成功失败来衡量,要看他给社会和大众创造了什么价值!哪怕失败了,如果对这个产业的进步有帮助,那也是值得的。况且,我免费的目的是抓住用户,只要抓住用户,赚钱是分分钟的事情!"

这位投资人不无担心地说:"我的意思是说,如果免费,必然打破目前的平衡局面,必然引来杀毒企业和各大互联网公司的围追堵截。巡天还是个小公司,还在靠烧投资人的钱生存,到时候我们拿什么跟财大气粗的杀毒企业拼啊?"

"最好的平衡,就是我们免费的软件的确好用。互联网是口碑时代,只要出现用户大量增长、用户主动传播,那就意味着破局点的到来。平衡打破了,我们才会有生存的机会。说穿了,我是把巡天杀毒当作根据地来经营的,以前公司有过多次失败,我承认我应该负主要责任。但目前我能看到的,最好的进攻方向就是杀毒这块地盘。如果把彭鹰和谢侠他们开发的产品做到上亿甚至几亿的下载量,那个时候,我们光靠流量就能跻身中国互联网公司前列。我坚信,我们一定能行。"程云鹤豪情满怀地说。

"就凭现在的软件,下载几个亿?怎么可能?"大家交头接耳,议论纷纷。

眼看火药味越来越浓,一直微笑着没有说话的沈丹开口了,她慢慢悠悠地分析说:"不知道大家注意到没有,在今天之前,中国互联网界共发生了两次收费PK免费的战争,前两次战争分别发生在电子邮箱、电子商务领域,结果是什么呢?每次战争都是以免费的胜利而告终,并带来更好的产品、服务和商业模式。虽然我们错失了这些机会,但我个人认为,互联网安全软件免费是大势所趋,至于能带来什么新的商业模式,我们的确都还不知道。但有一点是实践证明了的,只要有用户支持,就会有机会创造新的商业模式。马云刚开始在阿里巴巴平台上卖东西的时候,谁也不知道芝麻会不会开门。但我们看到了,阿里巴巴已经推开了那扇虚掩的门,马云已经获得了大量的融资,他的淘宝电商平台已经聚集了足够的人气!"

彭鹰也忍不住站起来说:"请大家注意一下,收费是商业时代的思维,免费是互联网思维。我们已经进入互联网时代,必须用互联网思维考虑问题。我觉得,硬件为王的IT时代已经过去,这种互联网时代也不会太久,都会很快过去。用不着十年,也许三五年就会有新的时代到来。现在美国人已经提出万物互联，也许物联网时代或者数据时代很快就会取代我们今天这个时代。跟随时代变化的思维考虑问题，是我们这些走在科技前沿的同人必须具备的基本素养。基于互联网思维，我赞成杀毒软件免费！"

由于有沈丹和彭鹰的支持，程云鹤力排众议，做出了免费推出巡天神剑的决策。尽管程云鹤觉得这个决策事关自己的声誉与梦想，但多数人都认为程云鹤在进行一场豪赌！

因为此时包括程云鹤在内，谁都不知道免费能带来什么样的盈利模式。

"宁与整个互联网世界为敌，我也绝不后退半步！"程云鹤拿出一副破釜沉舟的架势。

就在巡天神剑软件发布之前，沈丹突然提出："发布杀毒软件时，一定要在软件名字后面加上"测试版"三个字，以免软件不稳定，同时也好避开传统杀毒企业的极力反弹，防止引发其他问题。"

尽管彭鹰极力反对，但程云鹤还是听从了沈丹的建议。

随后，巡天公司召开盛大的新闻发布会，宣布推出"巡天神剑软件测试版"，并宣布永久免费。程云鹤在发布会上踌躇满志地说："欲练神功必先自宫，杀毒软件市场，到了重新洗牌的时候了！"

程云鹤当然明白，免费软件尽管加上"测试版"三个字，但其实也就等于宣布巡天进入杀毒市场，这就把做安全和流氓插件的公司全得罪了。所有传统杀毒企业都是靠卖安全软件生存的，大多数互联网公司劫持用户也都是用流氓软件进行推广，而且这几家公司都是土豪，巡天公司却是个穷小子，公司一分钱没挣呢，全靠投资人的钱维持。听说程云鹤要搞免费杀毒，着急上火的投资人恨不得给程云鹤下跪！

国内杀毒软件市场主要集中在几家大杀毒公司手里，它们垄断着75%的市场份额，其中杀毒巨头潜龙占有非常大的份额，享有着价值高达数亿元的"蛋糕"。

程云鹤这一免费，整个安全行业全炸锅了。

在程云鹤推出免费巡天神剑软件的当晚，潜龙公司的老大孟雷就给他打电话:"老程啊,你不是砸了我们的碗,你是砸了我们的锅啊!你这样一免费,我们怎么办啊?我建议你不要贸然做免费,甚至也不要涉足杀毒市场,这个行业水太深,搞不好会有灭顶之灾的。"

程云鹤当然知道孟雷所说的"灭顶之灾"实际上是在提醒他不要断了别人财路。

对于孟雷,程云鹤口气上一直很客气,他耐着性子说:"你是了解我的,在别人眼里我是来搅局的,但客观地说,我们都已经明确地看到,互联网最基础的服务全部都是免费的——你的潜龙邮箱是免费的,你的潜龙搜索是免费的,你的潜龙新闻也是免费的,连在潜龙网上买东西也都是免费的。你那么多业务都是免费的,那么,网络安全是基础的基础,咱们凭什么收费呢?将来的大趋势肯定也是免费的。什么都可以改,但天下大势,我们无法改动,只能适应,顺之者昌逆之者亡啊。既然免费是趋势,你就挑个头,大家都来做免费吧。"

"潜龙做得好好的,我能赚钱,凭什么做免费啊?不做。"孟雷回绝了。

"你不做,也别拦着我做。我做我的免费,你潜龙该收费还继续收费。"程云鹤说。

孟雷说:"你不挣钱也不让大家挣钱,你犯了众怒,考虑过后果吗?在这个行当里干了这么多年,其中甘苦我们自己都明白。"

"你已经教会我创业的甘苦了。但也请记住,大争之世,必须奋发图强,希望你能够理解。"程云鹤的话毅然决然。

浸淫互联网多年,就要千锤百炼出一颗锤不扁砸不烂的钢铁心脏。原本相安无事的多家杀毒公司,前所未有地联起手来,开始了与巡天公司的博弈。

程云鹤刚刚宣布推出永久免费清理软件,过了一周,潜龙公司宣布,在全球推出永久免费的"潜龙怒吼"清理软件,并捆绑针对个人用户免费期为一年的"潜龙防火墙"。孟雷在新闻发布会现场慷慨陈词:"全功能的潜龙怒吼加防火墙,将在全球以中英文两种版本同步发行。"

"请问孟总,您这是正面迎击巡天神剑的免费策略吗?"有记者现场提问。

孟雷微微一笑："潜龙公司认为，免费试用的模式是互联网时代通行的营销方式，让用户以先尝后买的方式来决定最终的选择，符合广大用户的利益。因此，相关杀毒企业的做法无可厚非。但是，如果相关杀毒企业拿着外国的杀毒引擎套上一个漂亮的民族外衣欺骗用户，以达到抢占市场的目的，最终只能为大家所揭露和鄙弃。潜龙凭借雄厚的技术底蕴和资金实力，完全有信心展开公平、公正的竞争。"

潜龙没有把矛头直接指向程云鹤，而是指向了与巡天合作的杀毒引擎尤利西斯。潜龙怒吼的推出，就是为了阻击巡天神剑捆绑的杀毒组件。

潜龙还喊出了一个口号，将这次免费活动戏称为"跨过伪军打鬼子"。

紧随潜龙之后，杨晋东的金点公司也宣布加入杀毒行业，孟雷和杨晋东互相站台、遥相呼应。其他杀毒公司也紧跟着站出来强烈回应巡天公司的搅局行为，全部宣布推出免费杀毒软件。

后门隐私

彭鹰拿着一份报纸摔在了程云鹤桌子上，面色凝重地说："有些人把我们当猴耍，忍不住想戳一下，以为是戳了猴子屁股，猴子只能叫一声迅速跳开。可那些动手动脚的人并没看清楚，等他们听到老虎的吼声，才知道戳了老虎屁股。程总，看看吧，估计这是金点杨晋东干的好事，你觉得该不该怒吼一下？"

这是一份名不见经传的《东河新闻报》，头版的标题是《巡天隐私后门之谜》。这个标题让程云鹤微微一笑，自从创立巡天公司以来，各种泼脏水的事情太多了。他没有太在意，随手翻了一下准备扔掉。翻过头版之后却愕然发现，这期报纸关于巡天公司的深度报道，竟然有五个版！

程云鹤笑笑说："中国互联网企业正在群雄争霸过程中确立自己的丛林法则，在互联网法则还未完全形成的时候，如果媒体连最基本的互联网思维都不甚明了，又搞不清专业技术，怎么可以对这种你死我活的血腥争斗指点对错？"

程云鹤虽然这么说，他还是捺着性子看了下去。

导语由一则新闻开头：几个月前，金点公司将巡天公司告上法庭，巡天公司面临高额罚款。

这起巡天与金点公司的官司，法院还没有做出判决，记者怎么就先入为主地说成了巡天公司面临高额罚款呢？一场未分胜负的官司成为文章的开篇导语，什么情况？

程云鹤骂了一声胡说八道，拿着报纸继续读下去。这篇文章对巡天公司和程云鹤的评价是：巡天公司清除流氓软件的行为，不仅对互联网行业有巨大的破坏性，对互联网秩序产生严重的破坏力，更是对整个社会产生"艾滋性浸润"。文章称，对于程云鹤和巡天公司的行为，基本上分为两个阵营，爱之者为之欢呼，恨之者为之切齿。而欢呼者，正是出于对巡天公司清除流氓软件破坏性快感的获得，以及对破坏过程中继续呈现的"艾滋特性"的认可。

为了证明巡天这种"艾滋特性"的存在，文章虚拟了A、B两人的对话：

A：你知道你的电脑里有一根来自巡天的泄污管吗？

B：不知道这事。

A：什么叫强奸？违背意志，强行插入，并且排泄带有"艾滋病毒"的污物！这就是巡天的一贯行为。

这组文章中的一句话，倒是引起了程云鹤的共鸣：制造出一只青花瓷瓶，或许需要数月甚至数年的工夫，但破坏它，一锤子砸下去，只需要半秒钟。

作者在文章最后，向巡天公司和程云鹤发出质问：最终结果会怎样？独立调查员淡然一笑：念念不忘，必有回响。

正在气头上的程云鹤，一边看着报纸，一边双手不停哆嗦。接着，谢侠推门进来报告：巡天的软件安装量有异常波动，不升反降。

"念念不忘，必有回响。好啊，我数年打造的巡天，你这一锤子砸下去只需要半秒钟，你都把我说成带着艾滋病基因出生的流氓了，那我不给你个回响，也太对不起你了！"

程云鹤把报纸狠狠一摔："叫法务部门的人来开会！"

彭鹰谨慎地提醒说："《东河新闻报》为什么要对巡天发难？首先要搞清楚这是一家什么样的报纸。他们的幕后推手是谁？是金点，还是潜龙？"

程云鹤怒气冲冲地说："管他身后是潜龙还是金点，就是天王老子，我们也必须以法律的方式维权。"

第二天，巡天公司向东河市人民法院提起诉讼，状告《东河新闻报》名誉权侵权。

巡天公司的起诉，立即引发社会广泛关注。但出人意料的是，一周之后，《东河新闻报》再次发表了《巡天"艾滋疑案"》一文。

同样是五个版面，又是熟悉的匿名记者和"独立调查员"。同样是艾滋特性、认证悬疑、涉嫌作弊等描述，再度吸引了读者眼球。

针对后续报道，巡天公司立即发表声明：《东河新闻报》再次制造虚假报道，严重侵犯了巡天的名誉权，巡天将进行追诉，并将追究任何转载该虚假报道的媒体的法律责任。

巡天公司在声明中发出质问：不遵守财经媒体通用的平衡报道的原则，而单方面采用巡天公司竞争对手提供的资料和言论，《东河新闻报》频频进行这种不正常的报道，它到底是财经媒体，还是竞争对手的打手？

法院组织原被告双方进行证据交换后，公开审理了这起引人注目的名誉权侵权案。

巡天公司聘请了东河嘉善律师事务所著名知识产权律师常亮代理出庭，提交了诉讼请求。与常亮一起坐在原告席上的，还有彭鹰。

双目炯炯有神的常亮律师，在东河法律界是个风云人物。他曾在东河法院工作，曾担任基层法院研究室主任，是名校毕业的法学博士。从法院辞职后，常亮成为东河嘉善律师事务所合伙人，是著名知识产权和名誉权律师。

常亮律师在法庭上向法院提交诉讼请求时说："《东河新闻报》发布《巡天隐私后门之谜》系列专题报道，在未经采访原告的情况下，以匿名记者引述匿名人士和原告竞争对手言论的方式，用大量的篇幅来污蔑原告旗下杀毒产品的安全性，文中所谓的调查没有任何权威技术认证，也没有任何相关的证据。涉案报道发表后引起各大网站转载，给原告造成了极大的损失。请求判令被告停止侵权，赔礼道歉，赔偿经济损失人民币5000万元。"

听到5000万元这个诉讼请求，旁听席上一片交头接耳。

被告东河新闻报社的律师当庭辩称："《东河新闻报》发布涉案报道，主观上没有过错，客观上没有虚构，并无不当。一是东河新闻报社通过咨询和走访，合理相信原告软件存在技术问题并进行专题报道，目的是维护社会公共安全，主观上没有过错。二是涉案报道对于首次报道的内容，有公证书等证据证明相关技术问题确实存在；对于转载内容，均有相应的转载依据；评论亦不构成侵权。新闻媒体发表批评性文章，只要文章内容符合事实，就不应构成侵权，即使言辞激烈，亦属于媒体正当行使监督批评权。涉案报道是依法履行媒体监督职能而采编的质疑、批评性报道，未超出媒体监督的合理限度；涉案报道涉及的主要事实属实，不构成侵权。"

听着被告律师冷冰冰的官样答辩，常亮决定挑起现场的气氛。他不慌不忙地说："那么，到底是什么样的涉案报道，引发了这起赔偿数额巨大的名誉权官司呢？且让我们打开涉案文章，冷静审视。涉案报道分为开篇综述、技术篇与商业篇，其中技术篇包括三篇专题报道，商业篇包括四篇专题报道。"

说完这些，常亮环视了一下法庭，问："下面，我想详细说一下，这组文章是怎样给巡天泼脏水的。这组文章宣称记者经过数月调查，并在微博名人、独立调查员等一批程序员的帮助下，揭开了巡天的层层内幕，用这一确定性口吻称巡天的成功在于创新性破坏，破坏才是巡天的目标。通过破坏、打破既有规则，从中获得市场与利益。而这一破坏的基础，便是对互联网世界最基本的准则的践踏。巡天软件一面市,便携带了这家公司的'艾滋性基因'。涉案报道以调查员独白的口吻说:我脑海中,一直在重复卡夫卡小说《城堡》中的场景,你不知为什么,你也不知是怎么了,然后你就任人宰割了。森白的月光下,那把霍霍磨着的长刀……"

常亮的一席话,引得旁听席上一片交头接耳。审判长与两边的审判员交流了一下,敲响法槌宣布:"请大家肃静,原告代理律师,请继续展示你们的证据。"

坐在旁听席上的程云鹤和沈丹相视之后会心一笑。

常亮看已经初步达到效果,转身对彭鹰说:"关于技术问题,被告文章中的一些侵权观点,我请巡天公司的业务经理彭鹰先生从技术上进行阐述。"

彭鹰冷静地拿起那份《东河新闻报》说:"我只念一下标题,请法官判断这组文章是否侵权,技术章节中包含了这样三个标题:《巡天是互联网的艾滋细胞》《巡天艾滋病毒盗取个人隐私信息》《巡天后门密道的恶魔之手》。在这些专题报道中,匿名记者描述了与独立调查员沟通交流,以及相约将巡天在幕后所做的一些难以见光的行为在网上重新演绎一遍的过程。并称国内几家互联网巨头,包括潜龙、金点均以安全为由禁止使用巡天产品,继而提出安全质疑。记者在文章中甚至评价巡天公司非常异类,许多行为不仅是反安全的,甚至是反人类的,导致一个国家的网络瘫痪都是完全可能的。这样的丑行只有中国才有,是世界上唯一的先例。在座的法官和诸位,请问,谁能容忍自己被他人称作传播艾滋病毒的人?什么样的恶毒行为才是反人类的?什么样的行为会导致国家网络瘫痪?我的发言完了。"

彭鹰的发言,引发了更大的议论。以至于审判长不得不再次敲响法槌,提醒旁听人员注意法庭纪律。

常亮接过话头说:"在第三部分内容中,主要是针对巡天公司董事长程云鹤先生的侵权,匿名记者在文章中称,巡天董事长程云鹤一直强调破坏性创新,这正是巡天公司的一朵罪恶之花。程云鹤的巡天公司是踩着法律底线,以安全和免费名义绑架用户,在互联网领域进行艾滋病毒式扩张。说巡天和程云鹤是中国互联网的毒瘤,不除毒瘤,中国互联网必死。把一个公司或者一个人说成毒瘤和艾滋病传播者,还有比这个更恶毒的比喻吗?"

听到这里,坐在旁听席上的程云鹤想站起来发言,被沈丹拽住了。

接下来是证据交换环节。

为了支持自己的诉讼请求,常亮提供了80多份证据,主要包括:涉案报纸原件证明被告侵权;多份国家权威机构的检验报告,证明涉案软件的安全性和可靠性;还有一系列相关法院的判决书及媒体报道,证明遭到其他竞争对手恶意诋毁后门等问题,胜诉后经过媒体报道而为社会所公知。

被告《东河新闻报》向法院提供了50份证据,证明涉案报道均有采访依据和来源,主要包括:引用网站的文章,证明巡天公司存在多种不正当行为;多份采访对象的证人证言,证明涉案报道中所表述的评论观点均来自被采访对象;以及潜龙、金点等公司内部禁用巡天全系产品的报道。

法庭上,原被告在质证意见时,对双方提交的证据唇枪舌剑,各不相让。基本上只有三个字:不认可!

面对一组三万多字的专业性很强的文章,面对百余份各执一词的证据,必须一一抽丝剥茧,找出双方争议的焦点。为此,合议庭总结出了几个争议焦点,逐条进行了辨法析理。

一、涉案报道从大标题到小标题,使用"互联网的艾滋细胞"等语句,揭示了整组报道的强烈批判性立场。报道中还使用了"网络社会的毒瘤""反人类"等带有明显贬义的词汇语句,带有强烈的主观感情色彩和尖锐的攻击性,存在明显的主观恶意,构成对原告名誉权的侵犯。

二、在技术问题上,涉案报道中的事实来源缺乏权威性。在此基础上以确定性、批判性口吻陈述相关结论,是对片面事实的夸大。

三、法院认定被告《东河新闻报》存在侵权。

最终,法院作出一审判决:一是判令被告停止侵权,停止销售涉案报纸，删除涉案报道及授权转载链接；二是被告连带赔偿原告经济损失及合理维权费用合计人民币150万元；三是被告在相关媒体和网站上向原告道歉。

当常亮和彭鹰拿着判决书走出法庭，交给呵呵笑着的程云鹤的时候，顿时被眼尖的记者围了起来，大家关心的并不是官司本身的问题，而是程云鹤此刻的感受。

程云鹤清了清嗓子，郑重地说："十几年前，史国栋的超人大厦轰然倒塌，广告标王白云集团悄无声息地蒸发。很少有人知道，他们的倒下不仅仅是企业自身经营问题，还有媒体几篇文章的问题。那时候，企业真的弱不禁风，媒体的一个喷嚏就能把摩天大厦吹倒。我认为，新闻媒体在行使舆论监督权利时，没有法律豁免权！互联网行业的竞争对手，我们可以拉开架势展开竞争，但谁想往我程云鹤身上泼脏水，请他一定想想后果！"

系统漏洞

巡天神剑刚上线，新闻发布会结束之后，谢侠接到了胡平阳的电话："明天你来一趟公安局吧？"

"我没犯什么事，找我干吗？"谢侠调侃说。

"别废话，你上次说的公交卡的事情，邓处长指示我们，将这个情况上报给中国信息安全应急响应协调中心，上面很重视，又联系了工信部信息安全协调司，让你来我们这里，然后我们带你去跟专家说明情况。我只是私人告诉你一下，好好待着，别再给我闯祸了。正式通知已经通过公函发到了你们公司！"胡平阳说完挂断了电话。

随后，彭鹰拿着一份电报来到谢侠办公室："谢侠，明天跟我去工信部，你给公司争脸了！"

谢侠微微一笑："小菜一碟！"

第二天，谢侠在彭鹰带领下来到东河市公安局网络安全保卫处。

彭鹰一进胡平阳的办公室，看到一身警服的林欢，当时愣了："你？你怎么在这儿？"

"你来干什么？"林欢一扭脸，开门就要往外走。

彭鹰跟在林欢身后追了过去，正要跟林欢说话，迎面过来的胡平阳拦住了他们："林博士请留步，彭鹰是我请来的朋友，巡天网络安全的负责人。来来来，我介绍一下，这位是我们新来的林欢林博士。"

彭鹰从惊愕的神情中迅速平复过来，马上换了一副笑脸，轻松地说："不用介绍了，我跟林博士是卡内基梅隆大学的校友，只是三四年不见了。恭喜恭喜，林博士成为人民警察了，还请林警官多多关照我们民营公司啊！"

胡平阳根本没注意到，此时林欢眼里有泪花在打转！但林欢还是强忍着泪水别过头去。

胡平阳抓起手头的公文包，对林欢说："别待着了，走吧，工信部协调中心那边还有好多专家等着呢。"

林欢低着头跟在胡平阳后面出了门，彭鹰和谢侠尾随其后。四人驾着两部车，前往中国信息安全应急响应协调中心。

第一次来到协调中心的谢侠一进宽大的会议室，不由吐了吐舌头："嗬！阵势不小啊！"

会议室里，端坐着十几位面色凝重的专家学者，还有一些长着一副印章脸的人，看样子不是领导就是专家。

胡平阳和彭鹰都有些紧张，林欢只是淡然扫了一眼全场，对谢侠说："领导和专家们都到齐了，你开始吧。"

谢侠旁若无人地转身对林欢说："女博士，你有公交卡吗？"

"没带！"林欢斜了谢侠一眼，没好气地回答说。

"知道你没带。您是开警车来的吧？还是公家人好啊！"谢侠一边打趣一边从口袋里摸出早已备好的公交卡，开始进行现场破解演示。

在演示的过程中，谢侠进入公交卡系统的 32 个区间里，在这张看似封闭的虚拟网络中来回穿梭,并在各个区间里寻找着"猎物"。

谢侠修长的手指像是在键盘上跳舞,他专注的眼神让林欢心里微微一动。她曾经痴迷于这种专注的神情,但拥有这种相似神情的,并不是这个玩世不恭的顽劣小子,而是另一个男人。

这个男人,就是在不远处看着她的彭鹰!彭鹰的眼神里,有说不清的复杂。

在林欢愣神的时候,谢侠面对在场专家,把针对公交卡的攻击方式一一列举出来,并针对性地做出了解决方案。在给专家们演示的同时,谢侠解释说:"我提供的解决方案,是在公交卡系统增加黑名单机制。也就是说,如果发现了某张公交卡有问题,比如在非正常情况下公交卡里的钱突然多出来很多,和公交系统后台的账目对不上,就可以初步断定不是从公交系统充的钱。我做的这个黑名单机制,可以立即发现并拉黑这张卡,这是第一步。第二步,谁拿着有问题的公交卡使用,系统有个自动阻止的防护程序,系统立即启动紧急处置模式,把这张卡锁住吃掉,道理跟银行柜员机吞卡一样。"

林欢在现场发问:"你是怎么发现漏洞的?"

谢侠滔滔不绝地说:"在漏洞攻击的过程中,为了找到一处可能存在的漏洞,我先后尝试几十种攻击方法,夜以继日地破解了几个月,我先是用单线攻击,在最后的关键两步证明不可能,只好从零开始再用多路出击的破解方法。"

林欢被谢侠的讲述带进虚拟世界,并跟随谢侠的脚步一步步探寻到漏洞的存在。实际上,林欢发现自己能够在思维中将虚拟的无线网络世界转换成具象化的三维世界,这还是在卡内基梅隆大学求学的时候,受到彭鹰的启发才获得的灵感。她曾经跟彭鹰说过,自己无数次在梦中进入无线网络的世界,像真实世界一样可以触摸。但彭鹰只是笑笑说:"太不可思议了,那只是梦境而已。"

但今天,恍惚中的林欢又不自觉地在谢侠的引导下,进入了谢侠描绘的公交卡系统。因为对林欢这样的技术高手来说,公交卡技术并不烦琐,这32个区间只不过是32个相连的房间而已，只是有些房间里空空荡荡，有些房间里存放着一些东西。而谢侠所说的漏洞，只不过是房间之间的缝隙！

正当林欢沉浸在自己的三维空间的时候，会议室里的领导和专家们交头接耳议论纷纷，最后点头认可。

林欢向谢侠投来赞许的目光。谢侠见林欢进入冥想状态，却不知道她具有跟自己几乎相同的无线感知能力。而林欢的这种独特个人能力，只有彭鹰一个人知道，但彭鹰却不以为意。

听着"年轻有为、后生可畏"的各种赞誉，谢侠像凯旋的功臣一样有些兴奋。演示结束后，他嬉笑着对林欢说："女博士，要不要请我吃饭啊？"

林欢冷冷地说："没钱！"

"那我请你！"谢侠继续贫嘴。

"没空！"林欢没好气地拒绝。

"那我们就回公司了，你俩继续抓黑客去吧。"谢侠说完，上了彭鹰的车。

彭鹰坐在驾驶位上落下车窗，看着一脸冰霜的林欢踩了一脚油门，越野车轰的一声绝尘而去。

当天晚上，在云开村一个茶馆的包厢里，彭鹰和林欢无言地坐在了一起。在舒缓的音乐声中，林欢强忍着激动，忍不住问出了她一直压在心底的疑问："从卡内基梅隆大学毕业的时候，你为什么不辞而别？你到底去哪里了？为什么不告诉我一声？现在可以说了吗？"

面对林欢一连串的疑问，彭鹰低头转动着茶杯说："我去了硅谷。"

"你去硅谷工作，那你可以告诉我啊！你为什么不告诉我呢？你知道我找遍了匹兹堡的大街小巷吗？你常去的中餐馆、咖啡厅我都去了，可哪儿都找不到你，我只想知道为什么你音信全无！"林欢的泪花在眼里打转。

彭鹰说："我不想解释。"

林欢说："你必须跟我说清楚，为什么突然消失！"

彭鹰慢慢地说:"你一直想知道我的家庭情况,在美国我没有告诉你,现在可以说了。我是单亲家庭的孩子,父母都再婚了。我跟随母亲生活,但母亲嫁给了一个卖水果的,他不喜欢我,只喜欢我妈妈。在我成长最关键的那些年里,妈妈除了给我钱之外,我没有得到任何亲情。我想去找爸爸,可他又找了个小妈生了个小妹妹。知道我为什么离开东河到外地上大学吗?就是因为家里没有我的位置了。在东河,甚至家里连我的一张床都没有了。我无处可去,才发奋考到美国留学的。在美国这几年,都是靠我打工赚的钱和奖学金维持我读完卡内基梅隆大学的研究生。你只看到了我的自立和努力,其实对我来说是一种无奈。我知道你对我的感情,但你高干家庭的出身背景跟我有天壤之别!我是个什么也没有的穷小子,我在你们面前的潇洒和优雅都是硬装出来的。这就是你问我父母的时候,我闭口不谈的原因。毕业后,我只想凭着自己的能力,到硅谷去闯一番事业!"

"这些我都知道,可我并没有因此有任何介意啊!一个人年轻的时候遭受过小小的苦难,恰恰是成就大业的基础,这有什么啊!我介意的是你不辞而别,从此音信全无!"林欢说。

"难道这不是你的意思吗?"彭鹰冷冷地说。

"什么我的意思?我什么意思?你说清楚。"林欢满腹狐疑地问。

"都是过去的事情了,不说也罢。"彭鹰欲言又止。

"不行,给我一个理由!"林欢紧追不舍。

"我毕业前,你不是回国内探亲了吗?你有没有托人给我捎过一封信?"彭鹰问。

林欢说:"没有啊,现在电话、网络这么发达,写什么信啊,有什么事情当面不能说清楚,打电话、发邮件多简单啊!你收到过我的信?谁给你的?你今天必须给我一个答案!"

"没有理由,真的答案就是我一无所有,配不上你!"彭鹰见林欢全都蒙在鼓里,更不愿意说出真正的原因了。

就在彭鹰毕业之前,彭鹰在匹兹堡见到了在美国一家计算机公司工作的孟雷,还有到美国探亲的孟扬。在那次接触中,孟扬喜欢上了彭鹰并展开了爱情攻势，但彭鹰如实告诉孟扬，自己在卡内基梅隆大学有个正在热恋的女朋友林欢，以这个理由拒绝了孟扬。但在第二次见面的时候，孟扬告诉彭鹰说，林欢出身高干家庭，林欢不会在国外谈恋爱的，哪怕是在国外读书的中国人也不行。最后，孟扬叮嘱彭鹰："从现在起，你必须从林欢的视野里消失，如果你不远离林欢，最后消失的可能是你自己！不管你在美国还是在国内。"

孟扬的话，让彭鹰顿时呆住了。他只隐约感到林欢有着很好的家庭背景，根本没想到林欢的背景如此深不可测。

见彭鹰陷入沉思，林欢打破尴尬问："你说去了硅谷，那你为什么又去了巡天呢？"

彭鹰愣了一下说："我毕业后通过孟雷的介绍，去硅谷的一家公司工作，但只干了几个月就碰上公司裁员，再也没有找到合适的职位。我在美国举目无亲，只好回国来了。我跟你说过，在我毕业之前，有个师兄叫孟雷，有个师姐叫沈丹，你到卡内基梅隆大学的时候他们都前后脚毕业回国了。我回国后，正好程云鹤和师姐沈丹创办了巡天公司，邀请我加盟。孟雷也建议我到巡天公司工作，我就这样到了巡天。"

"怎么样，在巡天干得顺利吗？"林欢问。

彭鹰自我解嘲说："我算是巡天公司的创业元老了，可你看我现在，还是一事无成啊，呵呵。"

林欢依然不解地问："一事无成就没脸见人了吗？何况你现在是国内软件行业的精英人物，谁不知道啊，我一回来就听说了。你说说看，你不理我，是不是因为孟扬？"

彭鹰一听，既然林欢主动提到了孟扬，那么，当初彭鹰曾经怀疑过孟扬那些话的真实性，现在看来确认无疑了。

彭鹰说："孟扬是你高中同学，他哥哥就是我师兄孟雷，也是巡天公司之前的CEO，现在是潜龙公司的CEO。"

"孟扬上高中的时候跟我是闺密，这点没错。不过她哥哥孟雷我只听说过，并不熟悉，也没想到这位从未谋面的大师兄竟然是孟扬的哥哥。这么一说，世界还真的很小啊！"林欢瞪大了眼睛说。

彭鹰笑笑说："的确是啊，短短几年，发生了这么多事情，过去的事情就当过眼云烟吧，就此打住，好不好？"

林欢说："好啊，过去的事情不说了。对了，我今天约你见面，还有一个事情，请你转告你手下那个叫谢侠的家伙，有本事像《虎胆龙威》里那种黑客，去操纵美国交通系统、攻击核电站。像他这种小打小闹的黑客，跟半夜拿着弹弓偷偷把路灯打掉没什么区别，你让他就此停手，不要再搞什么公交卡测试了。"

彭鹰见林欢转移了话题，接着说："谢侠这小子还是有些天分的。大多数黑客都隐藏在地下，像谢侠这种喜欢找事的白帽子相对较少，他热衷于到处给人找漏洞、补漏洞。就像特别好玩儿的人没事就到大坝上找蚂蚁窝老鼠洞，是纯粹的爱好，只是炫技耍酷。他的目的非常单纯，能从中得到快乐，得到满足感。"

"如果满足不了怎么办？"林欢歪着头反问。

彭鹰说："黑客的特点是，要么挖漏洞，要么捅马蜂窝，满足不了，那就很可能把天捅个窟窿呗！"

果然被彭鹰言中了。谢侠对公交卡的测试，并没有因为上报了工信部和公安局之后就此罢手。

漏洞问题发现了，也提出了解决问题的方法。按说作为局外人的谢侠，已经完成了一个白帽子应尽的义务，此事可以置之脑后了。但谢侠仿佛天生精力过剩，他发现并上报公交卡漏洞之后，只要闲下来，仍然有事没事地继续去测试那个漏洞。就像小时候他发现小区里的防空洞之后，没事就忍不住带着手电筒偷偷钻进去探个究竟。有一次手电筒灯泡的钨丝突然断了，谢侠在防空洞里整整被困了一下午，父母到处找不到他，直到晚上才从防空洞里把奄奄一息的谢侠拽出来。

每次实测公交卡的时候，谢侠感到不可思议的是，他提出的通过黑名单机制对黑客进行防御的方案，公交公司并没有启动，应该有的防御功能依然没有进行设置。

巡天公司日常处理业务通常使用电子邮件，每次测试过后，谢侠都会发个邮件给林欢，把问题提出来。等一段时间没有回音，谢侠就抓起电话打给林欢："女博士啊，这窟窿怎么还没堵住啊？要不你催催他们？我又发邮件到你邮箱了。"

"好吧，我马上催。"放下电话，林欢再报给胡平阳。

胡平阳也只是例行公事，将邮件转发给中国信息安全应急响应协调中心，也不再催公交公司了。

可是闲不住的谢侠，仿佛找到一个跟林欢套瓷的借口，隔三岔五戳一下那个漏洞，然后找理由给林欢打电话。胡平阳听得烦了，夺过林欢的电话，毫不客气地说："你听着谢侠，公交卡的交易量很大，你得给人家公交系统一定的对账周期吧？人家可能需要一个时间段，才能检测出公交卡充值记录是否正常，不一定当场就能锁住公交卡。再说，不到犯罪数额不一定触发它的锁定机制，明白了吗谢侠？没你这么有事没事瞎打电话的。"

"那多少才到犯罪数额？"谢侠紧追不放。

"人家公交公司内部定多少，我不知道，这是人家的秘密。不过我告诉你法律规定的犯罪数额是2000元，记住了吗？"胡平阳有些不耐烦地挂断了电话。

林欢看胡平阳挂断电话，还憋着一肚子无名火，连忙安慰说："公交卡除了能乘坐公共交通工具，还可在超市、电影院、医院、公园内刷卡消费。公交卡和电信、联通推出的手机卡进行过绑定，还能为手机充话费，所以公交卡的口号是一卡在手，消费无忧。公交卡具有银行卡的部分功能，如果不及时堵住这个漏洞，将会贻害无穷。这个谢侠虽然有点儿贪嘴，但也是好意，你好好跟他说嘛。"

"跟这号没事给人家挖漏洞的黑客说？我说得着吗？能说，就跟他说说法律，他懂吗？"胡平阳依然没好气。

可是过了几天之后，谢侠发现漏洞依然存在，他心里大大不爽起来，拿起电话打给林欢说："女博士，漏洞我都报给你了，也给你现场演示了，你们不去改进，到现在依然放任漏洞存在。况且你也知道我在测试这个漏洞，你再不堵塞漏洞，那就别怪我跟你们较量了，看你什么时候把我的卡锁住。"

"千万不要这么做，那是要惹大祸的，很可能导致犯罪，别说我没提醒你啊！堵漏洞是公交系统的事情，我们不便干预，只能提醒。"林欢还想继续劝说，但谢侠的电话已经挂掉了。

按照漏洞处理规则，林欢得知漏洞后，可以提醒公交公司堵塞漏洞，但公安机关是不能进入公交系统堵塞漏洞的。

林欢以为谢侠只是说说气话而已，但令林欢意想不到的是，谢侠为了增加数据采集的准确性，把这个情况向他的老师陈默涵汇报了："我攻破了公交卡！"

"不要轻举妄动！"比谢侠大两岁的陈默涵说话总是比正常人慢半拍。

作为独角兽战队的核心成员，年纪轻轻的陈默涵已经是国内顶级安全专家，也是国家漏洞库最年轻的专家。他身材壮硕，像一座壮实的铁塔、一堵密不透风的防火墙。

当然，陈默涵看似壮硕的身体实际上因为长期熬夜已经受到严重损害，但他装着无数奇思妙想的脑袋里，下一步会有什么样的新想法蹦出来，谁也不知道。陈默涵不但是谢侠安全技术方面的老师，更是谢侠最佩服的顶级杀毒专家。

在谢侠眼里，陈默涵对产品的苛求，已经上升到美学和艺术的层面，他用程序构筑的网络世界，提供的不仅仅是一种工具，而且是一种艺术。

陈默涵问："下一步你想做什么？是不是要搞破坏性试验？我提醒你，杀毒是一门艺术，而不仅仅是技术创新，是只有顶级高手才能完成的顶级攻防艺术，不要去做那些偷鸡摸狗的事情！上一次你侵入地铁控制系统，要不是我及时阻止，你会闯下大祸的！"

谢侠说："这次不一样，我发现公交卡存在漏洞，正是按照你教给我的漏洞攻击方法进行的。我坚持了很长时间，成功攻破了公交卡的漏洞，并找到打补丁的方法。问题是，这个漏洞已经报告给相关部门，但他们置若罔闻，根本没补上这个漏洞。"

陈默涵憨厚地笑笑说："现实中的网络安全攻防，根本没有那么多戏剧性。这个领域里的同行们，99% 的人永远也不会取得成功，你能挖出这么至关重要的漏洞，说明你取得了实质性的成果。测试可以，但不能发动攻击。"

谢侠诡秘一笑："我就想跟你联手测试一下啊，把你和陆璐的公交卡给我，跟他们较量一下，看他们什么时候能堵上这个漏洞。"

"我没公交卡，我不干！"陈默涵说。

"那你拿我的去用吧。"谢侠说完，从兜里掏出一张公交卡，看来他是有备而来。

接着，谢侠喊了一声："陆璐，我请客，咱们去吃肯德基，走啦！"

"好嘞！"活泼俏皮的小美女陆璐应声而至，她头上染着的红黄白三缕头发格外抢眼，远看像金毛狮王，近看像白发魔女，仔细一看还像个花斑鹦鹉，活脱脱一个古灵精怪的时髦少女。

潜龙怒吼

"巡天神剑"一出场，大部分流氓软件都被删除。用户的安装量从数十万很快攀升至百万以上。因为巡天神剑瞄准的是流氓软件，又兼具一定的杀毒功能，而且程云鹤祭起免费大旗，推出之后虽然遭到潜龙等对手的技术战和价格战阻力，但这场与其他杀毒企业的博弈最终还是慢慢平稳下来。毕竟，在杀毒企业眼里，流氓软件并没有发展到病毒的程度，巡天神剑对其他杀毒软件的冲击力还不算太大。

反应最强烈的，是那些赫赫有名的网站和大型互联网企业，因为每个著名的流氓软件背后，都站着一家很大的网络公司。

谁是流氓软件？谁不是流氓软件？

巡天公司给出的流氓软件标准是：介于病毒和正规软件之间的软件。根据不同特征和危害，流氓软件主要分为广告软件、间谍软件、浏览器劫持程序、行为记录软件以及恶意共享软件等。

那么，哪个软件才能被认定是流氓软件呢？

彭鹰和谢侠走上前台，揭秘了流氓软件产业链的运作流程：做弹窗生意的人，一般会先找上游的软件作者，以每次捆绑5分钱左右的价格捆绑木马程序，然后再向下游的客户销售弹窗广告。此外，在上下游之间，又存在若干环节的中间人或代理人。

令人震惊的是，在这些下游客户中，不乏财大气粗的互联网巨头。他们的参与让杀毒企业陷入了尴尬局面，很多杀毒企业惹不起流氓软件，玩起了掩耳盗铃的鸵鸟政策。杀毒软件杀不了流氓软件，成为网民对杀毒软件诟病的主要原因。

就在这个关键时刻，巡天公司第一个站出来说"不"。巡天公司因为最早推出巡天上网软件，成为流氓软件的始作俑者，这次主动站出来挥刀自宫，直指流氓软件劫持流量等同于抢劫，呼吁有关法律法规的支持。

"众目睽睽之下挥刀自宫，程云鹤难道拿到《葵花宝典》了吗？"无论媒体还是坊间，谁也搞不清程云鹤葫芦里卖的是什么药。

但是，程云鹤此举不但赢得了网民，更赢得了政府层面的支持，国家计算机病毒应急处理中心公开发声支持程云鹤：国家有关部门长期以来对流氓软件的问题十分重视，并一直在密切关注，流氓软件已成为危及全球软件用户的一大公害，国家计算机病毒应急处理中心已经把对流氓软件的检测纳入杀毒软件的检测标准中，即将出台法律法规，对流氓软件进行规范和清理。

程云鹤的舆论造势达到了一呼百应的效果，流氓软件顿时成为人人喊打的过街老鼠。在这种声势面前，无论是产业链的获益者还是操盘者，都只能隐身地下不敢出声。

那么，接下来的问题是，如何界定哪个软件是需要被清理的流氓软件呢？

这当然不能是程云鹤说了算。那么谁能说了算呢？程云鹤依然采取打土豪分田地的绝招：唤起民众千千万！

当程云鹤把自己的想法说给彭鹰听的时候，彭鹰微微一笑："发动群众斗土豪分田地！程总这叫活学活用！我坚决支持！"

随后，巡天公司与尤利西斯公司联手中国互联网协会，启动了网络百日大扫除行动和流氓软件网络公投，在倡导使用绿色软件、普及网络安全意识的大旗下，让网民投票表决哪些是流氓软件。

除了程云鹤的巡天中文上网软件被列为流氓软件，网络公投列出100多个可以被查杀的流氓软件，各大媒体公布的十大流氓软件中，潜龙公司旗下的"潜龙漫步"软件被放在第一位。

潜龙漫步软件是潜龙公司的主要收入来源。潜龙漫步通过弹窗蹦出插件，引导用户进入潜龙网站界面，截取流量，每年能给潜龙公司带来大约两亿元的收入，而程云鹤却要灭掉潜龙漫步。

程云鹤推出的巡天神剑赢得了网民，却惹怒了孟雷和几乎所有互联网大佬。本来，程云鹤与孟雷翻脸的传闻，已经在互联网江湖传得沸沸扬扬。程云鹤隐忍不发，很多人以为程云鹤认栽了。谁也没想到程云鹤推出的软件，矛头直指为潜龙公司带来巨大利益的潜龙漫步。很多人都认为这是程云鹤的报复之举，但大家也真切地看到，流氓软件已经走到了尽头，中国互联网到了久乱必治的关口。

程云鹤不是扭转乱局的英雄，但却是网络安全领域革命的加速器。可以说，潜龙漫步对孟雷而言，就像关云长的青龙偃月刀、张翼德的丈八蛇矛。程云鹤祭起网络安全的大旗，要消灭这些劫持网民和流量的流氓软件的行为，赢得了网民的一片赞扬。

潜龙即便被打掉了牙，也要生生吞进肚子里，他们没法儿公开说程云鹤此举不对，只能从其他的突破口展开攻击和对抗。

很快，让程云鹤目瞪口呆的事情发生了。

谢侠抱着电脑跑到程云鹤办公室，打开电脑指给程云鹤看。

程云鹤顿时傻了：潜龙公司开发出的"潜龙怒吼"软件，无论外形还是杀毒方式，都与巡天神剑如出一辙。

谢侠直言不讳地问程云鹤："是潜龙公司破解了我们的程序？还是巡

天公司出了内鬼？潜龙再快，也不可能这么快开发出来这样的软件！知道我们这个软件核心机密的，只有极少的几个人啊！"

面对谢侠的疑问，程云鹤安慰说："你要明白，这种自相残杀的竞争模式，肯定不是互联网的未来。你也不要忘了，潜龙公司的总部在美国，有着强大的资金实力和技术实力，我们巡天在潜龙眼里，就像一条浑身沾满草屑的土狗。"

谢侠问："这么说，我们竞争不过潜龙，但我又不甘心，怎么办？"

程云鹤打电话叫来彭鹰，三人分析了几种突围图存的可能和正面对抗的方式，最后又都一一否定了。程云鹤说："只有最后一种可能，就是上门与孟雷和谈，看能不能放下分歧，合作共赢。"

"您上门和解？"彭鹰和谢侠都有点儿不敢相信自己的耳朵。

"对，你想办法联系一下孟雷吧，就说我要见他，毕竟以前你俩有师兄弟的情谊，交情也不错。看在那两个亿损失的面子上，他应该不会不见我吧？"程云鹤对彭鹰说。

几天后，程云鹤和彭鹰忐忑不安地来到孟雷的潜龙公司。

孟雷阔大的办公室里，摆着一张用整块金丝楠木板做成的画案，桌面上摆设着质地极佳的文房四宝。孟雷正在潇洒挥毫，用潇洒的铁山摩崖书体写下了四个苍茫朴拙的大字：潜龙勿用！

见程云鹤和彭鹰进来，孟雷优雅地放下笔，从阔大的画案后走过来，笑语朗朗地迎着程云鹤和彭鹰，一边与程云鹤握手一边说："程总，有何吩咐你喊一声，我到你那里接受指示，哪敢劳您大驾啊！"

见孟雷有口无心地说笑着，程云鹤也赔着笑脸说："孟总好雅兴啊，您这龙飞凤舞的，是写的什么啊？"

孟雷哈哈一笑掉起了书袋："我练习的这是铁山摩崖刻经的字体，可不能说龙凤飞舞啊。按照铁山摩崖的原文是：精跨羲诞，妙越英繇，如龙蟠雾，似凤腾霄。说的是在山东邹城铁山上书写经书的魏晋南北朝时期的高僧安道一，他的书法水平之高，精美程度超越了王羲之、韦诞、张伯英和钟繇等之前的大书法家。那么，安道一的水平高到什么程度呢？就像蛟龙穿行在雾中，凤凰飞上了九天！这点倒是很像我们两家公司啊，一个叫潜龙，一个叫巡天，不分伯仲啊！"

程云鹤笑笑说："哪里哪里，孟总见笑了，潜龙是跨国大公司，实力雄厚，我们巡天是你看着起步的，跟潜龙相比那是天壤之别啊！我看，孟总刚才的这几个字，是'潜龙勿用'吧？能解释一下有什么深意吗？"

此话正中孟雷下怀，他走到画案前指点着墨迹未干的"潜龙勿用"四个字说："很多人是从金庸的《天龙八部》里知道这个成语的，但那是虚构的武术招式。实际上这个成语出自《易经》六十四卦中的第一卦乾卦：乾为天。除了第一个'潜龙勿用'，还有'见龙在田''终日乾乾''或跃在渊''飞龙在天''亢龙有悔'。在我看来，这就好比人生和事业的六个阶段。乾为天的卦象是乾上乾下，象征着天至高至大，覆盖万物又不偏不倚。天行健，君子以自强不息，这句话听说过吧？原话就是《易经》里的。'潜龙勿用'里面的'潜龙'呢，指的是做人做事要善于藏锋，不要锋芒毕露。龙潜于渊，阳之深藏，应忍时待机，懂得不宜施展的时机，也要抓住下一步行动的时机。"

"哦，潜龙这名字还有这么大的学问啊，这可真没想到。哪像我，自己叫程云鹤，就随口把'云鹤游天'的俗语用上，公司就这么叫了个'巡天'，没文化啊！"程云鹤自嘲说。

"程总您客气了，其实我理解的'巡天'有另一个出处，是毛主席在著名的《七律·送瘟神》里说的，我给你们背诵一下：绿水青山枉自多，华佗无奈小虫何！千村薜荔人遗矢，万户萧疏鬼唱歌。坐地日行八万里，巡天遥看一千河。牛郎欲问瘟神事，一样悲欢逐逝波。"

程云鹤听出了孟雷的话外音，再也不敢跟孟雷打太极掉书袋，连忙转移话头直奔主题说："我这次来是找你谈合作的，理由我不用说了，巡天神剑和你们的潜龙怒吼，两个软件冲突了。我们能不能放下分歧，让用户自主选择，用户愿意用谁的就用谁的？"

程云鹤不改心直口快的习惯，孟雷微微笑了："当然啊，这是市场行为，我们潜龙当然愿意与巡天同台竞技。"

孟雷笑呵呵地把程云鹤和彭鹰让到茶台边，一边沏上功夫茶，一边玩弄着闻香杯，不紧不慢地泼了满头大汗的程云鹤一头凉水："不过，我们开发的潜龙怒吼软件，已经提交了申请专利的材料，专利局已经受理了。相关材料就在我办公桌上，现在你可以去看。这就意味着，你们巡天神剑是盗版软件，你得立即停止这种非法行为啊！否则，你要承担法律责任的。"

"我合法开发的软件，在你之前早就推出了，怎么就成了非法的呢？"程云鹤知道孟雷的手段，他的话绝非虚言，抢先申请专利的事情，孟雷做得出来。

孟雷微笑着，意味深长地说："我们是按照国家专利申请规定，合理合法申请啊！老程啊，有人的地方就有江湖，有江湖就有规则，江湖是靠规则运行的。开宗立派者是制定规则的人，但追随者一定是懂规则而且必须执行规则的人。很多人失败，不在自身而在于跟谁一起同行，选择玩伴，是个关键。玩过之后，谁会继续跟你同行？谁会中途退场？谁会怒目相向？同气连枝，是江湖生存的第一法则，我希望你能跟我同气连枝。"

面对孟雷绵里藏针的回答，程云鹤不软不硬地回击说："互联网是口碑时代，只要用户主动传播使用我们的软件，那就意味着是破局点。打破平衡，才有生存的机会。"

"打破平衡，那可就千村薜荔人遗矢，万户萧疏鬼唱歌了，这样不好吧？"孟雷微笑地看着程云鹤。

彭鹰拽了拽程云鹤的衣袖，程云鹤意会了彭鹰的意思，他知道再谈下去也不会有什么结果，又不好立即跟孟雷闹翻脸，只好起身告辞，带着彭鹰悻悻离去。

"潜龙有美国背景，我们跟金点公司的官司还没有眉目，这次把潜龙逼成了巡天最大的竞争对手。我们没有跟专利部门打交道的经验，对申请专利的事情一无所知，而他们拉开的架势，却是要一口把我们巡天干掉，怎么办呢？"一出门，彭鹰着急地说。

在回公司的路上，程云鹤嘱咐彭鹰："你马上带着谢侠分析一下潜龙怒吼软件，潜龙怒吼抄袭我们的巡天神剑已经无疑！但必须从技术上搞掉他们，不然我们必死无疑。"

而对于申请专利，程云鹤第一个想到的当然是沈丹。一回公司，他立即对沈丹说："你帮我打听一下，潜龙怒吼有没有申请专利？他说我们的巡天神剑不合法。"

"你别急，等我咨询一下相关机构，尽快搞清楚他们的底细。"沈丹安慰说。

很快，沈丹给程云鹤回话说："我打听明白了，潜龙怒吼的确抢在我们前面提交了专利申请，即便我们再用巡天神剑申请专利，也来不及了，因为功能和技术都差不多。我们挡了人家的财路，人家当然不让你干了。"

"那他们到底有没有掌握我们的核心技术？"程云鹤切中要害。

沈丹说："从目前的状态看，他们软件的功能基本跟我们的差不多，核心技术上的问题，还要问问彭鹰和谢侠。现在敌我态势不明，你千万不要轻举妄动啊，不要惹乱子。"

"我们不能就这么认栽了，你再去探探孟雷的口风吧，总不能让他一脚踩死吧？"程云鹤对沈丹说。

"我和彭鹰去试试吧，不见得能行。以我对孟雷的了解，毕竟巡天的体量与潜龙相比，等于蚍蜉撼大树。"沈丹忧虑地说。

"撼不动大树，就是小虫子也能撕他几片叶子下来！你停下手中的工作，去公关吧。"程云鹤对沈丹说。

"公什么关？"沈丹不明缘由。

程云鹤说："孟雷抄袭了我们的软件就去申请专利，这是不让我们活啊。你想办法打通政府机构的关节，要搞清楚相关机构是怎么想的。"

"我是做技术的，你让我去跟官员打交道啊？"沈丹有些打怵。

沈丹所言实在有她的道理。沈丹出身于书香门第，父母都是清华大学的著名教授，从小生长在清华园里的她，虽然干练直爽，但在公关上却十分生涩。

程云鹤说："我们这样提心吊胆过日子，自己研发的软件都让人说成不合法，说不定哪天一纸公文就把我们宣布为非法了。事关公司的生死存亡，这活儿除了你，还有谁能够担当？！"

眼看程云鹤从潜龙公司那里回来之后，整天心神不宁、夜不能寐，沈丹只好硬着头皮去公关，了解孟雷申请专利的来龙去脉。

经过一番斡旋，沈丹很快就搞明白了：信息产业部门不可能没有理由地把一个发展中的互联网公司灭掉。而专利审批部门也只是依法办事，根本没有偏袒潜龙公司，也没有把矛头对准巡天公司。只是巡天公司专利意识太差，才让先下手为强的孟雷引爆了这次专利危机。

在两虎相争的情况下，首先不能让孟雷扼住喉咙控制死，然后还要争取保住巡天公司的利益与前途，唯一的办法就是寻求与潜龙的合作，大家都有饭吃。

接下来，沈丹一次次地去找孟雷，但孟雷面对沈丹的催问，每次都闪烁其词："你别急，我们开会研究研究、商量商量再说。"

沈丹回来，哭丧着脸把孟雷的原话传递给了程云鹤。

程云鹤见沈丹委屈的样子，心疼了，也火了："一个给美国人打工的家伙，竟然学会了中国的研究研究、商量商量。这太他妈欺负人了，我程云鹤不是那种坐以待毙的人，他是逼我主动出击吗？"

程云鹤是那种说干就干的人，他主动出击的方向是太平洋那边的美国。他对沈丹说："潜龙不是美国公司吗？那你马上去美国，找你那些在美国做互联网的同学，找个比潜龙更牛的互联网公司合作。"

程云鹤认为，只有联手国际顶级互联网公司，利用他们强大的技术实力和巡天公司的中国本土化优势，才能与潜龙公司抗衡。

为此，程云鹤动用了各种方式与美国几家互联网巨头建立联系。但是，对于刚刚兴起没几年的中国互联网市场，美国顶级公司根本不屑一顾。在亚洲，他们更看重当时经济水平更好的日本、韩国甚至印度市场，对中国来的名不见经传的程云鹤，根本不放在眼里。

最后，程云鹤辗转通过关系，找到一个中间人，在华盛顿离白宫不远的一个咖啡馆里，见到了美国一位互联网公司的副总裁。面对体量巨大的美国巨无霸公司，程云鹤仿佛找到了外援，如果联手美国公司，就可以抗衡潜龙了。起码，不会被轻易吃掉。

在谈判桌前，经过与对方十几次的磋商，就在程云鹤与沈丹一起决定要与美国公司签订合作协议的时候，双方在核心技术的归属问题上又起了争议。

英语有些蹩脚的程云鹤终于弄明白了，对方之所以开出优厚的合作条件，目的就是让自己交出巡天神剑的核心技术，这是合作前提。

程云鹤的脸色突然变得极其难看，他推开对方提供的合作合同，推开沈丹拉着他的手，站起来正色道："怎么合作都可以，但你想让我交出安全技术的控制权，你就控制了中国安全行业的杀毒标准，别说国家不允许我们这么干，就是我本人也不会同意的。中国网络安全让你们一统江湖，哪里还有我们中国人的事啊！"

"日本、韩国和欧洲市场都在按照我们的网络安全标准运行，只有我们掌握着互联网世界的技术标准，你们中国公司也要在这个标准下运行。你们不掌握技术标准，就没有话语权，岂不是螳臂当车？"对方翻译说起话来也毫不客气。

程云鹤针锋相对，他对翻译说："你一字一句翻译给他听，他们能参与制订国际标准，我们巡天今天不能，将来一定能，我们走着瞧！中国市场这么大，足以容得下几家安全公司！如果我们从技术上合作共赢，共同开发，我求之不得。但他要搞的是安全垄断，跟我做的安全是两码事。中国的网络安全，不能掌握在美国人手里，只能紧紧握在我们自己手里，这不是我个人的事情，是事关国家安全的事情。"

对方听完，双手一摊，耸了耸肩膀。

程云鹤也学着对方，做了一个耸肩膀的动作："你把我核心技术拿走了，我看家绝招没了，江湖规则随便你怎么定，怎么玩啊！"

最终，程云鹤拒绝了与美国公司的合作。

程云鹤一甩袖子决然离去，留下一脸愕然的沈丹，那份经过十几次磋商已经拟好的合作协议，孤零零地躺在会议桌上，在微风中轻轻翻动。

沈丹追了出来，忧心忡忡地拉住程云鹤说："美国的顶级公司能跟我们合作，我们怎么跟他们抗衡？你这样意气用事，公司的前途怎么办？"

程云鹤淡淡一笑，说："锅那么大，有他们吃的，也有我吃的，管他呢。帮他们在中国开疆拓土，我勉强能接受，但中国的互联网安全成了看别人脸色的皇协军，还有什么前途？事关网络安全中国化，我寸土不让！我的长城我自己修，用不着他帮咱贴瓷砖。你发现没有，美国公司掌握的核心技术并不适应中国安全市场，他们开出那么高的优厚条件，就是想拿走我的核心技术，没门儿！"

"那我们单打独斗，怎么斗得过他们？不要忘了，他们的身后是强大的美国技术！"沈丹焦急地说。

"美国怎么了？如果我们没有成熟的杀毒技术，靠人家的技术吃软饭，过寄生虫的日子，归根到底都是泡影。没有枪没有炮，我们自己造！"程云鹤毫不客气。

见沈丹一脸沉重的样子，程云鹤诙谐地笑了笑，搂着她的肩膀说："放心吧，我没那么傻。告诉你吧，谈判的时候，我从他们那里学来一招，他们在攻陷国际市场的时候用的办法倒是可以一学。"

"什么办法？"沈丹很好奇，程云鹤在谈判中是怎么搞到对方秘诀的。

程云鹤笑笑说："网络安全承载界面就是浏览器，浏览器的安全对普通用户而言，就是核心。我们自己开发浏览器，只要别人用上了我们的浏览器，我们推广杀毒软件岂不是轻而易举？只有一边做浏览器，一边推广我们的软件。同时，展开跟其他浏览器的免费杀毒合作，两条线作战，就能掌握大部分免费杀毒控制权。等重新拥有大多数用户，我们一定会找到好的盈利点。美国人就是这么做的，他们能做，我们为什么不这样做？我这叫以夷制夷，公司只要专注做好这一点，就能对抗潜龙。"

程云鹤言出必行，回到东河之后，他果断成立了以陈默涵为首的浏览器开发部门。

为此，程云鹤和彭鹰发生了争执。彭鹰急吼吼地说："我觉得应该全力以赴升级巡天神剑系统，而不是把最优秀的技术人员抽调出去开发什么浏览器。因为浏览器系统是互联网开发的顶级系统，只有微软、谷歌等几个顶级互联网巨头掌握这项技术，如果还抽调巡天神剑的研发人员，那是南辕北辙！"

但程云鹤的执拗，彭鹰哪里拧得过！

令程云鹤意想不到的是，几天之后，沈丹哭丧着脸找到程云鹤说："我们去美国谈合作，潜龙不知道通过什么渠道提前得到了消息，所以美国那边才以合作杀毒为前提，跟我们谈判。现在他们知道我们要开发浏览器系统，如果他们进行技术封锁，怎么办？"

"怎么办？凉拌！只要他们干不掉咱们，咱们耗也要耗死他们！"程云鹤的口气不容置疑。

"你这么干，会毁掉巡天的！"沈丹跟程云鹤发生激烈争吵。

程云鹤的性格犹如弹簧，你跟我客气我就给你笑脸，你要跟我魔高一尺，我就让你明白道高一丈，而且锱铢必较，绝不含糊！

吵归吵，程云鹤认定开发浏览器才是省钱省力的快捷方式。程云鹤做彭鹰的思想工作说："我也是被逼无奈才做浏览器的，不是分散公司的力量，而是为公司探求生存之道。只要拥有足够多的用户，巡天就能立于不败之地。"

彭鹰不无担忧地说："软件安装要经过下载、存盘、安装、运行四个阶段，你这样摆开多条战线，安装虽然速度便捷，但投资太大，资金链断裂了怎么办啊！况且你免费杀毒已经破坏了规则啊！"

"规则都是人定的，也是用来破坏的！"程云鹤不管不顾地说。

程云鹤叫来程序员陈默涵和谢侠，笑着对谢侠说："你配合陈默涵开发浏览器，要让用户打开浏览器，用的主要软件就是我们巡天的。只要发现哪台电脑没装巡天浏览器，我们就可以弹出对话框，提醒他们安装。"

"好啊！"陈默涵话不多，但能很快领会程云鹤的意思。

"这招还不把孟雷孟总裁气歪鼻子啊！"谢侠嬉笑着。

"你俩去做吧，你们肯定能做好，我相信你们！"程云鹤爽快地说。

程云鹤早就注意到，谢侠聪明绝顶，口才好，反应快，善雄辩，非常活跃，这样的人正好是程云鹤喜欢的类型，让程云鹤看到了七八年前的自己。

彭鹰虽然与程云鹤的意见相左，但只要程云鹤做出了决策，他就义无反顾地冲锋在前。很快，彭鹰带领陈默涵、谢侠、陆璐等人做出了第一款巡天浏览器。

在试验过程中，程云鹤发现这个浏览器容量太大，会拖慢电脑的速度，他对陈默涵和谢侠说："你们想想办法，把这个软件尽可能地瘦身，把浏览器做成极速浏览器，一点就开！你俩肯定能做到，我相信你们！"

陈默涵和谢侠得令而去。

巡天极速浏览器研发成功后，程云鹤避开巡天神剑与潜龙怒吼的正面交锋，而是直接展开与各大门户网站的合作，大力推广巡天浏览器。此后，只要没有安装巡天浏览器的电脑，用户开机后，电脑就会弹出一个对话框，询问是否安装巡天极速浏览器，用户只要点击 Yes 按键，就可以自动完成安装。

这种极速的软件安装方式，让巡天的客户以几何级数爆炸式上涨。接下来，不管自愿还是不自愿，大多数互联网用户都安装了巡天浏览器，当然也就安装了巡天开发的大多数软件。

随着浏览器的推广，巡天搜索软件和巡天神剑杀毒软件，在波峰浪尖中生存了下来。

踩上红线

在开发浏览器的间隙，谢侠从未忘记对公交卡漏洞的测试。

下班之后，谢侠带着陈默涵和陆璐两个小伙伴去了肯德基，一人要了一份套餐，并用公交卡支付了费用，然后叮嘱他们说："回公司，你俩谁也不要漏半点儿口风啊！"

陈默涵没说什么，小尾巴陆璐一边啃着鸡腿，一边鸡啄米一样点头。

谢侠给陈默涵和陆璐的公交卡里随手改了一些数值让他们去用。谢侠怕他们滥用，不敢给他们充值太多，每次都是在卡里充值一两百元。

每次交给他们公交卡的时候，谢侠都告诉他们说："什么时候你们的卡出故障了，马上跟我说，我好知道我们的终端数据卡什么时候被公交公司锁住了。"

然而，两个月过去了，用来测试充值的三张公交卡都没有被锁住。谢侠已经先后为陈默涵和陆璐的公交卡里充值了2600元。陈默涵带着小尾巴陆璐，除了乘坐公交，偶尔也到能刷公交卡吃快餐的地方吃饭，每次消费不过几十元。

心里有气的谢侠再也不跟林欢和胡平阳联系，而是在每次测试之后，将这些测试结果的截图发在自己的微博上。其中有一张截图，公交卡里的钱数改了一个过千元的数额。

"好厉害啊！"

"黑客之王！"

"击溃公交卡的神器！"

谢侠的微博随即出现无数跟帖。但谢侠并未意识到，他的微博不仅仅有粉丝在看，也有同行竞争对手在看，甚至还有警察在追踪！

开始时谢侠记得胡平阳的警告，超过2000元就是犯罪。但在两个月的一次次充值之后，他只记得每次充值也就是一两百元，早已忘记充值的总数。最后，谢侠分别往自己及两位同事的三张公交卡内充值了2600元。其中，仅仅陈默涵的公交卡里，就充值1000元。

很快，东河反扒警方接到了群众的举报。因为公交卡是匿名卡，公交卡犯罪属于警方反扒部门管辖，这些天天与小偷蟊贼打交道的反扒高手，突然遇到这样的高科技案件，当然倍加重视，反扒大队随即派出一个专案组盯梢。

几天之后，陈默涵和陆璐在一家餐厅消费时，被警方抓了现行。

落网的两个小伙伴还一头雾水，他们以为只是一种安全测试呢，连忙抓起电话打给谢侠："告诉你个好消息，警察咬钩了！"

与此同时，沈丹也接到了警方通知，她听到消息后一下子傻眼了。正在推广浏览器的节骨眼上，两个得力干将出了这么一档子事，这不是添乱吗？

"我去警方那边捞人！"谢侠拍了拍胸脯，说完，驾车直奔派出所。

"抓人凭什么没有提前和我沟通？我这是在测试呢！"闯进派出所的谢侠，很不服气地拿出一副兴师问罪的架势，"你们警方到底怎么回事？为什么不跟我们沟通啊？我们和工信部门报告过这个东西，公交系统应该知道，你们市局网安处林欢和胡平阳也知道，你们哪能随随便便抓人？这事不怪他们，他们什么都不知道，有事你冲我来！"

"我们可不认识你说的林欢和胡平阳，正好到处找你呢，你倒送上门来了，那就别走了！"警方一看谢侠一脸无辜的样子，也气笑了，"小伙子还挺仗义的，别跟我说那些高科技的黑客术语，你这是犯罪，懂吗？"

一头雾水的谢侠更不服气了："我们都是白帽子，这是给国家做好事，凭什么还抓我们？你先放他们回去，我跟你们说清楚！"

警察的口气也很和蔼可亲："那行吧，不管你是白帽子还是黑帽子，这事儿好像也不太大。你这主事的先留下，好好配合我们，顶多两三天查清楚就没事了，到时候就放你们回去，行吧？"

"那行，我们不给警察叔叔添麻烦！你们把网安处的胡平阳和林欢叫过来，一问就明白了！我们有赌约！"谢侠一副无所谓的样子。

反扒部门调查后发现，陈默涵和陆璐两个谢侠的"同伙"确实没什么大事，正好沈丹来了解情况，就帮两人先办理了取保候审手续。

但沈丹和谢侠都没有想到，反扒部门平时都跟小偷蟊贼打交道，一遇到高科技这事儿，加上一听会搞乱整个东河公交，这案件后果那么可怕，他们就激动地把这事当成了大案要案，层层报了上去。

接到消息的胡平阳和林欢，连忙叫上朱嘉赶到派出所，林欢焦急地问派出所民警："你们抓的叫谢侠的嫌疑人呢？"

"你说那个叫谢侠的黑客吗？已经送看守所关了。这小子胆子太大了！"派出所民警告诉两人。

"什么时候走的？"林欢焦急地问。

"刚送走没多久。"民警说。

林欢转身飞奔出门，朱嘉和胡平阳紧紧跟上，边跑边喊："你去哪儿？"

"追啊，追不上就完蛋了！"林欢急匆匆钻进警车的驾驶室，开门，挂挡，启动，警车原地转弯180度，轰的一声"飞"了出去。

穿过熙熙攘攘的闹市，穿过乡村的白杨大道，穿过开满鲜花的绿色田野，当林欢追到看守所大门口的时候，前面一辆囚车刚刚驶入，大门缓缓关闭。

眼看追不上了，林欢气得拍了一下方向盘："老大，谢侠搞测试你知道吗？"

"知道是知道，谁知道他是在犯罪呢？"胡平阳也是一脸无辜。

"这熊玩意儿！这是要气死我！"林欢冒了一句粗话。

"朱队长，你能不能从刑侦那边做做工作试试？"林欢问。

朱嘉为难地说："我只能试试，但按照惯例，反扒大队办的案子，我们刑侦也不好介入啊！我们的职责之一，是配合你们网络安全部门出警，但跟反扒部门没有交集啊。我的意思是，咱们能不能再做做派出所和反扒大队的工作？"

当林欢、胡平阳和朱嘉三人返回来找到派出所领导的时候，派出所所长两手一摊，说："这案子是反扒大队办的，只是临时在我们这里关押一下。他们说是个大案，案子已经上交了，我们小小派出所管不着了。"

林欢他们只好去找反扒大队。

等林欢把来龙去脉说完之后，反扒大队领导说："有一个数据不能不告诉你们，到目前为止，东河公交卡的发卡数量累计超过4500万张，如果按照每张卡100元计算就是45个亿。如果被破解了，消息泄露到社会上，最可怕的结果是什么样？大家只要按照黑客的方法，就能把自己卡里的钱随便乱改，这个损失太可怕了，整个东河公交系统完全废了，你们想过没有？这案子太大了！黑客的破坏力太可怕了！"

林欢据理力争："谢侠是黑客不假，但他是有功的白帽子！只要按照他的办法堵住漏洞，肯定没有什么损失！能不能让他将功补过？"

"那我们研究一下吧！涉案金额2600元已经够判刑标准了。他该承担的法律责任，恐怕还是要承担的！"反扒大队领导说。

"我们一起想想办法吧，努力把对这家伙的处理降到最低吧！唉，这浑蛋小子，谁能想到呢，捅这么大的娄子！"朱嘉也叹了一口气。

"那我能见见谢侠吗？"林欢说。

"好吧，我们联系看守所。你也好做做他工作，让他心里有个数。"反扒大队领导说。

谢侠被带进审讯室，无所谓地坐进审讯椅里，一副天不怕地不怕的表情。

当听到林欢喊了一声"谢侠"的时候，他就像一只被激怒的豹子，龇牙咧嘴地要扑向林欢。

无奈，手铐被牢牢拴死在审讯椅上，而椅子被焊死在水泥地面上！谢侠疼得龇牙咧嘴也是徒劳！一会儿，他又萎靡在审讯椅里，深深低下头，再也不抬起来。

林欢安慰他说："谢侠，我没想到这件事情会闹到这种无法收拾的境地。我已经协调了公交公司，考虑到你已经提前告知漏洞，又没造成多大损失，公交公司表示不再追究。"

林欢的话让谢侠听到了希望，谢侠听完抬起头来，热切地望着林欢说："既然他们不追究，那就把我放了吧。你是来放我出去的吗？"

林欢没有动，冷冷地看着谢侠说："你应该知道，涉案2600元，犯罪数额够判刑的了。公交公司不再追究，只能是减轻罪责的一个前提条件。法律能不能原谅你，还得看检察院和法院的意见。"

"你这是搞我啊！既然听法院、检察院的，你来干什么？你走吧，这辈子我不想再见到你！"谢侠斜着眼望着审讯室的墙说道。

林欢拉下脸来："就这点儿挫折就扛不住了？看你这点儿出息。佛家有句话叫自作自受，既然做了，是男人就该勇敢承担下来，别让我瞧不起你！"

谢侠马上反唇相讥："用不着你瞧得起！老子到今天这一步，就是你害的。女人、女博士，你真是人类的另类啊！"

"我今天来只想问你一句！奥运会前入侵地铁控制系统、制造麻烦的是不是你？"林欢问。

"什么地铁系统？没兴趣。"谢侠一脸不屑。

林欢紧追不舍："除了你还有谁？在无线攻防中像你这么高深道行的黑客，你再给我找一个试试？在网络江湖上飘，你要懂得别人的世界、别人的动作以及你的动作对别人意味着什么。在交手过程中，无论是对手还是自己的玩伴，你有没有在自己打出的招数中考虑一下别人？因为任何江湖规则都不是一个人的事情，以身作则是对规则的最大敬畏。"

谢侠咬紧牙关说："技术的本质，是让我们的生活更加美好，这些是我们这些不招人待见的技术狗一点点做出来的。就像维基解密的阿桑奇一样，即使身陷囹圄，也要维护黑客眼中的正义！而不是你们这种不分黑白。你今天来，是让我罪上加罪，还是想把我关死在监狱里？"

林欢分析说："我没想给你罪上加罪，我们已经搞清楚了，在给地铁系统制造麻烦之前，你已经通过国安系统报告了漏洞的存在，只是，我们目前还没有完善的网络报毒规则，堵塞漏洞的渠道也不够畅通，导致发现漏洞后没在第一时间堵塞。你感到你存在的价值没有得到应有的尊重，才导致你在漏洞上做了一点儿小手脚。"

谢侠口气越来越糟，闷声说："我没有！我这样子需要尊重吗？"

林欢连忙解释说："逼停地铁事件，没有造成损失，我们也不会追究你的刑事责任。我问你的目的，是首先排除恐怖袭击的可能！至于地铁系统的无线安全，我们已经做了全面加固，一般黑客也不可能再进来！"

谢侠不愿意接林欢的话："要没别的问题，我回去等判决了！"

"公交卡这件事，毕竟是我们向公交公司传递漏洞消息后，没有及时督促他们堵塞，也没有第一时间锁定你修改公交卡数据所致。所以，我会跟领导汇报一下，努力减轻你的罪责。"林欢说。

谢侠晃晃手上的手铐说："这副手铐拜你所赐，谢谢，不用了！"

谢侠说完,扭头大声喊叫着:"警察叔叔,送我回去!"

看守警察走进审讯室,谢侠一脸决绝,起身离开。

林欢悻悻地看着谢侠离去的背影,眼泪止不住在眼眶里打转。

谢侠的案子从警方转到了检察院,接着又转到了法院,转来转去就过去了三个多月。到法院之后,法院一看这案子也没什么更深的细节可挖,就通过简易审理程序,以盗窃罪判处谢侠拘役六个月。

虽然刑期很短,但谢侠却成为中国第一个因为发动网络攻击被定罪判刑的黑客。

谢侠自己认为是在测试,但却踩上了犯罪红线。法律这条红线只要逾越,无论对谁都是一种伤害。此时的谢侠终于知道,对法律的无知和藐视会带来什么后果。等他在看守所里学会懂法的时候,已经晚了!

第三章

黑猫打枪

独角兽战队

秋天飘落的银杏叶，有些跌入泥泞，有些飘在重重雾霾里。当这些黄叶飘到第二年的春天，枝头已是满目新绿。

裹挟着黄沙的料峭春风，吹进看守所的监舍里。狭窄的钢架床上，谢侠四仰八叉地躺着。在微微的鼾声里，他再次进入自己构建了无数次的梦境之中。那是由编码和数字组成的梦境，一连串程序编码向他涌来，像群星闪烁的夜空，又像一张无形的黑色大网。

《黑客帝国》开篇的镜头！没错，谢侠梦中的景象与他看过无数次的电影一样！梦中的主人公仿佛电影中的救世主尼奥。可眼前那鲜活的景象分明是自己，不是虚拟的尼奥！面对铺天盖地汹涌而来的长着触角的章鱼机器人，他挥舞着双手，想撕开那张由编码和数字组成的大网。可费尽全力，也徒劳无功。

谢侠挥舞着双手突然从床上惊坐起来，一骨碌摔倒在床下。清醒过来之后他才发现，这只是个梦，什么也没有发生。只不过，床上被汗水打湿了一大片。

抬头看看床，低头看看地，谢侠也搞不清，自己是以什么姿势掉到床下的。

"又是噩梦！"谢侠正自言自语，突然听到门外的警察喊他的编号："189！"

"到！"谢侠条件反射一般，立即站直了身子。

"收拾东西，准备回家！"狱警看着他笑了笑说。

"有什么可收拾的？我什么都不想带走！噩梦也全留在这里！"谢侠拍拍屁股，昂首走出监舍。

满是胡楂儿的谢侠换上父母带来的羽绒服走出看守所，在转头的那个瞬间，谢侠的眼泪止不住奔涌而出。迎接他的除了望眼欲穿的父母，还有跟他一起参与测试的陈默涵和陆璐。谢侠知道，虽然陈默涵没有被抓进来蹲班房，但因为自己受到了牵连。

"程总让我转告你，回家先休息两天，尽快回公司上班！"陈默涵慢悠悠地说。

谢侠走出看守所之前，对于能否重新回到巡天公司工作充满了疑虑。毕竟，他为巡天捅了这么大一个窟窿。自己毕竟在法律上有过污点，他在看守所里一直担心的问题，就是巡天会不会再接纳他。

陈默涵平时不苟言笑，这一番话给他吃了一颗定心丸。

陆璐拉着谢侠的胳膊舍不得松开，泪眼婆娑哭花了妆容，眼泪从眼角涌出，在脸上冲出红一道黑一道，像只憨态可掬的大熊猫。

谢侠替陆璐抹了一把眼泪，拍拍她的肩膀，然后潇洒地与陈默涵击了一掌说："走，回家！接风洗尘！"

"不，我要去吃肯德基！"陆璐含着泪会心地一笑。

谢侠当然不会忘记，陈默涵和陆璐就是用公交卡在肯德基消费的时候被警方抓到的。

谢侠正要迈步上车的时候，突然发现马路对面有辆警车，警车前面有两个穿便装的男女。定睛一看，正是往这边走过来的胡平阳和林欢！

"晦气！快走！"谢侠刚才的兴奋一扫而光，沉着脸拉开车门钻进车里。

胡平阳和林欢赶过来时，谢侠的车从他们身边飞驰而过。

"唉！"林欢捋了捋已经剪短的头发，摇摇头叹了一口气。

几天后，当容光焕发、西装革履的谢侠满面春风回到巡天上班的时候，迎接他的是公司董事长程云鹤和总经理沈丹以及独角兽战队负责人彭鹰，还有各位同事经久不息的掌声。陆璐带着公司的几位美女献上鲜花，高声喊着："谢侠，男神！谢侠，男神！"

这阵势，就像迎接载誉归来的英雄！

这种列队欢迎的热闹气氛，在巡天公司从来就没出现过。

"别逗了，没这么祸祸人的。公司能让我再回来，就已经阿弥陀佛了！"谢侠拉着陈默涵的胳膊说。

话虽然这么说，但谢侠心里还是非常兴奋的。虽然自己因为鲁莽而犯罪，给巡天公司造成很大损失，但公司不计前嫌并隆重迎接自己回来，让谢侠从心底充满感激。谢过老板和同事们，谢侠抱着"士为知己者死"的满腔慷慨，跟着陈默涵走进彭鹰的办公室。

推开门，除了彭鹰，沙发上还坐着两个他最不愿意见到的人——胡平阳和林欢。

谢侠头也不抬，转身就要走，彭鹰大喊了一声："谢侠，你回来！"

谢侠站住之后，嘴上却不依不饶："你俩不是网络警察吗？又跑到我们巡天来干什么？不会又是来找我碴儿的吧？你俩不好好维护社会安定，整天跟我们这群白帽子死磕，有意思吗？"

胡平阳和林欢都不接他的话。彭鹰对谢侠说："既然你们是老相识，我就不用介绍了。谢侠，你听好了，现在我宣布一下，东河市公安局网络安全保卫处正式委派胡平阳、林欢警官进驻巡天公司参与网络安全工作。具体工作事项稍后安排，对外一切保密。陈默涵、谢侠、陆璐协助两位警官工作。团队代号独角兽，警方负责人胡平阳，巡天负责人谢侠！总负责人是我，听明白了吗？"

"明白！"胡平阳、林欢挺直了身子，一看就是训练有素。

坐在一边的陈默涵表情平淡、沉默不语，似乎早已知悉内情，而谢侠满腔不满:"警察进驻?是不放心我们来监督我们,还是来清理门户?要么就是虚张声势敲山震虎?我是黑客!我触犯过法律这不假,可老子现在不是了,你们是来比比谁比谁更流氓吗?"

彭鹰阻止谢侠说:"疯了吧谢侠,这是工作场所!不是你发疯的地方。你不是梦想成为中国的顶级黑客吗?你不是想跟《黑客帝国》里的主人公尼奥一样,成为这个时代的网络英雄吗?你记住,你这个黑客,是东方白帽子军团的先锋,你下一步的工作就是网络安全攻防,比以前的工作更具有挑战性。"

胡平阳向谢侠伸出手说:"我们是来加盟独角兽战队的,从此之后,我们就是一个战壕的战友。这里有你的杀毒战场!你可以砍菜切瓜、快意冲杀,抓住任何破坏网络安全的黑客!我希望看到你成为中国顶级独角兽!"

"杀毒抓黑客我倒是挺感兴趣,不过我喜欢自由,不愿意仰人鼻息!你们抓了我关了半年,再让我跟你们干,有这样的道理吗?"谢侠拒绝得很实在,自己刚从看守所出来,接着又与抓自己的警察为伍,实在情非所愿。

谢侠的拒绝,哪里抵得过聪明绝顶的林欢,她欲擒故纵地说:"你不用急着答应,你来我们这个战队看看,要是愿意合作做一些有意义的事情呢,就一起做,不想合作,谁也不强求,好不好?"

林欢早就看出了谢侠的疑虑,她抛出一个问题:"你在论坛靠回帖子帮网友解决问题,一天最多能解决多少?"

陈默涵如实回答:"不眠不休,三四千个吧。"

林欢微微一笑:"在论坛里帮人解决问题,每天三四千是极限了吧?如果给你一个更大的平台,是不是更有意思?"

"多大的平台?"谢侠显然被吸引了。

"一天帮几亿网民吧,也就是全中国的网民,将来甚至是更多的网民!甚至全球所有的黑客,胆敢犯我中华者,虽远必诛,包括那些入侵东河地铁控制系统的黑客,你都可以随手抓住绳之以法,感兴趣吗?"林欢笑眯眯地看着谢侠。

"入侵东河地铁"这句话把谢侠给镇住了，但他很快挤出笑容，装作无所谓地说："感兴趣！感兴趣！能帮几亿人，这不就是拯救世界吗？"

谢侠急匆匆地答复，快得几乎没过脑子一般，只有林欢和陈默涵会心一笑。

林欢继续解释说："除了兴趣，更重要的是责任，你得用自己的技术和经验保护用户信息安全。如果用户上网没有防护，就如同一个小孩儿抱着黄金在大街上裸奔，网络安全工程师就是要匡扶正义、除暴安良，责任就是帮助和保护用户。你要的不是炫技和财富，而是成为网络安全英雄，这是我们独角兽白帽子与黑客的最大区别。"

"这没问题，为了你说的那个责任，我决定了，跟你干！"一直闷头专注于技术的谢侠，听到林欢说自己的技术可以帮助数亿人，甚至能成为网络安全英雄，他内心里小小的英雄情结一下子被激发出来，几乎没做任何考虑，就答应了下来。

所谓互联网安全，就是"互联网+安全技术"。

由警察和巡天程序员组成的独角兽战队，归彭鹰统辖，是一支精干强大的力量。林欢负责漏洞攻击，谢侠负责无线安全，陈默涵和胡平阳负责病毒专杀，陆璐作为团队助手。

进入独角兽战队之后，谢侠才发现，在此之前他做黑客的时候，使用的是底层编程语言。而跟随陈默涵和林欢一起开发安全程序，使用全英文的高级编程开发软件，相当于两个世界的语言。这时候，谢侠完全傻掉了。

"怎么办呢？"谢侠挠着头问。

"学呗，我来教你，有不懂的你就问我，反正我就坐在你对面。"林欢挑起嘴角微笑着说。

谢侠对于编程语言有着天然的爱好，在跟着林欢学习时，很快表现出对编程痴迷的一面。为了解决林欢提出的问题，他住在工作室里通宵达旦地工作。

第二天一大早，林欢一到办公室，看谢侠彻夜不回家，有些嗔怪地问："你把公司当家啊？"

谢侠嘿嘿一笑，说："程序编写又卡住了，下一步该怎么推进？快来教我。"

林欢告诉他一个程序指令，问题立即迎刃而解。

在编写程序时，大多数程序员能记住经常用的程序指令，不经常用的技术参数可以查手册。谢侠终于领教了林欢这位女博士的厉害。在高级编程手册中，有几万个功能接口，林欢竟然能把所有接口的功能和指令背得滚瓜烂熟，操作起来根本不用去查。谢侠只要遇到某个程序的功能接口搞不清楚，一问这个功能需要什么程序指令，林欢都会不假思索地告诉谢侠。

这种天才，谢侠也只是听说过，亲眼见到还是第一次。

而谢侠的学习速度，也让林欢惊诧不已。

在林欢的"调教"下，谢侠仅用五个月时间就打通了两种程序语言的障碍，开始杀毒软件的设计。这种学习速度，就像一个不会英文的中国孩子到了美国，不但五个月内学会了英语口语，还突然写起了流利的英语文章。

实际上，这种令人惊诧的学习进度，需要付出超乎常人的努力。谢侠每天只休息三四个小时，满脑子都是程序，整日整夜睡不着觉。到医院一查，竟然因为长期高负荷熬夜，引发了轻微的神经衰弱。

一向不爱言语的陈默涵憨厚地笑笑说："行了，跟我一个毛病，你这算学到师父的真传了！"

林欢则略带赞许地说："正是谢侠这种肉体上高强度的付出，才使独角兽战队在网络安全领域总是快人一步，也让谢侠在安全软件的构架上有了初步的感觉。"

独角兽战队在巡天神剑清理完流氓插件之后，开始了在网络安全领域的深度查杀。在此之前，网络病毒在 DOS 系统以蠕虫病毒为主，虽然变种迭出，但查杀起来相对容易。

整天与蠕虫病毒交手的谢侠，指着电脑对林欢说："博士姐，你快过来看看，一种比蠕虫更厉害的新病毒，最近一段时间非常猖獗，不知道是何来路！"

"什么病毒？"林欢一听，仿佛发现新猎物一样两眼放光。

陈默涵缓缓解释说："这种病毒叫木马！就像特洛伊木马，伪装进入电脑程序后散布病毒。如果说以前的蠕虫病毒对人体的伤害是病毒性感冒，那么，这种病毒跟人身上的癌症一样，只要发现就是晚期，不但能直接搞乱电脑，甚至可以远程控制电脑程序。黑客可以通过木马控制电脑盗取银行账号、游戏密码，远程控制他人电脑，窃取网民信息，把整个互联网搞得阴云密布。"

林欢接话说："互联网的出现，引爆了新一轮的信息革命。网站的建立以及搜索引擎的运用，让每个人都很容易从网络上获得想要的信息。但对于散播病毒，盗取他人账号、密码的电脑黑客来说，正好提供了一个绝佳的渠道。如果说蠕虫病毒是第一代病毒，这个木马病毒就是第二代病毒。两者最大的差异，就是第二代病毒传染的途径是基于浏览器，也就是所谓的网络病毒。"

谢侠问："博士姐，那木马病毒通过什么样的方式传播呢？"

林欢说："木马病毒是一种控制性病毒，就是通过木马程序控制另一台计算机。木马通常有两个可执行程序：一个是控制端，另一个是被控制端。木马这个名字，来源于《荷马史诗》中'木马计'的故事。与一般的病毒不同，木马病毒不会自我繁殖，它通过将自身伪装、吸引用户下载执行，向施种木马者打开被种主机的门户。这样，施种者可以任意毁坏、窃取被种者的文件，甚至远程操控被种主机。在今后相当长一段时间内，我们的主要对手就是木马病毒，而且因为网络无处不在，木马病毒短期内难以完全清除！"

谢侠接着问："既然是操控别人电脑发动攻击，木马背后会不会有利益驱动？以往黑客都是单打独斗的独行侠，如果控制了对手，就会像《红色警戒》里尤里复仇一样，把对方士兵变成自己人，伪装潜伏到对方阵营中发动攻击。"

林欢说："大致是这个意思，但黑客的数量会因为木马的出现发生爆炸式增长。只要你愿意对他人发动攻击,每个网友都有获取木马病毒的可能,也就是每个网友都可能成为黑客!"

"这么说,木马病毒岂不祸乱整个互联网世界?咱们有没有办法干掉它?有没有好招数?"胡平阳凑过来问。

林欢谨慎地说:"木马泛滥速度很快,有人在网上叫卖木马。传统杀毒企业也措手不及,因为木马变种很多,暂时还缺乏有效的杀毒程序,只能出来一个杀一个。不过,我相信潜龙等杀毒公司会很快开发出杀毒程序。我们独角兽战队也要加紧研发步伐,争取早一天做出一款查杀木马的利器!"

谢侠信心满满地说:"传统的杀毒企业采用的模式是先卖一个光盘,用户装在电脑上之后,再定时更新病毒库。但木马可能在任何一个时间段进入用户电脑,而用户不可能不间断地升级杀毒程序。如果我们跟潜龙同时开发杀毒软件,一定要第一时间发布,可以与他们来一个赛跑!"

肆虐互联网的木马让谢侠像打了鸡血一样兴奋,就像江湖高手面对另一个高手忍不住挑战一样,他对林欢说:"博士姐,咱们独角兽战队编写一套针对木马的专杀程序,怎么样?"

"当然,马上开工,现在就干!"林欢说。

临阵换将

彭鹰、谢侠很快把独角兽战队的设想报告给了程云鹤,程云鹤当即拍板:"这有什么可讨论的,干!"

为了集中精力加强巡天公司的安全业务,程云鹤跟沈丹商量说:"我想了很久,木马病毒肆虐互联网,正是我们放开手脚挥刀杀进安全领域的机会。对外,可以抵御以潜龙为首的杀毒厂家的围猎。对内,可以阻止黑客攻击和层出不穷的木马病毒。在查杀木马的竞赛中,各大杀毒企业必然有一场场血拼。我们巡天要撸起袖子大干一场,公司结构我想做一下调整,你觉得怎么样？"

"你打算怎么调整？"沈丹冷静地问。

"目前，巡天公司有两大业务板块，一是搜索业务，二是浏览器和网络安全。搜索业务虽然跟杨晋东的金点公司摩擦不断，但基本上都是皮外伤，不会伤筋动骨。而安全软件虽然刚起步，却是新的发展方向，我想把安全这一部分从公司业务中剥离出来，单独成立一个独立的大团队。"程云鹤提出了他的设想。

"你想让谁来挑头？"沈丹问。

"当然还是你师弟彭鹰啊，这小子聪明，是个可造之才！将来能成大器！我觉得可以让彭鹰做安全这一块的总经理，说不定他会把这块业务做大做强。你来负责搜索业务，两块互不干涉。彭鹰说过，如果一个企业家什么事情都要亲力亲为，那你身边的人什么都干不了，所以我想让彭鹰放手去干。伟大的皇上，都要有个好宰相，这宰相就是你，但还要有一个守卫边关的飞将军，这个飞将军就是彭鹰。你俩就是我的左膀右臂。"程云鹤语气中充满欣赏与期望。

"我不是怕分权，但你有没有发现彭鹰越来越像你了？在公司里，他唯你马首是瞻，处处模仿，处处模仿不像。你俩最大的相似之处是智商高，都是程序高手，所以你欣赏他。但彭鹰的心有点儿太大啊！就像刘邦给了韩信统辖全军的专擅之权，又封了齐王，此后又怕他功高震主，时刻防备他脑后有反骨。你要不要再考虑一下？对彭鹰的使用要有限制，不然你会害了他，也会害了你自己。"沈丹提出了她的担忧。

"我觉得彭鹰是公司元老，具备专业能力，这几年带领安全团队的过程中，证明他又有一定的管理能力，不用他用谁？你总不能让我还冲到第一线带团队吧？创业者首要的是选择好团队，并建立好的管理机制。巡天之所以能够成功，是因为我们既不缺天马行空的天才思维和梦想追求，又能脚踏实地一步步将梦想变为现实。但现在我们面对木马病毒，跟其他杀毒企业站在了同一条起跑线上，谁跑得快谁就引领整个杀毒行业。所以，我们需要一个在管理上和技术上都非常出色的人才。"程云鹤激情四射地说。

沈丹直接把话挑明了说："是不是可以让彭鹰负责管理，技术还是让陈默涵和谢侠负责。这两个人愿意把自豪感埋在心中，擅长救火，并且能够贯彻执行你的理念。安排谢侠和陈默涵协助彭鹰一起统领安全团队，互相可以有个牵制，绝不能放手让彭鹰一个人独断专行。彭鹰表面顺从，事实上他恃才傲物，内心膨胀，你给他权，他会接着要钱。他处理问题的缺陷，我早在美国读研的时候就已经发现了。要这样使用他，公司内部也会有很多人反对，你要慎重！"

但程云鹤固执地认为，以彭鹰的能力，已经能够独当一面。下一步重用彭鹰等于放权给他，也会让他专注于公司的主要业务，不做其他的非分之想。

"既然你心意已决，那我保留意见。我同意给彭鹰更多的股份，但不同意现在提拔他到高层的位置，起码缓缓再说。你说'韩信点兵，多多益善'，没错，韩信是大将之才。刘邦用了韩信打天下，结果得了天下之后，韩信膨胀了，向刘邦要了个齐王当。正是韩信当上这个齐王，刘邦忌惮他，才导致韩信被杀，你以为当官是好事啊！"

程云鹤退后一步说："那就先不谈提拔这事了，我跟他聊聊，看他下一步有什么想法，好不好？"

程云鹤做事的风格是，一旦看准一个人，就完全放手让这个人作出决断。关于彭鹰的提拔问题，两人最后达成的共识是：彭鹰担任巡天公司安全公司总经理，主管安全业务的管理工作，负责研发和保障工作。让安全方面的顶级高手陈默涵和谢侠担任彭鹰的助手，专心带领独角兽战队搞研发。

在沈丹看来，这个安排的结果是，彭鹰无论在技术还是管理上，都有了话语权，也等于是重用彭鹰。

对于这样的安排，程云鹤自己并不满意，他担心彭鹰身为巡天公司安全业务拓展的功臣，会闹情绪。

因此，程云鹤决定跟彭鹰深谈一次，听听他的想法。

趁着沈丹到外地出差，程云鹤试探性地对彭鹰分析说："网络安全是个巨大的市场，现在真正在杀毒市场里呼风唤雨的，只有几家传统的杀毒企业，他们都是靠销售软件光盘的模式生存，这就给我们带来了机会，你怎么看下一步的趋势？"

彭鹰说："现在的杀毒市场可谓春秋五霸、战国七雄，构成了安全市场的争霸格局。虽然各个杀毒厂家在全国摆出一副统一江湖的架势，但目前整个市场还是保持着诸侯纷争的格局，谁也没有秦国那样吞并六国、横扫天下的力量。程总的意思是，想做大秦的嬴政啊！"

程云鹤踌躇满志地说："如果巡天公司进入安全市场，必须拿出一统天下的雄心。我们不但要跟各诸侯一争高下，还要统一整个杀毒市场。你有什么想法？说一说吧，别掖着藏着。"

"我给团队定下了个211工程，2是明年完成两亿收入。"彭鹰语出惊人。

"能做到吗？"程云鹤有些疑虑。

"当然能，我是经过缜密计算的！"彭鹰踌躇满志。

程云鹤笑笑说："太主观了吧，具体措施呢？比如多长时间完成研发，怎么做市场推广？需要多少投入？"

彭鹰果断地说："只要集中力量做好一件事情，肯定能成大事。具体方案，我随后会提交给您。"

程云鹤有些不太相信："如果真完成了你说的两个亿，明年我请你去日本泡温泉。"

随后，程云鹤话题一转："国内没有很好的杀毒引擎，你进入杀毒市场，准备用哪个杀毒引擎？"

彭鹰说："杀毒引擎当然最好的还是美国的引擎，但要跟他们合作需要长期艰苦的谈判，不是一下子能合作的。目前还是尤利西斯适合我们，我们在清理流氓软件过程中与尤利西斯有了很好的合作。在这个基础上开发杀毒软件，做起来也容易。当然，用什么样的杀毒引擎来开发杀毒软件，是我们的核心机密，别人也摸不准我们的套路。等我们技术强大了，再想办法自己开发杀毒引擎。"

程云鹤说:"这个思路我赞同。"

说完,程云鹤从抽屉里拿出一份任命书,然后拿起电话给秘书下达指令:"召集中层以上领导,立即到会议室开会,我要宣布一项重要任命!"

程云鹤带着彭鹰走进会议室,一进门,程云鹤就照着任命书宣布:"我宣布一项任命,任命彭鹰为巡天公司副总裁兼任安全部门负责人,分管杀毒业务!"

"没这么干的吧,趁着总经理沈丹出差宣布这样的任命?这也太草率了。"

"也不能一进门就读任命书啊,怎么也得告诉大家为什么这么安排吧。"

程云鹤突然在会上高调宣布了这项任命,与会人员纷纷议论起来。

对此,程云鹤微微一笑,一言不发。

沈丹从外地回来后,怒气冲冲地对程云鹤说:"你让彭鹰做副总裁,这么用他,就是在害他!犹如让韩信做齐王,是福是祸犹未可知。"

程云鹤只是笑笑:"在巡天公司,如果我程云鹤是刘邦,你们就是萧何张良,我战将如云才能打天下,彭鹰不是韩信。"

看到程云鹤这样抬举彭鹰,沈丹提醒程云鹤说:"无原则地溺爱,是你用人的一大弊病。上次孟雷的教训,你忘记了吗?"

"用人不疑,疑人不用!这是古训。"程云鹤的口吻不容置疑。

黑猫打枪

就在彭鹰带领陈默涵和谢侠紧锣密鼓开发木马病毒专杀程序的同时,短短的两个多月时间,憨态可掬的"黑猫警长"图标占领了无数电脑的屏幕。一个名为"黑猫打枪"的病毒不断入侵个人电脑、感染门户网站、击溃数据系统。亿万用户叫苦连天,杀毒人员焦头烂额,病毒作者被黑客江湖追捧，甚至《电脑病毒疫情和互联网安全报告》中，也把"黑猫打枪"评为"毒王"。

"跟上去，看看这个'黑猫打枪'有什么特点？"胡平阳、林欢、陈默涵、陆璐四人站在谢侠背后，几个人紧张地盯着面前几台电脑上频繁出现的"黑猫警长"图标。

谢侠解释说："'黑猫打枪'几乎一夜之间控制了全国数百万台电脑，'黑猫警长'一声号令，中毒的电脑就乖乖献出账号密码，并充当攻击网站的打手。因感染手段丰富，'黑猫打枪'病毒很快四处传播，犹如洪水，惊涛之下，无人能挡。"

满头大汗的谢侠噼里啪啦敲击着键盘，突然，他指着电脑屏幕上的一串字符，回头对陈默涵说："沿着这个病毒的相关信息，我捕捉到'黑猫打枪'病毒的源代码含有一个'yywarrior'字样的符号。在此之前，含有'yywarrior'源代码符号的系列病毒曾经出现过，不知道是不是同一个人开发的。"

陈默涵说："很有可能，目前的木马病毒是根据国外病毒的源代码改写的，真正原创的成分非常少。"

谢侠挠着头说："以前与'yywarrior'符号相关的病毒出现时，并没有明显的特征，所以我没怎么注意，根据这个源代码，我怀疑'黑猫打枪'与以往昙花一现的木马病毒可能出自同一个作者之手。'warrior'这个英语单词是战士的意思，那么，'yy'代表什么呢？"

"你再查查，相较于其他感染性木马病毒，'黑猫打枪'的感染性怎么样？危害程度大不大？木马病毒感染门户网站的手段丰富，四处传播犹如洪水啊！"胡平阳着急地问。

"这个木马病毒比较胆小，除了窃取密码，没做任何破坏性操作。不过奇怪的是，以往的木马病毒很少用某种符号来公开显示病毒，大多数用户只有在丢了账号之后，才发现自己的电脑中毒了。而'黑猫打枪'不一样，只要感染电脑，就会显示'黑猫打枪'的图案，高调到唯恐别人不知道。这小子有暴露癖？反正有点儿炫耀的意思！"谢侠说。

"只要是炫技的家伙，一般武艺都不怎么高，花拳绣腿就会有软肋。如果去掉修改图标这个过于明显的中毒特征，'黑猫打枪'感染电脑的数量在所有木马病毒里并不是最多的，危害也并不像媒体报道的那么夸张。你查查这小子有没有留下注册人的信息？"林欢笑了笑说。

沿着"yywarrior"这个代码，谢侠找到了"黑猫打枪"病毒首页。在首页，谢侠几经搜索，终于发现了注册人的信息。打开一看，是一个位于东河北四环附近的地址，位置就在云开村硅谷大厦。

"快看，'yywarrior'，这个黑猫战士，就离咱这儿不远，说不定是咱同行呢！"谢侠笑着指着电脑上的一串字符说。

"要注册域名就要填 IP 地址、电话，你继续搜索下去，看看有没有线索可以找到这个黑客的蛛丝马迹？"林欢顾不上跟谢侠开玩笑。

谢侠噼里啪啦敲击了一阵电脑键盘之后，指着屏幕说："你看，他叫刘雄，还有自己的住址。估计这是个初出江湖的黑客，他也许并不知道，对于高手而言，这是暴露身份的致命线索。这个雏儿暴露了自己。"

林欢不屑地说："黑客炫技！这个黑猫战士只不过是通过制作一个让人能记住的形象，来证明他是网络世界的黑猫警长。比起你谢侠，他哪里是黑猫警长？阿猫阿狗而已，你才是黑猫警长呢。既然找到它的致命要害，你赶紧把这个病毒查杀了吧！"

"谢侠锁定位置，我们马上联系朱嘉队长，立即出击！"胡平阳有些激动地拉着林欢，连忙联系刑侦总队的朱嘉。

黑猫战士刘雄当然不知道，当他把自己的代号"yywarrior"写入病毒的时候，就给自己的犯罪留下了尾巴。

当朱嘉带着胡平阳和林欢按照谢侠锁定的地址赶到硅谷大厦写字楼、看到鹰扬公司标志牌的时候，林欢心里咯噔了一下。

胡平阳当然看到了林欢的变化，他也有点儿不相信找来找去竟然找到了孟扬这里，但他顾不上多想。朱嘉走进鹰扬公司见到孟扬的时候，亮出了警官证："我们来办案！"

胡平阳也跟着朱嘉亮出了警官证。头一回见胡平阳这么一本正经地亮明警察身份，孟扬愣了一下，然后报以甜甜的微笑："别逗了胡平阳，你们来干啥？"

"你们公司有没有一个叫刘雄的员工？"朱嘉冷冰冰地问。

"有，怎么了？"从孟扬惊愕的表情来看，胡平阳断定她并不清楚内情。

"他涉嫌犯罪，我们要带走调查！并且要查封作案用的电脑！"胡平阳一副公事公办的口气。

"要不要我先给我哥打个电话说一下？"孟扬问。

"不用了！不要无事生非、扩大事态，更不要牵扯到孟总！"胡平阳阻止了孟扬，径直走进办公区。

正埋头上网的刘雄，被朱嘉和胡平阳当场控制。林欢在刘雄使用过的电脑里，很快查到了"黑猫打枪"病毒。

刘雄连同他的电脑被朱嘉带到了公安局。当然，孟扬作为单位领导，也被胡平阳一起带去问话。

根据孟扬提供的情况，这个刘雄大学毕业不久，刚应聘到公司不足三个月，还在试用阶段。除此之外没有别的有价值的信息。

而林欢在审讯刘雄时，单刀直入地问："'yywarrior'，鹰扬战士，是这个意思吗？"

刘雄回答说："是。"

林欢继续问："你们老板除了孟扬，还有一个叫彭鹰，对吗？"

刘雄说："不是，我知道的老板，只有孟扬！"

林欢问："那公司名字中的那个鹰，哪里来的？"

刘雄说："不清楚。"

林欢问："'黑猫打枪'是你老板写的，是不是？"

"不是！"刘雄说。

"你撒谎！"林欢直视着刘雄的眼睛。

"没有，我不敢，是我自己写的！"刘雄说。

"你有这个能力吗？说吧，到底是谁写的病毒？"林欢紧追不舍。

刘雄交代说："我是在病毒论坛里买来的木马病毒，只是做了一点儿简单的修改，在源代码上加了'鹰扬战士'的信息，外观上加上了我自创的'黑猫打枪'标志，然后转卖给别人，从中赚一点儿钱。有的是我直接卖掉的，有的是通过别人代卖的。"

"一个病毒多少钱？别人买去干吗？"林欢继续追问。

刘雄如实说："一个病毒也就是几百块钱的样子，这个病毒可以无限复制，实际上我只卖给了120多个人，也就拿到10万多块钱，赚得不多。别人买病毒，说穿了，就是发动黑客攻击！一是给别人下毒炫技，二是网友看到'黑猫打枪'病毒很可怕，为了删除病毒愿意破财免灾，下毒的人可以敲诈一点儿钱财！"

林欢冷冰冰地说："销售病毒赚钱，靠黑客攻击敲诈赚钱，也就是从你刘雄开始，从'黑猫打枪'开始。如果说黑客恶作剧的炫技还有点儿骑士精神的话，你们的黑客攻击，已经沦落为金钱的奴隶！你辱没了黑客这个名号，懂吗？说吧，为什么要这么做？以你个人之力，是不可能做出这种病毒软件的。"

"就是想多弄点儿钱嘛，过上好日子呗！"刘雄的回答很简单。

林欢说："想过普通的生活，遇到的挫折也会很普通。想过上最好的生活，就一定会遇上最强的伤害。你想要的超出你能力范围的话，现实世界就一定会给你最沉重的回击。"

刘雄也不隐瞒自己的观点，回答说："人生就是冒险，能闯过去就是赢家。闯不过去，那我再回来乖乖做普通人好了。"

林欢笑笑说："可怕的是这次你想乖乖做普通人也不可能了！我最后再问你一句，你确认病毒是网上买来的吗？"

"我确认！"刘雄的回答很坚决。

"你认识冰刀吗？"林欢突然问。

"冰刀是大名鼎鼎的顶级黑客，这个圈里谁不知道？我只是个虾米级的小黑客，只闻其名未见其人。"刘雄说。

"好吧，那你把购买病毒的路径说一下吧。"林欢说。

当刘雄把购买路径说完之后，突然话题一转："我能不能将功赎罪，做一个杀毒程序,也像著名黑客谢侠一样为国效力?"

林欢冷眼看着刘雄说:"你想简单了吧?你发动的黑客攻击没有浪子回头的温情,也没有国家招安的人生转折,你的人生已经被黑色病毒侵蚀了。你以极端的方式冲上巅峰,然后迅速跌落。证明自己的方式有很多种,就看你选择什么样的人生。你选择了做怪物,就做不了打怪的奥特曼了!"

说完这些,林欢也黯然神伤,这个自以为天才的黑客少年,在人生路上一次染毒,就葬送了自己的未来。

审讯完刘雄,心存疑虑的林欢找到胡平阳,冷冷地问:"你跟我说实话,鹰扬公司的幕后老板是不是彭鹰?"

胡平阳说:"是不是老板我不知道,但彭鹰好像跟孟扬在谈恋爱。"

林欢继续问:"我不管他们感情的事情,彭鹰是你哥们儿,对吗?"

胡平阳说:"是。"

林欢问:"孟扬的哥哥是孟雷,你知道吗?"

胡平阳说:"知道。"

林欢继续问:"你能不能告诉我,孟雷当年在巡天当总经理的时候,把巡天公司的钱以在云开村租房子的名义转出去,沈丹只要回来200万元,那100万元的去向,你清楚吗?"

胡平阳说:"这个我真不知道,要查的话,需要经侦部门查证啊!"

林欢说:"我查过工商登记,鹰扬公司的法人的确是孟扬,注册时间在孟雷离开巡天之后。孟雷离开巡天公司之前,转了300万租金到云开村一家写字楼。沈丹虽然要回去了一部分,但还有一部分没有退回来。这100万哪里去了?鹰扬注册公司的这笔钱,又是哪里来的?孟扬是我高中同学,她哥哥孟雷和彭鹰都是我师兄。孟扬与彭鹰注册了鹰扬公司,除此之外,还有别的选项吗?"

胡平阳说:"我真不知道你们之间的事情啊!"

林欢说:"孟扬是刘雄的老板,刘雄犯罪,孟扬难辞其咎,是不是要调查一下她?"

胡平阳说:"你不能调查她!"

林欢说:"为什么?因为她是彭鹰的女朋友?还是因为她哥哥是孟雷?"

胡平阳不高兴地说:"我没你想的那么狭隘,目前没有证据证明她涉案啊!"

林欢说:"你顾虑什么?我想提醒你的是,无论是孟雷、孟扬、彭鹰还是我们,成为黑客还是网络安全英雄,其实仅仅一线之隔。在黑客的世界里,只要你是技术高手,其他人都会佩服你、追捧你、崇拜你,就像黑客世界的顶级高手冰刀,至今我们只知道他的名号,不知道他的庐山真面目。就像江湖世界里,那里有高手的自尊、侠客的成就,但也有令人不齿的江湖败类。你有没有从这次'黑猫打枪'事件中发现什么?"

"无非是黑客炫技!还能有什么?"胡平阳笑笑说。

林欢脸色凝重地分析说:"'黑猫打枪'病毒背后,隐藏着巨大的商业利益,木马病毒不仅仅是炫技式的黑客攻击,这种攻击已经进入疯狂敛财的阶段。同时,木马病毒也引发了用户对杀毒程序的依赖,但杀毒软件价格动辄在百元以上,中国个人用户都没有花钱买软件的习惯,杀毒软件普及率偏低,所以很多用户很容易遭到木马侵袭,无奈之下只好购买杀毒软件,每台电脑安装一个百元的杀毒软件,这将催生一个多么巨大的杀毒市场,你想象一下吧。我们必须揪住幕后的那只黑手。但我担心的是,彭鹰会被卷进去!他是我的师兄,也是我们一个战壕的战友,我们有责任保护他,你懂吗?"

"我懂了!你很在意你的师兄彭鹰,对吗?"胡平阳仿佛明白了什么。

"无聊!你不用瞎猜了,我们什么也没有,只是纯洁的师兄妹!"林欢连忙搪塞说。

"没有就好,那我就放心了。彭鹰正带领陈默涵和谢侠升级杀毒软件,你怀疑彭鹰参与制造木马病毒,那是无稽之谈。再说,我们不是一直在跟木马病毒赛跑吗?"胡平阳说。

"说得也是,我只是担心而已。我更不希望孟扬出事,毕竟她是我最好的闺密,目前也没有发现孟扬涉嫌犯罪,只是她手下的员工出事了,我希望这只是巧合。"林欢直言不讳。

胡平阳笑了："肯定是巧合啊，这里面既没彭鹰什么事，也不可能有孟扬什么事。就是孟扬自己不小心招进来一个小黑客而已，请你相信我的判断。"

林欢说："刘雄提供的病毒源头，我们必须要查清楚，也好还孟扬一个清白。我觉得刘雄只是个走上前台的小人物，真正的'毒枭'隐身在网络那头呢。"

"必须的，我们马上回去展开调查，这个源头隐藏得再深，我们也要把它挖出来！"胡平阳信心满满地说。

机器狗战士

胡平阳和林欢两人刚到独角兽战队办公室，马上接到谢侠的报告："云开村一带电信互联网突然中断，已经超过六个小时无法正常运转。网络中断的包括45家政府机关单位和100多家网吧，中毒症状很像黑猫病毒。"

多家单位到电信部门查询，但技术人员无论如何也查不到原因。

与此同时，网吧老板赵桐跑到公安局报案说："我接到一条手机信息，黑客让我给八万元消灾费，买他的软件就能恢复网络，否则就让我的网吧瘫痪。"

胡平阳、林欢和朱嘉迅速抽调技术高手组成专案组，介入此案。

胡平阳、林欢调查发现，发给赵桐的手机信息就来自云开村，说明敲诈者身在云开村，甚至可能是赵桐的熟人。于是，朱嘉带领一线干警在云开村一带展开秘密监控。

进入网吧的朱嘉在调查中发现，网络游戏吸引了众多年轻人。但网络游戏都需要密码，密码关联着购买游戏装备的虚拟货币，盗走游戏密码等于盗走了玩家的货币，这里面蕴含着巨大的利益。

网吧对付病毒和木马的撒手锏是一张程序还原卡。如果电脑不幸染毒，用还原卡重启一下，电脑就会自动还原成正常程序。网吧里的电脑之所以不怕中病毒，靠的就是这张还原卡。

但这次病毒来势凶猛，很多网吧集中反映，一种新的病毒以迅雷不及掩耳之势冲击了几乎所有的网吧和大多数个人用户。

谢侠上网查看之后发现，这个木马病毒没有名字，中毒后显示的图标是机器狗，就像之前的"黑猫打枪"一样，网民给这个病毒起了个名字叫"机器狗"。

在分析会上，林欢向大家介绍说："网民把这种病毒称作'机器狗'。与这个机器狗相关联的，还有美军研发的另一种机器狗战士，破坏性极强，由美国波士顿动力公司研制。它功能强大，稳定性以及方位感极强，可以跟随士兵在崎岖地带作战。但这种病毒显然跟美军机器狗战士是两码事。"

谢侠补充说："全球反病毒监测中心也发布了紧急病毒预警：机器狗新变种大规模暴发！也就是说，这种病毒不是来自国内。国内黑客只是二道贩子！"

"短短一天时间，我们就接到数百位用户的求助电话。必须马上拿出解决办法。"胡平阳说。

谢侠说："这个机器狗的厉害之处在于，它将自己保存在系统中，定期从指定的网站下载各种木马程序，来截取用户的账号信息。"

"感染了这个病毒是什么症状？"朱嘉问。

谢侠说："机器狗的中毒症状是，用户打开'我的电脑'或者浏览器，在只开一个窗口的情况下，机器狗木马就会把打开的窗口关闭，桌面进程就会重启。看起来像不停地死机，但在这个过程中，玩家的游戏装备就会被疯狂盗取。"

林欢问："网吧的电脑不是装了还原卡吗？你的意思是，这个病毒穿透还原软件后，再进行感染和攻击？"

谢侠解释说："要命的是，机器狗除了疯狂攻击电脑，谁也不知道它从哪里来，到哪里去。除了网吧，我们已经发现个人用户大面积被感染。机器狗病毒新变种频出，互联网面临一次巨大的考验。"

陈默涵分析说："那用户的办法只有一个，只能选择重装系统。感染硬盘、盗取游戏密码，这很可能是针对网吧用户设计的病毒，黑客的身后有着巨大的利益。"

谢侠回答说："对，机器狗就是一种病毒下载器，它可以给用户的电脑下载大量的木马病毒、恶意软件、插件等。一旦中招，用户的电脑随时可能感染木马病毒，这些木马病毒会疯狂地盗取用户的隐私资料，比如账号密码、私密文件，也会破坏操作系统，使用户的机器无法正常运行。它还可以通过内部网络传播、下载U盘病毒和攻击病毒，能引发整个网络的电脑全部自动重启。机器狗就像潜伏到电脑内部的特务，随时发出信号召唤敌人来攻击——这招儿太损了。多款网游账号和密码被盗，严重威胁游戏玩家数字财产的安全。"

林欢说："那我们要注意这批黑客的动向了，从病毒的升级进化分析，第一代黑客是炫耀技术引起关注，这样的高手品质不坏，我们可以招到麾下。第二代黑客是制造病毒破坏系统，这也不可怕，也可以为我们所用。当然，我们也可以不用。但第三代黑客，有一部分性质已经完全变了，他们写病毒的目的只一个字——钱。比如像孟扬公司的黑客刘雄，因为涉及金钱被判刑四年，这种贪财的黑客，我们能不用就不用。他们从写病毒、传播销售再到洗钱分账。黑客制造病毒，在刘雄之后已经形成了黑色的产业链，触目惊心啊！你们经常泡在反病毒论坛里，要密切关注那些高手的帖子，他们既是杀毒高手，也可能是制毒高手。"

黑客打造的黑色产业链之嚣张，令独角兽战队怒不可遏。就像江湖高手面对敌手的挑战，必然亮剑一搏！

根据网吧老板赵桐提供的信息，朱嘉和林欢跟踪追击，很快锁定了诈骗对象。涉嫌诈骗的高海淀被朱嘉带队在云开村的一家小公司里抓获。

朱嘉以为抓到了一个大家伙，但审讯时发现高海淀这个所谓黑客，似乎连入门级都不够。他满腹冤屈地说："打电话发短信要钱是我干的，赵桐跟我有仇，我才想出这一招儿敲诈他的。但网络攻击不是我发动的，是山东人韩青岛干的！"

"韩青岛是干什么的？你们怎么认识的？"朱嘉继续追问。

高海淀委屈地说："我是在黑猫网上认识的，韩青岛是机器狗木马的全国总代理，干的就是控制'肉鸡'攻击网吧的活儿。我在网上跟他聊天，才突发奇想，试试能不能在赵桐的网吧出出气，顺便赚点儿钱。我有正经工作单位，不信你们去查。另外，赵桐也认识韩青岛。"

朱嘉一查，这小子果然没说谎，果然有正经工作单位，是潜龙下属公司的一名小工程师。

"那你们是怎样发动攻击的？"朱嘉继续审讯。

"我查到了赵桐网吧的 IP 地址，然后告诉韩青岛，由他发动攻击，造成网吧传输阻塞、掉线，总共集中攻击了两次。"高海淀说。

"你有韩青岛的联系方式吗？"朱嘉问。

"只有 QQ 号，别的没有。"高海淀如实回答。

"那你跟赵桐有什么仇恨，单单要敲诈他？"朱嘉问。

"我们三人合伙建了个网站，说好赚了钱平均分的。是赵桐先不仁义，我和韩青岛才报复攻击他的。"高海淀似乎还有怨气。

"你们合伙做了个什么网站？"朱嘉紧追不舍。

"早关了！"也许是刚才说漏了嘴，高海淀连忙转过头，低下头望着脚尖，无论朱嘉怎么问，再也不开口。

高海淀不开口，当然难不倒朱嘉和林欢，网吧老板赵桐被"请"到了审讯室。

朱嘉直奔主题："说吧，你欠了高海淀和韩青岛八万，对吗？"

"那是他们敲诈我的，我没欠他们钱！"赵桐立即否认。

"你们是合伙人，你们合伙办的网站赚了钱，为什么不给人家？高海淀说你不仁在先！不然他不会敲诈你！他的罪我们自然会查清楚，你的问题最好自己说清楚，算是坦白，争取立功表现。不然，你也有问题！"朱嘉开始攻心战。

"本来说好大家一起维护网站，可他们俩只牵头办起了网站，后来都是我维护的，他要得太多，我没给，他们就敲诈我！"赵桐也在叫屈。

"网站一共赚了多少钱？"朱嘉闭口不谈网站内容，只谈钱。

"只赚了十二万，他俩就要八万，可他俩什么也没干啊！"赵桐也围着钱打转，也想避开网站内容。

"你们网站怎么收费的？"朱嘉步步引诱。

"只收注册费，注册了就可以进入网站，免费看片！"赵桐上钩了。

"注册缴费才能看的片子，见不得光吧？黄片吧？"朱嘉一脸坏笑地看着赵桐，直接把赵桐看毛了。

赵桐低下了头。

"说说吧，你跟高海淀怎么认识的，怎么想起搞这个网站的？"朱嘉突然变脸，声音也严厉起来。

赵桐开始交代："我初中开始就到网吧上网，荒废了学业没考上大学。我发现开网吧的利润不错，跟父母要了些钱开了一间网吧。网吧营业后，开始的时候一切顺利，收入也不错。可是之后麻烦就出现了，网吧的电脑一天要运行十几个小时，时不时出现故障。我的计算机水平很一般，对于出现的问题束手无策，就专门雇了一个计算机高手来做网管。同时，我在网上认识一些搞计算机的网友，通过向他们请教，学会了不少关于网络的知识，也从网络中看到了商机，创办了几个并不怎么盈利的小网站。"

"能开网站，你也算高手了吧？"朱嘉调侃道。

"您就别笑话我了，那时候我年轻，觉得自己完全可以通过建立网站或是搞点儿开发软件的活儿来赚钱，我听说做软件开发可以赚到比开网吧还要多的钱，就想能不能建个网站赚钱。我一个人建不了网站，就想和别的网络高手合作，建个网站赚钱。"

"那你就找到了高海淀？你是怎么找到他的？"朱嘉问。

"我是在 QQ 群里聊天认识的高海淀，他说他是潜龙公司的软件工程师，一聊天，俺俩还是老乡。他告诉我，要想赚钱，必须有自己的网络服务器，那样可用的空间才足够大。提供电影下载，靠向注册用户收费赚钱，这些工作对他来说都是轻车熟路。他跟我商量去租一个网络服务器，就这样，我们见面了。"赵桐说。

"见面谈的就是办黄色网站吧？"朱嘉问。

赵桐解释说："当初不是啊，我想着是搞一些进口大片，付费观看的。上传黄片是高海淀提议的，他约我谈一下这件事，我才决定见面。我们在一个小饭馆边吃边谈。也就是在这次聊天的时候，高海淀告诉我，要把网站的点击率搞上去，就必须加点儿情色内容。我听了之后，也没反对。高海淀说，这条途径其实挺简单，搞一个激情电影下载，点击率肯定很快就上去了。"

"就这么简单？你俩一拍即合？"朱嘉问。

"还是叫狼狈为奸吧，反正同盟就这么形成了，赚了钱大家一起花。"赵桐说。

"高海淀的个人情况，你了解吗？"朱嘉问。

赵桐连忙说："高海淀告诉我，他也是农村孩子，在大学里学的信息与计算机专业，具体哪所大学我忘记了。因为家里穷，后来大学毕业工作之后，金钱一下子变得很重要了。看着单位里的有钱人大把大把花钱，他开始有点儿不平衡了，因为他是刚毕业的大学生，活儿不少干，赚的钱却很少，他就辞掉了工作来到东河的网络公司，负责 PHP 动态语言程序编写。这种程序是网友在网站上注册收费必需的，通俗一点儿说，就是网友与网站和短信服务商以及电信运营商之间的一个金钱传输通道。他以前在大学时曾自学过，现在派上了用场。虽然成了东河白领，但给别人打工只能解决一些基本的生活问题，要想成为一个真正的有钱人，就必须去开创一项事业，让别人给自己打工。在几次跳槽的过程中，高海淀发觉可以通过建立网站来赚钱，如果办得好的话，就可以自己开公司当老板了。他没有资金，必须找到合伙人。我们在办一个综合性网站赚钱的想法上不谋而合。然后就商议租服务器了。"

"你们在哪儿租的服务器？怎么运作的？"朱嘉接着问。

"我俩是在云开村一家公司租的，每年 9000 元的租金。我们两人在租用合同上签完字后，又找提供短信内容服务的一个科技公司，申请了一个注册收费的特服号码，建立了短信注册收费联盟。高海淀用他设计的PHP接口程序，把我们的网站与短信平台连接，这样，从服务器、网站、短信平台到中国移动的整个系统就全部连接起来了，形成一个赚钱系统平台。接下来，如果有人浏览我们的网站，其中一部分人如果想享受网站的一些独特功能的话，就得用手机在网站上付费注册，这样我们就可以获利了。"赵桐把操作过程叙述了一遍。

朱嘉分析说："其实，你们赚钱的方式很简单。就是进入网站后，要下载和观看黄色电影，就需要注册付费。手机用户通过短信平台注册订阅电影下载和交友资讯，注册手机用户就会得到免费下载电影的用户名及密码，有了密码就能看所有的黄片，对吗？"

"对！"赵桐说。

"那你们注册一次收费多少钱？"朱嘉问。

"每个手机注册用户收取每月30元的服务费，扣除各种费用，通信公司分20%左右，还有10%左右的税款和运行费用，剩下的部分，再由提供短信内容服务的特服号码公司和我们三七分成，也就是每个用户每个月我们可分得12元。我们拿小头，大头都让那些过路的层层扒皮了。"赵桐说起来，满是愤懑。

"那你认识韩青岛吗？"朱嘉打断他的话头。

"知道这个人，但我从来没见过，是高海淀从网上认识的一个网友。"赵桐说。

"那你们怎么成了合伙人了呢？"朱嘉继续问。

赵桐说："网站建起来之后，点击率并不高，我着急啊，我和高海淀已经投入了几万资金，租服务器、买黄色光盘、搜集成人小说什么的。但如果点击率上不去，不光赚不到钱，还会赔掉老本。我俩没别的招儿了，就商量找别人加盟共同经营这个网站，找一个经验丰富的老手来做。高海淀就在网上认识了韩青岛。韩青岛的黄色网站在这个圈里办得最成功，已经小有名气，正是这个网站吸引了我们。韩青岛的网站设计精巧，内容丰富，有很多黄片资源。我们看中的是韩青岛建网站的能力和资源。通过高海淀介绍，我通过 QQ 联系上了韩青岛，希望他加盟我们的网站以扩大规模，把我们这个网站的点击率搞上去。

"他满口答应，并告诉我说，点击率要想上去其实很简单，搞一部分免费的在线视频观看，再搞一个激情电影付费下载，点击率只要上去，收入也就上去了。我听了之后眼前一亮，是啊，这条途径这么简单，而我却一直没有想到，空有建立网站的能力，却没有用它赚到几个钱。我就告诉韩青岛，我那网站上面已经有一些黄片了，但是不太多，所以还是不行，如果能加上韩青岛的黄片资源，肯定会一炮打响。韩青岛说，这件事情就交给他了，赚了大钱咱们一起花。就这样，一个更大的网站的建立计划就形成了。最后我们商议，韩青岛提供黄片和设计网站，占三分之一的股份，高海淀占三分之一。建立好网站就可以等着收钱了。网站由我负责经营和收钱，说好每三个月分一次钱。"

"那你为什么不给他们俩分钱？你有点儿不仗义了吧？"朱嘉问。

"高海淀把活儿都推给韩青岛，什么都不管了。韩青岛做完页面上传完视频之后，就忙自己的事情了，也都不管了，也没有再增加黄片资源。网站刚开始收入还不错，但没有新的资源，浏览量和下载量就很少了。后来网站全是我来维护，原来都是平均分的，钱也都给他们了。但最近这几个月他们什么都不管，就等着分钱，我当然不能给他们了。被攻击之后我才知道，他们其实是隐藏很深的黑客，我才是受害者！"赵桐还在叫屈。

"你就别叫屈了，你们这叫网络贩黄懂吗？"朱嘉说，"走吧，去看看你那黄色网站吧！"

赵桐无奈地站起身，带着朱嘉和林欢来到一个小区里。

当朱嘉、林欢在赵桐暂住的出租屋找到这个网站的站点时，他们几乎不敢相信，简单的一台笔记本电脑里，却有着不简单的内容，这个网站上有大量不堪入目的黄色电影。

根据邓宝剑的指示，朱嘉用短信注册后登录这个网站，下载了网站里所有的淫秽视频作为证据，并对这个网站进行 24 小时监控。很快，胡平阳根据 IP 地址找到了相关站点及服务器的具体位置。

接下来是一举拿下通信公司和特号服务公司的涉案人员，为了避免打草惊蛇，邓宝剑立即上报公安部网络安全保卫局。

随即，此案被列为公安部督办的网络贩黄第一案。

网络贩黄

韩青岛发动的这次木马攻击，造成直接经济损失 3000 余万元，间接损失无法估算。胡平阳层层上报后，公安部将此案列为重点督办案件。

审讯高海淀之后，网络安全处迅速调集警力对韩青岛展开追击，但韩青岛像人间蒸发了一样，在网络上消失了。

茫茫人海，要奔赴山东去追查一个名字都不知道真假的韩青岛，谈何容易！

由于网络攻击证据采集很困难，起诉证据不足，林欢和朱嘉只能将这起网络攻击案暂时搁置，但侦破工作并未就此停止，韩青岛的动向始终被朱嘉他们重点监控。

召唤"肉鸡"是远程控制木马发动网络攻击的主要方式之一。所谓"肉鸡"，就是那些没有安全保护而被木马控制的电脑终端，被控制的"肉鸡"是黑客取之不尽的财富宝库。在黑客网站上，"肉鸡"被公开叫卖，每只"肉鸡"的价格有的高达 1000 元。

谢侠发现，"肉鸡"之所以受欢迎，一是黑客买到"肉鸡"后，首先将"肉鸡"的银行账号、密码，游戏账号、密码、游戏装备、游戏币和 QQ 币等盗出来，然后打包批发卖给销售商，销售商再去非法销售。

二是黑客可以控制"肉鸡"点击广告，提升一些网站的流量和排名，从广告主那里收取广告费。

三是指挥"肉鸡"发动网络攻击。黑客能控制数万甚至数十万只"肉鸡"充当网络战士，在同一时间段内攻陷某一网络站点，使一些网吧和中小企业不得不破财免灾，只要交了"保护费"，网络马上就会恢复正常。

韩青岛搞过一次闪电突击之后，扔下同伴高海淀遁走。但他对上次的战果念念不忘，终于，在半个月之后，他再次发动了攻击。这次他通过木马窃取了女孩儿小周的"艳照"，敲诈5000元。

心里没鬼的小周马上报案。网监警察在小周的电脑内发现大量机器狗等远程控制木马程序，而且攻击手段与上一次的攻击非常相似。

林欢仅仅用了两个小时，就锁定了韩青岛的位置。

朱嘉很快按照林欢提供的消息，赶赴山东抓获了韩青岛。警方从他的电脑中发现大量木马程序，机器狗木马下载器也在其中。

韩青岛被捕后十分抗拒，他只承认敲诈了小周，却拒不承认发动肉鸡攻击网吧。他侥幸地认为，半月前的那个案件已过去，电子证据已毁灭，况且他与高海淀从未谋面，警方不可能查到他。

但他还是低估了网络警察的实力，林欢和谢侠连续昼夜工作，终于在韩青岛的电脑中发现了两个电子银行的登录记录，而其中一个电子银行账号，正是敲诈赵桐时留下的银行账号。在铁证面前，韩青岛低下了头。

在审讯中，韩青岛说："我是机器狗的全国总代理，机器狗可以秒杀一般的安全软件，但唯独巡天神剑很难对付。所以机器狗的作者大雪无痕非常痛恨巡天，每次升级程序在绕过巡天杀毒程序时，都要绞尽脑汁。"

"大雪无痕是谁？他在哪里？"朱嘉继续追问。

"我也不知道，我只知道他网名叫大雪无痕。"韩青岛如实回答。

"没有任何联系方式吗？"朱嘉紧追不放。

"只有一个网名，别的什么都没有。都是他主动联系我，我从不主动联系他。"韩青岛说。

林欢等人挖出这起网络贩黄大案之后，公安部展开了打击淫秽网站专项行动。

制造这起网络贩黄案的年轻人第一次"会师"在看守所时，表情十分尴尬。在审讯时，赵桐否认网络贩黄的犯罪事实。虽然他的声音很低，但朱嘉还是可以感觉到他语气中的惶恐和不安，他的话很快被朱嘉出具的一系列证据推翻。

赵桐最后供述了网络贩黄的赚钱渠道，大致有两种赚钱方式：一是短信用户注册每月交30元成为会员；二是一次性将300元左右的款项汇到指定账户成为VIP会员，享受全年或者"终身"服务。手机代收费为网络贩黄提供了赚钱的渠道，由于代收费的管理制度有漏洞，他们才有可乘之机。要杜绝网络贩黄，最重要的一条是切断网络贩黄后面的利益链条。

高海淀也否认网络贩黄，但同样在确凿的证据面前无力地垂下了头。在审讯中，他不断地用纸巾拭着眼角涌出的泪水，是伤心之泪还是悔恨之泪呢？韩青岛是年龄最小的一个，当警察将他带进审讯室后，林欢为这个稚气未脱的大男孩感到惋惜。朱嘉缜密的提问让他回答得语无伦次，只承认他负责更新激情电影，然而这样的解释显得苍白无力。

朱嘉关心的不仅仅是网络贩黄，而是隐藏在这背后的神秘黑客"大雪无痕"。但韩青岛除了知道大雪无痕的网名和QQ号，对于大雪无痕的其他联系方式一无所知。

无奈之下，朱嘉和林欢只好向邓宝剑汇报。他们明白，抓不到幕后黑手，这个公安部督办的大案就不圆满，起码是个遗憾！

"再黑的黑客也有惧怕的对手。马上向网安处汇报，再上报公安部网络安全保卫局和国家计算机应急中心，同时召集巡天公司的彭鹰和陈默涵等专家，挖出幕后黑手！"邓宝剑做出指示，"一定不要忘了，谢侠那小子也许有办法。"

朱嘉、胡平阳和林欢搜集完相关资料后，按照邓宝剑的指示，与谢侠等人一起讨论案情。

听完林欢提供的木马分析和查杀数据之后，谢侠说："最近机器狗木马为了绕过我们的狙杀，变种频出。但每次出现新的变种，我们都会在第一时间将样本截获，不断强化防御能力。我们还破解过机器狗代理商韩青岛的统计后台，发现仅通过韩青岛，机器狗木马一天时间就感染了5781

台电脑,控制的肉鸡电脑总量达到 17 万个,这足以说明机器狗的猖獗。但他们再猖獗,也逃不过我们猎手的追捕!"

"能不能帮我们抓到写病毒的幕后黑手?"邓宝剑关心的是机器狗的作者。

"应该没有问题吧。"谢侠信心满满。

随后,通过韩青岛的账户,谢侠反向追踪机器狗木马的资金流向,而林欢则对机器狗木马的传播方式进行分析,寻找木马的源头——服务器。机器狗木马的服务器通过 CDN 技术隐藏了自己的 IP,这是一种低端防护技术,之前之所以难以追踪是因为病毒传播量太大,他们的线路节点都不一样,追踪难度太大。而现在不一样了,有了韩青岛这个总代理,查病毒线路节点易如反掌。

林欢很快就锁定了机器狗的服务器,它就隐藏在 D 市的电信机房里。此时病毒还在更新,说明病毒作者并不知道韩青岛已经落网了,否则他早跑了。另一边,谢侠发现,机器狗木马在半年内就赚取了超过 200 万元的巨额利益。

沿着这条线索,谢侠循线追踪,很快查到写病毒的人隐藏在安徽。朱嘉他们随即赶赴安徽,将机器狗木马的作者杨滁州抓获。这个只有 20 岁的小伙子,就是网名"大雪无痕"的黑客!

在谢侠的帮助下,朱嘉他们又从河北石家庄抓到两名销售机器狗木马的下线。

谢侠发现,机器狗传播木马的主要途径,是向深圳一个流量商购买流量挂马。随后,朱嘉他们又顺藤摸瓜在深圳将流量商抓获。

谢侠对朱嘉分析说:"流量商是这条产业链中最大的推手和幕后大老板,在木马产业中扮演着非常复杂的多重角色:首先是向一些网站站长收购流量,这部分流量既可以出售给机器狗木马的下线传播者,也可以由流量商自己挂马。所挂的木马也分为两种,一种是直接窃取网游账号获利,另一种是推送伪造的 QQ 中奖消息,结合钓鱼网站进行网络诈骗,而这些木马通常也是由流量商以低价雇用程序员编写的。"

朱嘉他们调查后发现,深圳的流量商一个月的收益达到十多万元。

至此,可以说本案已经大获全胜了!然而,更大的惊喜还在后面!

黑猫隐身

只有20岁的杨滁州在黑客界颇有名气,朱嘉和林欢在对杨滁州的审讯中,朱嘉好奇地问:"你小小年纪,在哪里学来如此高超的黑客手段?"

杨滁州自负又满腹怨气地说:"在黑猫网啊,我也是在黑猫网认识的韩青岛。我们分工明确,我写木马,他销售。不过我没拿到什么钱,钱都让韩青岛赚了。"

"黑猫网?"林欢再次听到这个韩青岛与高海淀相识的网站,立即警觉起来,连忙问道,"这个黑猫网,是不是个跟黑客相关的网站?"

"黑猫安全网,是专门培训黑客的网站,我们圈内公认的规模最大的三家黑客培训网站,黑猫网排名第一。"杨滁州说。

大鱼背后有大鱼!林欢立即走出审讯室,打电话通知胡平阳,请他立即再次提审高海淀和韩青岛。

胡平阳反馈回来的消息是:"高海淀和韩青岛是黑猫网里的同门师兄弟。"

林欢在电话中对胡平阳分析说:"木马病毒猖獗,很多反病毒论坛、贴吧上,一些黑客竟然公开发布招生广告,宣称长期收徒,传授灰鸽子、抓鸡、木马制作、网站入侵、网站挂马、木马脱壳、免杀、捆绑服务器的制作与维护、网吧安全与入侵等,甚至还有大量黑客打出广告,表示有能力承接各类黑客业务,只要钱给够。"

胡平阳补充了一句:"这么说,刘雄也可能是他们的师兄弟!无论是黑猫打枪还是机器狗战士,都是一个木马病毒的变种,都是黑猫网的徒子徒孙。那么,这个黑猫,才是我们要抓的真正元凶!"

胡平阳的判断没错,如果黑猫打枪只是炫技,那么,机器狗就是剑指网吧，为财而来，而且是针对所有的还原产品设计的，破坏力超过黑猫打枪。

林欢分析说："这些制售木马病毒的黑客，牟取的利益显然不菲。可想而知，在购买了这些高价的'重型武器'后，木马病毒的写手和倒卖者，自然更加肆无忌惮。目前黑客只是疯狂地盗窃、抢夺普通网民的虚拟财产，而下一步，木马病毒很可能是伸向现实财产的一只黑手，也是网络安全需要防范的重点。"

胡平阳情绪被调动起来，他说："黑色产业所带来的巨大经济诱惑，让一批无良黑客铤而走险、有恃无恐。机器狗横扫各大网吧，盗取网游账号无数，堪称病毒界的血滴子，一杀一个准。"

林欢倒是比较冷静："倚天不出，谁与争锋？眼下最要紧的是升级杀毒软件，先阻止这个病毒肆虐。"

针对这款病毒的特性，谢侠很快开发出了巡天神剑的"打狗秘籍"——《巡天木马专杀大全》。

《巡天木马专杀大全》一经推出，立即成为机器狗的天敌！这款集成了数种顽固木马专杀工具的软件，用户只要下载一个，就可以查杀数十种顽固木马病毒。

程云鹤要求独角兽战队确定一个杀毒原则：木马不过夜！

黑猫打枪和机器狗病毒为祸互联网，也引发了一场杀毒企业的集中大围剿。在独角兽战队挥动"打狗棍"围猎机器狗之后，潜龙等各大杀毒企业也有效针对机器狗病毒的传播特点，纷纷推出专杀工具。

一时间，杀毒企业众志成城，有效阻击了机器狗入侵。机器狗在猖獗了一段时间之后，气焰渐渐消散。

邓宝剑当然明白，必须挖出隐身在网络背后的黑猫，斩断这个黑色利益链条，才能确保网络安全。

胡平阳立即将收集到的黑猫网的情况上报公安部网络安全保卫局。随后，"捕猫行动"专案组成立，邓宝剑任组长，统一协调指挥围猎黑猫，打掉这条黑色产业链！

经过谢侠等人锁定，黑猫网所租用的服务器分别位于浙江、安徽、河南三省。专案组立即协调三地警方，统一时间同时采取行动，打掉了黑猫网的服务器。

围猎黑猫一战，六名涉嫌木马制作、代理、传播和销赃的案犯尽数落网，这是国内首次成功破获一条上下游完整的木马产业链。

然而，警方在捣毁分散在各地的黑猫网服务器，同时将各地黑猫网工作人员抓获后发现，他们只是黑猫网的加盟人员。

邓宝剑带领专案组调查发现，黑猫网共发展了收费会员12万余人、普通注册会员17万余人。成为该网站收费会员的，每人每年需向该网站交纳200元至999元不等的会费，才能学到各种类型的黑客技术。黑猫安全网开办以来，收取会员会费逾700万元。

为了招收更多会员，让他们尽快掌握各类木马程序的制造和使用，黑猫网开办了网络教学，利用新浪网的UC聊天室进行团体授课，开设营销课程，教授学员如何赚钱、如何使用木马软件，同时还定时对木马程序更新、升级。而在黑猫安全网上，先后提供了3000余款木马、病毒程序，供会员下载使用。

黑猫安全网成为全国最大的黑客培训网站。黑猫案创下全国打击黑客培训网站第一案、打击黑客犯罪适用新刑法修正案第一案。

但令邓宝剑遗憾的是，尽管警方使出浑身解数，抓到的只是浮出水面的黑猫们，猫王是谁、目前在哪里，谁也不知道！

就在林欢他们沉浸在破案的喜悦中时，隐身的猫王竟突然浮出水面，而且在网上公然留下联系方式，甚至在一个新申请的博客里叫嚣：我写的木马病毒，够你们网络警察玩几年！

在黑猫网被捣毁之后，猫王专门注册了一个新网站，在这个用来出售木马病毒的网站上，木马病毒生成器的价格从数千元到数十万元不等。

谢侠和林欢在完整版的机器狗出售说明上，还看到这样几行文字：

1. 如果您已经决定购买代码，请联系客服，付5%的定金。

2. 买一张到USA的机票，具体地址我们告诉您，告诉我们您到达的时间，我们好去接您。

3. 到我们团队的驻地拿代码，我们为您现场调试，您在我们驻地的消费以及往返机票费用我们全包。

USA？难道这是一个藏身在美国制作木马病毒的专业犯罪团伙？

如果猫王藏身国外，遥控着国内的木马病毒，同时又向国内木马病毒制作者高价贩卖先进的病毒木马技术，这是非常令人担忧的！

谢侠持续跟踪，发现猫王相当狡猾，只留下了一个电子信箱用于联系，但仅凭这个邮箱找不到任何有用的信息，追踪猫王的藏身之处，希望渺茫。

谢侠对林欢分析说："目前，贩卖木马病毒已经成为黑色产业。在黑猫打枪和机器狗病毒的背后，肯定不只是一个人，而是一个专业制售木马病毒的犯罪团伙，从现有的信息看，他们可能藏身国外。但我坚信，这个猫王熟悉中国，很可能是有着中国背景的顶级黑客，甚至是熟悉网络警察的黑客！也许，他正在某个地方看着我们呢！"

"问题是，这个真正的猫王，会不会是那个顶级黑客冰刀？从发布这个帖子之后，他就隐身网络江湖、去向成谜，这'捕猫行动'就成了有遗憾的行动。"林欢叹息一声。

第四章 入主鹰扬

上市计划

彭鹰带领巡天独角兽战队推出的免费杀毒软件，经过谢侠、陈默涵的进一步研发，增加了漏洞修复、查杀木马等功能。

就在巡天杀毒软件发布之前，沈丹再次提出，还是要在杀毒软件后面加上"测试版"三个字，以免软件不稳定，引发其他无法预知的问题。

程云鹤和彭鹰都听从了沈丹的建议。

巡天杀毒软件发布后，因为应对病毒出手快、杀毒效果好，立即受到网友热捧，仅仅推出不到一个月，软件的安装量就达到数千万次，大有超越潜龙的苗头。

巡天杀毒软件一战成名，程云鹤在任命彭鹰担任巡天副总裁兼安全部门负责人的同时，又调高了他在公司所占的股份比例。之后，公司很多重要活动，包括接受媒体采访，程云鹤都把彭鹰推到了前台！

彭鹰在公司内稳坐第三把交椅，风头一时无二！

让程云鹤意想不到的是，随着权力的增加，彭鹰竟然提出对公司格局进行大幅度调整，并开始为自己主管的杀毒部门招兵买马，不但招来一批有劣迹的黑客，还招来了一批高管。公司格局调整和增加高管，虽然不是彭鹰一个人的决定，但风头正劲的彭鹰理由充分，大家也都随声附和。

经过大刀阔斧的调整，最终在彭鹰的主导下，将巡天公司的架构调整为五个大团队。程云鹤主要分管人事、财务部门，彭鹰分管网络安全和浏览器，搜索部门由沈丹负责。

结构调整之后，彭鹰管理着两个核心技术部门，也是公司两个最要害的盈利部门，他实际掌握的权力足以与程云鹤夫妇抗衡。在他分管的两个部门里，想用谁不想用谁，全都是他一句话的事。一些身份尴尬的元老被彭鹰冷落在了一边，收入也大大缩水，因此纷纷提出离开巡天。

程云鹤认为，彭鹰统辖的网络安全和浏览器是公司的核心盈利部门，做出相应调整便于彭鹰指挥作战是应该的。但令程云鹤意外的是，这次调整引发了巡天公司自创办以来最大的一次辞职风波，无论程云鹤怎么努力挽留都无济于事。辞职的元老们普遍认为，程云鹤重用彭鹰是昏了头，甚至有人临走之前直接对程云鹤说："彭鹰是孟雷的准妹夫，是孟雷安插在巡天的卧底，目的就是要再次搞垮巡天！"

"彭鹰是创业元老，怎么可能当别人的卧底？"对于这些猜测，程云鹤不以为然。但看到一起创业的巡天元老们一个个离去，程云鹤心里也很不是滋味。

程云鹤当然也看得很清楚，彭鹰在培植自己的势力，排挤创业老臣。

先调整公司结构，再调整人员布局，程云鹤此时关注的不是公司内部人员调整的问题，而是集中精力准备第三件大事：上市。

在程云鹤看来，这是超越一切的头等大事。

公司上市，是彭鹰提出来的。

对于公司仓促上市，沈丹坚决反对："你用彭鹰的目的是什么？是让他带领杀毒团队打造一款中国顶级的杀毒软件，是为了在互联网安全行业站稳脚跟，而不是为了上市。你有没有想过，彭鹰鼓动你上市的目的是什么？是圈钱！早不上晚不上，在你让出自己的股份给他之后，为什么彭鹰那么着急上市？上市意味着他的财富会呈几何级数地增长。"

"疑人不用，用人不疑。说过多少遍了，这道理你不懂吗？彭鹰带队已经为公司盈利了，杀毒软件也已经做出来了，多给他股份不是应该的吗？"程云鹤有点儿火了。

被程云鹤呛声的沈丹，气愤地甩出了一句话："我和彭鹰同学那么多年，我比你更了解他！在利益面前，他就是精致的利己主义者！高智商，善于表演，懂得配合，更善于利用权力达到自己的目的。这种人一旦掌握权力，比一般的贪官污吏危害更大。我跟你说一件事吧，有个中国留学生在卡内基梅隆大学读书的时候，非常注意听课，下课后，这个学生找到授课的那名教授说：'教授，您课讲得真好！'这位老教授很高兴，就问：'好在哪里啊？'这学生每一句话都能讲到点子上。连续一周下来，教授对这个学生的好感与日俱增。到第二周，这个留学生说，我想去硅谷工作，希望您能给我写封推荐信。这位教授欣然写了一封热情洋溢的推荐信。之后，这个经常赞美教授的学生就再也不见了。"

"你说的这个学生是彭鹰吗？他在硅谷工作过？"程云鹤问。

"是的！见微知著，这就是我反对重用他的原因。"沈丹说得干脆利索。

"这算不上什么吧？年轻时谁没犯过错，况且急于成功也算不上什么错！毕竟他是一个技术天才、程序高手！忠心耿耿跟随了我五六年，杀毒软件也是他主导开发的！要想马儿跑，就得给马儿吃草！"程云鹤辩解说。

"你真不了解彭鹰，他对你我是毕恭毕敬、言听计从，但对谢侠他们这些下属，非常苛刻、毫无善意！我一直没有告诉你，谢侠测试公交卡的时候，是向他汇报过的，他同意了，却没有向我们汇报，也没提醒谢侠，这样做的后果是什么彭鹰不清楚吗？后来谢侠被拘留，事后他有过任何营救的举动吗？这时候，如果是我，我一定会去找林欢和胡平阳。彭鹰和林欢是同学，跟胡平阳是哥们儿！难道作为手下的谢侠，不是彭鹰的左膀右臂吗？"沈丹说。

"彭鹰是怕谢侠的事情牵连到他自己吧？这事做得确实不妥！"程云

鹤也忍不住说。但他觉得沈丹用彭鹰做人的小节来判定彭鹰是个精致的利己主义者，太过小题大做。

至于沈丹说彭鹰是单亲家庭的孩子，对财富有着比正常家庭的孩子更强烈的欲望，程云鹤觉得更是无稽之谈。单亲家庭的孩子多了，跟对财富的欲望没有直接的逻辑关系。

沈丹说："单纯依靠某个人出色的能力做一两件事情是可以的。但对于长远后果而言，没有制度的约束，没有对权力的控制，盲目相信一个人，后果会是灾难性的。"

程云鹤不服气地说："我的经验告诉我，只有帮助手下发挥他们的潜力，实现他们的价值，才能完成不可能完成的任务！只有让彭鹰产生主人翁的感觉，他才会真正去关心和爱护巡天，才会有归属感、成就感、荣誉感！"

沈丹赌气地甩下一句话："那好吧，我们讨论一下他的上市计划吧，但愿在野战基地，他能展示出一个真正战士的冲锋能力！"

怀柔雁栖湖野战基地，程云鹤、沈丹、彭鹰三人打完野战游戏，又坐在了茶坊里。身着作战训练服的程云鹤兴致勃勃地说："我想把这个野战基地买下来，作为巡天公司的员工培训基地，你们觉得如何？"

彭鹰立刻表示赞同："这是个好主意！雁栖湖这一带是风水宝地，买下这个基地花不了多少钱，既进行了投资，公司又有了拓展训练学校，而且平时也可以对外经营，收入应该还是很可观的。"

沈丹却反对说："公司现在是靠杀毒软件赚了些钱，但用钱的地方还有很多，没有必要把钱用在这种项目上，还是用在公司的主业上吧！"

见沈丹反对，彭鹰立即拿出了一份商业计划书，说："程总、沈总，我带来了一份商业计划书，趁着巡天网络杀毒软件的推出，我的设想是一年之内，我们在美国纳斯达克上市。想听听两位老总的意见。"

程云鹤细致分析说："现在那些闹着上市的互联网公司，其实赚钱思路并不清晰，可他们都被投资人认可上市了。我觉得我们巡天盈利点明确，市场前景很好，融到钱可以开拓市场。况且上市是大势所趋，我的意见是做大盘子，扩大融资规模，力争尽快上市。"

沈丹忍不住提醒说："网络公司上市的前两次高潮已经过去，新浪、搜狐、网易等门户网站都已经完成第一拨上市。百度、腾讯、阿里巴巴完成第二拨上市并逐渐成为网络巨头。潜龙、金点这几家公司如日中天，正在操作上市。可我们恐怕没有必要去赶这第三拨热潮。我们巡天公司只是一家网络安全公司，国外没有上市的先例。我们目前也只有投入，虽然赚了些钱，可还达不到盈利指标，怎么上市啊？"

"你先别插话，听彭鹰说。"一向对沈丹言听计从的程云鹤端起一杯茶递给了沈丹，仿佛要堵住她的嘴一样。沈丹斜了程云鹤一眼，接过茶，扭头望着窗外银杏枝上鼓起的芽苞。

"现在的互联网已经成一锅粥了，各种资本进入，谁融的钱多，谁就能活下去，我只醉心于梦想和产品设计，我觉得杀毒是巡天的核心竞争力。巡天上市是肯定要上的，只是个时间问题，我的意见是上市要趁早。"彭鹰说话总是掂量着用词。

"我也是个产品经理，你不用谦虚。"程云鹤对彭鹰不温不火的口气并不满意，一句话给挡了回去。

沈丹说话却很不客气："你别看别人上市你就着急，巡天现在上市还不稳妥，我们的安全产品需要大量资金推广，目前杀毒软件刚刚推出，还是测试使用阶段，效果如何尚未可知。因为市场占有率还不高，投入产出比例严重失调，你拿什么上市？就靠你的安全梦想吗？梦想能上市吗？比起孟雷和杨晋东这两家公司，我们差距很大，他们都已经体量巨大。跟他们比，我们巡天算什么？就像你们做的那个浏览器，马桶上绣花而已，推广难度非常大，市场占有率还不到百分之十。不要忘了，巡天公司以往的盈利点是搜索，已经让金点夺去了大量的份额。如果不是彭鹰带头研发了巡天神剑，我们还不知道公司发展方向往哪儿走呢！万里长征刚走了第一步，不能刚找到方向就做到达终点的打算，路还相当漫长呢。"沈丹接着又泼了一瓢冷水。

"不就是搜索被金点压着，市场低迷吗？"程云鹤仿佛被针戳了一下，有些赌气地说。

沈丹又忍不住呛了一句："巡天杀毒团队几百口人，一年下来，人吃马喂几千万费用呢，这钱我们自己还没赚出来，换个说法，目前还是靠风险投资人投资，还没有达到盈亏平衡点。"

程云鹤扭头斜了一眼沈丹，有些不耐烦，他看了看沈丹和彭鹰两人的表情，赌气地说："目前公司最需要解决的是两个问题：一是尽快分家，彭鹰管安全板块，你管搜索板块，两条腿走路相互支撑。第二，尽快让我们的产品盈利，互联网公司说到底不是做公益而是为了盈利，只有巡天赚钱了，才有继续生存下去的可能。下一步需要大量融资，上市的事情要步步推进。"

"再大量融资，你程云鹤的股份岂不都被稀释掉了？"沈丹忍不住又提出她的疑虑。

"上市就是融资，必须稀释股份！别说了，堵不住你的嘴啊？"程云鹤有些着急地瞪着沈丹，"股权算什么，只要把公司做起来，没我的股份我也愿意！"

彭鹰连忙出来打圆场说："沈总的担忧也不是没道理。程总，沈总是为您好，您态度就不能好点儿吗？"

"好态度有用吗？"程云鹤憋着气。

这场讨论结束时已经天色将晚，沈丹开车拉着程云鹤和彭鹰离开雁栖湖向灯火阑珊的怀柔驶去。他们要穿过怀柔上高速，回到东河市。

在回城的路上，彭鹰不失时机地提醒程云鹤："程总，您是大哥，别怪我这做小弟的多嘴，您和沈总从来都是互相尊重的，我们都羡慕你俩举案齐眉、相敬如宾呢。您今天怎么跟师姐吹胡子瞪眼啊？沈总在美国干得好好的，您硬生生把人家从美国拽回来帮您。别忘了，巡天的启动资金全部是沈总的私房钱，没有沈总，哪有巡天的今天？是不是应该对沈总好点儿？"

这句话在沈丹听来很受用，但在程云鹤听来却有点儿火上浇油的意思。程云鹤有些不情愿又自我辩解地说："我对她还不够好吗？让她少说两句不行吗？"

程云鹤正跟彭鹰犟着，只听到一声刺耳的刹车声，沈丹把轿车停在了路边的加油站门口，说："你俩下车去洗手间吧，我去加个油！"

程云鹤和彭鹰下车去了洗手间，沈丹却一脚油门拐上主路疾驰而去。

出了洗手间，两人遍寻不见沈丹的车。程云鹤与彭鹰面面相觑，程云鹤摸摸上衣口袋后问彭鹰："你带钱了吗？"

彭鹰两手一摊："别问我，我没带钱，银行卡我有！"

"那怎么办？我也没带！"程云鹤也两手一摊。

"那咋办啊！"彭鹰苦笑一声。

"好办，打车，到家付账！"程云鹤灰溜溜地在马路边伸手拦一辆辆疾驰而过的出租车。可气的是，一辆又一辆车呼啸开来，又呼啸而去，根本不停。

直到半个多小时后，他们才在凉风中打上车往城里赶去。

对于沈丹的各种反对意见，程云鹤心里不爽。他觉得彭鹰思维敏捷，眼光独到，对于公司颠覆式的结构调整，一定有其道理。况且，彭鹰提出的上市计划，正符合程云鹤把公司做大做强的愿望。

所以，当沈丹与彭鹰的观点产生冲突后，程云鹤选择了站在彭鹰一边，并把彭鹰的公司股份调高到仅次于自己和沈丹，位居巡天公司第三。

程云鹤对沈丹说："有的创业者只知道索取和压榨，不愿意奉献，当你把自己局限于利己圈子的时候，你的能力和人脉会变得更小。我理解的创业规则一是价值观的高度契合与认同，二是彼此信任。"

但沈丹显然不接受程云鹤的观点，她说："我们不能无休止地索取别人的奉献，合作的价值在于跟你的伙伴交流之后思想的碰撞，在于相互给予后的思想火花，而不是盲听盲信。"

经过深思熟虑之后，沈丹郑重地对程云鹤说："把彭鹰提拔上来，我反对不是因为我是巡天的总经理和法人，毕竟这家公司是你一手打造起来的，公司核心是你。既然你认为公司已经进入正轨，那我这个挂名的法人继续在公司工作也不太合适，对彭鹰的工作也是障碍。我要么回家筹备咱们结婚生孩子，要么我跟谢莉一起去北大或者清华读个MBA吧。你别认为我是在撂挑子啊，我一是为了提升自己的能力，二是避免我们三个人搞成了三国演义。"

随着冲突的加剧，当沈丹突然提出离开的时候，程云鹤竟然选择了沉默。程云鹤清楚，孟雷担任公司CEO的时候，沈丹是主动避开；这一次重用彭鹰，沈丹是无奈避开的。程云鹤心怀歉疚地搂着沈丹的肩膀说："你有没有算算，咱们俩认识多久了？"

沈丹故意掰着指头数了数说："我数数，一二三四五六七，哎呀，七年之痒啊！"

程云鹤慨叹道："时间真快啊，这些年做巡天，一直担心公司会随时倒掉，现在公司慢慢步入正轨，咱俩是不是该举行个结婚仪式了？明年是猴年，给我生个小猴子吧。"

"好啊！我也是这么想的！现在公司暂时用不着我帮你看摊儿了。那我就离开公司，专心回家准备结婚生孩子吧。"沈丹顺着程云鹤的思路接下去，表示赞同。

程云鹤说："好啊，你辛苦了这么多年，也该好好休息了，我们是该要个孩子享受天伦之乐了。就这么定了，结婚！生小猴子！"

程云鹤何尝没有听出沈丹失落的弦外之音，但他一心希望彭鹰能给他的巡天带来新的气象。

程云鹤当然明白，沈丹其实是一位出色的职业经理人，但夫妻档毕竟有很多不利之处，她继续留在公司肯定会有很多掣肘之处，暂时离开也许是好事。

沈丹也认为，程云鹤倚重彭鹰本身没有错，但应该限制他的权力。毕竟彭鹰是自己的师弟，夫妻再同在一家公司，工作上难以像以前那样为程云鹤拾遗补阙，只会增加不必要的烦恼，所以她选择了离开。

但沈丹吸取了上次孟雷担任总经理时的教训，在离开公司之前，帮助公司做好了六个季度的财务预算。她对程云鹤说："花钱的时候，一定要按照我的预算运行，这样能确保公司即便不赚钱，也有钱维持运营一年以上，以免公司再次遇到上次那样的财务危机。为公司储备一年以上的运营资金，要成为公司以后的财务原则，这个原则能保证你不至于因为资金链断裂而陷入危机。"

"好！我听你的。"程云鹤满口答应下来。

功高震主

巡天杀毒软件测试版推出一个月之后，沈丹最担心的问题果然出现了。

"用户们最关心的是，你巡天宣称免费，会不会永久免费？好不好用？看吧，老程为仓促上阵而吞下苦果了吧？巡天杀毒就是个不起什么作用的烂软件！"刚进公司的林欢，进门听到这些话时，直接进了彭鹰的办公室。

"你实话告诉我，问题的真正症结在哪里？这里没外人，只有咱们俩！杀毒软件为什么安装后不是死机就是查杀不了病毒？"林欢说。

彭鹰知道瞒不了林欢，无奈地说了实话："这款杀毒软件只是将尤利西斯的杀毒软件汉化后就投入市场，研发时间仓促，并没有更多的创新与进步。新的木马病毒变种频出，对杀毒软件也是个冲击。"

林欢冷眼看着彭鹰说："你一心忙着上市，哪有心思用在软件开发上？"

彭鹰当然明白，这款杀毒软件远远没有他对程云鹤说的那样攻无不克战无不胜。他采用的方法是包装尤利西斯的杀毒引擎，再加上巡天的杀毒程序帮用户解决问题。程云鹤虽然是技术高手，但在测试过程中并没有发现问题。为了抢占先机，就匆忙推出了杀毒软件。

本来巡天神剑挺受欢迎，但巡天杀毒测试版后期问题太多，推出之后不到一个月，网上骂声一片。便宜没好货，很多用户发现不好用的时候，立即边骂边卸载了巡天杀毒软件。

把心提到嗓子眼儿的杀毒企业们，本来拉开架势准备与程云鹤一决雌雄，这下连孟雷都笑了："傻小子睡凉炕，全凭火力壮，程云鹤闯进杀毒市场，完全是来搅局的，这下丢人现眼了吧。"

当一种产品免费的时候，用户选择你很容易，卸载也只在举手之间。新上线的杀毒软件因为存在缺陷，很快被用户弃用。眼看着巡天杀毒软件装机量一路下滑，巡天公司高层急得像热锅上的蚂蚁。

程云鹤也如坐针毡，无计可施。

程云鹤在《命运交响曲》激昂的音乐声中，仿佛看到强光射穿夜幕，一个巨大的暗影在踟蹰徘徊，降临到他头上并摧毁他内心的一切。除了对阳光那无尽的渴望，他还有一种内心的痛。这份痛，在耗费了爱、希望和梦想的同时，让程云鹤还有一种冲动，就是用尽所有的激情去呐喊。

但程云鹤没有爆发，他在音乐中沉默着。

程云鹤清楚：唯有经历痛与波折，才能坚定地走下去，成为梦想的坚定守望者！

为了加强杀毒软件的开发力量，程云鹤决定在全国范围内寻找安全方面的程序高手，协助打造杀毒软件。

彭鹰担任副总裁之后，谢侠成为独角兽战队负责人，负责安全软件的开发工作。在招聘过程中，谢侠面试了一个具有丰富杀毒经验的程序员，在经过全面考察后，为了留住人才，谢侠答应给这位程序员 20 万的月薪。

这是个天价，甚至超过巡天公司的多数程序员。

新来的程序员进入独角兽战队后，彭鹰想考察此人水平，又进行了一次面试。随后，彭鹰给程云鹤发了一封邮件，否定了谢侠所答应程序员的条件。彭鹰的理由有两条：一是这个程序员虽然曾在美国著名杀毒公司工作，在黑客江湖中有一定名号，但基础能力薄弱，名不副实；二是给新人高工资会打破平衡，对老员工不公平。

身为程序高手，谢侠明白这个程序员的价值，所以谢侠给出这样的待遇。当然，这是经过程云鹤认可的。但彭鹰提出了不同意见，程云鹤在彭鹰和谢侠之间，很难做出抉择。

回到家，一直苦恼的程云鹤拉着脸。沈丹见程云鹤郁郁寡欢的样子，忙问详情，程云鹤无奈说出自己的苦恼："彭鹰拿这个程序员当靶子搞对抗，这是针对谢侠，还是针对我？"

沈丹劝他说:"不管针对谁,巡天生死存亡之际,你只能选择平衡!"

程云鹤在彭鹰和谢侠之间平衡的结果是,程序员留下,月薪降到15万。

程云鹤不是善于搞平衡的高手,他最后还是忍不住在例会上委婉地批评了彭鹰:"不要把自己的团队搞成针扎不进、水泼不透的小圈子。"

彭鹰没有反驳,但他仰着脸,双脚蹬着桌子整个人往后靠着椅子,眼睛看着天花板,下巴对着所有人,谁也看不清他脸上神情的变化。

程云鹤明白,必须拿出一款能够查杀病毒的利器才可以在杀毒市场上站稳脚跟,继而一统天下。彭鹰虽然是个程序高手,但在对产品细节的把握上还有些欠缺,仅仅靠谢侠团队的力量也不能满足开发的要求,必须邀请顶级安全高手,加强杀毒团队的研发力量。

程云鹤亲自跑到世界各地请来几位安全行业的技术高手,请他们帮彭鹰打磨杀毒软件。

没想到,彭鹰先是说不要,后来又打发他们去干些无关紧要的工作。

一位曾经名动安全江湖的美国程序高手也被程云鹤请来加盟。加入团队之后,他觉得彭鹰统率下的巡天杀毒部门内部搞得像一个小集团,有些夜郎自大的味道。为此写了封邮件发给程云鹤,主要提了两点:一是巡天神剑能一炮打响有很大的偶然性,纯粹是因为查杀流氓软件的需求太大,其他公司又不敢杀,才给了巡天一个开创基业的机会;二是巡天的杀毒技术其实远不如潜龙及其他国外进驻中国的安全公司,如果不能迅速引进大批人才,尽快补上技术短板,巡天杀毒软件很可能就像其他昙花一现的杀毒软件那样,迅速消亡。这次巡天软件测试版被用户卸载事件,足以说明问题的严重性。

程云鹤不是那种能够按住性子的人,他被这盆冷水浇了一下之后,对于彭鹰带头开发的杀毒软件技术含量到底有多高开始警觉起来。程云鹤找来彭鹰,聊起了这个话题。

心虚的彭鹰刚听完程云鹤的话,一下就想到有人打他的小报告,立即不爽:"您给我看一下那封邮件的内容,到底是谁告我的状?"

程云鹤不想引起内部纷争，告诉彭鹰说："我对你百分之百地信任！邮件我已经删了，做领导要有胸怀，才能做大事。"

等程云鹤追问杀毒软件开发的技术问题时，彭鹰更加不爽，他深知程云鹤是个一等一的技术高手，如果深究下去会对自己不利。他怒气冲冲地说："程总，您要这么问，要么是怀疑我对公司的忠诚，要么，这封邮件根本就不存在！您是在试探我、考验我！"

说完，彭鹰站起来气呼呼地走了。

程云鹤想不通彭鹰为什么突然发这么大的火。但第二天，彭鹰没到单位上班。

忍住了怒火，但程云鹤陷入纠结之中。过了两天，彭鹰上班之后，一直想各种办法轰那位程序高手离开。

程云鹤觉得人才难得，只好把那位程序员调离了彭鹰的杀毒开发团队。

程云鹤自我安慰，他觉得彭鹰之所以不要人力资源部门和其他人招来的人，是因为外行招人，在技术能力的判断上有欠缺。为了加快杀毒软件的研发，程云鹤只好请求林欢出面，帮助安全团队招聘人员和培训新入职的高手。

陈默涵和谢侠都是巡天公司数一数二的顶尖程序高手，经过几年的历练，陆璐也从一个普通程序员成长为一名安全高手。加上林欢的协助，几个人手把手带着新招来的四个程序高手。此举在彭鹰看来，是程云鹤有意往他的团队"掺沙子"。

彭鹰当面调侃林欢说："你是来建秘密团队、来对付我的？"

林欢很生气，斜眼看着彭鹰说："我本来就不愿意掺和你们这事儿。老程请我来帮助你们，我是学雷锋来了，给你帮忙，不感谢就算了，你别狗咬吕洞宾！"

林欢几句话把彭鹰晾在了那里，彭鹰不服气，呛了林欢几句。两人说着说着声音大了起来，但彭鹰哪里是伶牙俐齿的林欢的对手。几句话下来，林欢在气势上已经占了上风。争执了没几句，彭鹰就脸红脖子粗地走开了。

林欢不爽，彭鹰更不爽。他觉得林欢竟然也反对自己，一定是程云鹤对自己心存芥蒂。在此后的业务讨论会上，彭鹰一改以往积极发言的意气风发，从头至尾低头玩自己的手机游戏。

为了缓和矛盾，程云鹤开玩笑地讲起了秦昭襄王和白起的故事，借机敲打彭鹰说："大秦帝国横扫天下，名将白起却不赞成秦昭襄王的策略。白起本是秦昭襄王倚重的头号战将，但身为武安君的白起在长平之战之后，拒绝攻赵，居功自傲、抱病不出。秦昭襄王一统天下的霸业不能毁在白起手里，他无奈之下赐死白起。秦昭襄王杀功臣当然有问题，在赵国众志成城的情况下盲目攻赵也有问题，但最后君臣猜忌，难道仅仅是秦昭襄王一个人的错吗？白起就没有错吗？"

绝顶聪明的彭鹰当然知道程云鹤是在说自己，他当即委屈地回敬道："错不在白起，错在秦昭襄王认为白起手握重兵、功高震主。"

"你说得没错，老板是需要尊敬的，不然权威哪里来啊？"程云鹤笑着说，但言语里全是锋芒。

可彭鹰却没笑，他冷冷地说："敢于说真话，才是尊敬老板。"

程云鹤摊牌说："那就说个真话吧，眼看发布正式杀毒软件的日子越来越近，巡天杀毒软件测试版做得极其糟糕，下载量不升反降，原因是这几个月来没加新功能，之前的杀毒技术不够过关，这是事实吧？"

彭鹰当然不同意："木马查杀能力在这几个月内有很大提升，用户量翻番，巡天的技术底子本来很弱，目前木马变种频出，防不胜防。我认为这个阶段，巡天杀毒软件夯实基础最重要，而不是急于开发新功能。"

程云鹤反驳说："我认为新功能对用户更具有吸引力，创新更重要。"

彭鹰反问程云鹤："巡天之前做了那么多年，搞那么多创新，但做起来了吗？您是国内有名的程序高手，难道没有走麦城的时候？巡天搜索是谁错误的抉择丧失了先机又招来了官司？而有了杀毒软件的支撑，巡天才有了上市的核心盈利点！"

这句话无疑激怒了程云鹤，他提高了声音说："彭鹰，你做好了巡天神剑，厥功至伟，但你把杀毒软件做得一团糟，就知道一门心思上市，你跳起来跟我争的是什么？你不清楚吗？"

"我不争，跟谁争我都不屑！我走！行吗？"彭鹰踢开椅子，甩手而去。

即便在极端愤怒的情况下，脾气火暴的程云鹤也能做到极端理性，因为他能在突然的变故中，迅速看到事件的本质，当然，这是沈丹帮他分析的结果：一个离你最近的人要选择离开，要么是心不在你这里了，要么是金钱没有得到满足。

为了安抚彭鹰，程云鹤决定坐下来与彭鹰好好谈一次。

程云鹤说："我送给你三句话，你的经历就是你的资本，你的性格就是你的命运，你的责任就是你的方向。你为巡天立下汗马功劳，有目共睹。你要留，我把你当接班人培养，这点你能感受得到。你要走，我强拦也拦不住，但我不能让别人说我是卸磨杀驴，给你的股份还是你的，但要按照法律规定和公司制度办！"

面对程云鹤的推心置腹，去意彷徨的彭鹰给程云鹤道歉说："如果巡天能够上市，您觉得我该拿多少？我跟了你几年，从没要求过比别人多的工资或股份，都是您给多少就是多少，我对您不仅尊重更是感谢。这一段时间我做得实在不好，以后会好好干，看我表现吧。"

程云鹤多次表现出重用彭鹰，在出现摩擦之前，彭鹰在巡天的权力仅次于董事长程云鹤，股份仅次于身为法人的沈丹。这种待遇，在整个巡天公司，都是独一无二的。程云鹤认为，无论是权力还是金钱，我都给你了。我已经仁至义尽，再膨胀就是你彭鹰的错，你必须为你的错付出代价。

短暂的冲突过后，彭鹰继续上班。

在程云鹤和彭鹰经历信任危机之后不久，为了尽快推出杀毒软件正式版，程云鹤对彭鹰推心置腹地说："你我是同样类型的人，说到底骨子里都是产品经理，都对产品精益求精。这段时间我考虑了很久，咱俩都不适合带团队管人，你是不是考虑做产品总监？这样可以专心打造杀毒软件正式版，眼看发布软件的日子迫在眉睫啊！"

"您的意思是不让我做副总裁了？也没人事权了？"彭鹰没有完全理解程云鹤的意思，立即反问道。

程云鹤生气地说："你这么理解，也对！但我没说要撤你，就是让你更加专注产品！"

彭鹰立即表示出了他的不满："只管产品不管人，那其实就是产品经理。"

程云鹤说："我们是创业公司，不是官场，不需要去追求那么多权力。你看我，身为董事长，是不是放手让你们去做？公司运营的权力不都是在你和那些副总手里吗？"

彭鹰怒了："巡天好几个副总裁，那也不要权力吧？"

"你专注于权力，还能专注于产品吗？"彭鹰的顶撞，无疑激怒了程云鹤。

而彭鹰认为，程云鹤没有任何理由撤自己的职。失去权力就等于失去程云鹤的信任，失去信任就失去了获得财富的机会。

彭鹰对程云鹤大声说道："不要把别人逼上绝路，留一个让他人尊重你、信任你的机会。"

程云鹤火了："你想当总经理还是董事长？你说，我马上让给你！"

彭鹰也不服软："您让吗？"

程云鹤几乎吼着说："你敢接，老子就敢让！"

程云鹤最纠结的是，彭鹰这么急着逼宫，大有抢班夺权的意思，他当然不能容忍自己不能掌控巡天。如果把巡天全权交给彭鹰，他会带着巡天走向何方？程云鹤不敢想这个问题，公司是程云鹤和沈丹带领一群兄弟辛辛苦苦建起来的，他绝不会容忍别人架空自己，带着巡天走向他不知道的方向。

程云鹤和彭鹰都到了必须做出抉择的时候。这次谈话之后，彭鹰决绝地向程云鹤提交辞呈，程云鹤面露惋惜之色："是走，是留，都看你彭鹰自己了。"

彭鹰说："不是我要走，是你已经不需要我了。"

程云鹤说："我让你做产品总监，你怪我？"

彭鹰面色凝重地说："你要我做杀毒软件，要我做产品经理，我欣然从命。来到巡天之后，我无事不听从你的安排，何况杀毒软件事关巡天生死存亡大计。可我万万没有想到，你对我没有一点儿容忍之心、体恤之情，不但在会上当面敲打我，而且还听别人挑唆，怀疑我在杀毒软件上没有尽全力。此举让我心寒，一时间让我不知道为谁冲杀为谁奋斗！我到底是不是你的兄弟？尽管你表面上给我权力与股份，但我操办公司上市，绝无个人私利，而是为了融资之后做大杀毒市场。不但如此，很多人辞职时说我是孟雷派来的奸细，包括师姐劝你不要重用我，将我置于无情无义的小人境地，我不明白，我是只认权力和金钱的小人吗？我没有追求吗？我不明白啊程总，我到底犯了什么错，你要如此对待我？"

程云鹤瞪着彭鹰问："彭鹰，你的一切追求与梦想，都放在巡天之上，还是在我程云鹤之上？"

彭鹰委屈地说："可怜啊，我彭鹰可怜，程总你误解我了。我不是一块石头，我也是血肉之躯！我彭鹰这些年来一心为巡天呕心沥血，夙兴夜寐，还不就是为了在这个平台上做出一番大事业吗？你要一个处处顺从你的平庸手下，还是要一个经常不让你舒服却能够制造出最牛软件的产品经理？"

程云鹤正色道："既然知道你的所作所为会让我不爽，又何来这满腹牢骚？"

彭鹰说："因为我看见公司管理混乱，前途渺茫，我试图以自己的能力为巡天打造一款开疆拓土的软件，能够辅助巡天冲上云霄！可是，我的前面不是冰雹就是冷雨，怎不让人寒心？我彭鹰不是害人之人，但有防人之心啊！"

程云鹤追问："所以你心中有怨，不愿再为巡天冲锋陷阵！"

彭鹰说："我一再向你报告，公司发布杀毒软件和上市要同步推进！"

程云鹤说："我也一再说过，发布软件要步步为营，可杀毒软件测试版一上市，就遭遇了滑铁卢。"

彭鹰说："没有人能够确保一款杀毒软件能够杀尽一切病毒。"

程云鹤不满意地说："实际上你根本没把心思放在软件开发上！你只

是在尤利西斯杀毒引擎基础上增加了一些功能，并没有在技术上超越潜龙杀毒！"

彭鹰说："我彭鹰可做千里马，但你不是合格的伯乐。我不是谁家给块骨头就汪汪叫的走狗！我凭什么随你摆布？"

话说到这个份儿上，两人都知道，谁都回不到同一条路上了。程云鹤对彭鹰亮出自己的底线说："你走可以，但不能挖走谢侠和陈默涵这些技术元老，把他们给我留下！"

彭鹰爽快地答应了。

事实上，在彭鹰决定离开之前，他先跟谢侠和陈默涵分别谈过，毕竟他们两人都是彭鹰招来的心腹。但谢侠和陈默涵都婉言拒绝了，两人几乎立刻回答："程总对我不错，我决定留下！"

程云鹤答应彭鹰离职后依然拿到原先答应的股份，但需要与巡天公司签订一份离职协议，协议内容主要包括：一、一年半之内不能做任何跟巡天有竞争的产品；二、不能加入跟巡天业务有竞争的公司；三、离职后不能挖走巡天员工；四、不能公开攻击巡天公司及其产品。

裸照诱惑

写病毒的黑客，像博人眼球的"网红"一样，永远不缺媒体的关注，尤其是其中的佼佼者。不少媒体有意无意地把这些病毒作者捧为"电脑天才""超级黑客"，这种现象不仅出现在国内媒体中，国外也有类似的现象。比如被热捧的号称世界头号黑客的米特尼克、CIH病毒的作者陈盈豪。

与站在前台的程云鹤、彭鹰不同，很少有人关注到，在与黑客博弈的战场上，谢侠这样寂寂无名的网络安全英雄们时刻枕戈待旦，守卫着网络的安全。

那么，当"网红"遭遇黑客，会发生怎样的故事呢？

邓宝剑刚刚拿到的报案材料中就有一个当红模特的报案，这名叫朱颜的模特自称被黑客敲诈了。

盯着报案材料的邓宝剑皱了皱眉头,把胡平阳叫了进来:"有个网络名人朱颜,你听说过吗?"

"电视相亲节目《一见钟情》的新一代人气女王啊!模特、歌手,整天在网上晒奔驰、晒包包那个吧?她可是当下最火的网红,怎么了,您也对她感兴趣?"胡平阳坏笑着看着邓宝剑。

"什么乱七八糟的,她来报案,说是被黑客敲诈,这案子你想不想办啊?"邓宝剑也坏笑着问。

"您说呢?当然想!"胡平阳哈哈一笑。

邓宝剑正色道:"你可别笑,这案子你和林欢一起办!估计有些细节你作为男同志不好过问,有些不雅证据你一个男同志也不便看,所以这个案子还是以林欢为主,你得听她的。朱颜报案说,有黑客拿她裸照敲诈勒索,按理说找出黑客就可以了。不过,我觉得这案子没那么简单,这个朱颜也不是单纯的网红那么简单,有些细节千万不要放过。当然,抓黑客的事,有必要的话也要靠谢侠他们的独角兽战队,谢侠那小子这方面鬼精鬼精的,关键时候别忘找这小子!好了,你去吧!"

在东河西四环的一间摄影棚里,胡平阳和林欢坐在了报案人朱颜面前,胡平阳说:"朱颜,我们是东河市公安局网络安全保卫处的警察,这位是林警官,我叫胡平阳。你说一下为什么报案吧!"

朱颜一撩披肩长发,风情万种地央求说:"我被黑客敲诈了,请警察叔叔帮我抓住这个黑客吧。"

"那请你详细说说案件的情况吧,不要遗漏任何细节!"胡平阳说。

朱颜说:"前些日子,我刚刚录制完电视台的相亲节目《一见钟情》,回到家里已经很晚了。我按照以往的习惯,打开放在客厅桌子上的笔记本电脑后,发现电子信箱收到了几十封来信,大多数是表达爱慕要求交友的,还有一封信的标题上写着'为你代言'。我以为是哪家演艺公司的经纪人发来的邮件,我就点击了一下。打开后是一份文本文件,里面是一些根本看不懂的乱码。"

"然后呢？你是不是重启电脑了？"林欢问。

"是啊，电脑关机后自动重启了，我也没有在意。您知道，我是模特、演员和歌手，时尚圈里的跨界女艺人，加上《一见钟情》的推波助澜，我就有了些名气，演艺圈里当然有很多人跟我联系，请我去参加演出。既然这个发邮件的不是朋友介绍的经纪人，我也就没当回事。电脑重启后，我也没有再看这篇文章，开始像往常一样卸妆，在客厅里脱掉衣服进了浴室洗了个澡。洗完澡我就休息了。没想到，前天早上我打开电脑，桌面就弹出一封敲诈信！还有我脱衣服进出浴室的裸照！"

"你是说，你收到信的那天晚上是你一个人在家？有没有可能有人在你家里安装了摄像头？"林欢问。

"是的！没别人！我家里就没有外人来过，不可能有人给我安装摄像头啊！"朱颜吃惊地说。

"这样吧，我们需要到现场去调查，方便吗？"胡平阳问。

"当然方便！"朱颜说。

胡平阳和林欢随朱颜来到一个小区。朱颜住的两居室，客厅窗户朝西。两人一进门，就发现朱颜的笔记本电脑放在客厅餐桌上，墙上挂着几幅画，窗帘拉着，外面的阳光根本照不进来。

"大白天怎么拉着窗帘啊？"林欢问。

"这不是怕狗仔队偷拍嘛！"朱颜说。

林欢撇撇嘴，笑了笑。她上前一把拉开窗帘，仔细查看之后发现，窗帘后面除了窗户，什么也没有。

胡平阳去查看朱颜客厅里挂着的油画和大幅的个人照片，一个个摘了下来，挂画后面还是一无所有！

林欢又示意胡平阳查看吊灯。胡平阳搬来凳子，又站到桌子上，仔细查看了一遍，吊灯里也是空空如也。

林欢问朱颜："那封敲诈信还在你电脑里吗？"

"应该在！"朱颜说着打开了笔记本电脑，输入开机密码，很快找到了那封邮件。

林欢坐在电脑前,打开了那封敲诈信:"朱颜小姐,你好,我是黑客,你叫我学渣吧。你被偷拍了,但不要惊慌,这事可大可小,就看你怎么处理。很明显我是想要点儿钱,不多,只要 30010 元。在今晚 12 点之前,通过工商银行转进以下账户里……户名胡海洋,开户行深圳海滨支行。或许你想报警,或许你一分钱也不想给,都没关系,我敢这样做就是做好了一切准备。我控制你电脑已经很长时间了,也通过摄像头偷看你很久了,录下一大批你裸体而且没化妆的样子,也录了你在家很多可笑的隐私生活,比如换衣服、裸睡、在床上抽烟、和你干爹在床上做的事,还有你拿着笔记本在浴室里洗澡,还有聊天截屏。只要把这些传到网上,再添油加醋描述一番,那你必定身败名裂!不过你也不用太害怕。我只要收到钱,所有一切全部删除。不要以为通过账号就能找到我,我没傻到用自己的银行卡账号。你这种女人一旦被曝光,尤其是那些不堪入目的艳照曝出来,就不值钱了。别说在娱乐圈混不下去,就是以后想嫁好点都难。这次事件只是你人生的一个小波澜,损失点钱而已,以你的颜值,随便都能赚回来。如果你想省钱,绝对会让你一生后悔!"

在这份恐吓信之后,那个叫学渣的黑客再次补充了两点:"明天会有两种可能发生,一是我收到钱保证什么事都没有,二是不给钱就等着成为别人的笑柄。你这么漂亮,还有大好前途,别要钱不要脸!也不要以为能借此出名,劣迹艺人是很难翻身的。"

这封名为"为你代言"的信,显示在朱颜的电脑桌面上。同时在朱颜电脑桌面上打开的,还有四张并不太清晰的上半身裸照和几个视频片段,全是朱颜在客厅里脱衣与一个男人拥抱接吻的视频。看照片和视频的背景,正是在朱颜的客厅里拍摄的,背景上方正是胡平阳刚才查看的吊灯。

"你确认这是你的裸照吗?"林欢问。

"我确认!"朱颜说。

"你确认不是你的自拍或者你朋友拍摄的吗?"林欢问。

"我没有自拍这样的裸照,而且也不可能拍这样的视频啊,曝出去这样的视频,岂不自毁前途?我是有底线的!"朱颜气急败坏地说。

"那么，请你认真回答我！你的电脑一直放在这里吗？"林欢问。

"对！一般我会放在客厅桌子上，有时候洗澡也拿到洗手间听音乐，或者睡觉前拿到卧室看电影，就这三个地方！"朱颜肯定地说。

"那么，你看电脑的时候，是目前这个角度吗？"林欢指着电脑上端中间的摄像头说着，让朱颜站在电脑屏幕前。

林欢绕到电脑后面，在朱颜、电脑屏幕和吊灯三个点上，找到了一条虚拟的线。而电脑屏幕的中间，是电脑内置的摄像头！

林欢说："你看，只要你在电脑前，电脑就会自动对准你录下你的视频，或者拍下照片。你有没有注意到，笔记本电脑内置的微型摄像头有时候会闪一下光，是很不明显的微光。"

"我没在意啊！"朱颜一脸无辜又无知的样子。

林欢确认朱颜没有说谎，她对朱颜说："你猜得没错，你的确被黑客攻击了，但这种攻击不仅仅是盗取了你电脑里的资料，而且通过远程木马控制了你电脑的摄像头，录制了你的不雅视频！"

"现在我们开始查找你电脑里的木马，你电脑里没有什么不能公开的内容吧？"林欢征求朱颜的意见。

"没有！没有！"朱颜红着脸连忙否认。

令林欢意想不到的是，正在她们聊天的时候，电脑屏幕上突然弹出朱颜的半身裸照和一个对话框，对话框上跳出一封信。林欢看到这封信之后，大吃一惊，连忙站起来躲到摄像头之外。

在摄像头的微光闪烁中，林欢从侧面看到了如下的文字：等了一天没有收到钱，我怒了。今晚之前你不给我个确切的答复，你就等着，我告诉你，我已经掌握了你的全部资料，包括电话、QQ、老家地址、家庭成员等，这些会和那些录像一起发到色情网站！我会把你写得要多臭有多臭！好事不出门，坏事传千里，好自为之！

林欢示意朱颜离开电脑屏幕，然后带着她进了洗手间，关上门后，林欢对朱颜说："你按照往常一样跟他聊天，一定要坚持五分钟以上，我想办法锁定他！"

朱颜装作若无其事一般，出了洗手间来到电脑屏幕前，在对话框里回复对方时，对方却没有任何反应，只有摄像头的灯光隐约闪烁着。

让朱颜芒刺在背的是，在自己电脑的摄像头背后，有一双喷火的男人眼睛，像透视一切的X光一样，正在色眯眯地盯着她。

朱颜装作镇定地坐在电脑前。但无论朱颜怎么说话，对方再也没有出现。

很快，林欢在朱颜的电脑里查到了一个远程控制木马程序，林欢对朱颜说："按照我查到的信息，远程控制木马起码在你电脑里存在三个多月了，你不是刚刚被黑客入侵，所以这个黑客可能已经掌握了你更多的资料。"

"那怎么办呢？他是怎么进入我的电脑又把木马程序成功安装的呢？"朱颜着急道。

"只要你的电脑被木马入侵，黑客就可以轻而易举地操控你的电脑桌面，并通过桌面系统打开摄像头，通过摄像头窥视到你的隐私。至于你电脑里的文件，恐怕早被黑客拷贝了。"林欢说。

"我也没随便上那些不该上的黄色网站啊？怎么会中病毒呢？"朱颜有些不知所措。

林欢指着朱颜的电脑说："你看吧，你在博客上留下了你的个人信箱，并注明'相关业务事宜请联系我的私人邮箱'。这就告诉黑客，这是你的私人信箱，黑客就将下载的远程控制木马程序打包变成一个压缩后的zip文件，发送到你的信箱，你在不知情的情况下打开了邮件。远程控制木马程序在你的电脑上虽然显示出的是乱码的文本文件，但这只是个障眼法，控制木马已经在你的电脑系统运行了控制软件。因为这个控制软件不需要安装，从网上下载压缩包之后解压到指定的文件夹直接点击后就可以运行它。黑客按照程序，在服务端口填入控制电脑所使用的IP地址。为了防止被杀毒软件查到，黑客还通过压缩文件，把病毒伪装成绿色软件，逃过了杀毒软件的检测。在所有设置完成后，你的电脑信息就显示在了黑客的电脑上。如此一来，黑客就可以随意操控你的电脑，既能看到你电脑的桌面，也能操控你电脑的内置摄像头。我这样说，你明白了吗？"

"我明白了，也就是黑客给我电脑装了木马，我还蒙在鼓里茫然不知，我这段时间所有在电脑前的行为，都被录制了下来，对吗？"朱颜说着，止不住冷汗淋漓。

林欢猜想朱颜可能心里有鬼，但她并没说破。林欢站起来说："你暂时不要使用这台电脑了，如果没有什么涉及隐私的内容，我们要带回去作为证据，并根据相关线索找到背后攻击你的黑客。"

朱颜没有阻止，说："好吧，里面也没有什么见不得人的东西。"

显然，朱颜早已把该删除的删除，该拷贝的拷贝了。硬盘里除了几部电影和流行歌曲，根本没有任何其他内容。

入主鹰扬

彭鹰离开巡天公司后，他见到的第一个人，就是在宣纸上挥毫自如的孟雷，一手怀素的狂草在孟雷的挥洒之下，行云流水，满纸烟云。

潜龙公司大中华区总经理孟雷，与程云鹤一样是彭鹰的引路人，而且孟雷还是彭鹰的大师兄。两人一见面，孟雷呵呵一笑，说："欢迎彭鹰师弟王者归来！但你知道程云鹤是我对手为什么还来找我？"

"我没觉得有什么不妥，天下没有不散的筵席。您是我大师兄，更是互联网江湖中的顶级程序高手，我认为，您会看重我的能力！"彭鹰信心满满。

孟雷问："那你说说吧，巡天神剑之所以成功，你和程云鹤，谁的功劳大？"

彭鹰说："当然是老程。"

孟雷问："为什么？"

彭鹰说："第一，我在巡天的前半段，程云鹤给了我空间，即使这种空间不是特意给的，但也为我展示才能并获得成功打下了基础。第二，即便我离开，老程也会在沈丹的协助下快速稳固团队，并为巡天找到一种强悍的商业模式。我已经嗅到了这种成功的味道，只是我操之过急，急于公司上市才导致中途折戟沉沙。但老程的能力，一直是我仰慕的。"

孟雷笑了："既然你如此仰慕老程，又在巡天厥功至伟，为什么不一直干下去？"

彭鹰说："我跟随老程五年，关键不在于谁的功劳大，而是自己的付出有没有得到应有的回报。"

孟雷笑了："你很直接、坦率，毫不掩饰自己对利益的追逐，你太像程云鹤了！"

彭鹰说："很多人这么说过，说我时时刻刻在模仿他，但我真的没有模仿他。其实，我和他不一样！从经历到性格，我们都是完全不同的两个人。"

"你俩区别在哪里呢？"孟雷似乎很感兴趣。

"这么说吧，我们在研究一间屋子的时候，都推断屋子里有黄金。接下来，我们会花时间做出A、B、C三个甚至更多的方案，研究如何把这些黄金搬走，却都没有行动，都在屋子外面看着。但是程云鹤一听这间屋子有黄金，二话不说，踹开门就搬走了，他什么方案都不要！"

孟雷笑了："是有些不一样，相比于程云鹤的冲动，你更理智！但你要知道，有时候单纯的冲动比理智的决策，更容易成功。"

彭鹰也笑了："其实，老程在极端愤怒的情况下也会保持理智的，因为他后面有个张良和萧何的合体——沈丹。只是，有时候程云鹤搂不住火气，非要发出来不可！他的假想敌永远是自己，他自己怎么做，就认定对手也会怎么做，很难用别人的方式思考问题。而我的假想敌，永远是别人，而不是自己！"

孟雷说："所以你能做到引而不发，关键时刻急流勇退，这点倒是有点儿像我！"

彭鹰分析说："我是这么想的,如果不是在公司上市的问题上产生冲突，我和老程就不会反目。因为程云鹤的信心不会被打击，心理就不会变得脆弱，我就不会在巡天威望暴涨。也正是因为我急于求成，形成了功高震主的格局。我本来可以安于程云鹤和沈丹之下，稳稳坐在第三把交椅上。这样，巡天三驾马车的格局就不会被打破。"

孟雷意味深长地说："你太有野心了，想自己做一番大事业，这点还是太像程云鹤了，这是程云鹤重用你的原因。但在你和程云鹤之间，少了层沈丹，缺少了缓冲，程云鹤指挥不动你的独立小王国，你们的冲突自然而然就发生了。但有一条我得提醒你，打工的就要摆好自己的位置，摆不好就会被踢，在哪里都是一样，不服的话就自己创业去，来我这里也是这个道理，懂吗？"

"我这不是另起炉灶开始创业了嘛。我有一个设想，请你帮我参谋一下。一是我创立一家公司，你如果感兴趣就来投资，我掌握核心技术，可以在网络安全领域闯出一片新天地。况且，当初孟扬可是答应过的，我在巡天公司运作巡天上市之后，可以将我的股份和其他高管的股份，通过股权转让的方式给你，渗透进巡天并控股巡天。我记得孟扬还亲口答应过，如果大事不成，我被迫离职，她答应投资一笔钱给我做公司。"彭鹰意味深长地笑了。

孟雷脸色突变，但他没有仔细询问，只是意味深长地笑了笑："我考虑一下答复你，好吗？"

彭鹰走后，孟雷立即打电话给孟扬，厉声责问道："你告诉我，彭鹰运作巡天上市是你的主意吗？"

孟扬知道哥哥的性格，不到关键时候，不会这么严厉地跟她说话，她有些委屈地说："是我的主意啊，我就是不希望巡天跟咱们潜龙争霸。最好的办法就是控制住他们！"

孟雷冷冷地说："愚蠢！巡天公司的大股东是程云鹤和沈丹，他们两人绝对控股。彭鹰才占了几股？以你的能力想吃掉巡天，痴人说梦！你说，鹰扬公司是不是你为彭鹰准备的后路？"

孟扬如实说："是！"

孟雷继续问："鹰扬公司当初的注册资金100多万元，你从哪里来的钱？"

孟扬下巴一仰："我跟彭鹰的事情，用不着你管！你也不要掺和我跟彭鹰的事情，彭鹰来找你，你们潜龙不收留他！你让他来我这里吧！"

孟扬说完直接挂了电话。

孟雷摇了摇头。对这个有点儿任性的妹妹，孟雷很多时候只有无奈。

得知彭鹰出走后去找孟雷，程云鹤立即打电话给孟雷："彭鹰是我的叛将，你不能收留。"

孟雷也毫不客气地回话给程云鹤："第一，彭鹰给你打了几年工，但不意味着一辈子是你的人，他卖给你了吗？没有。第二，我跟彭鹰讨论的问题，绝对没有跟巡天竞争的内容，至于他竞争不竞争，是你们俩的事情，与我何干？第三，你让我不要收留巡天的叛将，那我问你，我也算巡天的叛将吧？风水轮流转，鹿死谁手犹未可知吧？"

一番话说得程云鹤哑口无言。

放下电话，孟雷抓起电话打给彭鹰："老弟，你来我这里一趟。"

彭鹰急速赶来，没等开口，孟雷先问："比尔·盖茨去苹果总部拜访乔布斯，他问乔布斯，苹果公司门口为什么悬挂着海盗旗。你知道乔布斯怎么说的吗？"

彭鹰笑笑说："我记得乔布斯的回答是，与其做海军，不如做海盗。"

孟雷一副欣赏的神态对彭鹰说："说得没错，这是一个需要海盗的时代，我们都是这个时代的海盗。我已经考虑好了，你重结果轻过程，是个难得的创业人才。如果我把我在潜龙的位置让给你，你肯定不会做，对吧？你不是冲着我的位置来的，让你做我的副手呢，你又不能甘居人下、仰人鼻息，所以你适合当海盗，不适合当海军。"

彭鹰一听，连忙说："我辞职后也不知道该做什么，就是先来你这儿报个到。至于下一步做什么，还需要孟总指点迷津。在卡内基梅隆大学的时候，我就一直把你当作我的兄长、我的明灯、我的引路人。你让我冲到哪儿，我就冲到哪儿！"

孟雷微微一笑："你不是池中之物，而是人中龙凤，我这座小庙容不下你。你看我说得对不对，你需要的不是一个 CEO 的职位或者多少股份，你缺的是一个施展自己抱负的平台，对吧？"

彭鹰笑笑说："知我者，师兄也。"

孟雷说："你要是现在自己注册公司，找人、融资、注册等很多复杂手续很麻烦，在风云变幻的互联网时代，这一切都来不及，耽误时间就是耽误生命。不过，有人早就给你预备好了平台，有一个现成的科技公司，是孟扬以你俩的名字命名的，叫鹰扬公司，目前人不太多，也就几十个人吧。从现在开始，这个公司是你和孟扬的了。你如果愿意，马上办理法人和股权变动手续，你将成为公司主要大股东之一。"

"你早给我注册了公司？"彭鹰狐疑地看着孟雷。

孟雷神秘一笑，说："当然不是我，是我妹妹孟扬！她目前是公司董事长，之所以没有配备总经理，就是给你留出来的位置！如果你愿意，孟扬说你也可以当这个公司的董事长。"

彭鹰有点儿不相信自己的耳朵，但此时，孟扬带着财务经理、律师和法务总监进了门，由不得彭鹰不信了。

"你在这份股权变动协议上签个字，公司就是你俩的了！我不插手一切事务，经营和业务方向由你和孟扬决定！你是我兄弟，我才放心把妹妹和公司都交给你，我相信你都会办好的！"孟雷指着放在桌上的一份协议说。

彭鹰抓起笔，在协议上签了字。

随后，孟雷和孟扬带着彭鹰来到鹰扬公司。

"孟扬，你太让我感动了。从辞职到现在还不到一周，我就有一个属于自己的公司了。"彭鹰的话是发自肺腑的。

为了打消彭鹰的顾虑，孟雷解释说："鹰扬公司是潜龙公司的二级公司，但又是独立法人单位。潜龙公司是一家'外企民族企业'——这是我的本土化改造模式，也可以说是一种创造。你可以理解为一家外企公司，但具有民族性质，也就是'一企两制'。

"首先，潜龙是一家外企公司，包括我在内的所有人都是这家公司的打工者，员工无法持股，这样的设计是为了从根本上避免内部股权争夺的风险，因为这个风险是公司长期发展最大的掣肘。但是，为了解决利益分配问题，我们通过二级公司进行有组织的激励分配，也就是对潜龙有足够贡献的人就有可能变为二级公司的老板，就可以把股权给你。这样，通过宏观的总部战略和严格的财务管控，就可以确保总部负责人独一无二的核心位置。一旦总部大利益受损的时候，可以牺牲小利益或者个体利益。这个有组织的利益共同体，完全为了总部战略服务！你虽然刚来潜龙公司，但你是中国网络安全的顶尖技术人才，我和董事会都认为你堪当鹰扬公司的重任！"

"无功不受禄啊，孟总，这样合适吗？"彭鹰谦虚地推让着。

"你要跟我客气，就是心里没我！这样，你这就去跟律师和法务总监办理手续吧。"孟雷说。

彭鹰兴奋地跟着法务总监和律师离开了。

当然，孟雷和彭鹰两人都不知道，这个鹰扬公司的第一笔启动资金，正是孟雷从巡天公司出走时，从巡天转出去的那一笔房租的一部分。经过多次辗转洗白之后，打到了鹰扬公司的账上。

当初孟雷在巡天公司担任 CEO 的时候，正是孟扬告诉谢莉，孟雷对沈丹一往情深，在美国匹兹堡的时候追求过沈丹，回国后又把沈丹招到公司里来，而沈丹和程云鹤恋爱之后，孟雷又跟着沈丹到了巡天公司，甘愿拿比外企少一半的钱去为沈丹鞍前马后地奔波。

孟扬还提醒谢莉，一定要把孟雷从沈丹身边拉回来。最后，两人想了一个办法，一是谢莉联系准备进入中国的美国潜龙公司总部，请猎头出面让孟雷担任潜龙公司大中华区的 CEO。二是孟扬出面联系了一栋云开村准备出租的办公楼，鼓动孟雷将巡天公司从张公村迁址到云开村，正好孟雷和程云鹤也认为张公村的办公地点有些寒酸，所以，孟雷在孟扬和谢莉的撺掇下，将巡天公司的 300 万元现金打到了云开村写字楼的账上。

蹊跷的是，巡天公司打完款之后，突然发生"持枪劫持人质"事件，所有人把矛头对准了孟雷。正当孟雷百口莫辩之际，猎头公司的人来找孟雷，力邀他到潜龙公司工作，在这种情况下，孟雷只好从巡天公司辞职，来到了潜龙公司。

孟雷曾经怀疑过是自己的妹妹从中作梗，但他怎么会相信自己的妹妹坏自己的事情？所以，孟雷一直认为，是程云鹤给自己下的套，给他设下这个摆脱不掉又说不清楚的局！为此，孟雷和程云鹤反目成仇，双方在网络安全攻防中，展开了隔空较量。

彭鹰更不知道的是，鹰扬公司正是孟扬向巡天公司发动黑客攻击的基地。不仅仅巡天杀毒软件测试版上线之后遭遇滑铁卢是孟扬的杰作，连第一波的黑客攻击也是孟扬发动的。只不过发动攻击的黑客刘雄被林欢和谢侠抓住之后，孟扬及时切断了鹰扬公司与黑客之间的联络，最终把林欢和谢侠的目光引向了早已存在多年的黑猫网。而黑猫网培训黑客，的确与鹰扬公司没有什么关系，孟扬只是利用这些在黑猫网学习过的黑客发动了攻击。

随着黑猫网的陷落，藏身幕后的孟扬得以顺利脱身。

豪车谜案

模特朱颜遭遇敲诈后及时报案，并没有按照黑客的要求将3万元打给黑客。但她隐瞒了一些关键的东西，所以林欢和胡平阳查找黑客的过程一波三折。

胡平阳和林欢带着朱颜的电脑回到单位，邓宝剑叫两人过来问："在你们回来的路上，又出事情了，朱颜在《一见钟情》节目中牵手的男朋友林昊是个海归，他刚刚发微博称，要与朱颜对簿公堂，说是已经拿到她的出轨证据！发布微博的时间节点，恰恰是我们下班之后，这个林昊说是明天就要到法院起诉！你们来看！网上已经炸锅了！"

胡平阳好奇地跑到邓宝剑电脑前一看，果然有一个点击率极高的微博发布了林昊向朱颜讨还奔驰车的"檄文"，言辞激烈。

"这下事情闹大发了！明天我去法院立案庭看看吧，估计媒体记者不会少！"胡平阳不嫌事大，有些幸灾乐祸地调侃着。

　　邓宝剑缓缓地说："这里面隐藏着怎样的内情？奔驰车到底是怎么回事？当最时尚的相亲遭遇最古老的彩礼，该怎样审视当下婚姻的价值观？你俩都去看看吧，也好好考虑一下，我怀疑这个时候林昊突然发布这条微博，很有可能是那个隐藏的黑客把朱颜的相关信息和不雅照片发给了林昊。不然，这个年轻人不会脑子一热做出如此激烈的举动的！还有一种可能是，黑客就是这个林昊找来的，或者黑客就是林昊本人！"

　　"那明天一定会是这么个新闻——《一见钟情》女歌手遭遇牵手危机，男海归怒上公堂索奔驰。这下有戏看了！明天法院见吧！"林欢说着，一甩头背对着胡平阳摇手离开。

　　第二天一大早，林欢和胡平阳赶到法院立案庭时，远远就看到几十家媒体对准林昊的律师一顿狂拍。在此起彼伏的闪光灯下，林昊本人并没有出现。

　　对于这起媒体广泛关注的婚约财产纠纷案，法院不敢怠慢，严格按照法律程序进行了立案登记。

　　律师走出立案庭大门后，胡平阳拦住了律师，出示警官证之后说："我们是东河公安局网络安全保卫处的，有个案件涉及你的当事人林昊，我们需要找林昊核实一些情况，请你联系林昊配合调查。"

　　律师一愣，连忙打电话联系了林昊。

　　很快，林昊被林欢和胡平阳传讯到了网络安全保卫处。

　　胡平阳坐下来直奔主题："有些问题需要你配合调查，你是怎么认识朱颜的？"

　　林昊回答说："我是参与电视台《一见钟情》节目录制期间结识的朱颜，不到半个月就确定了男女朋友关系，接下来就开始商量结婚。为了表达我的诚意——当然也是朱颜要求的——我给她买了一台笔记本电脑和一辆奔驰轿车，都登记在了朱颜名下。但到了约定去领结婚证的时候，朱颜突然拒绝跟我结婚，而且与别人同居，所以我找律师告她，要她归还我的奔驰车和笔记本电脑。我给她买奔驰车，就是为了结婚，现在朱颜不跟我结婚，还跟别人上床，理应还我奔驰车。我知道这个女人的丑事之后，本想息事宁人，要回奔驰车算了，但没想到她竟然一口咬定车登记在她名下，无论如何也不还给我。所以我决定把这个不要脸的女人告上法庭，要么返还奔驰车，要么给我买车的钱35万元。当然，还要让这种贪财的女人曝曝光，免得她再去害别人！"

听完林昊的话后，胡平阳没有急着追问林昊是如何知道朱颜出轨的，而是聊起了林昊和朱颜相识的经过："你刚才说，你们在相亲节目中相识，不久就确立了男女朋友关系。但据我所知，没这么简单一句话就能概括吧？我看过你和朱颜那期节目，好像她牵手的不是你，而是另一个小伙子吧？你们怎么又走到一起了呢？"

林昊连忙解释说："的确是这样，我在电视台的后台认识了参加节目录制的朱颜，因为互有好感，就交换了电话号码。我知道朱颜是演员、模特和歌手，网上有不少她的新闻。但她当时没跟我牵手，而是跟另一个健身教练牵手了，我就很不爽。"

林欢听不下去了，挡住胡平阳的话头问林昊："直接回答问题，你是怎么跟朱颜走到一起的？"

林昊愣了一下，说："她跟那个健身教练牵手之后，作为朋友我必须表示祝贺啊，虽然我很失望她没看上我，但我必须表现出大度来，毕竟我是欧洲留学回来的啊！"

"你在哪个国家学习？学的什么？"胡平阳来了兴趣。

"德国，学的是机械制造与自动化。"林昊淡淡地说。

胡平阳有些微微失落地说："哦，理工男啊，电脑水平不错吧？你俩是怎么越走越近的呢？"

"电脑我不是很懂，但朱颜的一句话还是给了我希望。她安慰我说，台上牵手只能说明当时印象好，并不说明台下非要在一起啊！我一听这话，连忙抓住机会，向朱颜介绍我个人情况和家庭情况。我也没有想到，朱颜听完我是留学归来、父母有自己的上市公司之后，竟然答应跟我深入交往下去。"

林欢也有些诧异："你的意思是你的一番表白，朱颜就甩掉那个健身教练，跟你走了？这女孩子对待感情怎么这么随便啊！"

"对啊，一个月后我就带她见了我父母，当天就给她一台笔记本电脑，然后就商议着结婚的事了。"林昊说。

"你说的笔记本电脑，是不是蓝色的？"林欢问。

"对，就在她家客厅桌子上搁着！"林昊说。

"你确定没在朱颜的电脑上动过手脚？我的意思是，你有没有预装一些特别的程序和软件？"林欢的眼神突然凌厉起来。

"没有啊，我给她买电脑的时候都没开封，怎么可能？我也不懂电脑啊！"林昊连忙说道。

"好，那你继续说奔驰车的事情。"林欢看林昊的神情不像说谎的样子，就转移了话题。

按照林昊的说法，奔驰车是朱颜主动要求购买的。林昊说，朱颜提出，既然两人有了结婚的意向，就要拿出应有的诚意，她希望林昊购买一辆轿车作为彩礼。林昊的父母同意后，朱颜说要买一辆奔驰车，这让林昊的父母有些为难。虽然钱不是问题，但两人只认识了一个多月女方就开口要买奔驰，林昊的父母也有些顾虑，担心林昊遇人不淑。

林昊所有的亲友都知道林昊上了《一见钟情》节目，也都知道林昊领回了《一见钟情》最抢眼的心动女生朱颜，如果因为一辆轿车而断送了林昊的美满婚姻，这是林昊的父母所不愿意看到的。为了儿子的幸福，林昊的父母最后拿出35万元交给林昊，让他陪着朱颜买了一辆奔驰车。

"事情讲究个来龙去脉，现在来龙已经很清楚了。为了结婚，你给她买了笔记本电脑和奔驰车。那么，我们再把去脉细细理一理吧，你俩怎么闹崩的呢？"胡平阳笑着说。

听到此处，林昊突然变了一副苦瓜脸，说："我哪里会想到她会这么随便啊，她在我之前谈过多少男朋友我不在乎，但跟我在一起之后，尤其是确定恋爱关系之后，再跟别的男人上床，那我就忍无可忍了。"

"你怎么知道她跟别的男人上床了呢？"胡平阳不紧不慢地问。

林昊苦着脸说："这事我知道我办得不对，我催她跟我领证，她推三阻四，我就起了疑心，她这样又当模特又当歌手的，认识的什么人没有啊！我后悔没听爸妈的话，他们叮嘱我，一定要当面听到朱颜的爸妈同意我们结婚再买车。可我没有见到朱颜父母。朱颜说，她爸爸妈妈出国旅游去了。"

林欢摇摇头说："你真够大方的啊！年龄还这么小就玩闪婚，相识还不到两个月就送奔驰车，你想好了吗？"

早被幸福冲昏头脑的林昊哪里会想那么多，他说："当时谈婚论嫁，已经万事俱备只欠奔驰。朱颜说她的父母认可了这桩婚姻，我父母也同意买车，而且买车的钱我都带来了，还能临场变卦吗？"

"你意思是，车一买，她就变卦了？"胡平阳问。

林昊说："是啊，买完车我说领结婚证，朱颜的态度急转直下，突然就说性格不合，不打算结婚了。我眼看结婚无望，只好索要那辆奔驰车。没想到，朱颜对我说：'我一模特、歌手，凭什么嫁给你？你以为一辆奔驰就完事了？'她说，这辆车就算上过两次床的补偿吧。亲热两次就要我一辆奔驰车，哪有这个道理啊！因为这个原因，我就开始怀疑她跟别人胡来，就跟踪她，拍了好多照片！其中一张照片不堪入目，是她跟一个老男人手拉手进了小区楼门，我在对面楼上拍的。"

"你是说，你跟踪拍摄了她的不雅照片？"林欢问。

"不但不雅，直接就是出轨证据！可惜的是，我只拍到她晚上进房间后两人在客厅里拥抱的镜头，没拍到他们上床的镜头。他们进朱颜家之后，朱颜就扑在了那个老男人身上，那个老男人还捏了捏朱颜的屁股，但那个男人看到窗帘没拉上之后，就上前拉上了窗帘，再也拍不到了。至于后来发生了什么，我用脚都能想清楚，但没有床上的照片。我总不能带人捉奸在床吧，毕竟她也没跟我领证啊！"

林昊的回答大大出乎林欢和胡平阳的意料，胡平阳有些失望地问："你意思是，你手头的证据只是他们一起上楼亲热的照片？没有别的证据了？"

167

林昊回答说："没有了！"

"你找黑客给朱颜电脑安装木马了吧？"林欢直视着林昊的眼睛问。

"真的没有！"林昊脸上的冷汗下来了。

"这是刑事犯罪，你懂吗？你现在承认，算自首。不承认，那就谁也救不了你了。想要奔驰车，你得先判了刑，蹲几年大牢再出来要了！"林欢的声音高了八度。

林昊低下头说："我是跟踪朱颜了，也找人查朱颜出轨的证据了，但我找的不是什么黑客啊，也没给她电脑安装木马。我只是花钱雇人找朱颜的出轨证据，昨天我刚收到朱颜和那个老男人的裸照，才下定决心起诉索要奔驰车的！太气人了！"

"你通过什么渠道雇的人？"林欢问。

"网上有的是私人调查公司啊，搜索一下就有很多，不信你们试试。"林昊补充说，"我是从网上搜索的小广告找到的人，花五千块买的照片！"

"给你发送照片的信箱还在吗？有没有删除？"胡平阳问。

"不知道有没有，你要是有电脑，我可以打开给你们看！"林昊连忙配合说。

"好，你来看看，是不是这些照片和视频？"林欢打开随身携带的笔记本电脑，把朱颜收到的黑客学渣发来的照片展示给林昊。

林昊瞪大了眼睛："你们哪里来的这些照片啊？怎么跟我的照片一样啊？"

"走，马上走！去找你电脑去！"林欢顾不上再与林昊多废话。

胡平阳和林欢跟随林昊来到他的住处，打开电脑之后发现林昊信箱里的照片和视频，与黑客发给朱颜的照片完全一致，两人一击掌，笑了。

但随后的审问，却让他们两人再次跌入冰窟。林昊只凭网上搜索的商务调查公司QQ号联系的对方，转账也只是通过网上转账的方式，很难查到对方的真实身份。而且收款方与黑客敲诈朱颜时所留下的银行卡信息完全不一样。

对方发送给林昊裸照的IP地址，是移动IP地址，很难锁定。

也就是说，这个黑客到底是谁，林欢和胡平阳追踪到林昊这里，又断线了。

胡平阳无奈地对林欢说："看来，这案子需要朱嘉介入了！这家伙对数据有着与众不同的天赋啊！"

林欢找来朱嘉和谢侠分析这个木马病毒的来历，谢侠不紧不慢地说："我怀疑这是火焰病毒的变种，最近几年运行在几个中东国家，这是一个大小为20兆的恶意程序。火焰病毒可以复制数据文件，捕捉敏感截图，下载即时通信单，远程开启计算机的麦克风和摄像头，记录发生在附近的任何谈话。"

"那我们怎么锁定火焰病毒的来路呢？"林欢迫切希望找到破解方法。

可谢侠的一番话像一盆冷水："火焰病毒可以伪装成Microsoft软件更新程序，也可以伪装成正常文件进入计算机。火焰接收命令和数据通过蓝牙和无线系统，而且它也有反侦查能力，巧妙伪装以避免被发现。它执行一个不起眼的加密技术，被称为前缀碰撞攻击。另外，它还可以将自己从被感染的计算机中自动删除并毁灭它的所有痕迹。也就是说，我们能够知道被攻击了，但却找不到敌人攻击的方向。"

"也就是说，我们挨了黑枪，却找不到打枪的人？"朱嘉问。

"可以这么理解，但我想，任何病毒都有致命的弱点，总能找到破解的方法。"谢侠说。

那么，下一步的侦查方向在哪里呢？林欢和朱嘉向邓宝剑汇报后，邓宝剑一锤定音："让林昊向朱颜索要奔驰车的官司继续打下去，我们静观其变，从中寻找蛛丝马迹，很可能还会扯出什么奇怪事情来，也许那时候我们破案就有头绪了。这年头的年轻人，可不按套路出牌啊！不信你俩看着吧！"

按照邓宝剑的指示，朱嘉和林欢没有惊动林昊和朱颜，但林欢已经明确告知两人，一旦有黑客联系他们，必须第一时间向警方报告。

很快，林昊和朱颜这场备受关注的索要彩礼案开庭了。

在法庭上，林昊的律师提交了黑客通过控制摄像头拍摄的四张照片作为朱颜出轨的证据。但朱颜的代理律师对此持有异议，当庭否认说："我方不认可该照片，照片可以电脑合成。"

坐在法庭中央的审判长随即询问："被告是否申请对照片进行鉴定？"

朱颜的代理律师认为，原告没有提供原始底片，肯定是合成的，所以不申请对照片进行鉴定，但却要求原告提供原始的拍摄设备及拍摄地点。林昊当庭解释说："现在数码摄像技术这么发达，谁还用胶片相机拍照？这张照片是一位网友通过远程控制拍摄的，用的是朱颜的电脑摄像头抓取的截图，地点就在朱颜的客厅里。"

此话一出，法庭上立刻哗然。

这场备受关注的彩礼案，经过一系列的审理程序，在双方都认可奔驰车是林昊出资购买之后，争议的焦点集中在了购买的奔驰车是否算彩礼，彩礼应不应该归还上。

林昊的代理律师发表辩论意见说："原告为被告购买奔驰车，是基于双方存在婚约，在双方没有结婚的情况下，被告应当返还。"

林昊的代理律师提出了三条理由：一是双方就结婚进行了准备，证人证言也证明，朱颜是因为另有所爱才不跟林昊结婚的，有错在先；二是涉案的奔驰车是原告给被告购买的彩礼；三是双方没有办理结婚登记手续，原告有权要求被告返还彩礼。

林昊的律师还搬出《关于适用〈中华人民共和国婚姻法〉若干问题的解释（二）》的第十条规定，按照习俗，给付彩礼却没有结婚登记的，彩礼应当返还。

朱颜的代理律师当即反驳说："既然原告依据的是《婚姻法》司法解释（二）第十条的规定，要求返还彩礼，那么我们很清楚彩礼应是按照习俗给付的，但本地没有按照习俗给付彩礼的情况。彩礼应当是在订婚仪式上经过媒人给付对方家人的，双方没有媒人。双方是在《一见钟情》节目认识，是非常前卫的认识方式，谈何按照习俗给付彩礼？"

接着，朱颜的律师抛出一系列重磅炸弹："朱颜有固定的收入，也没有逼迫林昊送财物，原告是为了向被告炫耀财富，玩弄女性，不是为了结婚目的，已经触犯了道德的底线；朱颜不受林昊物质利益的诱惑与胁迫，拒绝与其结婚，这种独立自主的行为是应当提倡的；林昊在与朱颜交往过程中还与其他女性保持男女关系，如果林昊的行为得到支持，则会在社会上产生金钱可以买到爱情、男方只要赠予女方财物就可胡作非为等不良影响；朱颜父母不同意他们交往，也没有介绍人，不符合送彩礼的程序和仪式，不应认定为送彩礼。林昊通过非法的黑客手段获取不雅照片，是不属实的诬陷，原告的证据不足以采信。"

林昊的代理律师反驳说："正因为被告在恋爱期间与其他男性而且是所谓干爹发生性关系，原告才在情急之下发布微博宣称索要轿车！"

这场出人意料的法庭辩论，令旁听的媒体记者大跌眼镜。媒体报道后，立即引发社会各方的关注，有网友怀疑这是一出炒作大戏，也有人认为悔婚女子朱颜和委屈男子林昊都不是赢家。最大的赢家，应该是奔驰轿车和那个隐身幕后的黑客，花多少钱才能搞出影响这么大的一则广告啊。

法院判令朱颜退还奔驰车，为这场闹剧画上了一个短暂的句号。但林欢和朱嘉更关注的是隐身幕后的黑客，而网友们普遍关注的是，林昊爆出的与朱颜上床的那个中年男人，到底是谁？

一场人肉搜索，由此展示出了网络世界无与伦比的魔性！

人肉搜索

当林欢循着蛛丝马迹在网络世界里苦苦追踪时，远程控制木马给那个自称学渣的黑客带来的惊奇越来越多，使他像吸食鸦片一样欲罢不能。

黑客学渣隐藏极深，怎么在汪洋大海一般的网络里找到他的踪迹呢？林欢能求助的人当然还是谢侠。

林欢把朱颜的电脑摆在了谢侠的桌子上："给你三天时间，你给我恢复所有黑客入侵这台电脑的记录，等全部复盘后，咱们一起分析一下这个黑客入侵的所有来路，只要摸清来路，就能找到针对性的阻击办法。干黑客的事情，你有经验，嘿嘿，搞完后，你请我吃饭！"

"哈哈，哪有这么欺负人的？我给你干活儿，还得请你吃饭？不用三天，给我三个小时，你就在边上等着，一会儿我就给你全部搞定。"谢侠熟练地打开电脑，输入一连串指令。在蓝色屏幕上，滚动着各种白色的字符。

过了不久，谢侠说："OK 了，你来看吧，博士姐！"

林欢连忙搬了个凳子凑过来。

谢侠说："你看，黑客学渣植入木马，通过远程监控，三个月前就控制了这台电脑。也就是说，学渣早已摸清了朱颜的生活规律。通过时间上的这几条数据就可以分析出来，朱颜总是深夜回家，而在这个时间段里，朱颜回家还要上网浏览网页、撰写博客或者聊天。也就是说，这个模特是个夜猫子。你接下来看，学渣就是在这个时间节点查阅和下载了朱颜的聊天记录。在这些聊天记录里，朱颜不是去泡夜店就是陪一个被她喊作干爹的人到会所吃饭或者赌博去了。而她的早晨也总是从中午开始，下午要是不出门就在家上网。"

林欢分析说："你意思是说，要追踪朱颜的生活规律，学渣也必须随着朱颜调整自己的生物钟。刚开始，学渣只是通过控制朱颜笔记本电脑内置的摄像头窥视朱颜在家里的行为。"

谢侠嬉笑着说："你看看这些图片和视频吧，在电视节目和照片中美艳照人、万种风情的朱颜，在家就慵懒邋遢。你看看朱颜这张脸，有没有发现她脸部肌肉显得有些僵硬？我怀疑，这个朱颜是人造美女。你们女人回家是不是都这么邋遢啊？你不会吧？"

"一边去，你看还有什么有用的信息没？"林欢问。

谢侠嬉皮笑脸地说："你想知道什么？当然有猛料啊，你看这一段，朱颜跟一个朋友在 QQ 聊天中聊到了潜规则，六万包夜，少了不干。乖乖，够贵啊！你看，学渣还对朱颜的聊天记录进行抓屏处理，做成了图片，是留下来自己细细回味，还是做别的什么就不知道了。"

"你怎么就看这些啊，你能不能找点有用的啊？"林欢拍了一下谢侠的头说。

"可这里面没什么有用的啊,学渣在最初阶段能够得到的信息,就是朱颜躺在床上抽烟、睡觉这些生活细节。不过,更刺激的场景出现了。你快来看看,这天晚上,刚刚回家的朱颜三下五除二甩掉身上的衣服,然后光着身子走进了浴室。"

"这一段翻过去吧,女人洗澡有什么好看的?"林欢瞪了谢侠一眼。

"那行,不看就不看,不过,学渣抓拍了不少照片,还录下了几段视频。我想,学渣这小子干这个的时候,一定是一边笑一边干的。"谢侠没完没了地说。

"不看这些没用的,你找有用的好不好啊?"林欢显然是有些生气了。

"别着急,这一段少儿不宜,你别看了,我处理一下,看看有没有什么有用的数据吧。"谢侠说着,把电脑屏幕转向了自己。

电脑屏幕上恢复的信息是,朱颜进门后,视频显示身后还跟着一个看不清楚多大年龄的男人,那个男人一进门,朱颜就扑在了男人的胸脯上,那个男人就搂着朱颜亲吻起来,双手还重重地在朱颜的翘臀上捏了一把。之后男人忽然走到窗户边,把半掩的窗帘拉上,才抱起朱颜走向了卧室。

只听朱颜喊了一声"干爹"!

然后是隐隐约约呻吟的声音,谢侠竖起耳朵,把音量调到最大,也没听清楚两个人在床上说了什么,直到无声无息。

谢侠当然能够猜到他们做了什么,等看完视频,谢侠才发现自己早已紧张得满身大汗。

"好了,我找到了一个时间节点,你看吧,学渣偷窥了朱颜两三个月,最后看到的是朱颜跟干爹上了床。那么,可以肯定的是,学渣并不知道,就在他通过远程控制摄像头拍摄下艳照的同时,朱颜的男友也在对面的楼上按下了相机快门。也就是朱颜同时被男友和黑客在同一个时间节点上跟踪了!这就是这起敲诈案的导火索,也是彩礼案的起因!不信,你对照时间看看,黑客发出敲诈信和林昊发布索要彩礼的微博,仅仅相差几个小时!"谢侠分析说。

"也就是说,学渣是林昊通过网络雇用的黑客,但这个黑客并不知道

173

林昊在同一时间也跟踪了朱颜,对吗?"林欢问。

谢侠分析说:"你这个结论应该没有错!螳螂捕蝉黄雀在后,这次跟在朱颜后面的是两只黄雀。学渣发信后,并没有及时得到朱颜的回应,于是他发出了第二封敲诈信。同时,把相关视频和照片资料发到了林昊的信箱里。按照我的分析,学渣除了得到林昊的佣金,还单独敲诈了朱颜!这小子太不讲究黑客的职业道德了!"

"有没有另外一种可能,学渣在发出第二封敲诈信无果后,再次试图控制朱颜电脑,发现已经打不开朱颜的笔记本电脑了。他会不会怀疑朱颜已经报警了,也就是我们已经打草惊蛇了?"林欢着急地问。

"有这种可能,你看,朱颜试图给学渣回信的时候,学渣再也没有回信,已经中断了与朱颜这台电脑所有的联络通道。也就是说,不管是朱颜还是我们,可能已经惊动了学渣!根据我的直觉,学渣这种黑客会做出报复性的行动,而且这种报复会很激烈,对朱颜甚至是毁灭性的!到底是什么手段呢?"谢侠挠着头,怎么也想不到下一步会发生什么。

谢侠的猜测很快就应验了。黑客学渣果然对朱颜展开了毁灭性的打击。

学渣将矛头全部指向朱颜和她背后的干爹。当天晚上,朱颜的不雅照一夜之间在几家网站上迅速传播开来,这个名为《18万PK干爹》的不雅照片文件包,包含了朱颜多张不雅照片和几个视频。朱颜和干爹,成了红极一时的搜索热词。

随即,人肉搜索像潘多拉魔盒被打开一样,展示出了令人惊骇的魔力。

有人扒出了朱颜的真名实姓,老家的地址,父母的名字,就读过的学校。有网友还爆料说:"她还在读职高时,就因为生活作风问题被开除了……"

有人扒出了朱颜靠出卖肉体才获得了签约机会,靠炒作出名,后来怀孕并"由一个老男人陪着去某医院做无痛流产",同时在帖子上配发了朱颜与这个男人的照片。

无论是真是假,学渣抛出的艳照,引发人肉搜索后出现了两个重要的细节：一是在学渣攻击的跟帖上，附上了朱颜小时候的演出照片，这些照片甚至连朱颜都不曾记得，这让不雅照片变得更加容易辨别，学渣发布的不雅照确为朱颜本人。二是网上熟悉朱颜的人，都知道了她所有的底细，尤其是网友对她身边的老男人充满好奇。而多数网友都认为，朱颜所展示的香车名包，都是挥霍干爹的钱。

朱颜顿时处在舆论的风口浪尖，面对众人质疑的声音，朱颜心力交瘁，对网络产生了畏惧之情。朱颜知道网络上关于明星的流言很多，但她没有想到自己也会遭遇到这种事情，虽然很多明星都对网上的流言不屑一顾，但是朱颜不甘心引颈受戮。为了捍卫自己的名誉，朱颜决定奋起反抗。

朱颜首先想到的是要求网站停止侵权，并协助她查找侵权的黑客学渣。但朱颜联系了几家网站之后，那几家网站都说是网友转载的，没有做出任何处理。此后，朱颜和经纪公司对学渣发布不雅照的内容进行了公证，准备起诉网站。

随后，朱颜高调地在媒体与歌迷见面会上，出示了她在公证处申请的"朱颜不雅照事件"名誉侵权公证。朱颜表示将拿起法律的武器来捍卫自己的尊严，起诉学渣。有网络媒体起哄称，朱颜的这一诉讼将是中国明星状告网络侵权的典型事件，它会对网络名誉侵权案产生深远的影响。

但是，朱颜的起诉之路很快就遇到了瓶颈，如何找到"学渣"难上加难，因为虚拟的网名不能成为被告。无奈之下，朱颜在网上发出"十万元悬赏令"，希望得到"学渣"的真实姓名和详细地址，学渣成了被悬赏身价最高的黑客。

但学渣发布不雅照之后，再次销声匿迹了。

找不到学渣的朱颜义愤填膺地说："学渣这种侵犯隐私、侵犯名誉权的做法激怒了我。悬赏以来我每天要做的第一件事就是看邮箱、看微博，除了看到许多内容完全不同的留言，就是搜索每一个关于学渣的线索。我要把学渣变成一只过街老鼠，露头就打！"

朱颜认为学渣的言论对她的名誉造成了很大的伤害，对她刚刚开始的演艺事业也有非常坏的影响，所以她绝不能放过他。

事实证明悬赏这招儿确实有用，朱颜重金悬赏以来，学渣的踪迹在网上消失了。但众多的网友还是凭着蛛丝马迹找到了各种线索，甚至提供了各种围猎学渣的方案。为了对这些线索做最后的核实，为下一步诉讼做准备，朱颜找到一家黑客调查公司，全权委托这家公司秘密调查学渣，希望能早日找到学渣。

朱颜高调搬出了自己的经纪公司，对外发声说："我们支持朱颜起诉网站和学渣的名誉侵权行为，就是在倡导文明健康的网络环境。文明的网络空间需要高度负责任的管理者，而不是片面地追求点击率。平心而论，连道歉都不会的网络载体，必须以法律的形式予以制裁，朱颜在演艺圈做了个榜样，我们对胜诉充满信心。"

而朱颜聘请的律师则在接受媒体采访时无奈地说："到目前为止，面对未知的黑客，真正有过网络名誉权诉讼的国家还非常少。因为网络上发生的一切一般都是十分迅速的，也很难留下什么痕迹，这就为侵权调查的取证、举证造成极大不便甚至不可能。而没有证据，在法律实务上就很难操作。对此，某些严重侵害他人合法权益的行为，当然需要追究相关行为人的法律责任。朱颜以个人名义在网上发布声明悬赏侵害人，也不失为一种有效的寻找手段。"

正当朱颜义愤填膺地借势炒作的时候，她哪里会想到风向突变，她那个一直隐身在幕后的干爹董强，又被学渣扒了出来！而且成了学渣任意射击的活靶子！

这个董强，是朱颜老家一家上市公司的董事长。

学渣抛出的这个爆炸性新闻引发全网关注。桃色新闻一旦沾染上权力和金钱，在网络环境中就会变异，演绎出各种版本。

第五章　安全洗牌

救火队长

东河市公安局的一栋小楼前,正在举行着一场隆重的揭牌仪式。身着三级警监制服的邓宝剑神采奕奕地站在牌子前,面对着警察和围观的人群。林欢、胡平阳和朱嘉也在警察队伍中间,林欢和胡平阳警衔都升了一级,两人因为破获黑客网站荣立二等功。

一位佩戴副总警监警衔的领导,与邓宝剑一起庄重地拉下蒙在标牌上的红布,白底黑字的"东河市公安局网络安全保林总队"的牌子赫然展示在人们面前。

身着副总警监制服的领导发表讲话说:"按照东河市公安局执法机构调整的总体部署,东河市公安局网络安全保卫处更名为东河市公安局网络安全保林总队,祝贺各位战友和同事们。在网络时代,互联网已经融入政治、经济、文化和社会生产生活的方方面面,同时带来的网络安全问题也日益突出。各种网络违法犯罪活动高发、频发,严重危害网络安全秩序、侵害群众切身利益,需要公安机关积极会同有关部门,坚持并践行依法治网,用法治思维、法治方式,坚决打击网络违法犯罪。紧紧依靠人民群众,加强协作配合，形成工作合力，为维护网络安全和人民群众利益做出不懈努力。"

这位领导最后慷慨激昂地说："我呼吁，网络空间是主权空间，网络社会是法治社会，希望社会各界和广大网民与公安机关携手并肩，共建网络安全、共享网络文明。"

在一片齐刷刷的掌声之后，按照程序轮到邓宝剑讲话时，他简短地说："网络空间是公共场所，网络社会是法治社会，网民必须遵法、守法。我们一定会帮助人民群众进一步提高网络安全意识，认清网络犯罪特点，提高安全防范水平，维护网络生态平衡。"

而巡天内部，此时却陷入内外交困之中。

"彭鹰离职了，他所带的杀毒研发团队怎么办？你有什么想法？"对于巡天公司下一步的策略调整，重回公司执掌大局的沈丹不失时机地提醒程云鹤。

本来沈丹正在积极筹备两人的婚礼，但因为彭鹰的出走，沈丹哪里还有心思筹办婚礼，回公司维持大局才是第一要务。

程云鹤忧心忡忡地说："看来，必须召集巡天杀毒团队的骨干，开一次内部会议，统一思想，清除彭鹰对这个团队的影响，巡天杀毒团队再也不能犯方向性错误了。"

"我觉得单靠一次两次的会议肃清不了彭鹰的影响。很多骨干像陈默涵、谢侠他们，还要单独谈谈。"沈丹说。

"巡天内部现在人心浮动，风雨飘摇。危难之时，只有你再次出山才能稳住阵脚啊！之前彭鹰负责的那部分业务，目前也没有合适的人选负责，还得你先担起来。"程云鹤说。

"好吧，事不宜迟，马上开会！"沈丹说。

巡天公司的会议室里，充满了压抑的气氛。当程云鹤提出让大家对彭鹰的出走进行客观分析时，会场上顿时炸了锅，有人列举彭鹰的过失，也有人认为彭鹰的离去是公司的重大损失，还有人悄悄给彭鹰发短信，把现场的情况透露给他。

正当大家争论得不可开交时，沈丹客观地总结说："彭鹰有功，但也有过，功过要分清楚，不能因为他离开就把人家说得一无是处，彭鹰的功劳我们不能抹杀。他是巡天的有功之臣，替巡天扛起网络杀毒的一面大旗，也为巡天在巨头环伺的互联网世界杀出了一条血路。但彭鹰只是旗手之一，这面旗帜说到底还是巡天的，是巡天给了他平台。我们不能因为彭鹰的离职就让这面大旗倒下。当然，彭鹰膨胀到那种地步，老程也负有很大责任。"

身心俱疲的程云鹤不得不点头承认。沈丹这番话，也得到了与会人员的认可。

会议结束后，沈丹回到办公室对程云鹤说："内部问题还好解决，现在处理外部危机更是迫在眉睫，杀毒软件测试版存在的问题必须立即解决，必须尽快挽回用户的信任。还有由此引发的相关互联网公司对我们展开的讨伐与围猎，一旦形成墙倒众人推的局面，那就是公司的灭顶之灾，所以我们需要这款软件作为我们信心的基石。"

程云鹤有些悲观地说："内外交困之下，巡天安全团队虽然勉强聚拢起来，但人心已经散了，让这个团队去攻城拔寨，我心里还是没底。"

沈丹此时表现出罕见的冷静："攻克杀毒软件，巡天公司必须决战决胜，从巡天搜索团队抽调几个可靠的帮手，与谢侠的独角兽战队成立巡天杀毒应急小组，立即对杀毒软件展开攻坚。"

"攻坚成功也就罢了，一旦失利怎么办？那就意味着满盘皆输！"程云鹤在电光石火之间想到了一个人，他脱口而出，"林欢！请你师妹林欢做我们的外援如何？我不便出面直接找林欢谈，她虽然跟你在美国上学的时候并不熟悉，但毕竟是你师妹，你可以试试她的口风，力邀林欢加盟。你告诉她，人、财、物上全力保障，请她不要有任何后顾之忧。用人方面，无论是巡天的员工还是国内外的安全专家，只要她能点出名来，我马上给她找到！"

"行，交给我吧。"沈丹说。

…………

"师妹，干吗呢？有时间吗？一起喝咖啡。"沈丹给林欢打电话，想约她面谈探探她的口风。

"在出现场，正忙着破案呢。师姐有什么指示？"此时林欢在案发现场正焦头烂额地检测一个发动木马攻击的网站。

"我也发现了，最近一段时间，网络病毒与以往不同，木马泛滥，从最初的黑客炫技转移到远程控制和诈骗上来。因为财富的驱使，大批新类型黑客层出不穷。"沈丹说。

"师姐说得好，人性的善恶亘古不变，伴随着技术的进步，总是衍生出不同攫取财富的招数。撕掉面纱，这个世界最终还是达尔文式的丛林世界！而且，黑客们还试图制定他们的丛林法则。"

"是啊！我们巡天独角兽战队需要你的援助！你什么时候有空来公司一趟？或者我找你，咱们喝点儿咖啡，我最近都忙得忘了咖啡的味道了，公司附近有家咖啡馆不错，咱俩去坐坐？"沈丹不失时机地发出邀请。

林欢知道，在这之前沈丹之所以从来不喊自己师妹，都以"林博士"相称，想必是知道她跟彭鹰之间的关系，却又不便挑明。

而林欢也不想让任何人知道她与彭鹰的关系，所以也一直避讳与沈丹深度交往，不想让别人知道她与沈丹是同校的师姐妹。

但这次沈丹突然来电话，而且直接喊自己师妹，一定是遇到了重要的事情。

挂断沈丹的电话，林欢连忙对胡平阳说："咱们别跟这几个钻进钱眼儿的小子磨嘴皮了，你先把他们带回去审问！我去巡天公司一趟。"

"好吧！"胡平阳痛快地答应了。

从现场出来，林欢匆匆给沈丹回了个电话："师姐，别说喝咖啡的事了，有什么指示，您直接说吧。"

"师妹痛快，想请你帮我救个急，杀毒软件改进问题上，老程说非你莫属！"沈丹的回答也是干脆利索。

"好嘞，我离公司不远，这就打车过去，见面再说！"林欢立马转身，叫了一辆出租车赶到巡天公司。

林欢进门见到沈丹,就单刀直入地问:"师姐,你说,需要我做什么?"

沈丹直言不讳:"巡天杀毒软件不好用这你是知道的。当务之急是重新打造一款杀毒软件。老程的意思是想请你加盟,帮我们重新做一个!"

林欢问:"可你这里有几百号人,那么多程序员,他们干吗呢?"

沈丹说:"每个团队都有具体的分工,我这里实在找不出合适的人来做这个软件的架构师。所以关键时刻我们想到还是你最合适。你是我师妹,无论是能力还是我们之间的关系,我们都觉得这个救火队长非你莫属!"

林欢不再追问,直接问:"什么时候开始?"

沈丹说:"马上,越快越好,你需要几个人当助手?老程说了,这次攻关在人、财、物上全力保障,用人方面,无论是巡天的员工还是国内外的安全专家,只要你能点出名来,我马上去找。"

林欢想了想,只提了一个条件:"就陈默涵、谢侠和陆璐他们三个吧,当然,还有整个独角兽战队的配合!"

"行,我马上让陈默涵和谢侠过来!"沈丹说完,立即通知了谢侠。

"为什么又是我?"谢侠拉着陈默涵进门后,一听沈丹让他一切行动听林欢指挥,便嘟囔着,一副很不情愿的样子。

"别装了,给你个听美女召唤的机会,你还拿起架子来了!"沈丹笑着拍拍谢侠的肩膀说。

沈丹对林欢说:"软件开发突击小组与独角兽战队重合,研发地点就设在谢侠的办公室。"

"好,明天就开始!"说罢,林欢起身离开。

林欢按照沈丹的意见,成立了一个研发小组,开始了夜以继日的攻关。

另一个研发小组是由程云鹤亲自担任架构师,对杀毒软件展开攻关。

沈丹在这场攻坚战中,坐镇中军帐,一边主持公司大局,一边担负起研发的后勤工作。

经过三个月的鏖战,两个攻关小组在原有杀毒软件基础上增加了多项功能,程云鹤和林欢作为软件架构师,最后对两个版本进行了合成,终于做出了新版巡天杀毒软件。

林欢把杀毒软件交给沈丹说:"师姐,软件做出来了,我这算交差了。"

沈丹说:"给我个银行卡号,我让人打钱过去。不能让你白忙,象征性地意思意思,别嫌少。"

林欢大大咧咧地笑了:"师姐,你说什么呢,我们共同的任务都是维护网络安全,我们之所以被单位派驻到巡天公司,一是起到民营安全公司与警方的联络作用,二是及时掌握安全行业的动向,当然也包括协助你们提升安全能力,职责所在,义不容辞。再说,警察的工作纪律也不允许啊!我拿你的钱算受贿,对吧?你多请我喝几次咖啡就行了。"

沈丹粲然一笑,说:"那既然你这么说,我也不跟你争了,这事算我欠你一个大人情。我问你个事情,你要如实回答。"

"好吧,你说。"林欢不知道沈丹要问什么。

沈丹问:"警察不好干吧?是不是又辛苦又没钱赚?"

林欢如实回答:"对,做警察是够辛苦的,赚不赚钱还不是什么问题。一个月几个案子下来,几乎是连轴转。光巡天公司遇到的黑客攻击事件就够我们办的。"

林欢没想到沈丹竟然打起了自己的主意,沈丹接着劝林欢说:"木马、黑客、网络攻击越来越猖狂,做网络警察会越来越难。国家越来越重视网络安全问题,但做警察局限性太大,你是顶级的安全专家,应该有更好的位置和更好的生活,干脆你离开警察队伍加入巡天吧,做巡天的首席技术官。"

林欢两手一摊:"师姐,这事不是我能考虑的,你懂的,我家老爷子那一关我都过不去,他不希望我离开体制,更反对我去赚钱。他指望我成为网络安全英雄呢!让我做堵漏洞的女黄继光,拦木马的女欧阳海!"

"你家老爷子境界的确不一样!"沈丹笑笑。

林欢知道扯下去不会有结果,就换了个话题:"我搞不明白一件事,你家老程身为董事长,为什么总是自我标榜是个产品经理?"

沈丹笑着回答:"老程本来就是产品经理出身,产品情结很重。再说,他总是觉得做董事长太分散精力,不如做产品经理潇洒,他也更钟情技术开发。这你就理解为什么他先用孟雷，再用彭鹰负责公司的管理工作了吧？"

林欢不想跟沈丹接彭鹰的话题，头发一撩，说："那好吧，我学学你们家老程，做个编外的产品经理，这不算干私活儿吧？我可不领你们报酬啊！"

"那好吧，我不勉强你！"沈丹无奈地摇摇头。

救火队长林欢不负众望，重新打造出了一款全新的巡天杀毒软件。随后，林欢和谢侠在这款杀毒软件的基础上，把杀毒软件的容量缩小，以便快速下载安装。这款软件不但能够查杀硬盘和网络病毒，同时也能查杀U盘等外接硬件的病毒，阻断携带病毒的外接硬件对电脑的侵袭。

在距离巡天杀毒测试版推出半年之后，巡天公司终于发布了正式的新版杀毒软件。新版杀毒软件一上线，市场就迅速产生反应。潜龙等杀毒软件巨头的市场份额均出现了不同程度的下滑，巡天的用户数量急剧上升。

仅仅几个月时间，免费的巡天杀毒软件攻城拔寨、势如破竹，在杀毒市场上占有了三分之一的份额，与潜龙公司不相上下，甚至大有跃居行业第一的势头。

程云鹤一扫胸中郁闷，踌躇满志地对媒体宣称："网民是互联网商业价值的创造主体，巡天杀毒的使命，就是彻底扭转花钱才能买到安全的历史。"

程云鹤一手推动的免费杀毒引发一场与杀毒企业的战争。此后，巡天与众多杀毒企业展开了旷日持久的围猎与反围猎战斗。

杀毒引擎

令程云鹤万万没有想到的是，巡天杀毒软件推出之后，第一个反水的，竟然是曾经合作愉快的外援尤利西斯。

眼看合约到期，尤利西斯公司突然向巡天公司提出，要终止合作。

当初，正是经过孟雷的推荐与斡旋，程云鹤才带着彭鹰与尤利西斯公司谈成了合作。程云鹤知道背后那只黑手是谁，但他隐忍不发。毕竟，这一天总要来的，如果对手不使出什么报复手段，反而不正常了。

程云鹤不得不坐下来跟尤利西斯谈判："有什么要求，提吧。"

尤利西斯的负责人回答得貌似很真诚："你们巡天杀毒如日中天，靠的是我们的杀毒引擎，按照这个势头算下去，你们一年能赚几个亿，我们从你这里收取的几百万使用费太少了。尤利西斯引擎带动的巡天杀毒软件，现在的装机量已经成为中国第二，所以我们的设想有两个：一是使用我们杀毒引擎的用户回到收费模式；二是如果不从用户手里收费，你们巡天每年付给我们的使用费不能低于一千万美元。"

程云鹤毫不客气地回敬说："你这是黑犬啸天啊？知不知道，你们这装机量的中国第二，是我拿钱买你们的杀毒引擎，然后又免费送出去的！知道吗？没有我程云鹤带你们玩，你这个破尤利西斯在杀毒市场根本排不上队！"

对方有装机量垫底，也毫不退让："你不能否认，巡天杀毒软件的核心还是我们的尤利西斯。除非你能答应我们的条件，提高尤利西斯的使用费，否则，没什么可谈的！"

程云鹤当即怒了："当年你们吃不上喝不上，是我给你吃了口饱饭，你还当起大爷来了？对不起，老子不伺候了！我带你玩是看得起你，以后我还就不带你玩了。你回去告诉躲在幕后的那个人，有什么阴损招数就使出来吧，老子光明正大，就不怕玩阴的。"

双方的合作就这么崩了。

尤利西斯的退场，就像作战时两翼撤出，主力失去了护卫。又像对阵的拳手，自己露出了软肋，即便有再强大的拳头，防守出了问题，也会被对手轻松击倒。

杀毒软件需要一个发动机，就是杀毒引擎。对于杀毒软件来说，巡天掌握了飞机的其他零部件制造技术，却不掌握核心的发动机制造技术，这是人家国外的知识产权。当务之急是把这个发动机买过来，装在巡天这架飞机上，巡天才能飞起来。

巡天自己虽然有几百人的软件研发团队，但安全部门的核心技术人员还不足以研发一个杀毒引擎。即便能，研发的时间也等不及，怎么办？

除此之外，还有一个选择，就是整合其他国外公司的技术力量，安装最强的杀毒心脏，让巡天杀毒软件强大起来。

互联网技术哪家强？无非微软与谷歌。

最后，程云鹤再次赶往美国，通过关系找到一位中间人，见到了美国的一位前政要，希望通过这位声名赫赫的人物，打通与谷歌和微软的关系。

让程云鹤没想到的是，这位政要是见到了，全球顶级互联网公司的总裁也见到了，但人家根本无心听程云鹤用磕磕绊绊的英语介绍情况，只是象征性地客套了几句，就抽身离去。

"十万美金只打了个水漂，连水花都没看到。我到现在都不知道，到底是让掮客给涮了，还是让美国人给涮了？"站在华盛顿林肯纪念堂前，程云鹤才深切明白：这是美国，美国人圆不了他的中国梦！

沈丹拉着程云鹤的胳膊，安慰说："涮了我们的，不仅仅是技术壁垒，还有不同的意识形态！"

"我就不信了，离开美国，我们就做不成杀毒了！走，到德国去，我在来美国之前早就想好了托底的一家，咱去德国找那把小红伞。小红伞是一套由德国公司开发的杀毒软件。这是一款国际知名的免费杀毒软件，在系统扫描、即时防护、自动更新等方面都表现不俗。小红伞采用高效的启发式扫描，可以检测70%以上的未知病毒。在专业测试中，是所有自主杀毒引擎的防病毒软件中侦测率最高的。"憋着一口气的程云鹤哈哈一笑。

然而，令程云鹤沮丧的是，飞到德国的他却扑了个空，人家老板没在国内，周游世界去了。

满世界求爷爷告奶奶的程云鹤，带着沈丹铩羽而归。

筋疲力尽的程云鹤出国回来，在走下飞机悬梯的时候就知道自己面临着一个生死攸关的抉择：要么与潜龙继续抗衡下去，但公司可能前功尽弃，很快会被潜龙超越而成为杀毒市场的局外人；要么趁现在巡天还是最赚钱的互联网公司，赶紧卖掉套现，然后重打锣鼓另开张，开辟新的战场。

让一个满脑子打天下的男人甘居臣下，就像让刘备臣服于曹操，是万万不可能的，这也不是程云鹤的性格。第一条路走不通，还有第二条可行之路，就是通过资本运作让巡天强大起来再去攻城略地。彭鹰之前多次提出借壳上市，却因为种种变故搁置了。

此时程云鹤还没有意识到，资本运作对于公司成长的重要性。

两条路都走不通，巡天一下子走进了山重水复疑无路的死胡同。再放眼国内，程云鹤满眼却是互联网大佬们伸来的橄榄枝。

程云鹤去美国寻求合作的消息，在国内互联网界不胫而走。中国互联网公司多数是克隆美国公司的模式，而与美国顶级公司谈合作，还没有先例。所以，当程云鹤赶赴美国谈合作的消息一传出，国内的互联网企业似乎才发现巡天的价值，几乎都向他伸出了橄榄枝。

互联网大佬们都看到了杀毒市场的广阔前景，所有大佬都是一个想法——吃掉巡天！

杨晋东的金点公司开出了不错的价码，巡天公司整体并入金点公司，程云鹤和巡天公司享有20%的金点公司股份。已经上市的金点公司如今已是百亿美金规模的大公司，巡天公司并入金点公司，可以获得数十亿美金，但不甘寄人篱下的程云鹤拒绝了。

与此同时，本是对手的潜龙也希望与程云鹤强强联手。悠闲地练着书法的孟雷与心力交瘁的程云鹤再次坐在了孟雷巨大的紫檀木茶台前。

这场交流，让程云鹤想到了重庆谈判。程云鹤还没等孟雷泡好茶，拧开一瓶矿泉水"咕咚、咕咚"几下喝完，上来就亮出了起点很高的底牌："我承认你的技术领先，但目前我的用户多，我们各有所长，双方合作就二一添作五，各占一半，怎么样？"

程云鹤之所以狮子大开口，就是想以此逼退孟雷。

"互联网的竞争说到底是技术的竞争，放眼中国互联网，技术是潜龙的核心竞争力，我们合作只能是二八开，你二，我八！"孟雷依然不紧不慢地拿着闻香杯在鼻子底下缓缓闻着，"你别着急，先品品我的茶，刚从云南送来的老班章的千年古树芽……"

"怎么可能？我的地盘比你多，不能你的枪好队伍壮，就开出这么苛刻的条件吧？"程云鹤当然不高兴，也不接孟雷递过来的闻香杯，而是直接把几个小茶盅里的茶水统统倒进了一个大茶杯，放在了自己面前，"我不喜欢你那个喝茶法子。"

"功夫茶是来品的，不是解渴的，要慢慢品才有味道，是吧？三七开，这是潜龙的底线。"孟雷话音不高，但却不留余地。

"那就没法谈了，不就是重庆谈判嘛，谈不拢就打，打打谈谈也行。"程云鹤端起大杯子一饮而尽，起身就走。

与国内的顶级互联网公司谈了一圈，最后都没有谈拢。原因只有程云鹤自己清楚，这批与自己同时起步创业的大佬，谁也不会甘居人下。就像三国争霸，被打得落花流水的刘备可以联吴抗曹，也可以与江东联姻，但让刘备居于江东孙权门下，那是万万不能的。

当了孙权妹夫的刘备，还觉得他是孙权的叔叔呢。就像程云鹤，再走投无路他也忘不了自己曾是孟雷的老板。

程云鹤面临的困境，是国际互联网企业对中国的技术封锁，使中国得不到全世界一流的杀毒引擎。以巡天公司的技术力量，短时间难以打破这种技术壁垒。

从哪儿找到突破口呢？无奈之下，程云鹤把目光投向了欧洲的罗马尼亚。

程云鹤开出了不菲价码，最终，巡天公司买来了罗马尼亚公司的杀毒引擎，先临时救急。

但买来这款杀毒引擎之后，程云鹤心里更凉了。

经过一番紧张测试之后，谢侠向程云鹤汇报说："我们用巡天杀毒软件整合罗马尼亚搜索引擎的过程中，出现了很多问题。在扫描病毒时，经常不知道什么原因就突然死机了。因为对方的软件很复杂，谁也搞不懂出了什么问题。"

程云鹤、林欢等技术高手盯在独角兽工作室里，彻夜未眠的谢侠满头大汗坐在电脑前，程云鹤拍拍谢侠的肩膀问："想到什么解决办法了吗？"

谢侠说："没有。"

"跟对方沟通了，一直没有反馈回来有效信息，唯一的办法就是赶紧飞到罗马尼亚跟他们当面沟通！"谢侠继续说。

站在一边的林欢说："这个办法行不通，我们已经想过很多办法了，但是签证办不下来，罗马尼亚周边正在打仗，签证太难弄了。即便通过外交渠道，签证也要等很久才能下来，再想别的法子吧。"

程云鹤对谢侠说："要不，送你去一个罗马尼亚附近的国家，然后你想办法偷渡过去，怎么样？"

谢侠头也不抬地答应说："这个好玩，有点儿意思。"

程云鹤对谢侠说："我记得你们团队有个侦察兵出身的吧，就让他跟你一起去，给你当保镖，你去罗马尼亚把问题给我解决了。"

"真的？行啊！"没等林欢开口，不怕事小的谢侠抢着答应下来。

"行什么行？赶紧想别的办法跟罗马尼亚那边沟通，看看怎么解决。"林欢说完，拉着程云鹤离开办公室。

程云鹤出门后，嘻嘻笑着说："林警官，我开玩笑的！"

林欢说："这玩笑能开吗？你不知道谢侠这小子一根筋啊！他真带着侦察兵偷偷跑去了，你等我带着国际刑警来，还是等着外交部来？"

程云鹤笑着说："哈哈，这玩笑开大了。"

说完，他立即换了副口吻正色道："林博士，你是喝过洋墨水的人，你比我更清楚，依靠别人的技术，不如自己掌握核心技术。中国的网络安全决不能控制在别人手里，网络安全绝不仅仅是网络的事情，背后都是各种政治势力的博弈。说到底，对于巡天的今天而言，攻克杀毒核心技术的意义，就像全国人民勒紧裤腰带也要搞出原子弹。网络安全也好，网络攻击也好，这是战略威胁，更是自我保护的利器！杀毒搞不过外国人，我们将任人宰割、任人欺凌！"

程云鹤这一番话，让林欢佩服得直点头。

程云鹤返身回到谢侠身后拍了拍谢侠的肩膀说："谢侠，跟你商议个事，行吗？"

谢侠头也不抬地敲击着键盘说："老板，你说。"

程云鹤神秘地笑着问："爱吃西餐吗？"

谢侠不明就里："爱吃啊！"

程云鹤继续神秘地笑着："想吃小灶吗？"

谢侠如实回答："想吃。"

程云鹤接着说："你想吃啥，我找人给你做啥，行吗？"

谢侠笑了："老板，你开玩笑呢吧？"

程云鹤突然拉下脸，装作严肃地说："身为老板，能跟你开这玩笑吗？老板的话就是金口玉言，一字不能改的。"

谢侠嘟囔说："那我信了吧，谁让你是老板来着。"

程云鹤虎着脸说："不能白吃，知道吗？"

"怎么，还要钱啊？公司吃饭不是免费吗？"谢侠说。

程云鹤笑了："天下哪有免费的午餐？但你可以有免费的全天候餐。现在罗马尼亚这个软件就是一粒种子，你把它的基因给我破解了，搞出一个杀毒引擎来。记着，要比它那个高级，好不好？思路上的问题你随时来找我或者林博士，吃饭的问题你找王师傅！"

"哪个王师傅啊？"谢侠望着程云鹤转身而去的背影，茫然之中还没忘了吃的问题。

"丽都饭店大厨王师傅，专做西点的大厨！"转身走远的程云鹤甩下一句话。

谢侠当然没偷渡去罗马尼亚，最后只能与陈默涵一起，通宵分析遇到的问题。一个月之后，程云鹤终于邀请到了罗马尼亚的工程师飞来中国，帮助谢侠和陈默涵解决问题。此时，罗马尼亚工程师惊奇地发现，谢侠和陈默涵已经把这款杀毒引擎的核心内容破解出来了，还设计了独立的杀毒引擎，这个版本要比罗马尼亚的版本更高级。

这是中国第一个具有知识产权的杀毒引擎，两名设计者中，谢侠是中专学历，陈默涵只上了四个月大学就退学了。

程云鹤没有食言，他从丽都饭店挖来大厨王师傅。程云鹤还特意嘱咐王师傅对谢侠和陈默涵几个独角兽战队成员多加照顾，24小时随时可以下楼找王师傅要吃的。

再后来，巡天公司的内部食堂都是24小时不打烊。

王师傅跟谢侠混熟了之后，悄悄对他说："大家吃饭的时候你不要来，你等饭点过了再来，我给你开个小灶，单独炒个菜，好不好？"

"这有什么不好的？"吃饱喝足的谢侠屁颠屁颠地走了。

后来巡天上市，王师傅也得到了与其他员工同样的股份。在互联网公司中，享受公司股份的厨师，王师傅是第一个。

程云鹤之所以坚决要掌握杀毒技术的自主知识产权，是因为他觉得依托国外杀毒技术开发的产品，说到底还是个卖软件的，终归受制于人。如果能够打造一款自己的杀毒引擎，就等于自己能造发动机了，即便买来的杀毒引擎突然"空中停车"，自己的杀毒引擎依然保证能够杀毒，等于一辆汽车安装了两个发动机。

更重要的是，自主知识产权的杀毒引擎，在网络安全领域是抵御外敌入侵的倚天长剑、国之利器！

尽管后来巡天依然与罗马尼亚这家杀毒软件公司有着良好的合作，但巡天使用的已经是由谢侠他们自己开发的杀毒引擎了。

百万讹诈

皇帝新装的真相，是由那个天真的小男孩儿说出来的。

让朱颜打掉牙还要吞到肚子里的是，说真话的并不是那个天真的小男孩儿，而是一个藏在暗夜里的可恨的黑客。因为几张并不清晰的艳照，让朱颜、董强以及黑客的命运纠缠在了一起。

几乎不需要用更多的手段，学渣就将携带木马的文件发到了朱颜的手机上。等朱颜打开之后，学渣很快又掌控了朱颜的所有短信记录。按照短信记录，学渣查到上了朱颜床的那个叫董强的"干爹"。

随后，学渣找到了董强的手机号，并按照同样的手段发送带有木马病毒的文件给董强，于是学渣又控制了董强的手机，下载了董强手机里所有的短信记录。当然，还有董强手机图片库里的所有照片。

手机图片库里，有几张朱颜的照片，这种中规中矩的照片并不是学渣想要的。但在董强的短信记录里，有一份汉江市商会会员的名单。

在这些名单后面，每个人都标着数字，有的3000，有的4000，也有的是5000。学渣粗粗算了一下，总数300万左右。这些数字代表什么呢？

按照这个时间节点，学渣上网找到了一条新闻：汉江市商会举行第五次全体会议，从97名商会会员中，选举出商会副会长。其中公布的候选人中，赫然出现了董强的名字。

300万这个数字，难道是300万元？

从董强公司的财务总监发给董强的短信中，学渣找到了答案。在汉江市商会第五次全体会议开始之前的一天，董强指派财务总监从银行提取了300万元现金。

这一连串的证据，让学渣想到了两个字：贿选！

"妈的，泡嫩模，贿选商会副会长，信不信我分分钟让你身败名裂？"在发送了朱颜的敲诈信之后，学渣也发送了同样的艳照和敲诈短信给了董强。

收到短信的董强知道自己栽了，暗恨自己鬼迷心窍，色胆包天。他无法预料这事有什么后果，但可以肯定的是，此时他已经陷入"人为刀俎、我为鱼肉"的境地。

董强忐忑不安地等待着命运的安排，他安慰自己说："不就是钱吗？凡是钱能解决的事，就不是事。"

果不其然，第二天上午，董强的手机有一条陌生的留言，而且是用的魔音电话："老兄，你竟敢玩我媳妇，绿帽子我也戴了，这口气我可不能忍。你必须给我60万补偿，否则我就把照片贴到汉江市所有单位门口和你家门口，让你的同事、家人、邻居都知道你是什么玩意儿……"

董强越听心越慌，大冬天竟然冒了一身冷汗。但他到底是见过世面的人，听出对方使用的是魔音手机，而且心里明白，这次是掉到别人下好的套子里，不破财是不可能了。他开始讨价还价，最后对方答应必须给38万，半个月内付清，否则就让他身败名裂。

奋斗了半辈子，如今有着亿万身家，如果因为一个女人葬送了自己的名声和家庭，再落得个身败名裂，这是董强最不愿意看到的结果！他决定忍痛放血。

董强按对方给的账号，打过去38万元。这之后的两天里，风平浪静，董强长舒了一口气，以为自己破财免灾了。

第三天下午，董强又接到了一个电话，这次对方没有用魔音手机，而是用原声询问："董老板吗，最近有麻烦了吧？是不是被人骗了38万啊？"

董强汗毛都竖起来了："你是谁，你怎么知道的？"

"我是谁你不用管，反正我知道你的好事，也知道谁是幕后主使，我现在不想跟他干了，我们老大对兄弟挺抠门的，我决定离开他投奔你。在离开之前，我想把你要的照片偷出来还给你怎么样？"董强一听，真是天无绝人之路。因为照片没拿到手，自己还担心他们继续敲诈呢，没想到峰回路转。但他明白，来电话的人肯定是无利不起早。

他开诚布公地问："你要多少钱？"

"我母亲得了重病，急需一笔钱，咱们就做个交易，你要觉得合适，先给我1万元做活动经费，偷出来后，我把谁干的也告诉你。我不蒙你，现在就可以告诉你，我叫大宝。"董强病急乱投医，决定相信这个自称大宝的人，就按他提供的账户汇了1万元。

第四天，大宝打来电话说："我已经把照片都偷出来了，这可是冒着生命危险偷出来的，董老板怎么也得给5万吧。如果你不给，后果自负。"

董强感觉刚出虎穴又入狼洞，但事已至此，别无他法，就再次汇去了5万元，并要求尽快把照片拿给他。两天后，大宝又打电话来说他母亲已经住院急需用钱，让董强再汇3万元，并说如果不汇钱导致母亲有个好歹，就会疯狂报复他，董强只好照办。

从这一天起，大宝以母亲在医院需要各种治疗花费为名，几乎每隔一两天就要一次钱，董强先后给他汇款近百万元。董强一直被大宝牵着鼻子走，天天奔波于公司与银行之间。他感觉自己快要疯了，但却别无他法，对方一直不露面，要钱的电话却不知什么时候就会响起，折磨得他一听到电话铃响就会打哆嗦。

几天后，阴魂不散的大宝又打来电话："董老板，告诉你一个坏消息，我偷照片的事被我们老大发现了，他们把我的腿打折了，现在已经送到医院，医生说了，腿要截肢，还得换一个假肢，住院费最少20万，这钱应该你出吧？要不然下半辈子你得养着我。"

董强明知道这是假的，但也希望这是真的。如果这小子的腿真的被打折了，也能为自己出口恶气。这小子太坏了，老天爷也不开眼，怎么没把他打死呢？想归想，最终董强还是决定按照大宝的要求办。这一次，大宝以自己看病为借口，又要了55万元。

董强终于忍无可忍了，主动给大宝打电话说："兄弟，我都给你们那么多钱了，你一次都没有兑现你的承诺，还好意思要啊？钱我可以给，但你必须得一手交钱一手交货。"

大宝同意了，两人约好第二天在金万福广场见面。果然，乘飞机赶到东河的董强在金万福广场见到了一个自称大宝的人。见面后，大宝给了董强一个信封，里面有一部手机和一个U盘。大宝说："董哥，东西都在这儿了，今天你要拿走，你再给我5万。"董强担心大宝反悔，就答应了，由于当天没有带那么多钱，双方约好一手交钱一手交货，到附近找一个提款机转账。

董强看着大宝活蹦乱跳的样子，好奇地问："你不是说腿被打折了吗？"

大宝笑道："董哥，我也跟你说实话，我们就是想从您这儿弄点钱花，不是知道您这大老板菩萨心肠嘛，就随便编了这个瞎话，但这次可是真东西啊！"

董强迫不及待拿到了手机和U盘。可是他不敢将这些罪证拿回家，就急匆匆打开手机，结果手机根本打不开，U盘里什么艳照和视频都没有。

又被骗了，董强气呼呼地将东西扔进了垃圾桶。此后，大宝又运用这种"猫捉老鼠"的方式，继续敲诈董强。那段时间，身为董事长的董强动不动就对下属发脾气，回家也有事无事地跟老婆吵架。手下的人和家人都很奇怪，平常一向开朗幽默的他怎么最近火气这么大？在单位手下不敢问，老婆问了他几次，董强都没好气地说："工作压力大，心里不痛快！"

谁都没有想到，此时的董强经历着怎样的一番煎熬。但所有的一切他都无法向外人说，只能自己受着。

接下来事情还没完，大宝又打来电话："董哥，之前我们给你的东西都是假的，这次我良心发现，要给你真的，咱们谈一谈吧。"

在东河见面后，大宝说："董哥，不是我不想给您，您说咱们打交道都这么长时间了，我的为人您还不清楚吗。确实是我们狗仔队的摄影团队的人一直追踪明星的绯闻隐私。我们团队的老板是国内最著名的狗仔，我们这些人都在他手下干跟踪的活儿，收入并不高。我不想跟他们干了，可你给的钱太少，这些可恶的黑客和狗仔队联手，准备用您的不雅照好好敲诈您一笔。您要是不给钱，就立即在网上公布出来，最近几天炒作的体育明星约会粉丝开房，一线女明星在国外游泳池公开与小情人调情的新闻都是我们这个团队爆出来的。但我觉得那是一帮无耻的戏子，对您这样的大老板使用这样的手段，就太不仁义了。您如果再拿6万，我就把东西给您，剩下的事您就别管了。"

最近确实"猛料"频出，不由得董强不信。董强为了那些不雅照片，只得选择再一次相信大宝的话。

为了以防万一，董强要求先验货再给钱。大宝拿出一个平板电脑打开说："你看，所有资料和艳照都在这里了，这是原始数据，绝对没有复制，否则天打五雷轰。"

董强拿着平板电脑回家后，希望再次像肥皂泡一样破灭了。他找一位朋友询问，朋友忍不住对董强说："老兄，你怎么对这些网络常识都不懂啊，只要是数字照片和视频，就可以无限制地复制，你哪里分得清是不是原始数据啊？"

董强如梦初醒，他狠狠地拍了一下自己的脑袋。是啊！这点儿常识都不懂？！自己是被那可恶的黑客敲诈成了傻子！

但大宝仿佛不散的阴魂，又给董强打来电话："董哥，我媳妇查出白血病，需要住院手术，您看能否给点钱？"

董强早已不再相信大宝了，他气愤地说："你休想，我没有钱，我给你们够多了，这么多次，你一直在骗我，我不相信你了。"

"董哥，别生气，我保证这次是真的，您只要把钱给我，我就把照片和短信记录全部删除，绝不扩散。"大宝仿佛在哀求。

但董强却说得斩钉截铁："不行，要钱没有要命一条，随你便吧。"

大宝终于没了耐性："好，你敬酒不吃吃罚酒，我看也没什么好说的，我媳妇都病成那样了，你还这么啰唆，那就别怪我不客气了。"听到大宝如此生气，董强只能咬碎了牙往肚子里咽，又先后给大宝转账40万元。

刚转走钱，大宝就打来了电话，董强知道催命鬼又来了，出乎意料的是，这次大宝竟然在电话里哭了："董哥，我媳妇病情比我想象的严重，手术非常麻烦，还需要60万，要不就没命了，董哥，我知道你有钱，你再借给我60万好不好？等我有钱了一定还给你。"

董强知道大宝又在演戏，他觉得非常恶心，断然拒绝了对方的要求。不出所料，又是惯用的伎俩，先礼后兵，最后翻脸以公布照片要挟。董强又动摇了，给吧，大宝毕竟答应给钱后就把照片删除，那就再相信这孙子一次，毕竟，狗仔队不是好惹的。

就这样，董强一次次妥协，先后给了大宝300万元。

董强已经掉进了无底洞里。可是大宝又打来了电话，提出了更过分的要求："董哥，我准备离开狗仔队的摄影团队，开个互联网公司，你看能否给点投资啊。不多，只需要300万元。老兄啊，你那么多钱都给了，何必在乎这一点点，我保证这是最后一次了。"

受不了啦，实在受不了啦！董强现在最忍无可忍的就是听到"最后"这两个字，多少次最后啊，全是骗人的！他决定再也不妥协退让了，自己已经被他们害得太惨了，如果再这样下去，命都会搭进去。

董强想到的第一个办法是报警，可他马上又想到，警方一旦参与，自己的丑事肯定会暴露，到时一样会身败名裂，自己辛辛苦苦和这些人周旋、汇钱，不就是想保住这个底线吗？思前想后，董强决定以恶制恶，找人抓住大宝，再要回钱来。

董强决定求助于自己认识的社会上的人。很快，拿到钱的几个社会人义愤填膺，马上同意帮董老板出头去抓大宝。

等人手全部到齐，此时大宝电话又来了："董哥，咱们这样交易太麻烦了，大家都很辛苦，我也不再找你要什么赞助了，我看咱们来一个最后的了结吧，你就给我100万，我再也不麻烦你了。"

"好吧，见面后我当面转给你吧！"董强说。

董强在东河约见大宝的时候，大宝被董强带来的帮手当场抓获。当董强逼问大宝把敲诈他的钱藏在哪儿时，大宝却说："全部花掉了，都花在小姐身上了。"此后，任凭他们如何威逼利诱，大宝身上一分钱都拿不出来。

董强身为上市公司董事长，又是商会会员，毕竟还有一定的法律常识，不敢擅自对大宝实施非法拘禁，做掉他不值得，放掉他又不甘心。这下，董强仿佛捧了个刺猬，无奈之下，他叫来了朱颜。

朱颜一听敲诈她的黑客被抓住了，高兴地支招说："送公安局报案吧。"

潜龙囚笼

微软、谷歌与潜龙三个互联网企业是中国互联网精英追赶的目标，潜龙更是全球互联网公司的翘楚。在中国互联网创业者心目中，潜龙的高度难以企及。

在群雄争霸的中国互联网丛林里，微软靠操作软件，谷歌靠搜索，潜龙靠浏览器，三家企业几乎同时进入中国，在中国互联网界引起一阵喧闹之后，潜龙以其巨大的经济实力和技术力量，在中国互联网市场成为巨头。

但在业务开展上，孟雷已经意识到，纯粹美国方式的经营策略在中国行不通，必须进行本土化改造才能接地气。而最简单的办法，就是与一家本土化极强的互联网公司联姻。最初，孟雷曾设想把程云鹤变成合作对象，但双方误会和芥蒂太深，几次谈判都没有谈成。

闻知彭鹰从巡天出走，几家互联网公司闻风而动伸出橄榄枝，多家猎头公司也找上门来。当然，彭鹰早已进入孟雷视野，孟雷也知道彭鹰肯定会来找自己，毕竟自己还是彭鹰的大师兄，而彭鹰和孟扬的关系也是剪不断、理还乱。所以，孟雷稳坐钓鱼台，等着彭鹰上门。

孟雷将程云鹤昔日手下的第一悍将彭鹰招到麾下之后，孟雷的设想是让彭鹰冲锋在前，以潜龙雄厚的技术和资金实力与程云鹤在网络安全领域一较高下。孟雷的胃口很大，在浏览器、即时通信等领域已经站稳脚跟，如果在网络安全上打败巡天，就可以坐上中国网络杀毒市场的第一把交椅。

彭鹰明白，因为自己的出走，暂时打破了潜龙和巡天之间的微妙平衡。彭鹰觉得自己就像三国时期的刘备，潜龙相当于曹操，巡天犹如江东孙权，自己手下连关羽、张飞这样的悍将都没有，所以必须拥有自己的一块小地盘，才有可能站稳脚跟。

彭鹰深知，只要自己决策偏离，立即就会有灭顶之灾。况且，因为自己没有做好研发，巡天杀毒软件测试版上市之后差点儿全军覆没，程云鹤早已恨透了自己。如果自己再联手潜龙做杀毒，程云鹤会饶过自己吗？以程云鹤睚眦必报的性格，一定会发动一波又一波的法律诉讼进行阻止，怎么办？

彭鹰跟随程云鹤期间并没有攒下多少钱，去创立一家新的互联网公司也不是那么容易，所以必须找到一个合作伙伴，借用别人的平台和力量伺机崛起。

彭鹰担任鹰扬公司总经理，孟雷以出资人的身份成了鹰扬公司幕后的实际决策人。

很少有人知道孟雷给鹰扬公司的投资金额，但外界猜测一定是个惊人的数字。对于潜龙开出的投资规模，彭鹰很满意。

根据双方签订的合作协议，孟雷在两年内分三次给鹰扬公司投入资金两亿元。第一年投入50%，彭鹰带领鹰扬公司创造2000万元利润后，孟雷再投入25%，第二年完成5000万元的利润后，最后的25%投资到位。

这个合同的签署，也为日后彭鹰和孟雷的冲突埋下了伏笔。

彭鹰冲动之下的出走，虽然使巡天痛失良将，但也正是因为如此，才逼得程云鹤下决心攻克杀毒引擎技术难关，也使巡天在短时间内失去了竞争对手，成为一家独大的网络安全公司。

与孟雷最初设想不同的是，彭鹰兴致勃勃地与潜龙合作，是因为他的初衷是在搜索行业分一杯羹。彭鹰早已发现，利润巨大的搜索市场潜力巨大，谷歌从中国市场的退出，主要竞争对手又少了一个。彭鹰是技术高手，又绝顶聪明，他希望借助潜龙国际一流的技术力量把鹰扬搜索做强做大，可以在谷歌、金点之后，坐上国内搜索的第三把交椅。

但孟雷的战略布局是升级杀毒技术，与程云鹤的巡天公司一较高下，甚至把程云鹤踩在脚下。

彭鹰从巡天辞职时，曾经签订禁止竞争的协议，因为他掌握巡天杀毒的核心技术，三年内不能从事杀毒相关行业。在彭鹰看来，与程云鹤抗衡冒着巨大的风险，所以他对进入杀毒市场并不感冒。而孟雷唯一看重的，是彭鹰的杀毒技术能够阻击程云鹤，并通过劫持巡天公司的流量给鹰扬公司和潜龙公司带来巨大利润。

辞职的彭鹰突然间成了鹰扬公司的总裁，但他同时发现，这总裁听起来仿佛高大上，但说到底，不过是一个高级打工仔。

但他别无选择。

为了深度控制鹰扬公司，孟雷以加强技术力量为名，掺沙子一般从潜龙公司派进鹰扬公司二百多人，加上彭鹰东拼西凑的五六十人，合起来接近三百人的规模。

鹰扬公司的基本格局是：孟扬任董事长，彭鹰任CEO，实际掌控人为孟雷。

鹰扬公司突然间由一家名不见经传的小公司猛然成为拥有300多人的大型互联网企业。宣布彭鹰担任鹰扬公司CEO那天，公司大摆筵席，意气风发的彭鹰喝得兴起，就多喝了几杯。下楼时，彭鹰不慎摔下楼梯摔伤了脚踝，到医院一查，竟然是轻微的腓骨骨裂。

没法子，彭鹰只得去医院打上石膏。但公司刚启动也不能躺在床上工作啊，彭鹰只在家休息了一周，便挂上双拐到公司上班。

彭鹰隐隐有些担忧，万里长征刚迈开第一步腿骨就裂了，这意味着什么？

彭鹰受伤，正好给了孟扬照顾他的机会。尽管孟扬对彭鹰一往情深，但之前在彭鹰眼里，孟扬只是师兄孟雷的小妹妹，他心里依然装着林欢，并没有给孟扬留多少位置。所以每次面对孟扬的暗示，他都半遮半掩地回避着。

但彭鹰从巡天离开后，自认为在林欢眼里已经变成一个贪图名利、忘恩负义的人，他在林欢心目中的分量也将越来越轻。相比之下，孟扬突然变成了同一个战壕的战友，哪怕孟扬是孟雷派来的特派员。反正两人已经成为搭档，必须同气连枝。

当然，这也是孟扬所希望的。

孟扬虽然是董事长，但主要负责人事和财务工作，业务方面只管理着一个只有十几个人的软件开发团队，而且这个团队不让彭鹰插手过问，彭鹰虽然觉得有些奇怪，但每家公司都有属于自己的机密，况且孟扬说这个团队是直属于孟雷指挥的潜龙技术团队，之所以放在鹰扬公司里，是为了保密。

而鹰扬公司整体营销平台的建设、运营和管理都由彭鹰负责。甚至公司的经营方向，孟扬都愿意听彭鹰的。

彭鹰当上鹰扬CEO之后发现，与巡天不同的是，潜龙财大气粗，要钱有钱，要技术有技术，要管理有管理，但在经营理念上却与程云鹤灵活机动的经营风格完全不一样。喜欢按部就班的孟雷，与善打冲锋、攻城拔寨的自己还是发生了冲突。

彭鹰的思路是，必须避开与程云鹤的竞争，通过提升定向搜索的服务功能，在企业与用户之间建立一种密切的联络体系。比如用户需要在国内寻找最好的心血管专家，这种定向搜索就可以搭建最好的心血管专家与患者之间的联系。仅仅从医疗的角度来说，这种定制服务免去了求爷爷告奶奶托人找专家的痛点，恰恰满足了用户的需求。在这个基础上，构建医疗平台与患者之间的联系，就像马云通过淘宝和天猫构建了小企业与用户之间的联系。

而孟雷的思路是用彭鹰的杀毒技术来制衡巡天，让潜龙杀毒稳坐中国网络安全领域的头一把交椅，把巡天杀毒远远甩在身后，起码可以与巡天在博弈中打个平手。

因为商业文化理念上的巨大冲突，员工们感觉很失落，他们认为彭鹰这种甘居人下的策略，就像非洲草原上等着狮子吃完猎物的秃鹫，靠捡别人吃剩下的残羹冷炙生存，不但有辱潜龙的尊严，而且个人的收入也大大降低。

在互联网江湖中，像孟雷、程云鹤和彭鹰这些内心装满梦想的人，大多是充满创业激情的老板。而大多数工作人员看重的是自己工资卡里的收入，没几个愿意陪着老板不眠不休地追逐梦想。不久之后，鹰扬公司开始出现零星的离职现象，有的人选择跳槽，有的回到潜龙公司。

除了文化冲突导致的人才流失，在战略方向上，彭鹰领导的鹰扬和潜龙也出现了矛盾。孟雷为鹰扬公司制定的三大战略是：第一，在潜龙杀毒软件基础上升级鹰扬杀毒软件；第二，打造独立搜索品牌鹰扬搜索；第三，办好鹰扬门户网站。

但是，彭鹰反对把网络安全作为鹰扬的第一主攻方向，对孟雷提出的打造鹰扬杀毒的独立品牌也不以为然，认为直接用潜龙杀毒就可以与程云鹤抗衡，以免自己冲到台前与程云鹤展开肉搏大战。这样一是避开与巡天的冲突，二是潜龙杀毒跟在巡天后面就可以在杀毒市场上占有一席之地。

彭鹰坚持认为杀毒的盈利空间太小，而搭建一对一的专项搜索平台的蛋糕很大。

经过彭鹰团队的不断努力和磨合,"鹰扬搜索"横空出世。但在推广鹰扬搜索的过程中,需要与提供服务的企业展开各种各样的谈判与合作,需要大量的资金投入。但彭鹰却在大额经费的投入上说了不算,申请经费需要提交烦琐的材料给潜龙公司,还要在潜龙公司董事会上逐条解释资金的去向。最后,眼看鹰扬搜索项目的推广资金迟迟申请不下来,彭鹰只好硬着头皮去找孟雷。

孟雷开导彭鹰说:"巡天盈利靠的是巨大流量,而流量的来源就是杀毒软件的装机量,只要你按照我的思路,在杀毒上抓住客户,就会抢来一部分巡天的用户,哪怕是很小的一部分,也是对巡天的巨大牵制。我们潜龙的体量在国内互联网公司是巨头,巡天还是个小公司,从杀毒上制约巡天,加上潜龙的其他力量,我们就能死死地把巡天压在身下!我对这个战略布局深信不疑。"

彭鹰委屈地说:"你是让我冒着被程云鹤起诉的风险,逼我做杀毒?"

孟雷直言不讳地说:"被起诉算什么?就是官司输了,无非就是赔偿个几百万。这钱潜龙公司出得起。但搜索是个烧多少钱都感觉不到热乎的大锅底,必须暂停烧钱的搜索。你知道吗?当年我之所以离开巡天,最重要的原因就是程云鹤与杨晋东的搜索大战!我们没必要去蹚搜索的浑水!"

"孟总,你不愿蹚浑水,非要逼我蹚浑水吗?谷歌退出中国市场,正好给我们鹰扬搜索提供了机会,可我们提交给总部的推广计划,等了六个月时间也没有得到董事会批示,而百度、金点等各大搜索软件早已进行了多次升级,远远把鹰扬搜索甩在了后边。你的这个判断,将来一定会被证实是错误的!"彭鹰硬邦邦地甩出一句话。

彭鹰说的当然是句气话,但眼看着百度、金点公司在搜索市场攻城略地,他希望尽快加入战团,以自己独特的服务理念赢得市场。

孟雷倒是不急,他对彭鹰分析说:"我跟你说句掏心窝子的话吧,我之所以让你和孟扬去做鹰扬公司,一是鹰扬在潜龙与巡天的冲突之间是个缓冲地带,鹰扬与巡天可以在前线厮杀,不用潜龙与巡天对阵;二是在巡天和潜龙之间，设置一个潜龙的合作伙伴，这样在竞争中我们才有胜算。鹰扬是潜龙公司冲锋陷阵的前锋，关键时候作为佯攻的助手和借重的偏师。所以，你目前最要紧的是尽快推出杀毒软件，抢占杀毒的制高点与巡天决战，我来给你稳住阵脚做后盾。"

彭鹰妥协说："我理解您的战略意图了，但做杀毒需要一定时间研发，目前要紧的是先推出搜索引擎，同时组织力量开发杀毒软件。"

"那就提上董事会，讨论一下再说吧。"孟雷应付说。

就在彭鹰艰难地推广鹰扬搜索时，各大门户网站也都盯上了搜索这块市场。新浪的爱问、搜狐的搜狗、腾讯的搜搜相继问世，鹰扬搜索与这些搜索引擎站在了同一起跑线上，想拔得头筹已经很难，遑论与百度、金点一决雌雄。

而在杀毒市场，巡天与各大杀毒软件正厮杀得不可开交，并在突围中胜出。孟雷认为，鹰扬进入杀毒市场，可以在混战之中获得"螳螂捕蝉，黄雀在后"的效果。

彭鹰不止一次跑去找孟雷说明情况申请资金，但潜龙公司投资部门有一套严格的工作流程，只要遇到任何一环有人提出异议，工作随时就会搁浅，不像彭鹰在巡天时期，只要方向正确，程云鹤可以随时拍板。彭鹰跟总部的人员吵过、闹过、红过脸，但一切无济于事。

孟雷的决策让彭鹰错失了搜索上的千载良机。此时的彭鹰自我感觉就像一头猎鹰被关进笼子里，潜龙是让他当一只金丝雀，而不是随时扑出去猎食的猎鹰。

很快，在纠结和努力中，鹰扬一年的经营期限到了。经过专业审计，虽然彭鹰带领的鹰扬公司利润和收入达到了合同上既定的目标，但潜龙负责投资的部门还是在其他问题上提出质疑，比如鹰扬公司在搜索市场的失利有损品牌形象，比如鹰扬公司员工总人数超过预算人数五分之一，比如搜索部门的研发人员超量。

孟雷的处处掣肘，让彭鹰对完成第二年的任务目标充满担忧。彭鹰推心置腹地问孟扬："你主管经营，你最有发言权，请你告诉我，明年的利润能不能达到合同要求。"

孟扬回答得非常肯定："达不到！就是只做赚钱的搜索业务也达不到这个数！因为我们的投资不够，很多项目没有做起来。"

彭鹰意识到，第二年双倍利润收入的目标可能是孟雷设下的一个合同"陷阱"。孟扬提醒彭鹰说："现在你和我哥已经陷入一种相互不信任的状态，这是合作中最致命的。"

更让彭鹰头疼不已的是，在他眼里，孟扬主管的财务部门和法务部门就像孟雷安排在自己身边的卧底，孟雷带着一群执法队在监视他这个曾经反水的叛将。他们只听命于孟雷，根本不听彭鹰这个一线指挥员的命令。

黄雀在后

林欢接到黑客大宝到案的消息时，第一个反应是："不可能！这个隐藏极深的黑客，我们警方都没抓到，朱颜怎么能轻易抓到呢？"

在审讯室里接受林欢的询问时，董强不想暴露自己的真实身份，他支支吾吾地说："我是朱颜的干爹，朱颜被诈骗之后，他父母求我帮她抓住坏人，所以这个骗子就把矛头指向了我，连续诈骗我，忍无可忍之下，我们才设计把他抓起来，你们好好审审这个黑客。"

但是，审讯大宝的前提是要搞清楚董强为什么被骗，怎么被骗。在朱嘉和林欢的步步追问之下，董强不得不将事情的来龙去脉如实讲述。

最后，董强苦苦哀求林欢和胡平阳："请你们千万不要把这个消息传到我们老家汉江那边！我是受害人，尤其不要跟商会通报我被诈骗的事情，也不要在媒体上发布任何消息。我在汉江大小也是个公众人物，传出去面子上不好看。再说，也会影响公司的股价。"

朱嘉会心一笑，说："放心吧，我们只是找你了解一些情况。在没搞清楚案情之前，是不会把这事情捅出去的。"

随后，林欢和朱嘉连夜提审了嫌疑人大宝。

随着审讯的深入，朱嘉和林欢查明，诈骗董强的主谋并不是大宝。大宝只是黑客学渣雇用的跑腿的，他本是讨债公司里一个不起眼的小混混，公司在网上公布帮人讨债的信息时，老板留了一手，只留了大宝的手机号。大宝说，他是接到一位自称"王先生"的人咨询后，答应为那位"王先生"讨债的。随后，大宝手机里就收到了"王先生"发来的一封信和几张朱颜的裸照，大宝就按照"王先生"的要求去找董强要钱。

至于学渣是谁，大宝没有提供任何有价值的线索。

干讨债这个行当，大宝也是个雏儿。他看到艳照之后，连讨债佣金都没收，就一拍胸脯答应讨回债之后再分成。但大宝没想到的是，竟然第一次就从董强那里敲诈来38万元。他很实诚，就把这38万元直接转到"王先生"指定的账号。令大宝意想不到的是，"王先生"随后就消失了，连佣金都没有给大宝。得知这个消息，讨债公司老板把大宝好一顿臭骂，甚至要打断他的腿！因为按照讨债公司的规矩，这38万元的讨债佣金接近10万元！

差点儿被老板打断腿的大宝，再也找不到那个从未谋面的"王先生"，就把气撒在了董强身上，随后开始了一次次的敲诈，没想到竟然一次次地敲诈成功。大宝仿佛发现了金矿，他决定背着"王先生"和讨债公司大干一票。于是，他开始了旷日持久的敲诈，像猫捉老鼠一样，先后从董强那里敲诈250多万元。

事已至此，这起诈骗案似乎应该告一段落了，然而案情却增加了一些插曲。随着大宝的诈骗事实越来越明朗化，诈骗董强这件事已经发生了多米诺骨牌效应，大宝身边的几个小混混听了大宝的吹嘘，觉得这钱来得太容易了，董强简直就是一个自动取款机。这些小混混又纷纷瞒着大宝，仿效大宝给董强打电话，说手里也有艳照，向董强要钱。可怜的董强分不清真假，每次都"有求必应"，先后给几个人的账上打去将近50万元。

那么，大宝诈骗的250余万元都到哪里去了呢？警方到大宝的老家调查时，惊奇地发现他的父母仍然住在破旧的草屋里，家里没有一样值钱的东西。他的父亲称大宝已经一年没有回家了，更没有向家里寄过一分钱。

在警方的讯问下，大宝才最终承认，他将敲诈勒索来的 250 多万元全部挥霍在东河一家赫赫有名的夜总会里。原来，大宝患有甲状腺功能亢进，发病时极为痛苦，为了补偿自己，他决定好好潇洒人生。自敲诈董强开始，大宝天天泡在夜总会，夜夜莺歌燕舞，每晚消费都不低于一万元，每次去都找七八个女孩子陪着他，每次点一个 1800 元的包间，陪他唱歌的小姐至少要给 1000 元小费，就连门口的服务生跟他问声好，他都要给 100 元小费。不仅如此，骗顺手的大宝还诈骗了一个小姐十万余元，这些钱也被他挥霍在销金窟里了。

"从朱颜到林昊，再到董强和小混混大宝，隐身在黑夜里的学渣到底是谁？他的下一个目标又是谁呢？"朱嘉在案情分析会上，挠着头问林欢和胡平阳。

林欢语气坚定地说："既然学渣通过朱颜找到了董强，那么，他就可能沿着这个敲诈线索，去敲诈与董强相关的受贿人员。这次与董强一起候选的商会会员，应该是学渣攻击的重点对象。我们可以从这些人入手。"

"这么多人，怎么找啊？"胡平阳问。

朱嘉说："我们来分析一下，学渣获取信息的主要渠道还是互联网。那么，最容易受到攻击的人群是谁呢？我们根据董强身上的几个特点，在这些商会会员中，查找那些在媒体和互联网上暴露信息最多的人，尤其是能轻易找到联系方式的商会会员，也许就是学渣将要攻击的目标！"

"在这些商会会员中，按如下条件筛选：一是上市公司董事长，二是本地龙头企业的负责人，三是同时出现在董强联系名单中和手机通讯录中的人，四是在商会会议之前从银行提取大额现金的会员。尤其最后两条要对上！"林欢一边说着一边操作着电脑。很快，在这份名单筛选过后，只剩下四个最容易受到攻击的对象。

"在学渣的攻击通道上设伏！只要学渣一露头，马上锁定，这事让谢侠协助咱们！"林欢说。

谢侠被林欢叫来参加会议之后，听完林欢的要求，嘿嘿一笑，说："我有个更损的招数，想不想试试？"

"你说，别卖关子！"林欢说。

"这招是武侠小说中慕容复的绝招，叫作'以彼之道、还施彼身'。黑客发动木马攻击，获取的不是相关受害人的敏感信息吗？我们事先在这些黑客感兴趣的信息中埋下反制病毒，等黑客在抓取我们染毒的文件之后，他并不知道我们把病毒隐藏在里面，只要他窃走这些文件，即便不打开这些带毒的文件也没关系，我们的病毒就像定时炸弹，在设定的时间内爆炸，就可以阻断黑客的攻击通道，最后锁定和控制黑客。这个利器就是逻辑炸弹！"

"你这招太损了，不过，对非常之人，就得用非常手段。我们用任何防火墙，都不可能阻挡对手的进攻，你这招体现了一个真理——唯一的防御方式就是进攻！"林欢调侃说。

"你别逗了，我们不能私自侵入这四个人的电脑或者手机。而他们又是社会名流，不会轻易配合，怎么办？"朱嘉提出了他的疑问。

林欢解释说："黑客学渣给董强手机植入控制木马很久了，但只是窃取有关资料。在没征得其他商会会员同意的情况下，我们无法通过他们的电脑和手机抓住学渣，所以，谢侠的这个逻辑炸弹，是给学渣设下的一个巨大陷阱，就像诱敌深入到一个葫芦口里，然后围而歼之。这个陷阱是在董强和朱颜的手机里故意泄露一个加密的文件，吸引学渣上钩。而谢侠在这几个机密文件里，早已种下逻辑炸弹。"

朱嘉再次提出了他的质疑："黑客不傻啊，他肯定知道我们已经发现了他的踪迹，如果他从此消失怎么办？再说，他是黑客，难道不会发现这个逻辑炸弹吗？"

谢侠笑笑说："放心吧我的哥，这个逻辑炸弹表面上就是一个可以打开的文件，打开也不会立即爆炸。它的运行方式是，学渣偷到这个文件后，打开和检查文件并不会发现什么异常，但逻辑炸弹已经通过这个途径进入了学渣的木马程序，不但反向控制了木马，还会将学渣所使用的电脑信息和位置传递回来。这样一来，学渣首先暴露了自己的位置，我们可以顺藤摸瓜抓到他。其次，如果学渣不再发动攻击会相安无事，如果再次沿着原有路径发动攻击，那么，逻辑炸弹将会启动，干掉学渣的木马，同时瘫痪他的电脑，还会把他的 IP 地址回传给我们。"

"这招挺可怕的！黑客绝对不会想到！"朱嘉明白了。

谢侠在董强和朱颜手机里植入逻辑炸弹的第二天就传回了一个令林欢大吃一惊的消息。

谢侠报告说："已经得到回传的消息，宋凯是嫌疑人。至于他是不是黑客学渣，只有你去找他本人求证了。"

"宋凯？难道是朱颜的经纪人宋凯？不可能，没有理由啊？如果是真的，太可怕了吧！哪有朝自己人下手的？"林欢连声感叹道。

谢侠说："通过这些天的追踪，我们排除了几个嫌疑人，但逻辑炸弹锁定的黑客，就是朱颜的经纪人宋凯，也许是他策划了这一切。一个人无论表面上多么正人君子，但如果他是小人，那么在他正面的形象之下都会带着阴暗面，或者说是人生的底色。就像一张人物照片，无论怎么 PS，都难以改变人的底色。你能想到吗？宋凯本身就是一名黑客高手！而且他还在鹰扬公司工作过！"

"怎么又是鹰扬公司？你是怎么怀疑到宋凯的？"林欢不解地问。

谢侠神秘地笑笑说："在朱颜的电脑里，我查到黑客入侵痕迹和途径虽然非常隐秘，但还是留下了蛛丝马迹，多亏我们有一个撒手锏，没有这个逻辑炸弹，还真抓不住他！不过，我已经锁定他的位置，你们别在这里废话了，赶紧去把宋凯抓回来吧，要是晚一步，难说他能干出什么意想不到的事情来！"

"那还等什么啊？马上去抓啊！"胡平阳放下手头工作，拉起林欢就走。

可是，当林欢和胡平阳赶到宋凯住处时，还是晚了一步。

朱嘉带着一队警察正押着宋凯下楼，警察后面跟着的竟然是孟扬！

林欢顾不上胡平阳的拉扯，上前挡住朱嘉："朱颜被敲诈的案子，不是交给我们办的吗？"

朱嘉也有些诧异："这个宋凯，跟朱颜的案子有关？"

"是啊！我们也是刚刚锁定他的踪迹！你们也来抓他？这是什么情况

啊？"林欢也愣了。

朱嘉挠着头说："孟扬报案说，宋凯涉嫌非法侵入鹰扬公司的计算机信息系统，非法获取公司局域网密码及其他重要资料，取得多台服务器及PC机的控制权限，并在13台服务器中植入木马程序，窃取了鹰扬公司的网络虚拟财产。"

"这个宋凯，怎么跟鹰扬公司还结下了梁子？"林欢大惑不解。

孟扬走过来对林欢说："宋凯在鹰扬当过保安，犯事之后我把他辞退了，他心生嫉恨，所以报复！"

"宋凯是你公司的保安？"林欢仔细看着微笑的宋凯，确实有些面熟。她想起来了，之前她来鹰扬公司的时候，的确见过这个小伙子。不过，林欢怎么也想不起来，宋凯是否穿过保安服。她印象中的宋凯好像穿着短袖，扎着领带，像公司的白领啊。

宋凯的微笑，让林欢心里犯起了嘀咕。被警察上了手铐的人还能这么坦然地微笑，实在令人匪夷所思。

不过，不管怎么样，宋凯总算抓住了。也许下一步的审讯，这起黑客引发的敲诈案会呈现出一个完整的脉络。

宋凯落网后，入侵计算机和诈骗两个案子一并交到了林欢和朱嘉手里。

通过审讯，林欢终于搞清楚了案情的来龙去脉。

宋凯是朱颜的高中同学，高中三年的时间里，宋凯所有的业余时间就做了一件事——追求朱颜。暑假期间，宋凯在建筑工地打工一个月，只为高三开学那天送上999朵玫瑰，却被朱颜一脚踩在了高跟鞋下。他跑遍家乡小城，买来所有红蜡烛，花钱请同学在女生楼下摆了一个大大的爱心，中间是朱颜的名字，却被朱颜从楼上泼下一盆洗脚水浇灭。

最后，朱颜抛给他一句话，有本事你上清华、北大等我！

宋凯一赌气从老家汉江市来到东河，并在鹰扬公司找了一份保安的工作。

宋凯在鹰扬公司从一名保安变成了一名超级黑客，当上了鹰扬公司的程序员。

宋凯念念不忘的是远在汉江的朱颜，他时刻打探着朱颜的消息，得知朱颜高中毕业后在老家一所艺术学校上了两年学。毕业之前，宋凯主动向朱颜发出邀请，希望朱颜到东河娱乐圈闯一闯，前路茫茫的朱颜欣然答应。

宋凯从东河南站接到了风尘仆仆的朱颜，先是一顿热情接待，接着安排朱颜住进了早已租好的房子里。朱颜想不到的是，这套小小的一居室每月租金就要6000元，朱颜见宋凯出手阔绰，甚为感动。

财大气粗的宋凯微微一笑说："小菜一碟。"

接下来，宋凯吹嘘自己在东河这几年如何如何风光，仿佛黑白两道都有人，没有什么难事是他摆不平的。

宋凯在初入时尚圈的朱颜面前，表现得无所不能，高谈阔论间，目光却不时落在朱颜高耸的双峰之上。因为宋凯出手阔绰，不由得朱颜不信。

为了帮助朱颜实现她的明星梦，宋凯动用了他来京后所有的人脉资源，求爷爷告奶奶，才找到一名演艺公司的经纪人。通过这名经纪人，宋凯带着初出茅庐的朱颜奔走在见导演和制片人的各种酒场上。

宋凯出手极为阔绰，每次饭局都是宋凯买单。在酒桌上，那些大大小小的导演、制片人对宋凯很客气，初入东河的朱颜也感觉自己像公主一样，被众多色眯眯的男人众星捧月。

为了帮助朱颜，宋凯干脆辞掉了鹰扬公司的程序员工作，专心打理朱颜的所有业务。宋凯为朱颜安排了模特培训和声乐训练，甚至为朱颜接了几单外地的演出，还找了几家网络媒体为她做宣传。

当然，宋凯的倾囊付出和良苦用心，也换来了朱颜的亲近。但这种亲密，仅仅是几个略微亲昵的动作而已。

而宋凯期望的是朱颜以身相许。

可是，这只是宋凯的一个梦。

朱颜发现宋凯经常愁眉苦脸，刨根问底之后才得知，宋凯为了她的演艺事业，不但花光了所有积蓄，还欠下了三十多万元的外债。在东河娱乐圈见了世面的朱颜只是淡淡地说："别当回事了，不就这点小钱吗？等我出名了，分分钟就还给你。"

"我不要你的钱，也不指望你出名，只要你愿意，无论为你做什么，我都愿意！"宋凯满腔豪情地说。

让宋凯没有想到的是，朱颜竟然说："来东河之后我发现，想在演艺圈闯出一片天地，一要人脉二要钱，我们人脉不够，只好想办法找几个有钱人帮我们。我在汉江的时候，认识咱们老家几个公司的大老板，都挺有钱的，等他们来京，我们好好接待一下他们，说不定有人愿意投资包装我呢。"

宋凯担忧地说："人家凭什么会像我这样心甘情愿拿钱出来？你主动找人家，不怕他们占你便宜啊？"

朱颜笑笑说："你放心，我会把握住分寸，不会让他们真占便宜的。"

听到这里，宋凯心里不禁一震，朱颜在他面前逐渐模糊起来："你还没红呢，你不怕成了绯闻女主角？"

"没有绯闻的女主角永远不会红！你想想这些年当红的模特和影视明星，有几个不是绯闻缠身啊？你放心，我只是借力打力，好风凭借力，送我上青云。"朱颜仿佛胸有成竹。

宋凯嘴上没说什么，心却像跌进了冰窟一般。他是如此深爱着朱颜，甘愿为朱颜抛弃一切，付出一切。但朱颜为了出名，竟然不顾宋凯的阻拦，跑去电视台参加相亲节目《一见钟情》，当宋凯看到林昊送给朱颜的电脑时，他彻底愤怒了。

宋凯的愤怒不是以头抢地、大哭大闹，而是将远程控制木马植入林昊送给朱颜的电脑。随后，朱颜的隐私暴露在宋凯的监视之下，并让宋凯看得血脉偾张。

当然，拍摄朱颜裸照，也是宋凯偷偷干的。

接下来，朱颜与来京出差的老板董强在一场酒宴中把酒言欢后，通过扮可爱和装天真，迅速让董强春心荡漾，董强便成了朱颜的干爹。

各怀心事的宋凯和朱颜，都奔着搞钱的目的，毫不手软地从财神爷董强开始下刀。

董强跟随朱颜来到她的住处之后，宋凯早已利用他安装的远程木马启动了摄像头，拍摄了董强和朱颜亲热的照片和视频。

让宋凯意想不到的是，朱颜竟然跟董强假戏真做！宋凯全身血液一下子涌到了头上，他顿时觉得昏天黑地！一边擂着自己的脑袋，一边大骂朱颜！

宋凯和朱颜只把自己当成了那个捕蝉的螳螂，却没有想到林昊黄雀在后。

贿选幕后

朱颜根本没想到，在她与董强假戏真做的那个时刻起，她也成了这场骗局的受害者，她与董强同时成了宋凯诈骗的对象。

宋凯的第一步是虚构了黑客学渣，并以黑客学渣的名义诈骗朱颜。他料想朱颜不敢报警。

宋凯诈骗的第二步，是利用这些裸照和视频发动对董强的诈骗。因为宋凯曾与董强见过面，担心他听出自己的口音，就用魔音手机给董强打电话联系，开始了对董强的敲诈，后来担心露馅儿，就在网上搜索了一个讨债公司，以"王先生"的名义找到小混混大宝，冒充自己去跟董强接头。大宝是个游手好闲之徒，这种充满刺激的事情他求之不得。

宋凯拿到董强先期给的 38 万后，有点儿出乎意料，本来他感觉能榨出 10 万就不错了，没想到董强真够痛快的。宋凯拿到钱后觉得差不多了，就停止了敲诈。但没想到的是，此时朱颜无奈之下竟然选择了报警，惶恐不安的宋凯为了把警方侦查的目光引向董强和他背后的贿选案件，又开始了第三步。

宋凯的目标依然是董强，但这次并没有财产诉求，而是要毁掉这个从他手里夺走自己心爱女人的老板。于是，他窃取了董强手机里的文件。正是这份文件，暴露了他的踪迹。

董强就像大海中被诱饵引入网中的巨鲸，遭到众多掠食者的围猎，每个掠食者都想在董强身上撕下一块肉来。至于隐藏在暗夜深处的宋凯，更是给了董强致命一击。

董强年过半百，家庭美满、事业有成，然而没有经受住美色的诱惑，让自己落入圈套。为了保住地位和家庭，他选择了妥协退让，结果被敲诈得体无完肤。

然而，这场危险的游戏并未落幕。在孟扬举报宋凯的同时，宋凯在网上曝出了一场见不得阳光的钱权交易，引发了一场商界大地震，最终让董强以及相关受贿人员得到了应有的惩罚。

宋凯落网了，贿选大案也尘埃落定了，但林欢无论如何也想不通，遭到前员工的攻击，鹰扬公司并没有受到多大损失，孟扬为什么会突然赶在自己前面举报宋凯呢？而且宋凯落网的时候，带着笑意，也就是说，起码宋凯知道自己的罪行并不重。难道，宋凯和孟扬有什么私下的交易吗？

林欢还是想不明白！

孟扬到底在扮演着什么角色呢？林欢心里有种直觉，但没有证据，又不敢随便猜疑。

第六章 丛林法则

鹰扬易手

没有经费推不动搜索业务，彭鹰无奈之下只好向孟雷妥协，准备集中精力打造一款可以与巡天杀毒比肩的杀毒软件。一是可以对孟雷有个交代，二是完成与孟雷的合约。

彭鹰只有一个要求，就是自己绝不站在台前与巡天正面对抗。

孟雷答应了。

按照彭鹰的计划，开发杀毒软件必须扩大鹰扬的杀毒研发部门，但鹰扬人力资源部负责人觉得彭鹰这是在拍脑袋做事情，他的意见是将潜龙的杀毒部门整体转移到鹰扬。彭鹰明白，这是孟雷的意思。但彭鹰认为，潜龙杀毒在与巡天杀毒的竞争中早已失去优势，自从被巡天新版杀毒软件超越后，潜龙就一味模仿巡天杀毒软件，甚至连外观设计都照抄，没有任何创新意识，所以他强烈反对潜龙杀毒部门整体入伙到鹰扬公司。

孟雷当然不干！

孟扬也站在了孟雷一边，认为彭鹰另起炉灶重新组建一个杀毒团队是在埋没人才、浪费时间。

鹰扬的人力资源部长对孟雷的指令言听计从，对彭鹰的要求却置之不理。最后，彭鹰只好亲自出面，从别的公司挖来几个超级白帽子，秘密组建了杀毒软件研发小组。

但是，这些白帽子办理入职手续的时候，遭到了人力资源部门的强烈抵制，并报告给了孟雷。

身为鹰扬公司的老大，自己想要的人却进不来，这在彭鹰看来是不可容忍的。他决意杀一儆百，你不让我招人，我就把你这人力资源部长先撸掉。

可孟雷才是鹰扬公司的实际出资人和幕后老板，按照公司的章程，孟雷才是公司的真正董事长，未经董事会研究和孟雷本人同意，彭鹰是没有权力开除中层负责人的，他只好找孟雷摊牌说："我要开除鹰扬的人力资源部部长。"

"不行。"孟雷回答得斩钉截铁，显然他早已料到。

"那我没法干了。他不走，我走。"彭鹰决绝地说。

"你至于这么赌气吗？如果你非要坚持，那还是让他回潜龙公司吧，他本来就是潜龙人力资源部的副总。他走之后，让孟扬兼任人力资源部部长，你看这样行不行？"孟雷妥协说。

满腹委屈的彭鹰一下子傻在那里。

回到鹰扬公司的彭鹰无处发泄，冲着孟扬喊道："这活儿没法干了。"

彭鹰像被困在一个巨大的黑洞之中，他烦躁地抓起椅子朝着窗户砸去。玻璃碎了，清新的空气从破碎的窗户吹进来，让死气沉沉的办公室有了些许的活力。

孟扬看着满地碎玻璃和歪倒的椅子，愣在了那里。她知道彭鹰的脾气，即使有天大的委屈也不肯把满肚子苦水倒出来，就是被打掉牙，也会连同鲜血吞进肚子里，像没事人一样。

孟扬安慰彭鹰说："我理解你，你太想证明自己的能力了，在这件事上，你难以选择退让。你看这样好不好，我出面跟我哥沟通一下，好吗？你告诉我，你想要什么结果？"

"我哪里知道要什么结果？我只能按照董事会的思路，把杀毒软件开发出来！"彭鹰瓮声瓮气地说。

眼看彭鹰郁闷暴躁，像热锅上的蚂蚁，孟扬打电话给孟雷说："最近我都不知道怎么跟彭鹰沟通，他太要强了。哥，你能不能不这么逼他？"

"你不要劝他，这个心结还要他自己解开，这对他是个历练。你越劝他，他的心结只能越来越紧。"孟雷淡定地说。

彭鹰就像曾经自由翱翔的猎鹰突然被关进规矩的笼子里。在彭鹰看来，那些规矩是让他当一个任人摆布的傀儡，或者是没有血性的标本，而不是随时扑出去猎食的猎鹰。

彭鹰本来朋友就不多，除了偶尔跟好朋友胡平阳唠叨一下，也就只能找林欢诉苦。

两人在咖啡店里刚刚坐下，彭鹰就直言不讳地说："在鹰扬的这段日子里，我感觉就像一头困兽，即便饿得两眼冒金星，眼前走过成群的猎物也不能扑出去大快朵颐。等主人说可以捕食的时候，猎物早已无影无踪。"

林欢笑笑说："每个企业都有自己独特的企业文化，在巡天的时候，你有这种虎入牢笼、龙卧浅滩的感觉吗？老程放手让你去干，但你走得太远。孟雷呢，对你的束缚又太多，所以你就像孙猴子戴上了紧箍。只有在摔打中伤痕累累，才知道疼。我看，这个紧箍不应该戴在头上，而是应装进你心里才对。欲成大事，必须进退有度。我建议你还是尽量适应一下吧，毕竟你不是独自创业。你骨子里不是那种仰人鼻息的人，你适合独自创业。"

林欢的话，在彭鹰听来基本是一种不咸不淡的安慰，他怨愤地说："战机稍纵即逝，那些随时抓住战机的猎鹰，从来不是驯养出来的。我明白了，我已经从那个时刻充满危机感的追梦人沦落成为帮别人看摊儿的打工仔。我在前线打前锋，给人家东挡西杀地卖命，老板不但处处掣肘，还派出特务整天盯着我的行踪。"

"你总是在说别人的问题，有没有从自己身上找原因啊？无论程云鹤还是孟雷，他们都是一方诸侯。你不是主帅，你只是一个前锋，前锋就要有前锋的心态。学学程云鹤，好好读读《三国演义》吧。你看看吕布，他有赤兔马和方天画戟，只能做人中龙凤，却难以打下一片天下。要做一方诸侯，还要有曹操、孙权和刘备的容人之量。好啦，别为工作的事情烦心了，你跟孟扬处得怎么样了？该请我们吃喜糖了吧？"林欢转移了话题。

彭鹰苦笑着说："以前不在一个公司，还能跟孟扬正常交往。但这一年，我们都专心工作，哪里有心思谈情说爱？天天讨论工作，孟扬不是你这样的巾帼英豪，也不会小鸟依人，她是个心机很重的人。我知道，她是喜欢我，但我对她却怎么也动不了感情。我都怀疑是不是自己的身体出了什么问题，要不就是我还惦记着你呢。不瞒你说，我都梦见你好几回了，可我不敢告诉你啊！"

听彭鹰这么说，林欢咯咯一笑说："别扯那些没用的，孟扬对你用情专一，我了解她。她是个爱钻牛角尖的人，你别胡思乱想了，她挺适合你的。好好对孟扬，别满肚子花花肠子了。"

彭鹰听了却无动于衷："没爱情没对象也没关系啊，不动情就不动了吧，反正也没那心思。"

"那怎么行啊，说什么你也得给你们老彭家留个后，延续一下你们老彭家的香火啊！再说，人家孟扬可等不起你！"林欢见彭鹰心不在焉，打趣说，"我看你还是学习生产两不误，找个黄道吉日向孟扬求婚吧！"

"我没想好呢，再说吧。你呢？朱嘉还是谢侠？"彭鹰接过话头之后，话锋一转问起了谢侠和朱嘉。

"瞎说什么呢！我跟朱嘉只是同事，至于谢侠，我把人家弄进监狱，人家恨我还来不及呢！别扯这个了，你没别的事，我得走了。"林欢连忙中断话题，起身离去。

程云鹤能够想到，孟雷会把彭鹰当一杆枪刺向自己，而孟雷自己会稳坐中军帐作壁上观。但程云鹤无论如何都没有想到，孟雷会亲自出手正面开战。

彭鹰痴迷于搜索业务，他不想与程云鹤正面冲突。但他也没有想到，孟雷早已留了一手，而且是一记重拳。

眼看彭鹰迟迟不推出杀毒软件，孟雷最终祭出了他的撒手锏，他早已悄悄安排潜龙公司的杀毒研发部门做出了一款功能与巡天公司差不多的杀毒软件，在某些方面，甚至优于巡天杀毒。

孟雷做事缜密，知道程云鹤会死死盯着彭鹰的动向，彭鹰并没有真的开发出杀毒软件，所以他在要求彭鹰研发杀毒软件的同时，悄悄请来美国一个杀毒团队研发了一款针对巡天软件的杀毒软件。

孟雷当然知道，他与彭鹰之间的冲突会在第一时间传递到程云鹤的耳朵里。他想要的就是这个效果，明知彭鹰不会顺从却要强迫他去做，为自己研发杀毒软件争取时间，同时释放烟幕弹，掩盖秘密研发的真相。

孟雷的这一招，的确出乎所有人的意料。

随着巡天杀毒软件的推广，全国70%的用户只要打开电脑上网，弹出的便是巡天的杀毒软件，巡天杀毒的头把交椅已经坐定。

而在新年元旦当天零点过后，用户打开电脑后却发现弹出了两个弹窗：一个是巡天的，一个是潜龙的。

潜龙发动的新年攻势让程云鹤猝不及防。

当谢侠连夜将这个情况告诉程云鹤时，睡眼惺忪的程云鹤无所谓地说："咱们能杀毒，人家也能，模仿而已，有什么大惊小怪的？潜龙公司撼不动我们！我们现在有70%的装机量，一时半会儿他们干不过我们。"

"他们在抢夺我们的客户，他们有即时聊天软件的广大用户基础，如果他们把聊天软件和杀毒软件捆绑安装，用不了多久，我们的装机量就会急速下滑！"谢侠有些着急。

"我的互联网规则是，各人在各自的领地里，你玩你的，我玩我的，互不侵犯，如有交集，有饭同吃有酒同喝。但我不想立即还击，毕竟大家都要生存。"程云鹤的话虽然说得轻巧，但眼看着用户被潜龙抢走，虽然数量并不大，他心里当然也不爽。

但谢侠却告诉他一个让人惊掉下巴的消息："潜龙祭出一招撒手锏，安装潜龙杀毒必须删掉巡天杀毒。而且，潜龙杀毒的界面与巡天杀毒非常相似，都是盾牌，只是颜色上巡天是绿色，潜龙是蓝色。这意味着潜龙发出了你死我活的宣战檄文。"

地盘被抢，程云鹤当然不干："他抢我的，我就再抢回来。他删我的软件，我就删他的，看谁能删过谁。你在公司等着，我马上到公司去找你！"

程云鹤连忙带着沈丹赶到公司。紧急磋商了半夜，天亮的时候商议出的应对办法是，由谢侠和陈默涵率领独角兽战队连夜加班，对巡天杀毒软件进行加固，让对方无法删掉。

善于颠覆式创新的程云鹤在投入杀毒市场之后，已经引发了杀毒大战，各大传统杀毒软件企业正憋着一口气与巡天争夺市场。潜龙突然携带最新杀毒软件加入战团，各大传统杀毒企业随即欢呼声援，巡天只好被迫应战。

潜龙与巡天杀毒软件不兼容，遭殃的首先是不知所措的用户，其次才是巡天的核心利益，程云鹤连忙与孟雷联系："老兄，你的勺子伸进我锅里了。"

"那是大家的锅，不是你一个人的锅！"孟雷的回答也毫不客气。

孟雷的坦诚，让程云鹤无话可说。

程云鹤愤愤地说："谁砸我的饭碗，我就让他吃不下饭去。"

在三天的时间里，巡天在潜龙杀毒软件的凌厉攻击之下，差不多损失了近十分之一的用户。三天之后，新加固的巡天杀毒软件上线后，用户数量才逐渐稳定下来。

潜龙杀毒软件随即也采取了相同的应对策略，巡天也删不掉潜龙。

面对孟雷闪电般的一击，程云鹤感到了威胁。他坚信发动攻击的是彭鹰，因为除了巡天的核心人员，能够设计出与巡天抗衡的软件，只有彭鹰有这个实力。

程云鹤当然还不知道，这场攻击并不是彭鹰主导的，而是孟雷发动的。在互联网江湖搏杀多年的程云鹤，遇到孟雷这样强硬的对手，让他的危机感更加强烈：杀毒公司没有强大的技术实力，再勇猛的将士在前面冲杀也难挽长城于既倒！

巡天遭遇元旦凌晨攻势，彭鹰并不知情，甚至接到林欢的质询电话后，彭鹰还一头雾水去找孟雷。但他却从孟雷那里得到了另一个让他大吃一惊的消息：潜龙准备将鹰扬公司卖给金点公司，以占股10%的比例并入金点公司。

彭鹰傻了！身为鹰扬CEO，他最后才知道鹰扬要被卖掉的消息。甚至在之前不久，杨晋东还打电话给彭鹰，闲聊兼并同类公司的相关事宜。彭鹰还推心置腹地提醒杨晋东说："我跟别人签合作协议的时候也没经验，你要跟业务相近的公司谈合作，一定要带上律师，细细抠每一项条款，不能像我一样。无论怎么合作，你在公司的控制上，一定要拥有自主权和话语权。"

没想到，杨晋东留了一手，他并没有告诉彭鹰，他要吃掉的就是鹰扬！

鹰扬本来就是孟扬投资的，孟扬是公司法人、董事长，人家兄妹卖自己的公司天经地义。去意彷徨的彭鹰就像掉进无形天网中，四处突围却处处碰到软钉子。如果是面对敌手，他可以撸开袖子挥起老拳就上。可他现在根本找不到对手是谁！

彭鹰意识到，是时候离开鹰扬了。尽管他对鹰扬倾注了全部心血，也挡不住天要下雨娘要嫁人。

彭鹰向孟雷提出了辞职。

根据当初的协议，彭鹰只完成了第一年的利润，第二年的利润并没有完成，所以按照合同约定，彭鹰只能拿到第一年的股份，拿不到合同约定的其他股份。彭鹰提出两个挽救鹰扬的条件，一是双方友好分手，自己拿多少股份无所谓；二是潜龙继续投资支持鹰扬完成年度任务，自己的股份不变。

但孟雷拒绝了。

最终，双方协商的结果是，鹰扬公司支付给彭鹰500万元补偿费，彭鹰辞去鹰扬CEO职务。

春节之前，彭鹰从鹰扬黯然辞职。那天，在公司里一直西装革履的彭鹰，在这个无比庄重的交接场合，却破天荒地穿上了一双布鞋和一身中山装。

彭鹰离职后，鹰扬公司以全部资产并入金点公司，占股10%，成为金点公司的大股东之一，而彭鹰带头研发的鹰扬搜索，也就被金点公司纳入麾下。

踌躇满志的孟雷掩饰不住喜悦,潜龙和金点都是互联网上市公司的巨头,潜龙与金点的合作,意味着孟雷将在两家互联网上市公司中拥有话语权。在互联网界,一个人在两家上市公司中拥有话语权,在孟雷之前并无先例。

在兼并庆祝大会上,孟雷以具有煽动性的口气说:"今天不是我第一次和鹰扬的朋友们面对面交流。我希望把我成功的经验和大家分享。尽管我认为你们中绝大多数勤劳聪明的人都无法从中获益,但我坚信,一定有个别人可以获益匪浅。"

孟雷这个颇有深意的开场白,让满心失意的彭鹰难掩心中火气。

孟雷接着说:"世界上很多非常聪明并且受过高等教育的人,甚至到国外镀金的人,为什么无法成功呢?就是因为他们从小就受到了错误的教育,他们养成了勤劳思考、勤劳打拼的恶习。很多人都记得爱迪生说的那句话吧:天才就是99%的汗水加上1%的灵感,并且被这句话误导了一生。勤勤恳恳地奋斗,最终却碌碌无为。"

鹰扬的员工们在情绪上更难接受这番话,孟雷的讲话引来一片交头接耳。

杨晋东接着激情四射地说:"孟总说得没错,我接着孟总的意思继续发挥一下,如果没有这些勤勤恳恳的人,我们现在生活在什么样的环境里?世界上最长寿的动物叫乌龟,它们一辈子几乎不怎么动,就趴在那里,结果能活一千年。它们懒得走,但和勤劳好动的兔子赛跑,谁赢了?牛最勤劳,结果人们给它吃草,却还要挤它的奶。熊猫傻吧,什么也不干,抱着一根竹子能啃一天,人们亲昵地称它为国宝。回到我们的工作中,看看你公司里每天最早来最晚走,一天像发条一样忙个不停的人,他是不是工资最低的?我举的这些例子,只是想说明一个问题,这个世界实际上是靠思想上勤快的人来支撑的。现在你应该知道你不成功的主要原因了吧!懒不是傻懒,要懒出风格,懒出思想,这就是境界。"

听到这里,很多员工愤而离席,孟扬也听不下去,站起来走了。

但彭鹰没有走,他坚持到了最后。等孟雷请彭鹰发布他的离别感言时,彭鹰只对杨晋东说了一句话："请善待鹰扬的兄弟姐妹！他们都是你我的亲人！"

杨晋东笑笑说："当然，我们都是兄弟姐妹。可以设想一下，如果你方向正确，你一定能做一家市值不错的上市公司，但错误的决定让你错失了这些机会。但无论如何，你是中国互联网行业的翘楚，有没有想法到我的金点来工作？"

彭鹰蹦出了一个字："不！"

杨晋东笑笑说："那我们就相约一下，你要是自己开公司需要投资，请来找我。"

彭鹰说："谢谢！"

彭鹰清楚自己的无奈，在鹰扬公司的这些日子里，在貌似风光无限的背后，谁都明白他的两次出走实质上是背叛老板之举，谁对叛将的使用都会暗地里提防一招。

法庭交锋

彭鹰离职的同时，程云鹤与孟雷的正面交锋一触即发！

程云鹤是绝不屈服的弹簧性格，压力多大反弹就多大。孟雷掐住了程云鹤的命门，面对强硬的对手，程云鹤只能绝地反击，展开与潜龙的用户争夺战。

彭鹰毕竟是程云鹤曾经的手下和弟子，程云鹤还有一份护犊子的心态，自己怎么收拾彭鹰都可以，但别人不行。他的戒尺就是打得彭鹰满手鲜血，也会掌握好分寸。

而孟雷却是翻脸的敌手，人不犯我我不犯人，人若犯我我必犯人。无论老拳相向还是撒泼打滚儿，谁有力气谁占便宜，打不服气继续打。你要玩阴的，我也毫不犹豫给你一毒镖！

程云鹤带领谢侠等技术高手对巡天杀毒软件进行技术升级后，与潜龙杀毒软件的冲突骤然升级。一时间，双方明枪暗箭，打得不可开交。

让程云鹤意想不到的是，正当他撸开袖子准备跟孟雷一较高下的时候，巡天公司突然收到法院的传票：潜龙以巡天侵犯潜龙杀毒软件的著作权，构成不正当竞争为由，将巡天告上法庭。

"就像小孩子打架，打不过就跟老师打小报告，算什么本事？有本事咱们继续斗下去，看看谁能斗过谁？"程云鹤虽然嘴上不以为意，但遇到这种挠头的官司，他还是措手不及。

怎么办？公司里全是技术人员，谁也不懂法律啊。

沈丹劝程云鹤说："我看还是请个律师吧，打官司我们都是外行。"

"请什么律师啊！你删我的，我删你的，狗咬狗两嘴毛的事情，律师懂互联网吗？说得清楚安全攻防吗？我自己上法庭跟孟雷对质去！"程云鹤嘴上虽然轻描淡写，但实质上心怀忧虑，一是他担心律师说不清技术问题，二是担心出那笔律师费，是花了冤枉钱。

眼看开庭的日子越来越近，程云鹤既忐忑又兴奋，他想象了无数个法庭上的场景：比如怎样斥责孟雷抄袭自己的杀毒技术和外观，比如拍案而起当庭怒指孟雷耍阴招使暗器，比如把孟雷驳得无地自容。

这些凭空想象的场景，让程云鹤处于临战前的亢奋之中。

临近开庭之前，沈丹还是坚持要请律师，她劝程云鹤说："我们还是请个律师吧，让律师在法庭上与对方周旋，毕竟我们不是法律专业人士。不然，潜龙恶人先告状，人家请了强大的律师团队，我们可是有理说不清楚啊！"

程云鹤知道沈丹说得很有道理，但他还是说："请律师可以，那我也必须上法庭，我不能让他抄袭了我，又反过来告我！"

最后，巡天公司聘请了著名知识产权律师常亮出庭应诉。

进法庭前，沈丹嘱咐程云鹤说："你在法庭上千万不要乱说话，一切听律师的，不然你把法官惹急了，本来没错，也成了自己的不是。一定按我说的，我们有错，对方也有错，只要据理力争，我们输不了官司。"

程云鹤回答得很干脆："行！"

原被告双方律师和孟雷、程云鹤进入法庭原被告席上落座,沈丹、孟扬等人也坐在旁听席上,这场引起广泛关注的互联网不正当竞争案拉开序幕。

按照法庭的审判程序,潜龙公司代理律师在法庭上照本宣科地宣读诉讼请求:"我公司是一家在国际IT行业享有良好声誉和较高知名度的软件技术提供商和平台运营商。潜龙杀毒是我公司独立开发的一个杀毒工具,经检测该软件完全可以与其他软件兼容。但潜龙公司正式推出该软件后,就发现巡天公司在巡天杀毒软件中加载了专门破坏、删除潜龙杀毒软件运行的功能。巡天杀毒软件破坏潜龙杀毒软件的运行,并阻止所有安装过巡天杀毒的电脑不能正常下载、运行潜龙杀毒软件,给我公司造成巨大经济损失,并导致用户对潜龙杀毒软件可靠性的怀疑,严重损害我公司的声誉。我公司认为巡天公司的行为违反诚实信用原则及公认的商业道德,侵犯了我公司对潜龙杀毒享有的修改权、发行权和信息网络传播权,并构成了不正当竞争,故起诉要求其立即停止侵权行为,在巡天网站公开赔礼道歉,就侵犯著作权和不正当竞争各赔偿经济损失50万元,并承担诉讼费用。"

巡天公司的代理律师常亮也照本宣科地进行答辩:"潜龙公司并未就其主张权利的作品以及其享有权利举证,因此无法认定我公司侵犯了其著作权。巡天杀毒软件早于潜龙杀毒软件推出,潜龙杀毒侵犯了巡天杀毒的著作权,构成不正当竞争。巡天杀毒软件在潜龙杀毒软件之前早已设置了进程管理、文件管理以及文件统筹的底层支持模块。我公司软件和潜龙公司软件之间发生的情况属于正常的软件冲突,我公司就此一直向用户做出公示与告知,并提供了可行的解决办法。而且对于冲突的软件,用户完全可以自主选择。我公司从未接触过潜龙杀毒的代码或其他文档,没有实施侵犯著作权和不正当竞争的行为,故不同意潜龙公司的诉讼请求。"

随后,潜龙公司提供了八份证据材料。面对潜龙公司提供的证据,巡天公司也针锋相对地向法庭提供了八份材料。

庭审遵照法律程序按部就班地进行着,坐在被告席上的程云鹤听得枯燥,他早已按捺不住自己的情绪,身子几次往前挪了挪,鼓了鼓嘴巴要说话，都被谢侠从椅子上拽住了手。

而对面的原告席上，一向沉稳的孟雷，此时也坐立不安，急于表达自己的意见。

等双方出示完证据，质证完毕之后，审判长询问原告律师说："我可不可以这么理解，潜龙公司拥有潜龙杀毒软件的著作权，你们认为巡天软件破坏和删除潜龙杀毒，从而侵犯你们著作权中的修改权、发行权和信息网络传播权，并构成了不正当竞争？是这样吗？"

潜龙律师回答说："是！"

审判长转身问巡天的律师常亮："对原告的诉讼请求，请你们发表意见。"

此时，坐在原告席上的孟雷突然抢话说："他们肯定侵犯了，肯定删了我的软件！"

还没等律师常亮说话，这边程云鹤也坐不住了，连忙像小学生一样，挺起身子高高举起手，见审判长没点他的名，他干脆站起来抢着发言说："我删你的软件怎么了？你这是恶人先告状。我们巡天的软件装在电脑上好好的，你从美国还是别的什么国家弄来个杀毒软件，起了个中国名字，就来抢我的用户抢我的地盘。你抢了我的，我就不能抢回来啊？别在这里装好人，你删我的，我就删你的。人不犯我我不犯人，人若犯我我必犯人。"

程云鹤自认为义正词严的一番话，却引起了法官们会心的微笑和旁听席上的交头接耳。无论是经验老到的法官还是对此案不太清楚的旁听记者，都明白一个简单的道理：在法庭上，明明知道自己有短处，也都扬长避短咬死都不承认自己有错。

可程云鹤这个炮筒子，开口第一炮，就把案件的老底儿都给轰出来了。

面对程云鹤的炮轰，孟雷却彬彬有礼地说："巡天公司打着杀毒软件的名义，行流氓之实。请审判长和各位法官注意，被告是互联网界人尽皆知的流氓软件之父，他们公司的软件侵害广大网民的利益，人人得而诛之！删除巡天软件是广大网友替天行道、为民除害，跟我们潜龙没任何关系，我们潜龙才是受害者。"

程云鹤一拍桌子站了起来："你说我删你的，我在这里当庭承认删你了，怎么的？！你敢不敢坦然承认，你也删我的软件了？这么多证据摆在这里你都死不承认？承认了又怎么了？你是不是怕我说你抄袭我的软件啊？你敢不敢承认你挖走了巡天的叛将彭鹰？但无论你潜龙还是彭鹰，你的杀毒技术不过关，干得过我们巡天吗？搞清楚你的身份，我是梁山好汉李逵，你是冒牌货李鬼！要不对是你先不对，知道吗？"程云鹤说到激动处，说起话来不管不顾，只图在气势上压倒孟雷。

审判长连忙提醒程云鹤："被告，请注意你的用词。"

程云鹤根本停不下来，他接着说："好，谢谢法官大人提醒。我们认为这场官司，不是什么著作权纠纷，也不是什么不正当竞争，而是民族软件和外国软件的博弈。潜龙只有两个选项，一是抄袭和盗窃了巡天的软件，二是用外国的杀毒软件换上了个中国的名字，想跟我们竞争，争不过就来法院告状。我们的巡天杀毒软件捍卫的是中国互联网的安全！不信等着看吧，我会把巡天安全团队打造成东方最强白帽子军团，让他们美国人也来买我的杀毒软件。"程云鹤不失时机地把争议焦点从著作权和不正当竞争引向了民族品牌和洋品牌之争。

程云鹤当然知道，保护民族品牌，正是当下社会热议的话题。

程云鹤之所以有如此底气，是因为巡天杀毒已经在杀毒行业站稳脚跟，而潜龙公司处于劣势，加上孟雷性格内敛，不像程云鹤这样具有攻击性，所以程云鹤在法庭上的气势还是压过孟雷一头。

本来谢侠与程云鹤一起出庭是想从技术上说清楚，但程云鹤这一抢话，打乱了他与常亮律师原定的辩护计划。

沈丹和常亮律师清楚，打官司不能靠意气用事，这是个只能打平手的官司，因为在争夺用户的过程中，巡天和潜龙互相攻击，进行着一次次的阻击与反阻击、围猎与反围猎。在博弈中，双方都有错。所以，离开法庭之后，两人都极力劝说程云鹤，不要把这个案子闹得太大。

在沈丹和常亮律师的劝说下，程云鹤情绪缓和下来，但让他窝火的事情接踵而至。

巡天和潜龙相互掐架，深受其害的却是用户，电脑用户史先生突然站了出来，直接在东河市第一中级人民法院起诉巡天公司，索赔1000元。

这边的葫芦还没按下呢，那边的瓢又起来了。程云鹤的头又大了。

根据史先生的起诉，为了上网安全，他下载并安装了潜龙杀毒软件。近日他上网时又被提示安装了巡天杀毒软件。安装后，史先生发现原有的潜龙杀毒软件被非法屏蔽，致使重新安装潜龙杀毒软件无法完成。史先生认为，巡天杀毒软件的非法删除和屏蔽行为严重侵犯了他对安全软件的合法使用权；巡天公司未对巡天杀毒软件功能做出详尽说明，侵犯了他的知情权；巡天杀毒软件屏蔽其他软件的行为，侵犯了他对安全软件的自主选择权；巡天软件非法监视用户上网、屏蔽网络链接的行为，侵犯了他的隐私权。

一个普通用户，从如此专业的角度进行起诉，程云鹤心知肚明这个搅浑水的史先生后面站着谁。但案件既然已经在法院立案，就必须积极应对。

个人用户对巡天公司的起诉，再次引起媒体的关注。

"巡天又当上被告了？"很多熟悉的朋友拿到报纸后，都打来电话询问程云鹤，搞得他不胜其烦。

没法子，只好再次请来常亮律师出庭应诉。为了应对这场官司，程云鹤提供了一份巡天公司在软件安装前需要浏览的《软件许可协议》给常亮律师。在这份协议中，巡天公司对软件的功能、可能发生的问题、可能导致问题产生的原因及解决的办法进行了说明，提供了安装软件和退出安装的选择，并且提供了卸载软件的功能。

仅从这份《软件许可协议》的内容，就能证明史先生所诉与事实不符，史先生权利并未受到侵害，所提消费者权益受到侵犯的各种主张都是编造的。

东河市第一中级人民法院很快做出判决：驳回史先生的诉讼请求。

这是一场明眼人一看就清楚的官司，显然是一次侧翼佯攻，目的在于牵制巡天的部署。但一审判决后，史先生依然缠斗不止，上诉到东河市高级人民法院。

史先生的缠讼没有效果，东河市高级人民法院终审驳回史先生上诉，维持原判。

但是，无论结果如何，巡天都是被告。不知内情的用户可不管那么多，所有人都从媒体上得到一个关键信息，程云鹤一次次当了被告。

你没错，别人能告你吗？大多数人都是这么想的。

腾出手来的程云鹤决定反击，你不是告我吗？你告我，我也告你，让你也不得安生！

潜龙在法院起诉巡天不正当竞争，干脆，程云鹤安排常亮律师也到法院起诉潜龙不正当竞争，加上史先生在东河市第一中级人民法院起诉巡天，两家公司在东河市三级法院连续打起了罗圈官司。两个公司杠在了一起，一审打下来不过瘾，不论结果如何，双方都毫不犹豫地上诉。

对于起诉的结果，程云鹤和孟雷都心知肚明。但两人都是创业者，你死我活的市场争夺，就像两个国家的领土争端，即便血流成河也不可能后退半步。失去用户就等于失去脚下的土地，就会失去生存的机会。

两人也都明白，横空出世的巡天公司体量很小，却占据了70%的杀毒用户资源，而体量巨大的潜龙是互联网界的巨无霸，想要保持自己的地位，只能把勺子伸进巡天的锅里。巡天这样的小公司，技术优势并不重要，重要的是避开对方的强硬刀锋，在夹缝中求生存。

但程云鹤做不到，他就是要拿鸡蛋碰石头！

几场官司打下来，程云鹤和孟雷也不像刚开始那样怒目相向、剑拔弩张了。除了法庭上还充满火药味，下了法庭，心里早已明镜一般的程云鹤甚至主动上前拉着孟雷的胳膊说："孟总，要不咱俩一起去喝点酒吧，这一天天唇枪舌剑的，你不口干舌燥啊？"

"我不喝酒！"孟雷往一边闪。

"那就喝茶！"程云鹤有些锲而不舍的意思。

"算了吧，我还怕你给我下蒙汗药呢。"天蝎座的孟雷天生对外界的戒备心强，一有风吹草动马上警惕起来。

刚从法庭出来的沈丹见两人聊天有些尴尬，连忙上前打圆场说："怎么可能呢师兄，老程就是想跟你多沟通沟通，这官司打下去也没个头，不如大家坐下来聊一聊，别把精力都放在打官司上。"

"沟通可以，有一点我们两人很像，我们都是非常专注的人，一旦认定了方向就不会改变，直到把它做好，对吗？我相信网络安全对网络世界和我们的生活将会产生巨大影响，我的初心是不会变的。"孟雷微笑着说，但那口气好像还在法庭上。

孟雷不远不近的拒绝和死磕到底的口吻，让程云鹤想发作都发作不出来。沈丹见状，连忙拉着程云鹤离开。

与孟雷的竞争，让本来危机感极强的程云鹤处于焦虑之中。危机感是一个行业领袖必备的素质，但危机感过于强烈的人，也会陷入自己制造的惊恐之中，程云鹤也跳不出这个怪圈。

一次次被告上法庭，所有的黑锅却让程云鹤一个人背在了身上，他觉得很委屈。

心存危机感的程云鹤面对滔天的舆论旋涡，在委屈中突然发现，自己并没输在官司上，却输在了舆论上。

是不是哪儿不对啊？

到底哪儿不对呢？程云鹤说不清楚，也许这只是一种直觉。以程云鹤对孟雷的了解，尽管他有着不达目标绝不罢手的执着，但这种执着绝不会仅仅在表面的诉讼上。在这背后，一定有着更深层次的原因，或者还有不可告人的目的。

程云鹤把这种疑虑告诉了林欢："你懂法律，我问你点法律问题。"

"你说。"林欢说。

程云鹤顿了顿说："我觉得孟雷跟我们死缠烂打有些不正常，按说，一个案子打上一两场就可以了，但我现在感觉有点儿被潜龙牵着鼻子走的意思。跟他斗可以，但我们不能陷进去，我怎么有点儿深陷泥潭的感觉？"

"巡天现在跟潜龙打得不可开交，不相上下。我也觉得他们打官司背后，一定有什么隐藏的目的，不然，这样一个看起来两败俱伤的官司，为什么一直在跟你顶牛？背后很可能隐藏着潜龙的战略调整，打官司很可能只是佯攻，给你放烟幕弹。"林欢的话，让程云鹤印证了自己的担心。

程云鹤说："赶紧分析一下，别让这家伙算计了。别看这家伙话不多，智商可不低！"

林欢笑笑说："你意思是说，让我这个小师妹打探一下师兄的内情？"

程云鹤嘿嘿一笑："我可没这么说，你怎么理解是你的事情，就算帮你师姐了嘛！"

几天后，各方面的信息汇总上来，林欢对程云鹤说："可以确认的消息是，潜龙从国内外挖来大量黑客高手，在杀毒技术上，在国内可以说与巡天在伯仲之间，而他们是成熟的大公司，他们的主要方向是即时通信和视频网站，杀毒仅仅是他们一个很小的业务，却足以对巡天造成巨大威胁。也就是说，无论在技术上还是在赚钱手段上，巡天都无法与潜龙抗衡，现在通过这一轮诉讼，潜龙杀毒已经稳稳进入杀毒行业的前五名。别看巡天现在还占有70%的电脑用户，用不了多久，潜龙很快就会赶上甚至超过巡天。巡天公司的战略应该做出相应的调整，不然可就晚了。"

"技术上他们比巡天强我承认，但我们只做杀毒，潜龙却是一个复合型的大公司，又做杀毒又做即时通信，不是一码事啊，他抢我们的蛋糕干吗啊！"程云鹤说。

"这个时候，你还不承认孟雷的话是对的吗？在互联网江湖中，绝顶高手必须是号令天下一统江湖的，就像武侠小说中无论东方不败、任我行还是丁春秋，这些人都有一统江湖的梦想吧？因为只有老大才有话语权，只有垄断才会获取最大利益，古今中外，概莫能外。他们有足够的资金，也有足够强大的技术，武功第一的，你不让他们坐第一把交椅，能行吗？"林欢不无忧虑地说。

"你说得有道理，那么，现在可以肯定地说，潜龙跟我们打官司只是在释放烟幕弹！目的就是搞臭搞垮我们，让我们把精力耗在官司上。怪不得他不紧不慢地给我放冷枪呢，原来是他在背后挖了个坑，等着我们跳啊！不能让他的阴谋得逞。孟雷这家伙不哼不哈，跟我玩阴的。"程云鹤愤怒地说。

林欢分析说:"目前摆在你面前的有两条路,一是在杀毒技术上压倒潜龙,二是做大盘子赶紧上市,争取更多的资金支持。"

程云鹤满脸苦笑地说:"做大盘子上市,彭鹰早说过这个事情,不是一天两天能完成的事情,先往后缓缓。现在要紧的是阻击潜龙,如果让孟雷抢了市场,我们之前几年的努力就将付之东流。目前看来,我们需要壮大自己的技术力量。"

林欢说:"这个思路也是对的,不过,重压之下保持优雅,这点你得向孟雷多学学啊!"

经过几番较量,审判的结果下来了。

第一个潜龙告巡天的官司,法院判决如下:判令巡天公司不得妨碍潜龙杀毒软件正常安装运行,赔偿潜龙公司诉讼支出5000元。

而第二个巡天告潜龙的官司,法院的判决与第一个基本相同,法院判令潜龙杀毒软件不得妨碍巡天软件正常安装运行,赔偿巡天诉讼支出6000元。

但在两个法院的判决书中,不约而同地对两个公司同时提出批评:法制社会中,以恶制恶、采取不合法的防御手段进行相互对抗,是不为法律所允许的!

即便如此,双方仍然缠斗不止,各自向上级法院提起上诉,其实结果双方都很清楚,依然会被法院驳回。

两家公司陷入官司之中,缠斗了一年的时间,眼看着潜龙一点点蚕食自己的领地,程云鹤却无力回天。

云横秦岭

彭鹰挥别孟扬告别鹰扬的时候,不知道为什么,突然想起韩愈诗中的名句:云横秦岭家何在,雪拥蓝关马不前!

彭鹰是个靠梦想驱使行动的人,当创业热情耗尽后,他失去了动力,他所能做的是离开鹰扬，因为他已经心灰意冷了。

任凭孟扬苦苦哀求，彭鹰不为所动。

第一次离开程云鹤，再次离开孟雷，彭鹰将何去何从？他自己都不知道。

仅仅自己一个人还好办，以彭鹰的能力可以去找份收入不菲的工作，但手下一帮兄弟怎么办？

彭鹰毕竟是互联网安全的第一代产品经理，那些曾经跟着他打天下的兄弟，在彭鹰离开鹰扬公司之后，有50多名员工相继辞职，多是彭鹰在巡天和鹰扬的铁杆旧部。而彭鹰并没有想好离开鹰扬之后自己应该做什么。这些兄弟辞职后去哪儿？孟雷兄妹会怎么想？

大量人才的流失，点燃了孟雷的怒火。鹰扬公司立即对外宣称：有证据显示，彭鹰通过各种方式，威逼利诱鹰扬员工辞职。

本就郁闷的彭鹰受不了这种冤枉，他立即回击说："几十人在两周的时间里陆续离开鹰扬公司，而且宁愿在家闲着也不上班，能把责任都栽到我头上吗？鹰扬公司有些事情，不能摆在桌面上。请注意，这些辞职的员工都是心怀正义感的白帽子！他们关注的是网络安全，而不仅仅是赚钱。"

孟扬当然听出了彭鹰的言外之意，鹰扬公司从此噤声。

出乎彭鹰意料的是，孟扬突然来找他说："这么多年了，我对你的心，你是清楚的。我们是不是该明确一下恋爱关系了？"

毫无思想准备的彭鹰吓了一跳："你说什么呢？我们现在这样，能恋爱吗？我什么也给不了你。"

孟扬却非常认真地说："我说以前是让公司折腾得没心情，现在你没事了，有心情考虑感情问题了，我们都老大不小了！"

孟扬这一说，反而让彭鹰有了压力："对啊，眨眼之间我们都三十多了，是要考虑找对象结婚了是吧？"

"对，我也是这么想的！"孟扬说。

彭鹰手足无措地说："让我想想，让我想想。你也好好想想，好好想想。"

离开鹰扬之后,彭鹰每天睡到日上三竿,出门也是完全换了一个造型,随意穿着T恤和大裤衩,骑着自行车走街串巷逛起了东河胡同。

林欢最明白,表面上彭鹰变得闲散,但内心的焦虑从来都没有减少。他不是那种止步不前的人,只是找不到前行的方向,陷入了暂时的迷茫。

在灿烂的清晨阳光下,林欢在彭鹰家不远的胡同口,堵住了踏着拖鞋、提着豆浆油条的彭鹰。

林欢冷冷地看着他说:"彭鹰,你能不这样吗?"

彭鹰提起手中的油条往林欢面前一晃,说:"没吃早饭吧?我请你吃早点?你看,油条豆浆,老东河的味道!"

林欢诚恳地说:"别跟我臭贫,你离开了鹰扬,你那些白帽子兄弟怎么办?要知道,这些人中很多可都是黑客高手,他们都是冲着你而不是冲着鹰扬来的,你是这支白帽子队伍的核心,是灵魂,你走了,灵魂就没有了,人心就散了。"

彭鹰不无讥讽地说:"我说你不会这么关心我吧?我知道你什么意思,什么灵魂人物啊,一面旗帜啊,你不就是担心这些小子没人管教,又转头做回黑客吗?你是怕他们给警方添麻烦吧?"

林欢说:"你别这么小肚鸡肠好不好?我的意思是你既然离开了鹰扬,不如自己搞一个公司!"

彭鹰突然满嘴油滑地笑着说:"你不知道吗?我有个紧箍戴在头上,孟雷也给我一个禁止竞争协议约定,离职一年内不能从事与鹰扬公司业务相竞争的互联网业务。我开什么公司啊?开早点摊子卖豆浆油条?你来当老板娘吗?你来我就干。"

一听彭鹰满嘴痞气,林欢脸上有些不快,她正色道:"你胡说什么呢!我说的是你不用跟孟雷冲突,你继续做杀毒,明白吗?"

彭鹰说:"做杀毒?你让我跟程云鹤对着干?你是不是看着我虎落平阳还不够啊!非要让我作死?"

"当然不是让你跟程云鹤竞争,而是回巡天。你要不要再考虑一下?你是巡天杀毒的先驱,程云鹤没有理由拒绝你。事实上,巡天非常需要你,现在网络安全有块空白地带，就是政府机构、大企业和高端大客户的内部网络安全，你可以做一款主动防御软件，程云鹤腾不出精力来做。你来牵头做是最合适的。你好好考虑一下，好不好？"林欢努力劝说着。

但彭鹰冷着脸说："你已经看到了，我做事风格跟程云鹤和孟雷都格格不入，继续跟他们干下去都不舒服，但要让我跟他们为敌，也非我愿。程云鹤是个心中充满梦想的家伙，我敬重他，但也不可能继续回到他手下打工。走到今天这一步，是我自己的错。在网络安全领域打拼了七八年了，我需要有个相对安静的时间和场合，静下心来，好好想想前尘后世！"

既然话说到这个份儿上，林欢也不便再深谈下去，她知道，彭鹰对她说话从来都是掏心窝子的，林欢黯然说："既然你这样说，那就尊重你的意思吧。虽然经过两次挫折，但只要梦想还在，就会有东山再起的机会。"

"是啊，人生最珍贵的是什么？是那些终将散尽的财富吗？当然不是，是无法被夺走的梦想和激情，还有那些志同道合的兄弟。这些心怀正义的黑客兄弟，跟着我做安全绝对不是为了钱，为的是心中的那份正能量。我想自己开个公司，先把从鹰扬辞职出来的兄弟们聚拢起来，就是不赚钱，也要让兄弟们有饭吃有地方住，再也不能去做黑客了。"彭鹰苦笑了一声。

两个月后，彭鹰担任法人和总经理的东河神州拓展科技公司注册成立，员工几乎全是彭鹰旧部。

此时，虽然彭鹰手里有一支堪称豪华的黑客精英团队，但大家都没有想好下一步公司的发展方向，要做什么谁都不知道。由于彭鹰与程云鹤和孟雷都有禁止竞争协议，有些雷区他是不能碰的。

崇尚用户至上的彭鹰，再次把目光聚焦在医疗平台上，神州拓展公司开始专注于搭建医疗平台。也就是把用户需要的医疗信息，通过医疗平台提供给用户。

选择做医疗平台，彭鹰心里其实也在打鼓。虽然医疗平台会带来一定利润，但很多人尝试过，都因为各种原因失败了。因为没有强大的号召力，哪个医院愿意跟彭鹰合作呢。

在跌跌撞撞中，神州拓展的医疗平台像个杂货铺，但却没有形成一项足以引人瞩目的主打服务。

以彭鹰和他的团队的互联网实战经验，选对主攻方向，做什么都会水到渠成。但半年下来，彭鹰像无头苍蝇一样四处乱闯。

首先，放眼当时的互联网市场格局，即时通信有孟雷的潜龙，搜索引擎有杨晋东的金点，网上购物有马云的阿里巴巴，杀毒软件有程云鹤的巡天，门户网站有新浪、搜狐、网易三家争雄。这些公司模式都是彭鹰的短板，他也不可能甘居人后去模仿别人。

其次，彭鹰不可能去复制巡天和潜龙的公司模式，因为随着互联网技术的发展，巡天和潜龙的经营模式已经相对成熟，彭鹰无论从技术能力和资金规模上，都无法与二者匹敌。而且，潜龙已经拉开架势与巡天展开对决，鹿死谁手尚未可知，现在掺和进去，无异于找死。

而自己手上的这支精英团队，最擅长的是网络安全。按照林欢的分析，程云鹤占据了普通用户市场，政府机构和大企业客户是个市场空白，彭鹰清楚，林欢提醒他的这个突围方向是正确的。

在经历过互联网的寒冬之后，有些公司死掉了，有些公司在跌跌撞撞中站稳了脚跟！

实际上，互联网生态是非常脆弱的。很多创意和技术不错的小公司，好不容易做出一点规模来，只要被大公司盯上就必死无疑。大公司有钱有技术，而且眼光也不错，只要他们看到某个方向有利可图，就会立即下手，很多新兴的互联网公司要么被收购，要么被打垮。

如果自己贸然出手做高端杀毒软件，一旦遭到老东家潜龙和巡天的围猎，甚至可能被扼杀在摇篮之中。以目前彭鹰的技术和经济实力，断断无法与他们相抗衡。

必须先试试他们的口风。

彭鹰第一个电话打给了程云鹤："程总，听说巡天正在升级杀毒软件，现在巡天已经进入杀毒行业前三名。祝贺啊！"

"彭总客气了！谢谢。"程云鹤的回答有点儿冷。

彭鹰迅速切入主题说："我从鹰扬离开了，现在自己开了个互联网公司。有个事我觉得挺好的，定向做高端客户杀毒软件，有兴趣吗，可以的话我们合作？"

"巡天杀毒只专注于普通客户，能做好就行了，别的不感兴趣，我不会做大客户主动防御杀毒的，一家一家去谈客户很麻烦。"程云鹤的回答，的确发自内心。

彭鹰心里一块石头落了地。接着，彭鹰又打电话给孟雷。

出乎彭鹰意料的是，孟雷竟然表示出对大客户主动防御的极大兴趣，他答复说："这个想法很好啊，你是不是想拉我投资啊？如果可以，你来找我或者我找你，咱们好好聊一聊，看看这事能不能做。"

"那我去找你吧。"彭鹰不露声色。

放下电话，彭鹰直奔潜龙而去，这是彭鹰离职后第一次回到潜龙公司。对一切新生事物感兴趣的孟雷，给了彭鹰高规格的接待，他知道彭鹰不喜欢很多人一起觥筹交错，只叫上孟扬陪着彭鹰去吃西餐。

彭鹰说："孟总这么热情待我，愧对了孟总的知遇之恩啊！"

"你没错，天高任鸟飞，海阔凭鱼跃。你要是错了，那我的眼光也错了，放眼国内杀毒企业，至今谁也不能否认你是中国杀毒行业的第一功臣。你也别在乎辞职啊，跳槽啊，你看，你从鹰扬带走不少程序员吧？我说什么了？我根本就没针对你——对吧孟扬？"孟雷哈哈笑着转身对身边的妹妹说。

孟扬连忙说："是啊，我哥真的什么也没说。"

彭鹰笑了一下，不失时机地切入正题："现在杀毒市场基本稳定了，但很多政府和大企业网站对安全的要求很高，大客户主动防御是个网络安全发展的方向，我觉得潜龙有能力站出来做这件事情。"

"彭鹰，你早这么想就对了。这块市场是留给你的，我目前不会涉足大客户主动防御杀毒的。不瞒你说，我做杀毒是为了跟程云鹤赌一口气，我也早关注大客户主动防御杀毒这块市场了，不是不想干，是没精力铺开这么大的摊子，你去干吧。除非有一种情况，我不能坐视不管。"孟雷投来会心的一笑。

235

彭鹰身子微微往前一探，问："除非什么？"

孟雷笑笑说："除非你侵犯了我的核心利益，动摇了我的生存根基，我会立即组织力量灭掉你，哪怕召集互联网的所有力量展开围猎，竭尽全力在所不惜！除此之外，你跟杀毒行业争客户，我乐得作壁上观。"

"你的意思是大客户主动防御这一块，你不会涉足，对吗？"彭鹰再次用征询的口气问，他想得到孟雷一个肯定的答复。

"是的，前提是别动我的地盘！"孟雷微微一笑。

彭鹰知道，这位大师兄心机很深、出手狠辣，很少有人知道他下一步会做什么。对于自己下一步再次进军网络安全领域，也许孟雷猜到了，也许还蒙在鼓里。但无论如何，做网络安全怎么也绕不开潜龙和巡天。只要这两家不会后院起火来个釜底抽薪，他就可以集中精力，在安全领域一雪前耻。

彭鹰当然不会想到，一场安全大战的序幕正徐徐拉开，血腥的厮杀刚刚开始！

连环血案

当朱嘉从刑警副总队长那里领到一个重要任务的时候，有些不解地问："连环命案？私人侦探？职业杀手？暗黑网络？开玩笑吧领导，一个案子牵扯这么多风马牛不相及的因素啊？"

刑警副总队长慨叹说："在我们的现实生活中，从来没有也不可能存在真正的职业杀手，除非是在虚拟的网络和影视作品中，而网络和影视却深刻影响着这个时代的生活和行为方式。"

朱嘉说："怪不得这案子从别的部门转到我这里来，犯罪嫌疑人是通过网络寻找的杀手，犯下了连环命案，没有网络警察的配合，很难锁定真凶啊！"

副总队长说："行，别发感慨了，在咱们刑警总队，只有你一个是学应用数学专业的,对大数据有着天然的敏感,我相信你能抽丝剥茧,通过数据找出苗头来。马上去找林欢配合你破案吧,你小子,是不是对那个林博士有点儿意思啊?"

朱嘉挠挠板寸头,眉毛一挑,说:"报告领导,不敢!也就是想想而已,嘿嘿。"

领受任务之后,朱嘉找到胡平阳说:"平阳,我们这边有个连环命案,需要你们配合办理。这个连环命案就是一个大学生雇用所谓职业杀手干的,听说了吗?很血腥!"

胡平阳说:"最近网络安全监测,也发现黑客的新动向,买卖仿真枪、冰毒、大麻等违禁药品、窃听设备,提供杀手服务以及色情和赌博服务,是互联网上最泛滥的几类违禁交易服务。"

朱嘉说:"我跟你们副总队长汇报了,他让你配合我。接下来你会接到正式通知,我先给你打个招呼。"

胡平阳问:"就我一个人去?林欢不去?"

朱嘉说:"她一女同志去什么去?你去足够了!杀人案子,还是让女同志走开吧!"

朱嘉和胡平阳在刑警队里接待了报案人。这位女士是云开村一家电脑公司老板杨曦的爱人,她是抱着一台笔记本电脑来报案的。

胡平阳与朱嘉坐下来接待来人时,有些好奇地问:"你抱着电脑来,是想证明什么?"

杨曦爱人说:"杨曦前天晚上出去的时候,夜已经很深了。他没来得及关电脑,是跟一个网友聊天之后,匆匆套上一件蓝色圆领T恤、穿着短裤出的门。我还问了一句,这么晚了,你去哪儿呀?"

朱嘉问:"你家杨曦怎么说的?"

杨曦爱人说:"他跟我说去趟北五环,到大学里见个朋友。还说不用等他了,让我先睡。杨曦出门的时候,往腰包里头放上了一万块钱,出门的时候,又抽出两千块钱放回抽屉,也就是说,他出门带了八千块钱左右。"

"这么晚了,杨曦带着钱出去干什么,你知道吗?"朱嘉问。

"我跟杨曦在云开村做电脑生意,杨曦是个军迷,喜欢玩枪,有收藏仿真枪的兴趣。但国家禁枪,像样的仿真枪也不行。不过,这也难不倒懂网络的杨曦,他通过网络认识了卖枪的人,家里有他搞到的两支纯金属的仿真枪。所以,我怀疑杨曦这么晚出去带这么多钱,一定是去买仿真枪了。"杨曦爱人说。

朱嘉问:"你怎么这么肯定?你不知道收购仿真枪是违法的?"

杨曦爱人说:"杨曦就是在家里摆着玩玩,也没拿着这个干别的坏事,我也就没管他。但他出去两天还没回来,我就担心了,所以就看了他的聊天记录。他跟一个叫刘宇轩的网友约好去北五环见面,这一见到现在都没回来,整整两天了。我去派出所报案,派出所了解了情况之后,就把我带到你们这里来了。"

朱嘉接过笔记本电脑交给胡平阳,示意胡平阳先带着电脑出门。

胡平阳出门之后不久,只听到身后传出一声凄厉的哭声。

朱嘉在询问后心里一沉,杨曦昨天早上被发现死在了五环大学西侧的小树林里,锋利的尖刀直接割断了他脖子上的大动脉!

那天晚上,五环大学还有一个叫楚晓枫的女生死于非命,同样是被割断动脉而死,杀人手法惊人地一致。刑警在侦查过程中,发现与楚晓枫聊天的 QQ 好友在聊天时,频繁出现了私人侦探、职业杀手、暗黑网络等几个关键词,而隐身网络的杀手是何许人也,办案刑警一时束手无策,才把案子移交到朱嘉这边,与网络安全总队共同办案。

朱嘉按照聊天记录推测,楚晓枫是死于情杀,但陈尸校园的杨曦,到底又是死于什么原因呢?朱嘉苦思冥想也没有得到答案,所以,他告诉胡平阳,当务之急是通过对比两台电脑的聊天记录,查找出这个连环命案的凶手。

胡平阳在刘宇轩与杨曦的聊天记录中发现,除了杨曦从刘宇轩那里购买仿真枪,并没有别的有用线索。两人也没有什么冲突,至于杨曦到底为什么死于非命,目前无从得知!胡平阳连忙提醒朱嘉,尽快去调查杨曦的其他资料,以便锁定刘宇轩其人!

与此同时，胡平阳很快在刘宇轩与楚晓枫的聊天记录中发现端倪。

在刘宇轩跟楚晓枫的聊天记录中，胡平阳和朱嘉发现了两人相约在五环大学附近快捷酒店开房的聊天记录，而在这次开房之后，两人的QQ聊天中就出现了火药味。

刘宇轩：你上次是真的怀孕了吗？

楚晓枫打出一个哈哈的笑脸，接着说：你怎么这么傻，怀孕没怀孕都不知道，我那是骗你女朋友呢。

刘宇轩：那你为什么要骗我？

楚晓枫：我就是不想让你们过好了！我不想让跟过我的男人再跟别人睡觉。

刘宇轩：你害得我好惨，我都分手了你知道不？你赶紧给我写一份证明，证明你没怀孕！我拿着这个证据，就可以找秦歌，她原谅我就能和好了。

楚晓枫：行啊，你再给我五万块钱我就帮你写。

刘宇轩：我不是给过你五万了吗！

楚晓枫：你给的那五万块钱就当是送给我和我男朋友的情人节红包吧，这样也不枉咱俩好一场……你再给我五万，我就给你写材料，想写成啥样就写成啥样。

刘宇轩没有再说话。

在这段充满了讨价还价的聊天之前，胡平阳和朱嘉又发现了另一段两人的聊天记录。

刘宇轩：你怎么把电话打给秦歌啊，还说你怀孕了，而且还说孩子是我的，你怎么能这么害人啊！

楚晓枫：我没打电话啊。

刘宇轩：秦歌找我了，说是你说的怀孕了，孩子是我的，说我躲着你不见，必须让我两天之内见你，要是见不到我的话，你就马上跳楼自杀……

楚晓枫：电话是我打的怎么着？

刘宇轩：要是秦歌找到学校里来，怎么办啊？这不是要我命吗？

刘宇轩在这次聊天记录的最后，打下了一连串流泪的表情。

看完这两段聊天记录，朱嘉运用大数据分析，当即做出判断说："既然楚晓枫是五环大学的大三学生，那么，犯罪嫌疑人基本可以锁定是五环大学的男生，而且毫无疑问是情杀！这个刘宇轩很容易从几方面锁定，一是他与楚晓枫和杨曦聊天的IP地址，不管他是用移动手机聊天还是笔记本电脑聊天，都能很快锁定。其次，只要查一下楚晓枫在学校对面快捷酒店的开房记录和录像，无论是谁登记住宿，在这个时间段内都可以锁定。其三也是最重要的，要尽快找到这个刘宇轩的女朋友秦歌，按照我的判断，秦歌应该是真名，而且就在东河！我们赶紧分头行动！"

然而，当朱嘉找到秦歌租住的房子时，却无论如何也敲不开门。最终，通过物业找到房主，等拿着钥匙赶来的房主打开门时，眼前的景象让朱嘉大吃一惊：一个年轻男子倒在了血泊里，而且也是颈动脉被利器割破，鲜血喷溅在房门口的墙壁上，已经发黑，尸体散发着腐臭的气息。朱嘉判断，死者应该死去大约两天时间。

这起命案与上两起命案密切相关，一案三命！朱嘉立即决定，三个命案合并办理！

一个男子死在秦歌的出租屋里，而秦歌却杳无音信！这个难不倒朱嘉，他根据秦歌的手机信号，很快锁定秦歌在燕郊。随即，警方根据手机定位，在燕郊找到了秦歌。

当秦歌听到朱嘉告知她房间里有个青年男子被害时，她的第一反应是："刘宇轩！肯定是刘宇轩干的！"

与此同时，胡平阳也已经得知刘宇轩真名就是刘宇轩！五环大学大四学生！

在秦歌房间里被害的青年男子，是秦歌的现任男友黄跃。

从死在学校小树林里买枪的杨曦，到惨死在宿舍的楚晓枫，还有人高马大的黄跃，一个在校学生竟然制造如此血腥的连环血案，这在东河是极其罕见的，连见多识广的刑警也有些震惊。

根据锁定的信息，朱嘉通过查看五环大学对门快捷酒店的监控录像，发现刘宇轩在案发当晚出现在五环大学校门口附近，先是跟杨曦见面，天亮前又离开大学去往秦歌居住的方向，而且身后一直跟着一个穿着套头衫的瘦小男子。

随后，朱嘉在一家洗浴城里找到了正在蒙头大睡的刘宇轩。但令胡平阳大惑不解的是，面对警察的刘宇轩神情恍惚、语无伦次，哮喘也越来越严重。朱嘉见刘宇轩前言不搭后语，脸色苍白浑身大汗，连忙将刘宇轩送到医院抢救。

第二天，病情缓和的刘宇轩主动交代了事情发生的具体经过、犯罪动机和事实，同时交代了同案犯戴亚樵。

而戴亚樵刚刚回到四川江油老家，就被抓获了。

看到戴亚樵的时候，朱嘉简直无法相信自己的眼睛。他惊奇地发现，这个在刘宇轩讲述中杀人如杀鸡的"职业杀手"戴亚樵，只不过是个17岁的职业中专学生，他甚至对杀人的感受还停留在"刺激和快感"的层面。而与戴亚樵相同的是，刘宇轩只不过是个沉迷于网络游戏的大四学生。正是在网络游戏里，他与一群所谓的"职业杀手"呼朋引伴，很符合他追求刺激的心理。在现实生活中，刘宇轩觉得杀手可以拿到很多钱，过上与网游中一样的刺激生活，他便开始将这种刺激延伸到了现实之中。

经过胡平阳和朱嘉对大数据的梳理，才终于理清了这个离奇案件的来龙去脉！

一切要从楚晓枫打给秦歌的那个电话讲起。

一个百无聊赖的晚上，住在东河清河一栋居民楼里的秦歌正在厨房哼着小曲为男朋友刘宇轩做饭，突然接到一个陌生女子打来的电话："你是刘宇轩的女朋友秦歌吗？"

秦歌如实回答说："我是秦歌。"

没想到陌生女子的一番话，让秦歌听到后如同晴天霹雳："我叫楚晓枫，我怀孕了，孩子是刘宇轩的，他躲着我不见，你必须让他两天之内来见我，如果刘宇轩不肯见我的话，我马上跳楼自杀……"

秦歌一听刘宇轩在外面有了女人，还怀上了孩子，气冲冲跑到客厅，劈头盖脸地质问刘宇轩："你是不是有外遇了？！"

"没有，你想哪儿去了。"刘宇轩说。

秦歌泪雨缤纷："还说没有！人家把电话都打到我这里来了！她是不是叫楚晓枫？是不是跟你是同学？"

刘宇轩还想狡辩："我跟她早就没事了，那都是过去的事了，我是爱你的。"

刘宇轩越这么说，秦歌越控制不住自己的情绪，歇斯底里地冲着刘宇轩叫嚷："你爱我？你这是爱吗？我千里迢迢来东河陪着你上学！你爱我的具体表现就是在外边把女同学搞大了肚子是吧！"

说完，秦歌蹲在地上号啕大哭起来。她多么希望刘宇轩能够义正词严地斥责自己是在猜忌，可刘宇轩竟然毫不犹豫地承认了……

刘宇轩告诉秦歌，他与楚晓枫相识是在几个同学相约去秦皇岛旅游的时候，酒醉后睡在了一张床上。回学校后，两人又在学校对面的快捷酒店开过几次房。但出轨后的刘宇轩觉得对不起秦歌，交往了两个月后决定和楚晓枫分手，但楚晓枫死活不同意。刘宇轩为躲避楚晓枫，就搬出学校宿舍，偷偷跟秦歌住在了一起。每次上课都是在上课铃响后才进教室，一下课就逃出校门。因为五环大学是民办大学，学校管理比较松散，所以刘宇轩住在校外的事情也没人过问。刘宇轩以为这样就和楚晓枫断绝了联系，没想到，楚晓枫竟然查到了秦歌的电话。

刘宇轩告诉秦歌，这几个月从学校里搬出来住，更换手机号码，就是为了与楚晓枫分手，秦歌也就暂时原谅了刘宇轩。

但秦歌心底的阴影却挥之不去。为了摆脱楚晓枫的纠缠，秦歌决定亲自出面跟楚晓枫谈谈。几天后，秦歌去见了楚晓枫，最后双方约定楚晓枫不再纠缠刘宇轩，刘宇轩和秦歌付给楚晓枫一万元，了结了这段孽缘。随后，刘宇轩和秦歌送给楚晓枫一张存有 6000 元的银行卡。之后，楚晓枫不再纠缠。

但几个月后，楚晓枫又找到刘宇轩讨要那剩下的 4000 元。刘宇轩为了息事宁人，就悄悄把钱给了她。拿到钱后，楚晓枫给秦歌发了一条"谢谢姐姐，刘宇轩已经来我这里把钱给我了"的短信。

这条短信，成为压垮刘宇轩和秦歌感情的最后一根稻草。因为事先秦歌跟刘宇轩说好，两人一起给楚晓枫钱，秦歌见到短信，怀疑刘宇轩和楚晓枫私下还藕断丝连，一气之下搬出去住，从此两人进入冷战状态。

尽管刘宇轩百般自责，秦歌却铁了心要分手。刘宇轩陷入无限痛苦中，他理了一个光头，每天都细细地刮得精光，并开始抽烟酗酒，不跟任何人交流，即使是老师问他话，他也只是用点头摇头表示。

在分居以后的日子里，为了挽回秦歌，刘宇轩费尽心思。为了赢得秦歌的信任，刘宇轩无数次堵在秦歌出租屋门口对天发誓，甚至做出天打五雷轰的赌咒。

在做完自己所有能想到的事情之后，刘宇轩的最后一招是在胳膊上文上了"我爱秦歌"几个字，以表达他对秦歌的爱。文身时那钻心的疼痛让刘宇轩得到一种前所未有的幸福感，他觉得这是把秦歌的名字镌刻在了自己心上。然而，当刘宇轩让秦歌看自己的文身时，秦歌只说了一句话："你犯什么神经啊！"

刘宇轩的"刺字明志"之举，却被秦歌看作是一场闹剧。即便如此，刘宇轩依然痴心不改，经常醉醺醺地去找秦歌，但每次都被秦歌坚决拒绝。秦歌实在忍受不了刘宇轩三番五次的骚扰，不耐烦地说："我有男朋友了，你以后别来找我了。"

听到这句话，刘宇轩第一个感觉是不想活了。刘宇轩觉得，所有的错都来自秦歌的新男友，正是他阻断了自己的爱情之路，刘宇轩决定把这个人找出来。

如果秦歌果真找了新的男友，刘宇轩会想尽一切办法踢走这块绊脚石。

怎么能够找到这块绊脚石呢？

这当然难不倒刘宇轩，他搜索到一个号称能提供私家侦探、销售仿真枪、提供杀手服务的网站，上面的广告让他看到了一线曙光。于是，他按照网上留下的QQ，与一个网名叫郑石的人取得了联系。

职业杀手

刘宇轩在 QQ 上问:"你们能查电话记录吗?我想查一个人的电话记录。"

郑石解释说:"我们这个网站能提供商务调查、私家侦探、追债、找人、职业杀手等多方面的服务,您想查什么人的电话记录?"

"我想查一下我妻子的电话,我怀疑她外面有别的男人。"刘宇轩撒了个谎。

郑石对刘宇轩说:"那您的业务属于婚姻调查,这是我们公司的强项,无论是查移动、联通,我们都能给您查到,保证准确无误。你别看我们网站开通不久,但业务遍布全球,我们是全球连锁机构,是欧亚大陆桥网站的中国总代理,各种信息互动,确保为您提供最优质的服务。"

"那我怎么相信你提供的信息是真实的呢?"刘宇轩提出了疑问。

"这点您放心,我们公司在各大通信运营商和网站内部都有内线,为您提供的服务都是内线提供的,还有一些顶级的黑客,而且这些人的层级都很高,没有这些黑客高手,我们这个网站怎么能经营下去?"

听到郑石这么介绍,刘宇轩随即询问:"那我查一个通话清单需要多少钱?"

郑石回答说:"这个不贵,只需要一个比特币就可以了。"

"比特币是什么?我不懂啊!"刘宇轩茫然不知。

郑石答复说:"比特币是一种虚拟货币,为了保证您的安全和服务,我们业务结算不用人民币也不用美金等货币,只用虚拟货币结算。这么说吧,如果折算成人民币的话,现在一个比特币的价格大约在 2108 元左右,就像人民币兑换美元的汇率折算一样,你只需要登录比特币的网站购买比特币,通过 QQ 发给我,我们就可以给你开展服务了。"

随后，刘宇轩在郑石的指引下完成注册、购买流程，一步步操作购买了比特币，并将比特币转给了郑石。

将信将疑的刘宇轩三天之后就收到了郑石发来的信息，果然看到了秦歌的手机通话清单。刘宇轩核实了自己与秦歌的通话记录后，最终确认这份清单准确无误。

在看完秦歌的通话清单之后，刘宇轩发现了两个频繁与秦歌通话的号码，一个是座机号，一个是手机号，尤其是手机号，经常给秦歌打电话、发短信。

这两个陌生的电话号码，在刘宇轩的心里犹如埋下了一颗地雷，他坚信这两个深夜都在与秦歌通话的号码，一定是秦歌在外面找的男人，他下定决心要找到这两个电话的主人。

然而，当刘宇轩提出让郑石帮助查找这个手机号码的机主以及这个机主和秦歌的关系时，郑石提出，因为查找机主和侦查机主与秦歌的关系是两项业务，需要再支付两个比特币才能拿到相关信息。听到还要交钱，刘宇轩有点儿犯嘀咕，毕竟他只是在校大学生，并没有那么多钱，但他迟疑了片刻说："我考虑一下吧，稍后答复你。"

刘宇轩不敢确定这个深夜常常打来电话的人与秦歌的真实关系是什么，他陷入了重度抑郁之中，精神恍惚地想着如何找到秦歌的行踪。每天早晨起来，刘宇轩都在出租屋里给秦歌铺好被子，摆好牙刷、毛巾，并在房间的床头、桌子、书柜上摆放秦歌的照片。

每天晚上，刘宇轩都要喝酒，边喝酒边对着秦歌的照片说话，读自己为秦歌写下的日记。刘宇轩一直将秦歌的袜子放在枕头边。每到夜里，他都要抱着这双袜子睡觉，不时地闻闻袜子上秦歌留下的味道。

刘宇轩把自己对秦歌满腔的爱恋都写进了自己的日记里，他在日记里写道："我爱你，每一分每一秒都在想你，希望你有一天能够明白我的心，海枯石烂我都爱你一万年。"

饱受情感折磨的刘宇轩最后还是忍不住去了秦歌的住处，把秦歌按坐在床上后，扑通一下跪在秦歌面前，从口袋里掏出写给秦歌的日记，一字一句地念给秦歌听。

此时的秦歌早已慌乱不已,她哪里听得下去刘宇轩对她的刻骨思念。她忍不住站起来说:"你要是个爷们儿就昂首挺胸走出去,别在这里腻歪人。"

刘宇轩傻了,能够挽回爱情的最后一根救命稻草,只有郑石了。最后,他狠了狠心,再次进入那个网站,购买比特币转给了郑石。

通过手机定位,刘宇轩很快从郑石那里拿到了秦歌和男朋友黄跃的信息,并找到他们在海河区一带的行踪。郑石还提供了黄跃和秦歌手挽手出入出租屋的视频,确认黄跃和秦歌住在小区的3单元1401号房间。

当刘宇轩打开视频,看到秦歌依偎在黄跃高大宽阔的胸前、两人相拥着走进一栋楼时,顿时全身的血液都涌上了头。就是这个男人抢走了自己的女朋友!刘宇轩猜测,两人一定是在自己跟楚晓枫分手之前就已经好上了,不然哪会这么如胶似漆?

这个可恨的男人横刀夺爱,他一定要把自己的女朋友夺回来!

刘宇轩开始实施挽救爱情的最后计划。但是,刘宇轩身高不足一米七,体重才120斤,绝对不是人高马大的黄跃的对手。不能保证靠一己之力打赢,怎么办呢?

刘宇轩是个网游高手,他知道一个人身单力薄需要帮手,因而从网络游戏中受到启发,要想杀死强大的对手,需要寻找一个"志同道合"的伙伴。经过多次考虑之后,刘宇轩决定转卖几支仿真枪赚点钱,然后雇用"职业杀手"。

随后,刘宇轩先是找到了打网游时认识的朋友杨曦,杨曦听说刘宇轩能搞来高端仿真枪,两人一拍即合。杨曦提出让刘宇轩搞一把美军的M9制式手枪,刘宇轩当即答应下来。

很快,刘宇轩用一个比特币从郑石的网站买来一把高仿真M9手枪。杨曦拿在手里掂量了一下,爽快地付了款,给了刘宇轩4000元。

刘宇轩当然不知道,内行的杨曦一上手就明白,这把所谓的仿真枪的仿真程度,几乎与制式手枪一模一样。当即,杨曦提出让刘宇轩搞一支

AK47突击步枪，刘宇轩见第一次就赚到了两千多元，爽快地答应下来。

接下来，刘宇轩用两个比特币买来一支AK47突击步枪，可在与杨曦交易的时候，杨曦只愿意出5000元。刘宇轩一听，两个比特币差不多5000元，自己这不是白忙活了吗？

杨曦微微一笑，说："你上网搜一下，有这样一种说法，黑市买卖枪械的价格，是某地区暴力冲突严重与否的风向标。在社会比较稳定的地区，AK47的价格大约在230到400美元之间。如果价格低到100美元左右，这表示该地区很和平。如果AK47的价钱高到1000美元以上，则标志着该地区的冲突漫长而持续。况且，你卖的还是仿真枪，我只能出这个价钱！"

刘宇轩很不情愿，但他知道杨曦对黑市价格很清楚，只好作罢。但他心里早已下了杀心，也就不差杨曦一个了。杨曦并没发现刘宇轩脸上瞬间闪过的杀气，而是又提出让刘宇轩搞一支德国MP5微型冲锋枪。

刘宇轩点头答应了。

接下来，刘宇轩向郑石提出了新的要求："我这边有几笔重要业务要做，你有兴趣吗？"

"直说！"见对方是直来直去的人，郑石说话也很干脆。

刘宇轩想试试对方的胆量："我在军中有些朋友你是知道的，我们做军火生意的，日进斗金，生意很好。但还是有些人捣乱，货是出去了，就是钱没收进来，不知道你有没有兴趣做军火买卖，或是入伙，帮着收拾那些不懂规矩的人。"

"职业杀手收费可高啊！"郑石回复说。

刘宇轩继续虚张声势地探底："只要做三笔单子，完事后1000个比特币的报酬可以吗？你要嫌不够，你来报价！不怕没钱给你，就怕你没有这个能耐，我们这边也算是一条大产业链。"

郑石仿佛怒火中烧，又对这样的报酬垂涎："他妈的，就没人敢在我郑石眼皮子底下撒野，今天我想干掉的人，他就活不过明天。你小子算哪根葱敢鄙视我？"

"你杀过人？"刘宇轩不敢确定，再次问。

"杀过。"郑石口气很大。

"几个？"刘宇轩还是不放心。

"也就十五个。"郑石有些不耐烦。

刘宇轩喜形于色，心想算是遇对人了，他连忙说出真实目的："我想先搞一支德国MP5微型冲锋枪，我在东河有几个单子，事成后报酬好说。"

"杀鸡焉用牛刀，这等小事，我让小弟去做便成。"说完，郑石给了刘宇轩一个QQ号，让他直接去找一个叫"戴亚樵"的人。

加上戴亚樵的QQ之后，刘宇轩开门见山地说："我们的目标是退休IT业的精英，没有保镖，没有政府和军队背景，我去复制IT精英电脑里的资料，如果IT精英反抗就杀了他。我保证，事成之后200万，一定少不了你的。"

"这是小事，包我身上，但我的规矩是只负责动手，武器你得提供。"戴亚樵说。

"武器的事情你放心，我给你准备一支德国MP5微型冲锋枪。"

刘宇轩的计划是，以卖枪为借口设计把杨曦骗出来杀掉，然后再杀掉楚晓枫和黄跃。

计划确定后，刘宇轩约戴亚樵动手。果然，戴亚樵坐飞机来到东河。两人在五环大学门口碰面后，刘宇轩一看，戴亚樵比自己还年轻、还单薄。但他觉得人不可貌相，能单刀赴会定是高手，因而没有细问，就安排戴亚樵在附近住下。

刘宇轩对戴亚樵交代："这次找你来，是想让你帮我杀几个人，这个人因为600万的生意，害死我几个兄弟。我对他恨之入骨，也想看看你的身手行不行，先小试牛刀，到干大事的时候再合作。你下手的时候可要快，要狠，干净利索些，以免节外生枝。"刘宇轩说。

"这事包我身上。"戴亚樵态度坚定地说。

刘宇轩递给他一支德国MP5微型冲锋枪，一把军刺，一个密码箱。密码箱里有两副墨镜、一部手机、一副电阻手套、一个折叠的皮钱包，包里有一个专为戴亚樵伪造的身份证。两人的对话和物品交接，俨然模仿着黑道电影的场景。

戴亚樵拿过冲锋枪，验枪之后问刘宇轩："子弹呢？"

"哎呀，光顾搞枪了，忘了子弹的事了，这怎么办呢？"刘宇轩也有点儿蒙。

戴亚樵无所谓地说："高手不用枪也可以杀人于无形，用刀的才是高手！"

说完，戴亚樵拿过军刺用拇指一拭："你看这刀钝得，架在脖子上半天也割不断气，把刀磨利索了，到时候给他个痛快。"

两人出门买了一块磨刀石，回家把刀磨得锃亮。

当晚10点，刘宇轩将全副武装的戴亚樵带到了北五环外的五环大学校园内。

这时，杨曦开车来到约定地点，刘宇轩让戴亚樵先回避一下，提着包跟在后边。

"杨哥，我们找个人少的地方好说话。"刘宇轩对杨曦使了个眼色，引他进入一片小树林，这是他与戴亚樵勘查好的下手地点。

"杨哥，我把东西都备好了，等你验收呢，你把钱都带来了吗？"刘宇轩邪气地一笑。

"哎哟，我可是老主顾了。不过家里近况不好，手头正缺钱呢，你便宜点给我吧。"杨曦还想讨价还价。

"你以为我是济世的活菩萨呢？带了多少钱？"刘宇轩没有好气地说。

"我身上也就带了五千，你看着办吧，要么咱就成交，你那个破东西，能拿到五千是我杨曦照顾你。要不我也不要货了，我们各回各家，你也别后悔。"杨曦想拿刘宇轩一把。

"好，五千就五千吧。"说着，刘宇轩向戴亚樵招手示意，"把东西拿来。"

戴亚樵心领神会，抽出锋利的军刺，先往杨曦脖子上划了一刀，顿时鲜血四溅。惶恐的杨曦捂住伤口哀求说："兄弟，你干吗，别杀我呀，货和钱我都不要了，你都拿走，我求求你饶了我吧！"

"刚刚你不是还拽着吗？神气着呢不是？"刘宇轩冷冷地说完，低声对戴亚樵喊，"下手啊！"

戴亚樵横刀相向，杨曦胸前和脖颈处被扎了数刀，躺在地上不动了。

杨曦死后，刘宇轩把他的腰包拿过来掏出钱，与戴亚樵逃离了现场。

杨曦至死都不会知道，他只是刘宇轩过河拆掉的一座桥，或者说是练手杀人的经验包。刘宇轩抢杨曦钱包里的八千元，目的有两个：一是让戴亚樵练练手后去猎杀更大的"猎物"；二是搞到钱给职业杀手支付报酬。

刘宇轩选定的下一个猎物，是与他有过肌肤之亲的楚晓枫。

刘宇轩打电话把楚晓枫叫了出来，对她说："我在附近租了个房子，你跟我一起去吧，你要的钱在那里。"

楚晓枫随着刘宇轩来到出租屋，一进门刘宇轩就问："你上次是真的怀孕了吗？"

楚晓枫哈哈笑着说："你怎么这么傻，怀孕没怀孕都不知道，我那是骗秦歌呢。"

刘宇轩恶狠狠地说了一句："你的死期到了！"

刘宇轩话音未落，楚晓枫的脖子上突然鲜血迸溅。戴亚樵从楚晓枫背后偷袭，横刀划开了楚晓枫的脖子。楚晓枫捂着脖子想往外跑，却被戴亚樵和刘宇轩摁在了地上。不一会儿，楚晓枫就不动了。

刘宇轩知道，自己把楚晓枫杀了，肯定是活不成了，跟秦歌再好下去已经不可能了。既然不能给秦歌幸福，刘宇轩想跟黄跃谈谈，想嘱托他照顾好秦歌的下半生，认为这样也就可以瞑目了。

刘宇轩把从杨曦身上搜出来的8000元全部交给戴亚樵，并把他送到一个洗浴城安顿下之后说："你等我一下，我去办点事，马上回来跟你会合。"

随后，刘宇轩怀揣那把军刺，打车赶去找黄跃。

时间已到深夜，刘宇轩敲开了黄跃的房门。黄跃开门后，刘宇轩实话实说："我是刘宇轩，秦歌的前男友，咱俩谈谈吧。"

面对不速之客，黄跃不耐烦地说："都前男友了，有什么好谈的！"

"你不跟我谈，我可有刀。"刘宇轩想吓唬他一下，顺便也给自己壮胆。

没想到黄跃不屑一顾地说："你吹吧，你连女朋友都看不住，还有刀！"

受到羞辱的刘宇轩急了，从怀里抽出军刺，飞身跳起来向黄跃的脖子扎去。在狭窄的房门过道里，黄跃歪头躲闪已经来不及，利刃深深扎进了黄跃的脖颈。按照从黑道电影里学来的动作，刘宇轩在拔刀前狠狠地拧动了一下刀柄，拔刀的时候，鲜血喷溅到了墙壁上、地板上。

离开现场之后，刘宇轩把军刺扔到路边的冬青树丛里。然后打了一辆黑车来到安顿戴亚樵的洗浴中心，冲掉身上杀人的血迹。两人放松完之后，已经是第二天早上五点多了。刘宇轩不敢在东河逗留，结完账出门，两人又打了一辆黑车连夜赶到天津。

到达天津之后，刘宇轩让戴亚樵想办法自己离开，先躲躲风头再干下一个任务。而他自己则坐上高铁回到东河，再次返回了五环大学，坐到了教室里，装作没事一般去听课了。

在此之前，刘宇轩一直答应给戴亚樵60万元报酬，包括在东河的洗浴中心时，也信誓旦旦承诺给他60万，但此时刘宇轩身上只有这8000元。身负命案的戴亚樵也顾不上讨要，连忙坐大巴车到了河北保定，又从保定到了石家庄，在石家庄躲了四天后，又坐车回到四川。

刘宇轩很快被胡平阳和刑警锁定。第二天，刘宇轩顶不住心理压力，主动交代了案件发生的具体经过和犯罪动机，同时交代了同案犯戴亚樵。

戴亚樵回到四川老家的第三天，被东河追来的朱嘉抓获。

当戴亚樵被带到朱嘉面前的时候，朱嘉惊奇地发现，这个杀人如杀鸡的"职业杀手"，竟然只是一个有些羞涩的未成年孩子。

朱嘉好奇地问："你真的只有17岁？"

戴亚樵说："我是职业中专二年级的学生，还没毕业。"

朱嘉问："你怎么当上职业杀手的？"

"刺激、快感！"

戴亚樵继续说："我算是个网络高手吧，很多人进不去的站点我都能进去，我进入黄金舰队网站之后，联系上了网管郑石，我一直幻想着向郑石递交投名状，以吸引某些杀手组织来雇用我，所以我就对郑石编造了在峨眉山学过武术、倒卖过黑枪、帮别人杀过人等谎言。后来，就慢慢得到了郑石的信任，找到郑石等于找到了组织。之后，刘宇轩在网络上广发英雄帖，郑石告诉我，在东河有任务要做。随后，刘宇轩直接与我联系，我收到了两个比特币，兑换了接近5000元钱之后，就坐飞机来到了东河。"

于是，沉迷于网络游戏的"职业杀手"戴亚樵出现在命案现场。为了练手、为了买枪去做更大的单子，两个年轻人发起了一场匪夷所思的杀戮，就此震动东河。

雪拥蓝关

经过一段时间的迷茫，彭鹰找到了自己的发展方向，就是大客户主动防御。

彭鹰是个执行力极强的人，他认为，目标要尽可能简单直接，简单到说出来白痴都能听懂，才是靠谱的目标。并且，必须寻找好正确的路径，集中所有兵力和资源，向既定目标发起强攻。彭鹰设定的目标就是绝对保证大客户网络安全的需求，只要找到这个用户需求的核心点，然后把目标树立起来，他就能做出各种完成目标的策略，并把策略逐条分解。

不论做杀毒软件还是做投资，都是战术层面的，彭鹰在本质上和程云鹤一样，都希望能够不断创造出一些别人没有想过的产品和服务，而且这些产品和服务能够改变行业、改变世界，能够影响很多人。这也是程云鹤和孟雷欣赏彭鹰的原因。

同样欣赏彭鹰的还有林欢，但在启动项目之前，林欢带给彭鹰的却是提醒："当一个人朝着自己梦想的方向拼命奔跑的时候，路上的风、天上的雨、身边的人都不再是你的对手，因为此时你的对手只有你自己！你学习程云鹤的颠覆式创新没错，但意味着改变规则，在改变之前，你必须想好要付出的代价。"

"但程云鹤和孟雷都支持我做大客户网络安全啊！"彭鹰还是有些不解。

"你挖走了鹰扬的技术高手，孟雷兄妹隐忍不发，算是给你留足了面子，毕竟那是人员流动，谁也挡不住。但你推出的软件，一定会抢占巡天和潜龙的部分用户，虽然动摇不了巡天的根本，但对潜龙杀毒来说，你就是一个强有力的对手，因此必然招致孟雷的反击。"

"没那么可怕吧？"彭鹰并不觉得有那么严重。

林欢分析说："你有没有想过，孟雷之所以把鹰扬公司交给你，就是想用你的力量对抗程云鹤，试图成为杀毒行业的老大。即便做不成老大，也会在网络安全行业中位居第二。但你却以有竞争协议在身为由，拒绝进入杀毒行业，也因此导致你最后从鹰扬离开。你离开后，却要重新进入杀毒行业，也就意味着你跟巡天和潜龙之间，必有一场厮杀。"

果然不出林欢所料，孟雷怒不可遏地发难了！

就在彭鹰正式宣布神州拓展推出神州杀毒软件的第二天，鹰扬网站的首页突然登出了一个"鹰扬高管披露黑客彭鹰"的专题，一篇题为《揭露彭鹰黑客罪状》的文章出现在网络上。

当天，包括孟扬在内的前鹰扬公司高管出面约见媒体，将彭鹰离职前后挖走鹰扬程序员等种种行为全盘托出。而且，他们还隐晦指出，彭鹰在巡天公司开创巡天杀毒软件的同时，有号召黑客发动木马攻击的嫌疑，包括招聘黑客学渣宋凯进入鹰扬公司工作，引发两次重大黑客事件，彭鹰作为网络安全专家难辞其咎。

孟扬在接受媒体采访时沉痛地说："作为老搭档，我虽然不认同别人把彭鹰当作三国时的吕布，但他的确先背叛程云鹤，再背叛孟雷，从巡天和鹰扬掠夺技术、资源、人才，做了很多伤害老东家的事情。不管是作为一个职业经理人还是互联网创业者，彭鹰都是严重缺乏职业道德的。更匪夷所思的是，在鹰扬与金点公司合作的现场，彭鹰当众高喊，希望杨晋东好好照顾他在鹰扬的兄弟。但是事实上，在彭鹰离开鹰扬公司前后，不断给原来的一些部下打电话，威逼利诱要求他们离职，造成了大量技术人员离开鹰扬。"

在记者会上，孟扬还把彭鹰签订的离职合同公布出来，其中有两条重要规定，一条是禁止同业竞争，另外一条是不允许互相攻击。

孟扬最后提醒记者说："彭鹰与鹰扬的同业竞争禁止协议还没到期，就出任了神州拓展的总经理，并带走了鹰扬的人才，带走了我们的核心技术，在极短的时间内推出了神州杀毒软件，我们保留利用法律手段维护自身利益的权利。"

鹰扬公司几乎调动一切可以利用的资源对彭鹰口诛笔伐，通过媒体公开指责彭鹰缺乏职业道德，并号召中国互联网界与彭鹰绝交。

孟扬为什么突然反目？彭鹰惊呆了，他想不通为什么孟扬前两天还在和他谈情说爱，今天竟然如此不留余地往自己身上泼脏水。

彭鹰从网络上看到这些报道之后，佯装镇定地微微一笑，对几个手下说："他们的发布会正给我们的神州杀毒做了广告，我当然知道孟雷为什么会如此暴跳如雷。神州杀毒软件一上市，潜龙杀毒的份额立即萎缩。潜龙和鹰扬的生存核心，来自于用户使用软件所产生的流量，而流量的来源受到我们的冲击，收入锐减。既然他们坐不住要开记者会，我们也会开。"

对于孟扬的攻击，彭鹰立即做出反击，第二天上午立即在云开村神州拓展公司召开记者会。在众多媒体面前，彭鹰出人意料地当众让记者拨通手机采访孟扬，打开免提之后，彭鹰追问道："我现在名下没有任何鹰扬的股份，而我为鹰扬赚了多少钱？我签订的禁止同业竞争合同中，并没有规定不能从事互联网工作，也没有规定不能做杀毒的条款，鹰扬公司本身并没有推出杀毒软件，杀毒软件是潜龙的，不是鹰扬的，我做杀毒不存在违规吧？你们这样迫不及待地跳出来指责我，全是为了'利益'二字。"

孟扬在电话里冷冷地说："鹰扬有确切证据证明，你彭鹰指挥手下直接窃取了鹰扬的杀毒技术成果，并挖走了大量鹰扬的技术人员。你彭鹰在离开鹰扬不足半年的时间里即推出一款杀毒产品，有悖常理。"

彭鹰在记者面前哈哈笑了："请不要忘了，我在巡天就是首席网络安全专家，连巡天杀毒都是我做的，我做杀毒那是轻车熟路。况且，鹰扬不是我的老东家，是我的合作伙伴，或者我只是鹰扬一个打短工的。要说老东家，巡天才是我的老东家。"

孟扬听到这里，声音也提高了八度："不要忘记你曾是鹰扬的CEO，鹰扬所有的技术都在你的掌握之中，而且你挖走的技术人员，都是鹰扬的中流砥柱。"

看着记者们眼巴巴地望着自己，彭鹰清清嗓子反驳说："你说我偷了鹰扬的技术，为什么不拿出实际的证据来？如果真有证据，我建议鹰扬立刻去报案告我，让警察马上来抓我。至于我的员工，在鹰扬积累了丰富的工作经验，那是属于他们自己的。他们有权选择自己的事业，实现自己的梦想。鹰扬的几十名员工是陆续离开的，怎么会是我挖的呢？如果真是这样，我该去成立个猎头公司了。鹰扬管理层由于缺乏互联网运营经验，导致策略多变和反复，是造成员工大量流失的主要原因。当然，在这个问题上我是有责任的。"

孟扬连忙解释自己站出来指责彭鹰的原因："我不想与你为敌，很多人也劝我不要这么做，有损自己的名誉。但我也知道，我现在不是为了我一个人，而是为了整个鹰扬团队，给我们的团队一个良好的工作环境。"

彭鹰不依不饶地追问着，并不失时机地为他的神州杀毒软件做着广告："要想拴心留人，就不要口出恶言伤害离职人员，不然，谁还愿意在鹰扬干！鹰扬不缺技术和资金，缺的是情怀和责任，神州杀毒的社会责任就是保卫中国的网络安全！我不但觉得离开鹰扬问心无愧，而且觉得我正在做的事情无上荣光！"

没等彭鹰说完，孟扬那边就挂断了电话。

卧底赌王

胡平阳在向邓宝剑汇报案情时说："从刘宇轩这个连环杀人案看，网游与武侠小说一样，本身没什么错，错在把网游世界的暴力搬到现实社会中来。毫无疑问，网上打打杀杀的游戏很吸引人，充满暴力元素的影视、游戏也会对青少年产生负面影响,从而使其在现实生活中做出出格的行为。"

邓宝剑分析说:"我们无法禁止青少年上网、玩游戏,但我们可以掐断不良元素和非法交易,阻止年轻人接触暴力血腥的东西。五环大学连环杀人案只能算是告一段落,但那个叫'黄金舰队'的网站,我们一定要想办法端掉!这案子还是由你来负责。"

胡平阳说:"我利用各种方法想破解黄金舰队网站,但想进入他们的站点难度相当大。他们对进入网站的人审查极其严格,层层设卡!因为他们交易的是非法商品,所以隐藏在暗网中,普通的搜索引擎无法找到访问入口,只能通过一个特殊加密的软件才能访问,支付方式也是通过难以追踪的虚拟货币进行交易。"

邓宝剑笑笑说:"除了你调查的这个案子,我们怀疑这个网站还涉嫌毒品交易和网络赌博,我们从别的渠道也发现了一些线索,但都没找到确凿证据。黄金舰队网站是一个组织结构非常缜密的网络销售平台,交易过程层层加密,货物传递的方式使用的是快递服务。快递单上收货人的姓名和地址都是真的,只是发货地址进行了多次伪装,这样的结果是,警方很难溯源。但既然是黑市,就需要交易,刘宇轩和戴亚樵那样的初级黑客能进入,这点技术问题应该难不倒你。你可以编造一个虚假身份,按照他们的要求进去,一定要摸清这个网站的底细,争取一网打尽!"

胡平阳听后来了精神:"你的意思是让我做卧底?打入这个网站内部,不但成为买家,还要争取成为一定等级的卖家?"

邓宝剑笑笑说:"只要是参与金钱交易的罪犯,在互联网上就无法做到不留痕迹。你有三个身份可以伪装,一是吸毒者,二是赌徒,三是职业杀手,这三个都是进入暗黑网站的最好身份。不过,你不能使用单位的电脑,也不能使用巡天那边的电脑。我专门给你安排一台终端,通过至少三个独立的计算机路由器转换,来掩盖你的用户信息传输,让对方也不会发现你的真实地址。"

"那我还是选择赌徒吧,吸毒不敢,职业杀手咱也没那心理素质啊,真让我执行杀人任务，我也不能真干啊！"胡平阳笑笑说。

邓宝剑郑重地说："那我可提醒你，你没有卧底的经验，要处处小心为上，既不能暴露自己，又不能把自己陷进去！"

胡平阳说："您忘了，我可是个顶级球迷啊！世界杯越来越像一场游戏，游戏的特点就是球迷的参与意识更强，在观看高水平的比赛时，要尽可能参与到比赛的胜负中去，体育博彩业就是这样蓬勃发展起来的。当合法博彩业不能满足部分人的要求时，非法博彩业就堂而皇之地出现并愈演愈烈。网络赌球就是在这样的情况下出现在暗黑网站的，因为披着暗黑网站特有的神秘外衣，迅速蔓延，我从这个切入点进去最方便。"

邓宝剑还是有些不放心："我可提醒你，在另外一些人眼里，他们看到的不是球场，而是赌场，血淋淋的赌场！"

"等我的好消息吧！"胡平阳出门而去。

胡平阳是个标准的球迷，从欧洲足球五大联赛到世界杯、中超、荷甲，他每场必看，场场不落，各国球员他如数家珍。从邓宝剑这里领受任务后，胡平阳像一个莽撞的小黑客，"误打误撞"地撞进了黄金舰队网站，并与网管郑石聊了起来。

胡平阳聊起足球比赛来，那可是滔滔不绝，郑石问："你那么喜欢足球，试过下注赌球吗？"

胡平阳说："赌球？赌球怎么玩啊？我只在电视上看见过国外赌场，也听说过赌球。那些五花八门的赌法、千奇百怪的赌具，我看得眼花缭乱，但从未尝试过。"

郑石见胡平阳上了钩，立即回答说："这很简单，每次比赛前我会通知你这场球的盘口和水位，你只要告诉我投注场次和金额，我就可以帮你投注，赛后咱俩结算。"

"什么是盘口啊？"胡平阳对赌球一无所知，这些专用词语对于他来说像江湖上的黑话。

郑石见胡平阳果然一窍不通，随口说："盘口就是庄家根据他们收集的比赛双方俱乐部的资料，其中包括内部管理方式、资金运营状况、主力球员的状态及彩民的投注数量，制定出两支球队在本场比赛中的综合差距，以净胜球来体现。也就是以赢球的多少，体现两支球队实力的差距。"

"那水位又是什么呢？"胡平阳又问。

郑石答复说："水位就是赔率，水位的高低也就是指赔率多少。"

仿佛好奇心占了上风，胡平阳答应试着玩玩。

但郑石告诉胡平阳："网站所有交易都是使用比特币来完成的，这是为了保护用户资金安全，也是为了网站的安全。所以你要用人民币换成比特币进行交易。"

胡平阳心里早就有数，但他装作茫然无知地说："不会是骗人的吧？比特币不会是庞氏骗局、传销之类的手段吧？"

郑石发了个笑脸回复说："正好今天有空，我给你简单普及一下比特币你就明白了。比特币是虚拟货币，是一种互联网技术，本质上是一个管理账单的系统。"

胡平阳说："那怎么证明这钱就是我的呢？"

郑石说："你问得好，这个是通过数据连接实现的，比特币用的是数字签名技术，你参与进来，就是数据链的一环。少了哪一个环节，数据就会断裂。"

胡平阳继续引诱说："那比特币也没法当钱用啊？我换成比特币不就是拿钱买了个数字吗？"

郑石回答说："你问到根子上了。因为网络赌球不被中国法律允许，所以你的资金来往必须是隐蔽的数字，警方就是抓住你，也找不到你资金的来路和去路，就没法定你的罪。而你可以随时用比特币兑换钞票，不但保值，还会升值，就像人民币兑美元的汇率一样简单。"

胡平阳如恍然大悟一般说："我明白你的意思了，比特币是难以破解的互联网技术，相当于互联网时代的黄金，并在黄金舰队网站成为流通货币，可以购买一切产品和服务，也可以与任何流通货币按照比率兑换，对吗？"

郑石点赞说："你总结得非常到位！比特币就是黄金舰队网站的黄金，

稀缺，可以交换，有人需要，这三个要素构成了比特币的价格体系。就像你玩游戏时买的那把屠龙刀，是有价值的虚拟商品。"

胡平阳笑笑说："那我先买五千块钱的，玩玩试试吧。好用了我再多买！"

于是，每次欧洲足球五大联赛开赛前三四个小时，胡平阳就问郑石怎么办，郑石都会告诉胡平阳一些盘口、水位等赌球的参考数据，胡平阳通过看比赛的网络转播进行下注。开始，胡平阳每场只投二三百元，比赛一结束，输赢结果立刻显示出来，起初赢了几场，一下子赚了很多钱。

这赌球挣钱太容易了，只要选好比赛下注，玩好了几千元、上万元顷刻之间就能到手，胡平阳感到很过瘾。

胡平阳仿佛被这种一夜暴富的感觉深深地吸引了，他对郑石慨叹说："原来钱还可以这么赚！"

赢了钱，胡平阳就迫不及待地立刻投注下一场，但赌球挣钱容易，输得更快。有时一场球下来，胡平阳投进去的几万元都会打水漂，但越是这样，胡平阳就越想扳回来。转眼两个月过去了，胡平阳输多赢少。

胡平阳每次赚钱时的兴奋和赌输之后的沮丧，在郑石面前表露无遗。见胡平阳已经上钩，郑石说："如果没更多钱，就帮我拉客户赌球，我给你一个三级代理资质，好不好？"

胡平阳明白，经过两个月的卧底，郑石已经完全相信他了，从普通的赌徒成了网络赌球的三级代理商，由一个赌客发展成为球庄。他强忍着兴奋说："反正我在家也没什么事做，倒不如跟着你碰碰运气，还能扳局。"

随后，郑石给胡平阳演示了赌球的程序，并给了胡平阳后台登录号和密码。胡平阳登录后，不但可以看到正在进行比赛的球队对阵情况，包括各队比赛的赔率、下注玩法都在界面上清楚地展现出来。赌客只要选好比赛场次，点击该场比赛的赔率，输入下注金额，立刻就能投注成功。

为了让郑石相信自己，胡平阳从网上招募来几个网络赌球的痴迷者，赌徒们迫不及待地纷纷压注。胡平阳自己也一边赌球一边不断发展客户，很快，参与网络赌球的赌友多了起来。

胡平阳频繁拉人到郑石的网站里投注赌球，每次由他为赌友报注，同时和郑石进行结算。为了赌资交易方便，胡平阳提出，办理几张银行卡以便转账。但这个提议被郑石拒绝了，郑石要求赌客通过网上银行购买比特币，而几乎每天胡平阳的虚拟账户上都会有几笔甚至十几笔转入、转出的资金。有时一天的资金交易额折算成人民币达到几十万元。

胡平阳从郑石那里获得了三级代理权后，每天都会登录赌球网站查看每个赌客的输赢情况。如果赌客输了，胡平阳就会让赌客把钱打到自己账上，然后他再与郑石结算。如果赌客赢了，胡平阳就让郑石把赢来的钱打到他的账上，他再把每个赌客赢的钱分别汇到他们的账户中。无论输赢，胡平阳都按赌客投注总额的1%获得提成，这就是所谓的退水。

在赌博网站的页面上，早就清清楚楚地算好了胡平阳管理的每个赌客的投注笔数、金额、输赢情况和退水额，胡平阳只要点击结算每个赌客的结算金额，他与郑石之间的结算数目都会清楚地显示出来，而中间的差价正是他赚到的退水。

短短几个月的时间里，胡平阳招募来上百人参与网上赌球。国际足坛赛事频繁，网络赌球的生意也很兴隆。赌档通常每周会开三四天，每周有几十场球可以赌，因此输赢变化很大。欧洲杯赛如火如荼时，一天就可以赌几场球，有时一场能输赢几万元。

赌球场上是赢钱时亲如兄弟，欠账时马上翻脸不认人。并且，在赌局里，永远是认钱不认人。有的赌客花了几百万元血本无归，最终欠了一屁股赌债。这时候，郑石就会把他们的投注号停掉，不让他们再投注，只有等欠款还上后才能再开通。

无论输赢，赛场上变数越大、场次越满、频率越高，胡平阳从中抽取的水头就越多，由于有一批"守信用""资本足"的铁杆赌徒参与，胡平阳的赌档像滚雪球一样越做越大，生意也越来越火。

渐渐地，胡平阳不满足于再做"小庄"，他想扩大规模，再多挣些钱。于是他从郑石那里要来了二级代理权限，自己开出若干三级登录号和信用额度，开始发展三级代理商。他不但通过三级代理商发展赌客，还为自己开了一个三级登录号,让原来那些"老主顾"通过自己的登录号进行投注。由于赌球生意兴隆,此时胡平阳的退水比例已经提高到了很多,同时胡平阳还按赌客赢钱数目的3%至5%提取"佣金"。他自己也和赌客直接赌球,如果赌客输了,输掉的钱就入了胡平阳的口袋,但如果赌客赢了,赢的钱就要胡平阳出,而这部分赌资是不用与上庄结账的,这就是所谓的"杀注"。

  在几个月的时间里,赌客通过胡平阳交给上庄郑石的赌资达到1500多万元,而他自己挣到的"退水"和"佣金"达到300多万元。通过二级管理界面,胡平阳可以任意控制三级代理的权限、下注额度和投注参数,同时可以清楚地看到三级代理商开出号码的投注和输赢情况,但是胡平阳无法看到像郑石这样的上庄的结算情况,这使他感到有些不平。

第七章 大道之行

暗度陈仓

这几个月下来，胡平阳对赌球已经很精通。他向郑石提出，不甘心长期寄人篱下做二级代理，希望成为一级代理当上庄，赚大钱。

但郑石的回答让胡平阳大为失望："做到二级代理你已经是国内顶级了，黄金舰队网站其实是海盗船网站唯一的中国总代理。到现在，我都不知道海盗船是谁创立、谁经营、谁负责，也许是欧洲人，也许是非洲人或者美洲人。"

能够摸清黄金舰队的来路，对胡平阳来说就不枉做了这几个月的卧底，尽管胡平阳不止一次地试图破解黄金舰队的网站，但查找过程中胡平阳发现，黄金舰队网站使用的地下计算机网络被称为"洋葱路由器"或"Tor"，通过至少三个独立的计算机服务器来掩盖用户计算机信息传输。也就是说，他不但难以锁定黄金舰队网站，更难以找到其上线海盗船这个暗黑网站。

有什么办法继续锁定郑石呢？胡平阳脑子里闪电般想到一种刚刚兴起的网络犯罪，就是网上吸毒。仅仅抓住几个网络赌博的人，不但打不掉暗黑网站，反而会从此断了线。如果能够查找到网上吸毒的人群，挖出网络吸毒、贩毒的这条线索，继而一举捣毁黄金舰队网站，那就是大功一件。随后，胡平阳话锋一转，说："我有几个赌友想买点冰片，但最近抓得很严，你这边有没有渠道买到？"

也许是交道打多了，郑石并没有多大防备："网站里有这种服务，你可以帮他们。不过，这事不像赌博，是杀头的罪，需要证明。"

"怎么证明？"胡平阳问。

"要靠事实认证啊！不然我怎么相信你？不信你上网看看，溜冰圈里有自己的专业术语，白寡妇、北极光、臭鼬这些词，都是暗语，在网上，货源以及QQ联系方式一目了然。但黄金舰队不一样，我们是一对一的服务，所以要确定你需要冰的朋友是自己的圈里人才可以放心，这也是安全的需要。而且，网络吸毒者虽然天各一方，互不照面，但我们的平台拉起了一个从吸食到买卖，从线上到线下的交易链条。当然，在外人看来，我们只是一个全球品牌的化妆品店！"

胡平阳不解地问："为什么是化妆品店呢？"

郑石有些不耐烦地说："哪有明目张胆买卖冰的？化妆品里面夹带私货的话，别人怎么会发现？"

胡平阳说："哦，那我明白了，我怎么能做你的代理呢？我们已经有了良好合作，这信誉足够了吧？"

"按照常规，你要手持身份证拍一张你的照片发给我，审核通过后才能给你授权，这是门槛！谁也不能避开这个程序！如果可以，我考虑给你开一个50人房间的授权。每个房间房主都设有密码，也就是说设有钥匙，没有密码、没有允许，谁也进不了这个房间。也就是说，即便旁边有人看到你这个房间，也进不来这个房间。你可以拉人进来，也有权一脚踢出去。包括我在内的任何人，通过正常方法根本无法进入，被发现的概率也微乎其微。而且我们有个熔断机制，一旦有任何触动，路由器马上就会切断一切上下线之间的联系！也就是说，即便被发现也不可能找到任何证据！"郑石说。

胡平阳明白，在对传统毒品的打击中，有一个环节非常重要，就叫人赃俱获，但是在网络涉毒的案件中，你要做到人赃并获是一个很困难的事情，这里面有一个很复杂的过程。

按照以往网络追踪贩毒的方法，首先是在网上发现可疑的网民可能涉嫌吸毒贩毒，网络警察通过各种各样的技术手段追踪，追踪到犯罪嫌疑人的 IP 地址后，再通过 IP 地址继续往前追踪到 ID 地址，然后再继续追踪锁定具体的吸毒人，这样就可以人赃并获。但这里面有很多环节，是一个比较复杂的过程。

如何直捣黄龙，从根本上切断这条国际吸毒、贩毒网络呢？只有往前走一步，才会更加接近郑石的黄金舰队网站，这样也可以更加抵近海盗船网站，甚至打入海盗船内部！

胡平阳找到邓宝剑说："我需要一个落马毒贩的配合，这个人一定要熟悉各种毒品的特性、价格与品质，而且上下线一定要切割得很清楚，不能让任何人察觉到任何疑点！"

邓宝剑答应了。

最后，邓宝剑从戒毒所里找来了吸毒者汪德，他只有二十出头，却已有四年的吸毒史，对毒品了如指掌。汪德成为胡平阳的卧底帮手后，拿着自己真实的身份证拍了一张照片，发给了郑石。

几天之后，胡平阳成为十人吸毒聊天室的管理员，当然，汪德买卖毒品的所有交易程序也被胡平阳全部摸透！

从汪德买来的化妆品的快递中，很快查出了冰毒，这些毒品都来自黄金舰队网站。而发货地址一会儿是云南景洪，一会儿是广东汕头，没有任何一个快件来自同一个地址。这些快递不但层层转递，而且这些地址都残缺不全，所有的联系电话都是虚假的！这说明销售毒品的人不但反侦查意识很强，而且网络遍布全国各地。即便是海外代购，也会层层转递才能到汪德手中。

因为网络交易过程的所有环节都是经过加密的，快递上收货人的姓名和地址并不需要伪装，是真实地址就可以收到货物！

令胡平阳惊奇的是，所有交易都没有任何缺斤短两，没有任何掺假成分！

盗亦有道啊！就像郑石对胡平阳的承诺：诚信！我们挑战的就是虚伪和强权，在互联网时代打造一个具有前瞻性的数字经济状态，让黄金舰队朝着自由主义天堂前进！

至此，从刘宇轩雇用职业杀手到胡平阳卧底进入网络赌博网站，黄金舰队这个暗黑网站的操作流程及基本主营业务，胡平阳已经了如指掌。

那么，下一步只需要锁定黄金舰队网站，就可以锁定背后的那个黑客郑石了！

但摸清黄金舰队网站底细准备收网时，胡平阳却迟疑了。如果现在就收网，自己卧底赌博的事情虽然因为工作需要单位不会追究，但他获得的300多万元"抽水"是不能装在自己口袋里的。胡平阳担心的是，如果从自己代理的赌博网站切入，自己的所有交易记录就会被发现。

如何编造一个既能让邓宝剑接受又令人信服的故事呢？尤其是胡平阳很快适应了自己是毒品交易者和聊天室管理者的身份之后，他见识了黄金舰队交易和毒品配送的缜密。胡平阳决定实施他的计划：明修栈道，暗度陈仓！

胡平阳向郑石抛出了他苦思冥想好几天才想出来的一个绝妙办法，他发信给郑石说："我认为黄金舰队的经营模式需要一次大规模的调整，除了买家和卖家之间的网络交易完成后就进行隔断之外，还应该有一个重大变革，就是研发出一个与比特币同样的中国独有甚至是黄金舰队独有的虚拟货币，以便替代比特币。这样，黄金舰队网站赚到的钱就会翻番。"

这个提议很快得到了郑石的高度赞同，他迟疑了一下说："我很赞同你这个想法，你有什么具体建议，能不能跟我说说？"

胡平阳拐弯抹角地说："我的意思是咱们一起合作，我投一部分资，用来开发这个虚拟货币，开发成功取代比特币后，我们就会成为合作伙伴！"

"这么大的事情，不是我一个人能做决定的，我们讨论以后答复你！"郑石说。

胡平阳一看郑石上钩了，他反而不着急了："我无所谓，如果能够合作，我们坐下来谈一下。你给我地址，我单枪匹马到你的地盘去找你，好不好？那我等你的好消息吧！"

很快，胡平阳等来了郑石的回话："黄金舰队对于我来说，不仅仅是一个生意，而是我生活甚至生命的一次飞跃，我已历尽沧桑，只想让这只舰队像核潜艇一样，在任何风浪中都能平稳前行。赚钱固然重要，您的想法也很好，但平稳低调地前行，比赚钱更重要。"

胡平阳有些纳闷儿，以往与郑石的交往都是干脆利索、没有任何花哨的。而这时郑石突然变了一种语言风格，变得诗情画意起来，是什么原因呢？

难道是郑石背后的人？

胡平阳一拍脑袋！嗨，怎么没考虑到这一层呢，能走上前台与自己聊天的人，一定不是黄金舰队的真正主人，这次很可能是比郑石更高层级的人出现了！

胡平阳佯装不知，依然用惯用的讨价还价的方式与对方沟通着。聊天中，两人不再讨论具体的事情，而是商议着创建一个和黄金舰队类似的网站，像中国的淘宝、京东一样简便的网站，只有高端的VIP客户才可以进入，而且采用比黄金舰队更加加密的方式和更简捷的购物界面，并且将所有交换机和管理人员都分散在东南亚国家以及欧洲、美洲。这样设计的结果是，网站就像一条章鱼，即便最厉害的对手也只能接触到一个触角或者触角上的一个吸盘，即便发生危险也会自动断掉，而且还会很快长出来。不论出了什么事情，都不会伤害到章鱼的生命。

对方提出一个在胡平阳听来非常可怕的想法：利用黑客技术，入侵有关科研机构，获取城市建筑、机械制造、精密仪器的图纸资料，如果能够将这些机密甚至绝密的资料卖出去，那要比卖毒品获利还要巨大啊！

接下来，胡平阳得到的消息更加令人震惊，对方告诉他，已经有境外黑客利用这种入侵方式从有关机构盗取了技术图纸，但很多机构却茫然无知！

胡平阳不敢接话，怕话多了露出马脚来，只是一个劲儿地给对方发笑脸、送鲜花！

胡平阳和对方越聊越兴奋，两人仿佛有说不完的共同话题。很多个夜晚，两人都是在聊天中度过，就像一对久别重逢的情人一样，天上地下，音乐书画，甚至男女感情，无所不聊！

在如沐春风的感觉中，胡平阳已经确信，对方是个青年女子。

胡平阳突然想到了林欢！

不对！胡平阳笑着否定了自己可笑的想法，不用说林欢一脸刘胡兰的样子，而且林欢怎么可能这么心思细腻呢？

接下来，胡平阳甚至想到了孟扬！

那就更可笑了，孟扬堂堂一个大公司老总，怎么可能做这种暗黑网络，况且她正与彭鹰闹得不可开交呢。白天还在媒体上炮轰彭鹰，哪有闲心大半夜不睡觉跟自己扯这个呢？

胡平阳想完了他能够想到的所有女性，包括他知道的有点儿名气的黑客，最后全部都被他自己否定了！那些单纯的技术型黑客，哪有如此缜密的心思？

胡平阳想象中的这个人，是一个温润的江南女子，又有着缜密大胆的心思，出入国贸、金融街，穿着一身神秘风衣，长发飘飘……

胡平阳突然有一种奇怪的感觉，他已经成为自己想象中的这个女子的仰慕者。

当胡平阳把这种感觉告诉这个女子时，对方回答说："你猜想的大致没错！"

"那我们能合作吗？最好约见一下，商谈一下合作办法！"胡平阳向对方发出邀请。

出乎意料的是，对方竟然留言说："你有微信吗？"

胡平阳如实回答说："没有！"

对方说："那我教你怎么安装吧。"

胡平阳一愣，自己的手机绝对不能加对方微信，一旦加微信，对方就会破解他所有的信息。

胡平阳告诉对方说："你把微信号告诉我，我马上加你！"

说完，胡平阳飞速跑下楼，在小区门口的移动营业厅里买了一部手机和一张移动手机卡，边往家跑边联网申请了一个微信号，一进门，就加上了对方的微信。

对方的名字不是郑石，而是郑石氏。

胡平阳发了一个笑脸说："这名字好古怪啊，但说明我猜得没错，你肯定是个美女。"

但令胡平阳没想到的是，对方突然问："你微信里怎么没有常用联系人？微信提示核对你的身份呢，为什么？"

胡平阳一愣，没想到自己百密一疏。他随即坦然说："这不是为了安全着想吗？我刚按照你的章鱼断爪理论，跑下楼买了个新手机，我只想跟你单线联系！"

"活学活用啊！你拍个照片发给我吧！"郑石氏回复了个笑脸说。

胡平阳又傻了，他一边答应下来，一边想着与他熟悉圈子不搭界的帅哥，灵机一动之下，他拨通了一个山东青岛帅哥朋友的电话："赶紧用手机自拍几张照片发给我！一定要多角度拍五六张，要在自己房间里拍！"

随后，胡平阳把收到的照片发给了郑石氏。

郑石氏发来几个笑脸，留言说："我在建国门这边，方便的话我们在东河高级法院北门碰头？一起喝茶，附近吃饭也方便。"

约会约在法院门口，这个郑石氏果然有些与众不同。胡平阳爽快地答应了："准时到！"

胡平阳无论如何也没有想到，当他看到戴着墨镜穿着米黄色风衣的窈窕女子时，他就走上了一条未知之路！

病毒暴发

就在彭鹰和孟扬在媒体上吵得不可开交的时候，胡平阳打来电话说："晚上有空吗？喝两杯怎么样？"

"好啊，好久没见了。你来云开村吧，咱们就在附近找个地方小酌一下。"彭鹰知道胡平阳跟孟雷私交不错，正想通过胡平阳给孟雷传个话，大家都在一个圈子里混，彭鹰也不想把事情闹僵。

但是，让彭鹰无论如何也想不到的是，胡平阳在酒过三巡之后，突然满脸严肃地说："老弟，能不能听哥一句话？"

"老哥，你说！"彭鹰红着脸说。

"你收手吧，我不想看着兄弟你倒霉！"胡平阳说。

彭鹰丈二和尚摸不着头脑，忙问："你要说什么，直说呗。"

胡平阳说："那我直说吧，摆在你面前的有两条路：一是把你的主动防御杀毒技术，也就是你开发的那个神州杀毒软件卖给有实力、有背景的大公司，比如潜龙。"

一杯酒干完之后，略有酒意的彭鹰红着脸把酒杯往桌子上一放，大声问："凭什么？"

胡平阳一直非常清醒，他微笑着说："这样安全啊！这样你可以拿到一笔巨款，或者成为潜龙的股东。这是一举两得的事情，你不但有了钱，还和孟雷兄妹冰释前嫌，两全其美，何乐而不为？"

"那我要是打死也不卖呢？我凭什么要卖刚刚研发出的软件啊？你回答我！"彭鹰希望得到他想要的答案。

胡平阳直言不讳地说："凭什么？就凭潜龙是数一数二的互联网大公司，有钱有背景有人脉！在潜龙面前，任何小公司都是猎物，包括巡天也是围猎对象，这就是互联网的丛林法则，我们做事，都要遵照这个法则。"

彭鹰满脸不爽："有钱有背景就了不起吗？你就说我不卖给他，也不跟他合作会有什么后果吧。我自己的技术，自己干不行吗？"

胡平阳笑着说："你非要自己干，那我给你指点第二条路吧，你不要在东河设立公司，到外地去，或者外国去。只有这样，你才会更安全。"

彭鹰哈哈笑了："我家在东河，在东河注册的公司，我的百十号兄弟都在东河，你让我到外地去？到外国去？你开国际玩笑啊？还是喝醉了说胡话啊？！"

269

"你有没有听说过,前几年有个黑客因为侵犯潜龙公司软件的著作权,被判刑进了大牢?作为兄弟,我只能提醒到这里了。"胡平阳一脸严肃地说。

彭鹰受不了这种刺激,他一瞪眼,说道:"这事干互联网的谁不知道啊?不过,这事跟我有什么关系?我自己的团队开发的主动防御软件,知识产权在我手里,难道还有人敢这么明目张胆侵占我的知识产权?反了天了!还有没有王法?"

见彭鹰油盐不进,胡平阳起身说:"王法不在你手里啊!作为兄弟,我该说的都说了,怎么办,你好自为之吧!到时候别怨我没提醒你就行!我走了。"

胡平阳起身离去,留下一头雾水的彭鹰。他知道,胡平阳是孟雷和孟扬的说客,但有必要这么恐吓自己吗?彭鹰实在有些想不通。

第二天,彭鹰和鹰扬公司的口水仗再次升级。潜龙公司和鹰扬公司同时发表声明:潜龙、鹰扬两家公司旗下所有子公司及业务部门,即日起,永远不和彭鹰本人及与其有关联的公司发生任何业务往来,以此呼吁所有互联网同行,进一步净化互联网环境。

彭鹰以牙还牙,在当天宣布:与鹰扬和潜龙割袍断义,永不往来!

就在双方互相发布声明的第二天,鹰扬公司向法院提起民事诉讼,以神州拓展公司和彭鹰不正当竞争为由,要求被告神州拓展公司和彭鹰停止不正当竞争行为,书面道歉并赔偿经济损失100万元。

神州拓展公司和彭鹰随后以牙还牙提起反诉,以侵犯名誉权为由,要求鹰扬赔偿经济损失100万元。

随着案件起诉到法庭,双方的口水战才慢慢平息。既然已经把矛盾交给法院,彭鹰就可以腾出手来,全力推广他的神州杀毒软件。

然而,令彭鹰无论如何都想不到的是,正带着四个程序员在公司加班的彭鹰,迎来了他最熟悉的好朋友——胡平阳。

这次胡平阳是穿着笔挺的警服开着警车来的。

"彭鹰,有个案子涉及你们神州拓展公司,需要你们配合调查,跟我走一趟吧!"

彭鹰头一次听到胡平阳公事公办的口气，心里一咯噔。但想想自己确实没什么把柄，他坦然带着几个程序员跟着胡平阳上了警车。

让彭鹰感到奇怪的是，胡平阳没有带他到东河市公安局网络安全保卫处，而是带到了附近的派出所。

到了派出所，其他四个程序员被带进一间安装着铁栅栏的暂看室里，而彭鹰则被胡平阳带进一间冷冰冰的审讯室里。

胡平阳坐在审讯台前，冷冷地问："最近一段时间新型攻击病毒高发，全都是针对核心技术企业的，你知道吧？"

彭鹰有些摸不着头脑："我是研发杀毒软件的，病毒什么时候高发我能不知道吗？最近哪里有什么高发啊？个别企业遭受攻击，那也在所难免。黑客无时无刻不在发动攻击，仅仅木马病毒在全球每天都会发动数亿次攻击。这些数据你都是清楚的，何必问我？"

胡平阳不接话，反问道："你们研究杀毒软件，肯定用病毒测试神州杀毒软件的杀毒水平了吧，你的病毒库全吗？"

彭鹰如实回答："当然全啦，没有病毒库测试，怎么做杀毒软件啊？这点你懂的，还用问我吗？"

胡平阳拉下脸来说："那我告诉你为什么找你来问话。我们接到报案，有人举报你们神州拓展公司故意传播攻击性病毒！"

彭鹰怒了："扯什么淡！我们测试病毒的电脑是封闭的，绝不可能与互联网相连。这是规矩，做杀毒这么多年，我连这点规矩都不懂吗？"

胡平阳把两份报案材料在彭鹰面前晃了晃说："这个问题我们不在这里讨论。根据几个受到病毒攻击的公司报案，我们已经立案侦查，你们神州拓展公司涉嫌犯罪。你看一下，一个是破坏计算机信息系统罪，一个是侵犯商业秘密罪。你签个字吧，我也是奉命办差，没法子啊。"

彭鹰满怀疑虑地拿起第一份报案材料，报案的是一家他根本没听说过的证券公司。而第二份报案材料上，报案单位赫然写着鹰扬公司。彭鹰看到这里，顿时傻眼了！

彭鹰明白胡平阳为什么找他喝酒了，也明白胡平阳所说的话的含义了。

可这时候，什么都晚了。

彭鹰拒不签字，胡平阳也不纠缠，甩下一句话说："别跟我说没事，等到了预审处你再说吧！"说完，带上铁门扭头离开了。

胡平阳走出审讯室后，对那四个程序员说："彭鹰让我跟你们回公司，把你们测试杀毒软件的病毒库找来，应该在你们公司的一个硬盘里。"

四个程序员一听胡平阳说得头头是道，连忙陪着胡平阳回到了公司，将病毒库硬盘交给了胡平阳。

第二天，胡平阳来到那家报案的证券公司取证。在证券公司找到病毒样本后，胡平阳问公司的人："你们公司被病毒入侵过吗？有没有重大损失？"

对方工作人员摸不着头脑，答复说："电脑病毒当然有啊，但损失不好说，应该没什么损失吧。"

"如果网断了，你们正在交易股票，交易没成功，有没有损失？我们正在查病毒案子，如果有损失，你们可以跟传播病毒的公司打民事官司，索要赔偿啊，你们没有个几百万的损失证明，这赔偿可就没有了。"胡平阳笑着诱导说。

"那是应该有的，而且还不少呢！"证券公司的人见钱眼开。

"那你们出一个纸质的损失证明吧。"胡平阳说。

拿着这份损失100多万元的证明，胡平阳将从证券公司取回的病毒样本和彭鹰公司硬盘里的病毒样本进行对比，做出了部分病毒一致的鉴定结论。

接下来，还有被盗窃的鹰扬公司病毒库的损失，也必须有价值，而价值多少得由会计师事务所评估。于是，胡平阳找到孟扬说："你让会计师事务所往高了做吧，能做多大损失就做多大！"

第一次做的鹰扬病毒库的损失价值是五亿多元。胡平阳看后说："价值太高了，重新做低点儿。"

第二次，重新做了6000多万元。胡平阳说："这又太低了！再做多点儿！"

直到做了第四次，会计师事务所评估鹰扬公司因为病毒入侵造成一亿多元的损失，胡平阳才满意地说可以了。当然，鹰扬病毒库的价值评估，是鹰扬公司支付的评估费。

受损公司的病毒和彭鹰病毒库的病毒做到一致容易，但如何能够证明病毒是从神州拓展公司传出去的呢？为了确定这个连接点，需要搞一个专家论证会，除了潜龙公司和鹰扬公司的专家，胡平阳找来国内其他几家安全公司的杀毒专家，就需要专家论证的问题列出一个单子，共列举出五个请专家论证的问题：

一是木马和蠕虫是不是计算机病毒。

二是这些木马病毒造成的危害有多大。

三是木马病毒中毒的现象。

四是病毒样本在一个公司的地位和作用。

五是15个用户中毒，是否可以确定是某个IP地址传播的。

当然，胡平阳隐去的这个IP地址的真实单位，实际上就是彭鹰的神州拓展公司。

胡平阳在介绍案情和论证过程中，始终没有提神州拓展公司和彭鹰的名字，也没有给专家提供其他佐证材料。在根据胡平阳介绍的情况发表意见后，与会的九位专家中，有五位认为传播病毒的证据不足，拒绝签字。

胡平阳也不强求专家做出肯定结论，他打印出两份认定传播病毒的会议纪要，例行公事地由四位专家在最后一页签字。然后，胡平阳又伪造了一份纪要，把与会专家签名的一页附到他修改的纪要后面，并把专家意见"基本可以确定"改成了"可以确定"。

接下来，胡平阳又去找了几家杀毒公司，弄出一个木马病毒局部高发的病毒分析材料，还有一份病毒暴发的举报。

最后，胡平阳以神州拓展公司涉案为由，给全国唯一的防病毒产品检测机构——位于天津的国家计算机病毒防治产品检验中心发出公函，要求病毒防治中心对神州杀毒软件不予检测。

中国对网络病毒防治的安全产品实施销售许可证制度。也就是说，如果没通过病毒防治中心的检测，就意味着神州杀毒软件无法上市销售。

完成这一系列动作之后，彭鹰接到了胡平阳出示的逮捕证。彭鹰一看，一个是破坏计算机信息系统罪，一个是侵犯商业秘密罪。

彭鹰当即蒙了，质问胡平阳说："谁报的案？你搞清楚证据没有？有没有报案材料？这个字我不签！"

"当然是有报案人，领导审查同意的，你怀疑我什么？这么大的事情，是我能决定的吗？今天你不签字也走不了，按照我们的办案流程，马上会把你送到看守所！"胡平阳眼神飘忽地看着彭鹰。

彭鹰顿时陷入慌乱之中，他不知道此时该怎么办。但他提醒自己镇静，在一切都不明朗的情况下，也许什么也不做才是最好的选择。

在双方僵持了许久之后，彭鹰突然提出质疑："邓宝剑不是带队出国执行跨境押解网络诈骗团伙的任务了吗？他什么时候签的字？"

"邓宝剑副总队长出国，还有总队长和别的副总队长呢，领导签字我敢伪造吗？"胡平阳冷冷地看着他。

"林欢知道吗？"彭鹰继续问。

"这个案子是我承办的，她是你前女友，要避嫌！再说，她已经跟随邓宝剑副总队长到海外执行任务了，一时半会儿还回不来！"胡平阳不耐烦地说着，催着彭鹰签字。

眼看实在拖不下去，一时又没有办法离开胡平阳的控制；如果进了看守所，可能会是别人审讯，到那时候翻案也是一种办法。想到这里，彭鹰只得在逮捕证犯罪嫌疑人一栏上签下了自己的名字。

随后，彭鹰被送进了看守所。

微博大战

随着东河零星的雪花悄悄来临，眼看春节就要到了。

林欢跟随邓宝剑赶赴国外执行引渡任务。这天，押解网络诈骗团伙的包机降落在了东河机场。一下飞机，林欢得到了一个让她大吃一惊的消息：彭鹰被胡平阳送进了看守所！

林欢没有直接去找胡平阳，回到单位后，她火急火燎地跑到邓宝剑的办公室问："彭鹰被抓了，你知道吗？"

邓宝剑说："我跟你一样，也是回来后才知道的。不过，彭鹰的案子是按照正常程序，由主管副总队长签字后批捕的，程序上没有什么问题。"

林欢问："你就直接给我个明确的回答，彭鹰是真犯了罪，还是有人陷害？"

邓宝剑谨慎地说："我只能这么说，可能是，也可能不是！有报案人，有侦查过程，有专家论证。目前正在预审阶段，一切还不明朗。我理解你的心情，但你是个警察，一切都要用事实说话，明白了吗？"

"明白了，谢谢副总队长，我走了！"林欢急匆匆出门，打电话告诉谢侠说，"你在单位吗？等着我，我马上到，出大事了！"

一到巡天公司见到谢侠，还没等林欢开口，谢侠就说："你说彭鹰的事吧？我们已经知道了。老程已经去找孟雷了，也可能去找邓宝剑了。我们等消息吧。"

"我跟邓宝剑副总队长出国刚回来，老程上哪里找去？彭鹰出事，我是不是最后知道的？"林欢问。

"应该是吧，起码在公安局你是最后知道的！"谢侠说。

谁也没有想到，程云鹤会以一种极端的方式，拉开一场引人瞩目的决斗。

彭鹰出事当天，程云鹤去找邓宝剑，才得知邓宝剑带队赴国外执行引渡任务了，还要一周才能回来。随后，程云鹤直奔孟雷的办公室。

孟雷办公室阔大的书案上，摆着一幅墨迹未干的巨幅隶书，上写四个大字：运筹帷幄。看字迹气势豪阔、龙盘虎踞。

听到秘书报告，孟雷放下手中的毛笔，笑容满面地迎接着程云鹤说："老程，为彭鹰的事情来的吧？你不用说了，那是他咎由自取，与我无关，一切听司法机关的吧。"

"彭鹰是我的兵，我可以打可以骂，但你不行！你这么挖坑害人，已经连江湖道义都不讲了！在你眼里，图强的目标是让潜龙强大，是让潜龙

275

称霸互联网江湖。在你眼里没有对手，只有或大或小的猎物。"

　　孟雷冷静地看着程云鹤："老程，彭鹰也是我的师弟，还差点儿成了我的妹夫！我们的关系不比你更远！实话跟你说，我也想知道是谁给彭鹰挖的坑！我还怀疑是你呢！"

　　程云鹤几乎是吼着喊道："你不要血口喷人，互联网世界，应该是一个讲道义的世界，没有道义的世界，是弱肉强食的动物世界！对于一个人来说，光有成功是不够的，还应该有仁义。对于一个公司来说，光有钱有技术是不够的，还应该有对这个社会公平正义的担当！"

　　"程总，请不要大呼小叫，是非曲直自有法律做出裁决，再喊，要不要我叫保安来请你出去？"孟雷极其冷静，丝毫不为所动。

　　"不用！我就是来提醒你，做人做事不能太绝！你可以把别人逼上绝路，但要给自己留条后路！"程云鹤撂下狠话后抽身离去，留下一脸冰霜的孟雷，和孟雷办公室门口簇拥着不敢进门的保安和工作人员。

　　还没等程云鹤想好应对策略，孟扬于凌晨连续发出讨伐彭鹰的公司微博：为什么鹰扬杀毒刚刚发布不久就遭遇神州杀毒的拦截？神州杀毒究竟是为了服务用户还是劫持用户？彭鹰一边是网络安全专家，一边又涉嫌传播网络病毒，他到底是网络安全英雄，还是危害互联网的黑客？

　　彭鹰是扎在程云鹤心里的一根刺！他跟随程云鹤多年，是程云鹤非常看重并刻意培养的产品经理。彭鹰在杀毒软件上市前的紧要关头出走，让程云鹤失去左膀，之后又与孟雷站在了一起，让程云鹤痛恨不已。但是，程云鹤清楚，在他与孟雷的缠斗过程中，彭鹰并没有跟随孟雷一起与巡天展开对决，这让他始料不及，也觉得自己对彭鹰看走了眼。

　　虽然彭鹰有私心，但并没出卖老东家，也没有与老东家为敌。如果彭鹰真的与孟雷联手，杀毒市场必将是一番鏖战。所以，对于彭鹰能够恪守做人的底线，程云鹤内心里还是对彭鹰刮目相看的。

　　所以，在彭鹰身陷囹圄时，程云鹤于情于理，都要站出来为他鸣冤叫屈。

　　但是，孟扬连夜发微博挑战，自己如何应对呢？

　　与此同时，孟雷也在微博上露面："针对彭鹰传播病毒事件，清者自清，浊者自浊，口水仗对用户没有任何好处。我们仍然会一如既往地把精力放在和病毒木马的对抗上，放在产品自身的完善上。"

潜龙和鹰扬的两个核心人物，而且是兄妹二人同时在微博上发声，程云鹤当时就气炸了！

"让有些人失望了吧？恶狗咬了你，难道你也要反咬一口？如果是我，我就在狗主人转身的时候，狠狠地把狗脊梁骨打断！"

第二天，整整沉寂了一个上午，从下午两点开始，程云鹤突然发动"微博闪电战"，在短短的三个小时内，连续在个人微博上发表了六篇杀气腾腾的短文。

在这些短文中，程云鹤不但曝光了潜龙杀毒软件恶意攻击巡天软件，还披露了潜龙和鹰扬公司互相勾结，参与为陷害神州杀毒作伪证等多重内幕。

程云鹤的攻击毫不留情，招招直击要害，这场连番怒骂引来大量网友围观，他的微博被四处转发，数百万微博用户目睹了这场互联网世界的腥风血雨。

超人气的关注度让程云鹤血脉偾张，网友提醒程云鹤，如此口无遮拦有损董事长形象，程云鹤干脆回复说："那我就更不客气了，让个人形象见鬼去吧。"

程云鹤带有硝烟味道的微博，经过大量转发后引起轩然大波。这一招令潜龙也措手不及，直到三小时后，潜龙的官方微博声明才姗姗来迟："谢谢程总如此重视潜龙杀毒。潜龙的文化和价值观，自有我们的用户和合作伙伴来评价。对于近期发生的事情，潜龙近期会一并说明，清者自清，浊者自浊。"

鹰扬公司同时发布了二十多条微博，对彭鹰传播病毒事件及如何在技术上对客户造成损失进行了披露，并在微博中透露，很多网络安全公司的白帽子，实际上就是网络病毒制造者和传播者。一边制造病毒，一边杀毒，是很多黑客生存获利的惯用伎俩。

此观点一石激起千层浪，关于黑客江湖中黑白之间的法律争论，也在微博上展开。

双方赤裸裸地叫板，彻底让这场口水大战达到高潮。

在程云鹤召开的媒体记者见面会上，程云鹤先是现场推演彭鹰传播病毒的几种不可能，又现场演示了潜龙杀毒如何破坏巡天杀毒。根据演示，用户安装巡天安全卫士后，再到潜龙官网下载潜龙杀毒，随后发现巡天杀毒图标不能打开使用。

程云鹤在发布会上爆料说："潜龙公司把自己当成了曹魏，一厢情愿地把我和彭鹰当成孙刘联军。好吧，既然这样，我们就来一场互联网的赤壁大战吧。可以告诉大家的是，我已经放了第一把火，我在微博上向潜龙开炮后，第二天潜龙的股价大跌，市值掉了差不多五六亿美金。金点公司因为收购了鹰扬公司，金点公司的市值也应声损失两三个亿。如果潜龙和金点公司还想让股票跌下去，我奉陪到底！反正我巡天公司没上市，一分钱都不会亏！"

这场口水仗愈演愈烈，战火已从两虎相争变成三国争霸。

这场口水战的收尾，当然是以诉讼开始的。程云鹤召开媒体见面会当天下午，潜龙公司和金点公司下属的鹰扬公司，立即对程云鹤提起诉讼，状告程云鹤侵害潜龙公司、鹰扬公司信誉，要求程云鹤公开道歉，并赔偿各自经济损失1000万元。

在潜龙公司和鹰扬公司宣布正式起诉程云鹤个人诽谤后，程云鹤同时也在微博中宣布：鉴于潜龙杀毒故意破坏巡天杀毒，危害用户电脑安全，我们决定正式起诉潜龙公司和鹰扬公司。

这场混战，又从口水战打到了法院。

绝地反击

程云鹤万万没有想到的是，孟雷挥动组合拳，一手打官司，一手在杀毒技术上抛出撒手锏，又设下棋局，把彭鹰死死摁在了泥潭里。

在双方官司起诉到法院的同时，潜龙竟然在杀毒软件的开发上抢了先手，率先开发出了"网络盾牌"。

"网络盾牌"是什么呢？通俗一点说就是网络安全的盾牌，可以全面防范上网过程中可能遇到的各种风险。从技术角度上说，网盾是抵御各种网络攻击的防御手段，包括主页保护、浏览器一键修复、广告过滤、网址黑名单、搜索引擎保护、下载文件保护和默认浏览器保护以及网页木马病毒拦截等功能。

潜龙网盾内嵌在潜龙杀毒软件中，也是潜龙杀毒功能的一部分。

从保护用户的角度出发，潜龙杀毒在网络安全软件中居功至伟。但谢侠发现了一个问题，当用户电脑里面安装了巡天杀毒软件后，如果某个恶意网址被巡天杀毒软件鉴定出来有问题，巡天杀毒软件会及时发出警示。但如果用户同时安装了潜龙杀毒的网盾，巡天杀毒软件就无法识别这个网址是否恶意。

也就是说，内置了网盾的潜龙杀毒出招狠毒，如果用户同时安装潜龙杀毒和巡天杀毒软件，潜龙杀毒会单方面劫持和隐藏网址信息，并故意释放虚假信息误导巡天杀毒软件，导致巡天杀毒软件无法检测网页是否安全。

这样的后果在于，如果潜龙杀毒拦不住病毒，巡天也无法拦住。

在分析会上，谢侠打了一个很通俗的比方："从技术细节上说，我们和潜龙杀毒的对手都是病毒，等于我们是在合作打鬼子。潜龙在侦查过程中，不管前面有没有鬼子，不管他能不能灭掉鬼子，只要接下来的队伍是巡天的，潜龙就拦住巡天说，你不用侦查了，前面没鬼子，而且挡着道不让你去侦查。结果，巡天被引到了死路上，永远无法判断鬼子在哪儿。"

程云鹤接着分析说："也就是说，潜龙发给我们假信号，却放跑了鬼子，让我们也打不着。潜龙这招也真够奇葩的，估计只有孟雷这种天才能想出来。"

谢侠说："不管是不是孟雷的设想，但对用户来说，同时安装巡天杀毒和潜龙杀毒本来是为了双保险。潜龙的做法是，先让巡天丧失侦查能力，变成聋子、瞎子。更严重的是，这种安全技术壁垒，对我们巡天来说就是技术封锁。潜龙的做法涉及同行之间的攻防，已经不是简单的炫技和展示肌肉，双方已经不在一个共同的维度上展开竞争。潜龙的目的是先把我们干掉，这已经超过一个正常的安全产品的范畴，怎么办？"

程云鹤立即回应说："我们不能去跟潜龙杀毒做技术上的攻防，虽然我们有技术实力干掉潜龙杀毒，但技术大战最后必然伤害用户。既然都是为用户服务，那就让用户自己去选择吧，要相信群众的眼睛是雪亮的。我们目前唯一的办法，是升级巡天杀毒软件，从技术上赶超他们。"

就像啸聚山林的赵云遇到了刘备，经过多年打拼和历练的谢侠，此时具备了作为一个产品经理最重要的素质，他知道顾客最需要什么。程云鹤之所以把事关公司命运的这款杀毒软件交给谢侠，是因为他坚信，谢侠知道用户的需求，更知道巡天的需求，他会在做产品规划的时候，直奔着用户需求去做。

在所有互联网团队里，并不缺乏优秀的程序员，缺的是优秀的产品经理。

巡天杀毒软件进行了大规模用户升级，用户发现，升级过程中，巡天杀毒软件一改往日与其他杀毒软件无法共存的做法，而是打出了"兼容"的招牌，可以独立运行，也可以与其他杀毒软件共生共存。至于用户使用一款软件，还是同步安装两款软件，由用户自己选择。

巡天此举立即引起潜龙公司的强烈反弹，毕竟巡天是专业杀毒公司，巡天杀毒软件也是巡天公司的核心竞争力，巡天敢于抛出"兼容一切杀毒软件"的口号，在潜龙公司眼里，有一种"睥睨天下、舍我其谁"的傲慢。

潜龙公司随即召开新闻发布会，潜龙公司发言人表示，巡天杀毒软件以"兼容一切杀毒软件"为借口，目的在于暗示用户卸载竞争对手的产品，已经构成了对用户的极大伤害，使用户面临"被选择"的境地。巡天公司这种以商业目的误导用户的做法，已经构成了不正当竞争。

巡天杀毒软件拥有中国最基础的杀毒用户。而潜龙公司和金点公司都是巨无霸公司，两家都拥有最广泛的用户。用户是互联网公司的命根子，谁拥有最广大的用户，就会拥有最大的竞争力。

卧榻之侧岂容他人酣睡，孟雷终于出手了。潜龙和巡天两家杀毒软件从胶着的混战，升级到网盾之战，最后演变成你死我活的殊死搏斗。

潜龙把进攻时间选在了农历大年初一当天，正当所有人沉浸在烟花爆竹的喜庆之中时，另一场没有硝烟的战争拉开了帷幕。

在全球华人枕着春节联欢晚会《难忘今宵》入眠的那个时刻，潜龙突然推出与潜龙聊天软件捆绑在一起的潜龙网盾，从三四线城市开始，按照农村包围城市的策略逐步向二三线城市展开。这种捆绑安装的方式，顷刻之间攻城略地，新年第一天只要打开电脑聊天的用户，都要安装捆绑潜龙网盾。

大年初一早上，正在云南西双版纳休假的谢侠打开电脑，登录潜龙聊天软件准备给林欢发一些自己拍摄的风景照片。打开之后，潜龙聊天软件突然蹦出一个对话框，提示升级聊天软件，谢侠想都没想就点击了升级，但在升级过程中，谢侠突然发现，潜龙聊天软件捆绑了升级后的潜龙网盾。

谢侠愣了：潜龙网盾无论从杀毒功能到外观界面，都与巡天杀毒一样，都是一面盾牌。

既然潜龙有了动作，鹰扬公司有没有动作呢？

谢侠查了一下鹰扬公司的动向，并没有发现鹰扬公司有什么动作。但在查找过程中，谢侠惊异地发现，收购鹰扬公司的金点公司在潜龙网盾上线的同时，推出了专业杀毒软件金点杀毒，而且是一款金点自主研发的反病毒引擎，集电脑加速、系统清理、安全维护三大功能于一身，为用户提供电脑及网络安全服务。

除此之外，金点杀毒将杀毒功能推向手机用户，在永久免费的前提下，对用户发出郑重承诺：不骚扰、不胁迫、不偷窥。

联想到金点与巡天公司的后门隐私之战，加上两家关联公司同时出手，看来，农历新年第一天，网络安全市场正在悄悄地进行重新洗牌。

谢侠抓起电话打给了正在海南度假的程云鹤："你赶紧上网看一下潜龙聊天，所有的安全软件在底层运行，只要用户升级潜龙聊天软件，用户电脑里之前安装的巡天杀毒软件就会失去功能。用户在杀毒软件冲突的情况下，自然就会卸掉一个，必然选择卸掉巡天杀毒。因为用户更需要的是潜龙聊天软件，而且是自带杀毒的聊天软件。这就意味着巡天杀毒软件对用户已经失去了保护的意义。"

程云鹤连忙打开了潜龙聊天软件，他也傻了："潜龙聊天软件全国有数亿用户，巡天杀毒软件远远少于潜龙的用户量。潜龙聊天软件只要全面升级，等于全部干掉了巡天杀毒软件。如果巡天杀毒被卸掉，从大年初一到正月初七上班，一周时间内，差不多所有用户都会升级潜龙聊天软件，巡天公司必然遭遇灭顶之灾！"

谢侠火急火燎地说："巡天危险了！如果我们不做出快速反应，一周之后，巡天想活下去都很难啊，潜龙的用户从聊天到搜索，从信箱到杀毒，覆盖面广泛，已经是互联网上市公司中市值近千亿的巨无霸，而巡天连上市的想法都没有，怎么办啊？"

程云鹤立即做出反应："你马上通知独角兽战队的所有人员，无论在东河还是在老家，哪怕在国外度假，也要第一时间赶回东河。我马上紧急召回有关人员，放弃休假，火速回东河应对这起突发事件。"

大年初二，从国内外被紧急召回的三十多名巡天高管和独角兽战队人员，集中在了巡天会议室里。

谢侠火急火燎地说："这次春节期间潜龙公司的闪电战，只是潜龙战术级别的一次围剿，从技术上阻击他们问题并不大。但问题的关键是，金点公司同时推出杀毒软件，而且将市场从 PC 端向手机市场进行覆盖，而我们手机杀毒的无线杀毒软件正在开发之中。"

程云鹤冷冷地说："根据丛林法则，老大是不允许老二好好过日子的，因为老大十分担心老二取代自己的位置。现在，潜龙和金点两家公司一个主动出击，一个作为预备队随时准备围城打援，这绝对不是不谋而合的事情，而是事先蓄谋已久。所以，这不是战术级别的攻防，而是安全市场的战略决战！孟雷和杨晋东拿出了战略决战的架势，这才是要害。大家说一说吧，我们应该怎么办？"

沈丹分析道："大家一定要充分认识到，潜龙和金点两家公司今天跟我们对立，绝非历史旧怨，也不是个人恩怨。在互联网的丛林里，争的是用户、眼球、财富和生存权。潜龙跟我们争的是利益，其他的互联网公司虎视眈眈，跟我们争的也是利益。在我们进入网络安全领域的时候，整个安全领域都在遏制我们的崛起，他们对我们的崛起不适应、不包容、不接受，但他们都被我们远远甩在了后面。到了今天，当我们成为互联网安全老大的时候，我们的用户与潜龙、金点的用户高度重叠。当我们的用户量超过一定数量的时候，不管我们是否对他们构成威胁，都会遭到他们的遏制。"

程云鹤接过话头分析说："我们不能孤立去看潜龙网盾和金点杀毒软件同时出击的问题，要把一切放在互联网格局的大视野中去看。目前我们能够做的只有等待，如果他们这次只是试探性的攻击，没有其他的动作，我们忍了。"

谢侠不解，问程云鹤："你的意思是忍气吞声？"

程云鹤说："他们是石头，我们是鸡蛋，不忍怎么办？潜龙的压制让我们坐卧不安这不假，但我们的崛起也让他们睡不着觉，甚至比我们的不安全感更强烈。我们船小好掉头，最要紧的是打好我们的技术底子，以应对将来更大的挑战。目前我们对潜龙和金点的策略是，不能太软，否则会立刻出局；但也不能太强势，太强了，他们一样会集中力量优先打垮我们。所以，我们要谨慎出手。"

潜龙依靠强大的技术和资金实力，创新和模仿并举，始终占据着互联网行业的巅峰。就像草原上的雄狮，始终站在食物链的顶端。在互联网行业里，谁都明白，只要自己的创新被潜龙和金点模仿，就只能委曲求全，在潜龙大快朵颐之后，捡点残渣剩饭。

可程云鹤不甘心。如果此时不反击，巡天必死无疑。既然你抢我的饭碗，我就砸你的锅！忍无可忍的程云鹤下定决心，集中所有资源，在最短的时间内打造一款利器，必要时发动绝地反击！

会后，程云鹤拉住了陈默涵和谢侠，说了自己的想法。谢侠诧异："刚才在会上您可不是这么说的，您不是说我们要忍气吞声吗？"

程云鹤微微一笑："隔墙有耳。你信不信，我刚刚在会上说的话，孟雷很可能就已经看到了现场直播。这事知道的人越少越好。就你们俩，谢侠负责产品，陈默涵负责技术，你们独角兽战队找个地方封闭起来，尽快拿出阻击潜龙和金点的办法！"

谢侠皱眉："短时间内可能有点儿难度……"

陈默涵接话："全面阻击肯定是有难度。不过，潜龙也有薄弱环节。我也是潜龙聊天软件的用户，为了捆绑安装潜龙网盾，潜龙的弹窗非常猖狂，频率高得让人难以接受，简直可以说是天怒人怨。也许，这里就是我们阻击的方向。"

为了给反击潜龙做好舆论铺垫，巡天公司放出烟幕弹，总裁沈丹对外称："大量网民向我们反馈，他们已经离不开潜龙聊天软件，又长期遭受软件盗号、隐私泄露的困扰，希望巡天能提供更有针对性的杀毒软件。目前，我们正在考虑把相应安全软件的研发提上日程。"

这无疑是在指责潜龙聊天软件有偷窥用户隐私之嫌，引发了用户对潜龙聊天软件安全性的担忧。沈丹同时宣称，为保护用户利益，巡天首先推出用户隐私保护器，对窥探用户隐私的所有工具软件进行曝光。

潜龙被打了个措手不及，而且是有苦说不出。潜龙的各种软件中，不论聊天软件还是杀毒软件，在国内都拥有巨大的装机量。处在潜龙的位置上，必然会时刻警惕一切对手的竞争。监控对手最好的方法，就是截获客户端也即用户的信息。潜龙聊天软件启动时，要收集很多用户信息，然后把数据传回云端。

对于普通用户尤其是笔记本电脑用户，所有运行的程序及其占据的系统资源都可以显示在进程里。占据系统资源多的软件，运行速度就相对缓慢。潜龙聊天软件刚刚打开时，不但运行速度慢，还占用大量系统资源，拖慢其他程序的运行。用户能听到电脑硬盘高速旋转的噪声，却搞不清聊天软件对电脑做了什么，当然心存疑虑。所以，潜龙聊天软件窥探用户隐私的消息一经披露，顿时在网上引起一片沸腾。

潜龙出面解释：潜龙扫描用户电脑，是要查一下电脑聊天环境是否安全。

但巡天马上反驳：你扫描用户电脑，为什么不告知用户？

潜龙哑口无言。

与此同时，由谢侠和陈默涵率领的九人攻关小组，悄悄进驻怀柔水库东岸的野战训练基地。这次软件的研发，他们破天荒地没有带陆璐来。

这是沈丹特意嘱咐的，让陆璐在公司里值班，绝对不要对陆璐透露任何消息。谢侠和陈默涵摸不着头脑，但还是按照沈丹的嘱咐做了。

野战基地依山傍水，鱼肥蟹美，几个人天天吃完水库鱼，一抹嘴钻进租来的一间会议室里，夜以继日地苦干。

第一天，陈默涵对谢侠说："这款软件，我设计了几个功能，每天的任务量很小，每天设计完成两个功能，如何？"

"好吧，完全听你的！"谢侠回答得干脆利索。

第一天，谢侠和陈默涵做出了软件的两个功能，一是保护用户隐私，阻止潜龙聊天软件扫描用户硬盘；二是防止潜龙聊天软件盗号，用巡天云安全体系精确查杀进入潜龙聊天的盗号木马。

第二天，谢侠他们又完成了两个功能："一是给潜龙聊天软件瘦身加速，禁用不需要的插件，大幅提高潜龙聊天软件的运行速度；一是过滤潜龙聊天软件广告，让聊天更清爽。"

第三天完成了另外两项功能，一是清理潜龙聊天软件内嵌的音乐、视频等辅助软件，清除冗余和临时文件；一是一键修复潜龙聊天软件漏洞。

到了第四天，陈默涵问谢侠："这六项功能差不多了吧，已经够潜龙喝一壶的了，再加载功能是不是多余？"

没想到谢侠说："哪能呢？既然跟潜龙干上了，就要把伏击战打成歼灭战，再加上两项，第七项功能是阻止潜龙聊天被恶意修改，第八项是我们的所有软件功能都必须由用户主动选择触发，并可随时启用和恢复，以免让他们抓到把柄！"

大年初六晚上，陈默涵对谢侠说："我们完成后，得回家陪父母了，大过年的整天关在这里也不是事啊。"

谢侠哈哈一笑，说："我又想了两条，凑够十条吧，自动清理不必要的潜龙聊天表情，去掉潜龙网盾启动时的插件，用不了多久，几个小时完事。"

谢侠测试完软件之后，十项功能全部完备，他对陈默涵说："甭管老板满意不满意，咱们把东西打好包，准备连夜回家！"

一行人刚收拾完行装准备出发，程云鹤突然闯了进来："我刚从外地出差回来，你们干得怎么样了？让我看一下软件管用不？"

谢侠打着哈哈说："东西都打包了，满意不满意，明早上班再说呗，我们都赶着回家呢。"

"不行，我看完了，跟你们一起过节！"程云鹤也不客气。

谢侠只好重新打开电脑演示了一遍。程云鹤看完之后，满意地说："这下够孟雷那老小子喝一壶的了。今天是大年初六，是我们巡天的再生之日，就算巡天的生日吧，六六大顺，必须高兴一下，你们谁也不能走，选地方找家好的农家饭，我请客！我车上专门带了一箱茅台！今晚不醉不归！"

他们在怀柔找了好多家饭馆都没有开门，最后，终于在慕田峪长城脚下找到一家刚刚开业的农家菜馆，几个人一直喝到晚上十点多。

趁着酒劲儿，程云鹤对谢侠说："狗咬你的时候，你能趴在地上咬狗吗？不能！这口恶气出不来，怎么办呢？我告诉你个办法，就是趁他主人大意的时候，狠狠地把狗牙敲掉，或者把狗脊梁骨打断。天龙大战的序曲马上开始，你们给巡天磨砺了一把利剑，利剑在手，我们找准他们的软肋，像岳飞那样直捣黄龙！不然，我们不是被潜龙逼疯就是逼死，唯一的办法就是先把他们搞疯了，让他出昏招，只要他们出了昏招，我们才有生存下去的希望。你懂我意思了吗？"

谢侠似懂非懂地摇了摇头，又点了点头。

无论谢侠还是陈默涵，谁也没觉得做这款软件会引发什么。毕竟在这之前，应急做软件对他们来说是常有的事情。

巡天虽然从舆论上向潜龙宣战，放出了一个烟幕弹，引发了部分互联网用户关于信息安全的讨论，但毕竟是在春节期间，关注度并不高。

但随着事件的发酵，春节后上班第一天，很多人打开电脑看到消息时，被推向舆论风口浪尖的潜龙，一脚踩进了泥潭里不能自拔！

按说，这种鸣枪警告式的回击如果到此为止，大家各退一步，潜龙和巡天还能相安无事。但程云鹤已经让谢侠他们造出了反击利器，第二枪不打出去，岂会罢手？

潜龙并不清楚巡天早已打造了一款针对他们的软件。针对巡天的媒体宣战，上班第一天，潜龙立即宣布起诉巡天不正当竞争！

与此同时，潜龙联手金点等国内多家著名互联网公司联合发布了《反对巡天不正当竞争，加强行业自律的联合声明》，请求互联网主管机构对巡天的不正当商业竞争行为进行坚决制止，并对巡天恶意对用户进行恫吓、欺骗的行为进行彻底调查。

孟雷的愤怒正中程云鹤下怀，巡天在潜龙发布声明的当天随即爆出一枚重磅炸弹，由谢侠和陈默涵联手打造的"潜龙卫士"上线。

巡天打造的"潜龙卫士"软件包括保护用户隐私、防止潜龙盗号等十项强大功能，还能屏蔽潜龙广告、潜龙首页弹窗及潜龙新闻弹出，这些已经触及潜龙的收入及核心竞争力。

程云鹤与孟雷的竞争，从口水战打到了软件战！

"堂堂潜龙，用得着你巡天护航吗？用得着你帮我开发软件吗？这是赤裸裸的绑架！"孟雷火冒三丈，气得一下子把毛笔摔在了精致的红丝砚上，墨汁飞溅在已经写好的一幅作品上，那是他用来提醒自己的四个字：戒急用忍。

"忍无可忍！无须再忍！"孟雷眉头拧紧，几乎咬着牙说。

巡天的挑衅之举，进一步引发了潜龙的强烈反弹。潜龙发出措辞强硬的《关于巡天公司推出非法外挂的严正声明》，谴责巡天开发的潜龙卫士软件是通过外挂手段对潜龙软件多项功能进行破坏，严重影响潜龙软件的安全和完整服务，将坚决采取一切必要措施，阻止网民使用潜龙卫士。

程云鹤针锋相对地否认了巡天潜龙卫士使用外挂手段的说法，他通过媒体发声说："巡天潜龙卫士使用公开的程序接口，遵守网络安全规则，符合软件行业的规范与通行做法。潜龙卫士不仅不会破坏潜龙聊天软件，还能让潜龙聊天更安全、更好用。"

巡天的炮火并没有停止，而是不断发出挑战信号。程云鹤发布的消息称，巡天潜龙卫士软件平均每秒钟就有40个下载安装量，创下了互联网新软件发布的下载纪录。

巡天先让潜龙公司声名扫地，然后趁乱攻城略地。随着巡天潜龙卫士装机量的扩大，很多用户在观望，潜龙软件的用户量有所下滑。用户装机量是潜龙赖以生存的根本，而巡天潜龙卫士禁止潜龙弹出广告，意味着断了潜龙的财路！

巡天把潜龙逼到了悬崖边上。如果此时双方坐下来谈谈，有可能握手言和皆大欢喜。可潜龙是互联网行业处于垄断地位的巨头，岂肯向巡天低头。

最终，潜龙做出了一个两败俱伤的选择：二选一！在巡天公司停止对潜龙进行外挂侵犯和恶意诋毁之前，潜龙决定将在装有巡天软件的电脑上停止运行潜龙软件。

也就是说，用户的电脑上要安装潜龙还是巡天，两者只能选一个！

与此同时，潜龙联手金点等五家国内顶级互联网公司同时宣布：如果巡天一意孤行，各大公司将不再兼容巡天软件！

被气疯了的潜龙，终于咧开血盆大口，亮出了白森森的巨齿，随时准备扑向猎物！

孟雷哪里知道，这下正上了程云鹤的当。程云鹤的真正目的，是想激怒孟雷出拳，这样巡天才能得到喘息的机会，软件装机量也不至于被虎视眈眈的潜龙和不动声色的金点抢走。

因为在潜龙背后，金点杀毒软件也在手机用户中稳稳地成为装机量第一的杀毒软件。而此时，谢侠和陈默涵他们开发的手机杀毒软件还没有推出，彭鹰研发的手机杀毒软件也因为胡平阳的构陷胎死腹中。

孟雷万万没想到的是，自从潜龙宣布在两个软件中二选一之后，网民突然不干了，矛头直指潜龙：你们互相掐架我们不管，但我们电脑里安装什么软件，不能由你潜龙说了算，我的电脑我做主，你潜龙不能干涉我的自由！更不能绑架我！

第二天，潜龙股价应声下跌，瞬间蒸发了上百亿元的市值。温文尔雅做事谨慎的孟雷此时才发现，自己走了一招臭棋！

可恨的是，也就在这一天，巡天突然悄悄在 PC 端召回潜龙卫士软件，并恳请用户卸载潜龙卫士软件。

巡天发布用户弹窗通知，宣布召回潜龙卫士产品。巡天公司在弹窗中写道：因需送检许可，巡天潜龙卫士产品暂停使用，给您带来的不便，深感歉意，并感谢您的支持，请您卸载该产品。

潜龙卫士软件并未经过互联网安全软件检测机构的检测，巡天公司声称，之所以发布出来，只是为了用户安全！

仓皇上市

"不宣而战，纯粹是小人之举！"孟雷看到巡天公司提醒卸载弹窗的时候，再次把毛笔狠狠地摔在了雪白的宣纸上。

让孟雷恼火的是，从巡天推出潜龙卫士软件到收回，仅仅一周时间。但在这一周时间之前，巡天悄悄酝酿了针对潜龙的进攻，孟雷却没有得到任何消息。

实际上，以潜龙巨无霸的江湖地位，不会真的去窥探用户的隐私，但日常生活中，人们对个人隐私泄露非常反感。既然潜龙被曝出侵犯个人隐私的嫌疑，普通用户宁可信其有不会信其无，巡天首先从舆论上为推出潜龙卫士软件做好了进攻的准备！

与此同时，巡天在闪击战之后，迅速宣布召回巡天潜龙卫士软件。巡天早已做好了公关文章，在这份声明中，巡天貌似委屈地说：从问世至今，巡天杀毒软件遭受了很多攻击与非议。但是有一点是无法回避的，用户喜欢巡天产品！用户的需求和热情是所有人都无法抹杀的！所以，即便是顶着巨大的压力，巡天也有必要再次将开发产品的初衷、产品的工作原理以及在这惊心动魄的几天中的感悟与启示毫无保留地呈现给所有人，包括那些质疑抹黑我们的人。

在这封信中，巡天简明扼要地列举了四条：一是巡天潜龙卫士是安全工具；二是实时保护潜龙聊天功能；三是用户可以自主选择决定潜龙的哪些功能；四是指明潜龙扫描硬盘。

巡天突然收回潜龙卫士更是出乎多数人的意料，在多数人看来，此举是巡天在潜龙联手五大互联网企业封杀之下，被逼无奈屈服于潜龙的强权。突然由匡扶正义的侠客变成了受气的小媳妇，用户当然不自觉地可怜起巡天来！

巡天主动表示愿搁置争议，让网络恢复平静，得到了良好的口碑。

实际上，这都是程云鹤早已设定的攻击策略。就像高手对决时，闪电出手劈出三板斧，闪击敌手后跳出圈外，然后突然住手。而敌手却忙中出错胡乱应战。

巡天出击之后及时撤回，是因为以巡天的实力，实在无法与潜龙展开持久战，只要在战术上取得效果，既敲打了潜龙，又能吸引大量用户！潜龙卫士这个撒手锏，可谓一举两得！

而在召回潜龙卫士软件的一周之后，由谢侠和陈默涵开发的巡天手机卫士悄然上线，紧随金点手机卫士之后成为手机杀毒软件下载量最大的安全软件。

抓住用户，就是抓住了互联网盈利的牛鼻子，这是所有互联网大佬的共识。但各家吸引用户的策略却不同，购物网站和搜索平台面对的用户是海量的，却每天都在变动中，用户人群缺乏指向性，数字也不太确定，因为他们提供的平台是开放式的。

但在即时聊天、视频播放平台和网络安全等软件领域，这些平台上的用户规模是相对固定的，软件安装量就可以确定用户的数量，也决定了公司的规模和发展。

失去用户意味着失去一切，这是互联网大佬们面临的共同危机。

潜龙软件和巡天杀毒软件，本来可以各司其职，互不干涉。孟雷从一开始就紧紧盯住巡天杀毒不放，是因为他在与巡天发生冲突之初，就从杨晋东那里得到了一个可怕的信息：程云鹤一直有个秘密团队，秘密开发巡天聊天软件！

如果程云鹤的杀毒软件突然有一天捆绑聊天软件，两个软件同时进行推广，那就等于风借火势，必成燎原之势。孟雷坚信，为了赢得用户，一向天马行空的程云鹤很可能会这样做。那样的话，巡天就会成为潜龙的最大敌手，潜龙一旦被攻陷，作为上市公司，潜龙多年苦苦经营起来的千亿大厦有可能瞬间崩塌。所以，孟雷不敢把鸡蛋放到一个篮子里，他才把孟扬负责的鹰扬公司卖给金点。与此同时，孟雷也万万不能眼看着巡天长大，他一次次出手，试图把巡天杀毒软件扼杀在摇篮之中，程云鹤却一次次死里逃生。

彭鹰离开巡天，给孟雷带来了希望，但孟雷万万没有想到，彭鹰竟然根本不体会他的良苦用心，拒绝做杀毒软件。孟雷担心，以程云鹤的性格，自己的弱点一旦被程云鹤抓住，程云鹤就可能会在自己的薄弱环节上撕开一个血口子，并狠狠地在伤口上撒下一把盐。

实际上，程云鹤早已想到孟雷的心思，他一次次通过沈丹向孟雷透出口风，巡天只做安全，不做即时聊天。但沈丹越这样说，多疑的孟雷越以为沈丹是在释放烟幕弹。

就是在这种互相戒备和提防中，孟雷和程云鹤展开了围猎与反围猎的博弈。而所有的互联网公司，都纷纷在这场博弈中选边站队，加入了混战。

被孤立起来的巡天，就像丛林里落单的孤狼，要想活命，只能亮出带血的狼牙！

所以，巡天公司自从进入互联网安全行业那一天起，在围猎黑客的同时，也随时面临着被互联网公司围猎的危险。

就在程云鹤秘密安排陈默涵和谢侠打造利器，给予潜龙致命一击的时候，胡平阳又杀了出来。春节上班后第二天，胡平阳带着十几个身着便装的人，突然间来到了巡天公司。胡平阳虽然神情平淡，但看身后那些人留着板寸头发，抬头挺胸、器宇轩昂的气势，多数人都能想到，这些小伙子多半是警察。

奇怪的是，胡平阳什么也没说，在公司里不苟言笑地背着手，东瞅瞅、西看看，晃晃悠悠转了一圈之后，又离开了。

此后连续几天，沈丹都发现有几个不明身份的人在公司附近转悠。沈丹知道胡平阳把彭鹰送进了看守所，这次来公司，又是盯上谁了呢？

老程还是自己？谢侠还是陈默涵？沈丹不敢想。

不了解内情的人见到胡平阳都噤若寒蝉，巡天公司的人一边面对潜龙的同业竞争，一边提防着胡平阳可能随时亮出的手铐，巡天公司上下顿时陷入风声鹤唳之中。

"情况不明，你千万不要来公司！千万不要留在东河！千万不要被胡平阳找到！"刚从香港飞回东河的程云鹤，落地后正想给沈丹打电话，正准备驾车到云开村，没想到沈丹突然这样告诉他，而且是连续三个"千万不要"！

难道自己要步彭鹰后尘？这是程云鹤的第一个反应。

程云鹤佯装镇定地说："妈的！这个鬼头鬼脑的胡平阳，他想干什么？陈默涵、谢侠他们刚从雁栖湖回来，通知他们再去野战基地那边躲一下吧。你也找地方躲躲，赶紧想办法联系邓宝剑和林欢，搞清楚什么情况！"

程云鹤挂断手机，车子下了机场高速，他一打方向盘又返回机场高速。在停车场泊好车之后，他几乎是用百米冲刺的速度冲进候机大厅，买了最近一班飞往香港的机票。

直到飞机腾空而起，爬到万米高空之后，程云鹤悬着的心才放了下来。

沈丹突然把巡天所有高管叫进会议室，从桌子下面拖出一个双肩背包。她"哗"的一声拉开背包拉锁，里面露出一个个崭新的手机包装盒。

沈丹冷冷地说："每个手机盒上都有你们各自的名字、电话号码和手机密码，还有与这个号码相关的电话号码本。你们拿上手机马上出门，什么也不要问，但记住，从现在开始，所有联系都使用新的手机号码。要回老家探亲的马上去火车站飞机场，不回的，我已经安排车在楼下，统一到雁栖湖的基地封闭学习！什么都不要问，什么都不要讨论！好了，马上走！"

沈丹已经做好了最坏的准备：跟彭鹰同样下场！

沈丹几乎遣散了能够想到的所有高管和技术人员后，静静坐在办公室里，等着胡平阳的到来。

奇怪的是，陆璐却没有离开公司，静静地坐在自己的工位上发呆。

遣散完人员之后，胡平阳第二天又带人来到巡天公司。

让沈丹颇感怪异的是：胡平阳什么也不说，什么也不问，依然神秘地笑笑，晃了一圈儿就扭头出门了。

公司门外，十几个留着板寸头发的壮小伙子毫无顾忌地转来转去，不时地向公司里张望着，仿佛是在找寻什么人！

沈丹终于顶不住压力，抓起电话打给已经落地香港的程云鹤："上市吧！马上在美国上市，让巡天变成一个国际化的公司。只有这样，无论是谁要给巡天打黑枪，都要考虑一下社会的关注度。不然，不知道什么时候巡天就会被突然干掉！"

程云鹤立即同意："上市！马上办！"

一周后，沈丹独自在东河召集在京巡天核心高层，仓促宣布了上市计划。与此同时，程云鹤在香港寻找投行，做上市的准备。

程云鹤联系了多家投行，他对投行的要求是：一是对外要绝对保密，二是半年内完成上市。

从启动到完成上市，按照常规流程半年是万万不够的。但两家国际著名投行早已关注程云鹤和巡天公司，竟然毫不犹豫地接了下来。

中国网络安全公司在美国上市，瞬间吸引了全球投资者的目光。达克希尔公司和长河两大投资巨头同时投资了巡天。熟悉资本市场的行家都知道，这两大巨头投资方向极少重合，这是两大巨头首次同时在全球投资的项目中盯上了巡天公司。

巡天即将上市的消息，通过境外媒体传到国内，也深深刺痛了孟雷的神经。

眼看巡天上市的日子越来越近，沈丹买好了机票准备赶往美国，见证程云鹤在美国纽约证券交易所敲响开盘钟声的那个瞬间。

可是，正准备登机赶往美国的沈丹，却接到了公司值班人员的报告：警车又来了！

绝不能让警察冲上楼来，沈丹急匆匆下楼，迎面是微笑着站在警车门前的胡平阳："沈总，有人报案，说是巡天公司要破产了，程总已经携款外逃。一大群记者追着我们问，没办法啊，我们得公事公办，您是不是亲自去跟那些记者说明情况？以免引发群体事件。"

沈丹冷着脸说："真逗！程云鹤以上市名义携款外逃？这造谣水平够高的啊！你信吗？"

胡平阳笑着说："我是不信啊，可那些记者不怕事大啊。况且，好多报案电话打给我们，催促我们来现场看看，就怕你们真的跑了。这样吧，您配合一下，就到附近派出所做个笔录，表示我们已经出警，也好堵住悠悠之口！"

"你都看见了，巡天公司一切井然有序，还用去派出所吗？"沈丹拒绝说。

胡平阳脸色不阴不阳，口气却不容置疑："按照办案规矩，还是到执法机关走一下法律程序为好！您说呢？"

"那好吧，这就走吧！"沈丹上了胡平阳的车。

沈丹当然并不知道，就在她上车的瞬间，早就有人录下视频，并且迅速传到了网上，标题是《巡天公司总经理被警方带走》！

在派出所答复完胡平阳问询的一堆废话之后，刚刚走出派出所大门，沈丹就接到了无数个追问电话，沈丹只好一个个地耐心解释说："放心吧，巡天正常，我和老程也都好好的！"

回到公司，沈丹用新手机打电话给远在纽约的程云鹤说："我不去美国了，太可怕了，每天都在出状况，我怕去敲那一锤子，回来后公司都没了。还是你自己敲吧，我留守东河，帮你守着家！"

巡天的每次危机，都是沈丹坐镇留守。既然沈丹这么说，程云鹤也只好歉疚地说："委屈你了！诋毁背叛也好，围猎阴谋也罢，巡天跌跌撞撞这一路走来，没有你稳坐中军帐，我程云鹤不可能决胜千里之外。明天就要敲响这上市的一锤子了，这背水一锤敲下去，我们就再也没有回头路了！"

说着，程云鹤泪湿巾衫。

沈丹轻轻挂断电话，所有的辛苦、委屈和骄傲，都随着泪水奔涌而出。

第二天，程云鹤在纽交所敲响了中国网络安全企业海外上市第一锤！几乎是在一夜之间，巡天成为市值数百亿美金的上市公司，而程云鹤也突然有了十几亿美金的身价！

程云鹤在接受记者越洋视频采访的时候，终于说出了大实话："你问我最大的追求是什么？那我告诉你，的确不是金钱，也谈不上什么伟大梦想。我们夫妇对生活也没有那么高品质的要求，吃喝玩乐只要舒服就行。但我这人有个毛病，总想琢磨点有意思的事情来做。如果恰好这件事情对别人有用，而且让别人生活得更舒服更安稳，那就再好不过了。我从来都不是外界所传的什么网络斗士、安全专家。如果不是被逼无奈，我甚至不愿意让巡天上市。但既然已经上市，巡天就不是我一个人玩的游戏和有意思那么简单的事情了。网络安全，事关百姓安全、国家安全，这事说大可就大了！我一直强调这么一个观点，评价一个人、一个公司，不是以他赚了多少钱来衡量，甚至不能用成功失败来衡量，要看他给社会和大众创造了什么价值！哪怕失败了，如果我从事的事业对国家、对民族有意义，那也是值得的。"

程云鹤的话确实发自肺腑，但是，很多人沉浸在喜悦或者羡慕嫉妒恨中，很少有人发现程云鹤语气突然变得沉重起来。

因为，隐身地下的黑客们，在程云鹤敲响上市锤子的同时也敲击着围猎的键盘，开始一波波叫板网络安全！

比特币勒索

在黑客们敲击键盘的时候，谢侠正在做梦。做梦是谢侠的一种特殊状态，在梦中，他经常进入网络战场，以至于他经常分不清现实和虚拟世界。

在没醒来之前，谢侠看到的世界都是程序建造的。他甚至能通过每个窗户，看到窗户后面所写的程序代码。有些程序，仿佛是在梦中完成的。

直到完全醒过来,回到现实世界,他还能够清晰地回忆起来。在他看来,无论现实世界还是虚拟世界,这个世界的一切都是通过程序安排的,他眼前的整个世界都是可以自由操纵的数字化世界。

在与网络木马和漏洞过招的过程中,谢侠明白,即便能够主动防御,即便有先进的云查杀系统,即便有难以逾越的防火墙,也无法百分之百阻挡病毒。与顶级黑客的交手,是一个艰难的博弈过程。

梦中的谢侠被林欢的电话叫醒了,林欢着急地告诉谢侠:"你赶紧起来,新华社发布了一个消息,席卷全球的'超级火焰'病毒已入侵中国。"

谢侠揉着眼睛问:"新华社发病毒消息,规格够高的啊!"

林欢急匆匆地说:"是啊,新华社宣布一种病毒的来袭,是前所未有的,可见这种病毒的猖狂与可怕。这则消息称,政府机构、大型企业一旦感染超级火焰病毒,将面临机密信息泄露的风险。国外多个网络安全团队指出,超级火焰病毒很可能是由某些国家投入大量资金和技术研制的,目的为用于网络战争。"

听到这里,谢侠腾地坐了起来,奔向电脑。

谢侠和林欢研究发现,如果说以往的蠕虫、木马等病毒都是小蟊贼和江洋大盗的话,那么,超级火焰这种用于网络战争级别的病毒就是正规军,就是战争机器,这是令所有网络安全人员都不寒而栗的。在此之前,某国计算机紧急情况应对小组发布声明说:经多月调查,已确认一种名为超级火焰的新型电脑病毒,并且这种病毒可能与其境内部分机构出现的大规模数据丢失事件有关。

超级火焰入侵中东多个国家和地区的大量电脑,收集信息情报,已经查明有几千台电脑中招。国际电信联盟称,这个病毒超过已知任何一种电脑病毒,是一种危险的间谍工具,世界范围内受感染电脑的数量会更多。

谢侠注意到,超级火焰区别于其他木马程序的主要功能是,它只收集情报和数据而不进行破坏性攻击。网络安全公司卡巴卡实验室发言人介绍:这一病毒呈现木马病毒和蠕虫病毒的部分特征,可谓目前结构最复杂的电脑病毒,它的独特之处在于,普通电脑病毒往往采用精炼的编程语言,以达到瘦身隐藏目的。而火焰病毒是一个庞大的程序包，包含20多个模块，其大小约为20MB。这种病毒不会中断终端系统，其目的只是搜集情报；除了具备普通电脑病毒的数据窃取手段，火焰病毒还能记录来自电脑内置话筒的音频数据；通过蓝牙信号传递指令也是火焰病毒罕见的功能。它能启动被感染电脑的蓝牙设备，使它成为攻击周边蓝牙设备的工具。

谢侠研究发现，火焰病毒的设计十分复杂，绝非普通开发者能够独立完成。而且火焰病毒的攻击范围很窄，主要针对企业、学校和科研机构。它既没有被用来盗取银行账号，也有别于黑客常用的工具。

谢侠惊奇地发现，火焰病毒借助局域网络、打印网络和USB接口等传播，在北美、欧洲和亚洲等地区，大约有80个服务器被超级火焰操控。这种强大无比的病毒，其复杂程度和功能效力已超过已知的任何病毒。从规模上看，超级火焰作为一种网络间谍战武器，背后必然是一支看不见的黑客军团。

通俗一点说，超级火焰就像《潜伏》里的余则成，更像执行斩首行动的美军特种部队，在悄无声息中完成间谍行动。

超级火焰引发了各国的恐慌，也引起国与国之间的口水战。但多数网络安全技术人员推测，从火焰病毒的复杂结构看，超级火焰背后可能有某国官方机构支持。

对此，中国顶级密码专家在初步分析超级火焰之后认为，这种间谍级的病毒，用常规的方法开发出来需要八到十年，而破解它，即便方法正确，也需要八到十年！

破解超级火焰显然从时间上已经来不及。唯一可行的办法就是找到它入侵的漏洞打补丁，阻止超级火焰的入侵！

这是一场事关国家安全的阻击战。谢侠经过研究发现了一个有趣的现象，超级火焰病毒竟然采用游戏语言编写，而且与超人气游戏"愤怒的小鸟"的语言相同。构成火焰病毒的主文件有很多个,各病毒文件各司其职，共同完成系统入侵和情报收集，一旦感染病毒，就像奇袭白虎团的侦察排一样，无往不利！一旦发动攻击，无坚不摧！

更令人胆战心惊的是，这个病毒早已启动入侵程序！之所以最近才被网络安全行业发现，主要是因为火焰病毒利用微软数字签名欺骗漏洞，伪装为微软签名的文件。

也就是说，即便被火焰病毒入侵并盗走了文件，用户也茫然不知！

亡羊补牢犹未为晚，必须针对超级火焰病毒拿出解决方案。谢侠立即根据病毒特征找到漏洞，在第一时间为全体用户推送了补丁，保护中国网民的电脑。

巡天杀毒建议所有用户，特别是政府和企业用户，尽快安装补丁堵上漏洞。

与此同时，微软也已针对漏洞发布了补丁。国内潜龙、金点等多家杀毒企业同仇敌忾，纷纷推出了针对超级火焰的专杀工具。

超级火焰从中国的计算机用户中盗窃了什么，对中国造成的损害有多大，目前没有任何机构做出确切评估，实际上也难以评估，因为超级火焰来去无踪，谁也不知道自己丢过什么。

万一是事关国家安全的绝密文件呢？谁都不敢往下想。

而在对超级火焰的阻击战中，无论是巡天还是潜龙、金点，大家群情激奋、合力阻击，在第一时间御敌于国门之外，罕见地同气连枝。

然而，没等国内网络安全公司的白帽子们松口气，一波更大范围的病毒席卷全球！病毒在五个小时内袭击了包括美洲以及整个欧洲在内的全球100多个国家的商业系统和研究机构！

黑客向每台电脑索要300美元的赎金。同时黑客还警告，金额会在三日后翻倍。如果用户不支付价值300美元的比特币，电脑里的全部资料将于七日内被删除。

无奈之下，受到网络黑客攻击影响的医院的网络系统，包括电话系统和患者管理系统只能拔掉网络，处于离线状态，医院根本无法接听来电。候诊的急症病人根据医生的安排，转移到其他地方，有的医院被迫关闭。有的医院因此取消手术，用救护车将病人紧急转往其他地方。缴费系统突然瘫痪，电脑控制的手术室器械突然停止工作。医生找不到患者，患者找不到医生，黑客发动的恐怖袭击，造成了全球上百个国家医院的恐慌。

网络安全企业卡巴卡实验室发布报告说，已发现全球100多个国家和地区遭受了此次攻击，实际范围可能更广。与此同时，国内多所高校的校园网也集体沦陷。病毒发作当天，十几所高校同时发布了校园网电脑遭受勒索病毒入侵的消息。勒索病毒致使许多高校毕业生的毕业论文被锁，实验室重要数据被锁。

随即，几十个校园网络相继瘫痪。

程云鹤第一时间跑进独角兽战队实验室，急匆匆地向正在忙碌的谢侠和陈默涵发问："勒索病毒在国内泛滥的情况到底怎么样？赶紧查清楚，想出办法阻止他们！"

谢侠连忙解释说："多所高校将中毒消息发给我们了，国内多所高校出现勒索软件感染情况，磁盘文件被病毒加密。该勒索软件运用了高强度的加密算法，被攻击者除了支付高额赎金，没有其他办法解密文件，对学习资料和个人数据造成严重损失。勒索病毒软件是一种新型攻击病毒，特点是黑客对计算机内部的信息、资源进行加密，并以解密为交换条件对用户进行钱财勒索。它收取的赎金一般以比特币支付，目的在于隐蔽黑客身份。在这之前，一个比特币差不多可以兑换人民币2000多元，但是，因为勒索病毒的出现，比特币价格狂飙，已经涨到了四五千元。从高校被感染机器的情况来看，一是操作系统软件没有采用正版软件，且漏洞、补丁更新不及时；二是不常用端口没有封闭；三是个人用户没有定期备份文档的习惯。"

程云鹤急匆匆地问："能查到这个勒索病毒的毒源吗？"

谢侠说："说起病毒源头来，令人毛骨悚然啊，勒索病毒是美洲某国网络武器库泄露出的黑客工具，名叫'永恒之蓝'，利用的是微软操作系统的一个漏洞，而这个漏洞最早是一个国际黑客组织（NLE）发现的，该组织将这个漏洞命名为'永恒之蓝'。后来，该组织从这个国家的黑客武器库里窃取了密码，然后在网上公开售卖牟利。"

陈默涵接话说："这次永恒之蓝勒索病毒，是全球第一例网络军火民用化的攻击事件。永恒之蓝会扫描开放 445 文件共享端口的 Windows 机器，如果用户系统没有安装微软补丁，无需用户任何操作，只要开机上网，永恒之蓝就能在电脑里植入勒索病毒。"

谢侠补充说："由于国内曾多次出现利用共享端口传播的蠕虫病毒，部分运营商对个人用户封掉了共享端口。但是中国大多数高校系统的内部网并没有这个限制，存在大量暴露着共享端口的机器，因此成为黑客使用黑客武器攻击的重灾区。受害机器的磁盘文件会被篡改为相应的后缀，图片、文档、视频、压缩包等各类资料都无法正常打开，只有支付赎金才能解密恢复。这两类勒索病毒，勒索金额分别是 5 个比特币和 300 美元，折合人民币分别为 2 万多元和 2000 多元。正值高校毕业季，勒索病毒已造成一些应届毕业生的论文被加密篡改，直接影响到毕业答辩。"

程云鹤、谢侠和陈默涵正在讨论中，林欢急匆匆赶来，对程云鹤说："勒索病毒攻击的都是有价值的数据和文件，因为攻击发生在缺乏完善监控的网络空间，案件的侦破难度很大，目前最好的防卫措施还是预防，通过垃圾邮件过滤、防火墙、备份数据等方法来预防。如果计算机不幸被感染，没别的办法，只能断网、关机。针对校园网勒索病毒事件的监测数据显示，勒索病毒出现了两个变种，平均每小时攻击约 2000 次，夜间高峰期达到每小时 4000 多次。在中国的校园网迅速扩散的病毒，是在国内的一个新的变种，我们怀疑，国内有黑客组织在操纵。"

程云鹤急切地问："按照勒索病毒开出的条件，损坏文件只有一周时间，价格翻倍只有两天时间，怎么办？"

谢侠郑重地说："仅靠我们巡天一家的杀毒力量，不敢保证在这么短的时间内解决问题。况且，全国三万多个机构遭受病毒侵害，即便我们找到漏洞，做出了针对勒索病毒的专杀软件，但对于那些已经中招的机构，我们还要进行一对一的救援和破解，人手少了根本忙不过来，需要一个庞大的杀毒团队。"

林欢对程云鹤说："我已经建议邓宝剑副总队长找彭鹰想想办法。另外，你这边主动找一下孟雷和杨晋东吧，我觉得巡天和潜龙、金点三家合力，才有可能像上次阻击超级火焰病毒一样奏效。尽管你们三家都是独自开发杀毒软件，但共同的对手还是黑客。在黑客面前，我们不是对手，是一个战壕的战友！"

程云鹤原地转来转去，拧着眉头深思片刻之后说："行！我马上打电话！只不过他们愿不愿意联手，就不是我说了算了。"

林欢催促说："你快打吧！时间不等人！"

在接通孟雷和杨晋东的电话之前，程云鹤脑子里想过孟雷和杨晋东各种拒绝的理由，但他没有想到的是，当他提出三家联手研发阻击勒索病毒的程序时，孟雷和杨晋东不但异口同声答应下来，还立即带领手下最强的白帽子团队赶到巡天公司。

同时赶来的，还有邓宝剑带领的网络安全总队的白帽子们。

令程云鹤和孟雷惊讶的是，邓宝剑身边还带着脸色憔悴、头发纷乱的彭鹰，想必是刚从看守所放出来。

邓宝剑顾不上解释，跟程云鹤、孟雷和杨晋东他们握了握手："这次勒索攻击，是全球性的挑战，谁也不能幸免！感谢大家能够同仇敌忾，共同抵御黑客！我宣布，勒索病毒阻击阵线联盟成立，在巡天公司成立指挥部，由我担任总指挥，程云鹤、孟雷、杨晋东担任副总指挥。这次抗击勒索病毒的行动代号——红色警戒！现在我宣布各自的分工！"

这是中国网络安全江湖顶级白帽子们的一次空前盛会，上百人的中国顶级白帽子军团联手，很快，彭鹰就分析出勒索病毒快速散播的方式。

彭鹰说："我在研发主动防御杀毒软件的时候，就发现勒索病毒曾经在国外出现。最初是通过垃圾邮件入侵，受害者在打开垃圾电邮的附件，或使用被入侵的网站和网上广告载入漏洞攻击包时受到感染。但现在国内变种的勒索病毒的传播手段却非常奇怪，是通过蠕虫病毒感染的，一旦在某个局域网中有一台电脑遭受攻击，这个局域网中的所有电脑开机后重要文件都会遭受攻击。"

谢侠接着报告说："使用 Windows 系统的用户要小心了，这款勒索病毒会引诱你点击看似正常的邮件、附件或文件，并完成病毒的下载和安装，病毒会将用户电脑锁死，把所有文件都改成加密格式，并修改用户桌面背景，弹出提示框告知缴纳赎金的方式。"

杨晋东问："被感染的Windows用户必须在七天内缴纳比特币作为赎金，否则电脑数据将被全部删除且无法修复，怎么尝试修复？"

彭鹰在电脑上展示了病毒袭击的截屏说："这个截屏的内容中，包括'我的电脑发生了什么''如何修复我的文件''如何支付赎金'等信息。用户可以尝试修复极小一部分数据，作为证明病毒及解药有效的证据。病毒要求用户在被感染后的三天内缴纳相当于300美元的比特币，三天后赎金将翻倍。七天内不缴纳赎金的电脑数据将被全部删除，对无力支付300美元的人还设有为期六个月的'人性化'还款通道。提示框左边是计时器，右边则标有付款及检验付款生效的办法。"

随后，潜龙杀毒公司的程序员分析出了已知的垃圾邮件的主要标题。

接着，金点杀毒公司的程序员分析出这些恶意电邮中的附件带有勒索病毒代码，通常通过压缩文件避过反恶意软件侦测，还有一些受害者是在访问被黑客入侵的网站时受到感染的。

谢侠看完黑客的留言，不屑地说："现在的黑客这么嚣张啊，还这么没素质，你勒索就勒索，劫持就劫持，怎么还侮辱人呢，你咋不上天。"

在对话框里赫然写着：对半年以上付不起款的穷人，会有活动免费恢复！

孟雷分析说："隐身幕后的黑客，除了获得巨额赎金，被勒索的对象也面临着其他方面的潜在威胁。如对医院而言，一是病人的病例和用药情况被加密而难以获取，二是依赖电脑来控制的医疗器械和程序难以运转，其中包括手术室的预约和手术进行，三是医院账户的资金安全受到巨大威胁。生命至上，性命攸关！"

针对病毒利用Windows系统漏洞，巡天独角兽战队联手潜龙、金点等公司，联手推出"免疫工具"，能够一键检测修复病毒攻击的漏洞；对已经停止更新的系统，免疫工具可以关闭漏洞利用的端口，防止电脑被植入勒索病毒等恶意程序。

与此同时，微软也发布了补丁对漏洞进行修复。

做好杀毒软件之后，各大网络安全公司分头行动，纷纷推出了各自的勒索病毒专杀工具。与此同时，在指挥部的统一指挥下，各大公司分别针对遭到勒索病毒攻击的机构，展开了一对一的紧急救援。

亢龙有悔

经过连续三天的奋战，勒索病毒在中国被白帽子军团用防火墙和安全卫士挡在网络之外，除去零星的报案之外，再也没有大规模暴发。

轻松下来之后，谢侠调侃着对彭鹰和林欢说："小病毒玩坏了全世界，瞬间地球沸腾了！这个小病毒走进校园，和祖国的花朵接触之后就来到了中石油、中石化'加满油'，又到公安机关溜达了一圈。调侃归调侃，我感到震惊啊，一个病毒，瞬间能影响半个地球。试想一下，如果是一场网络战争，也许我们是怎么死的都不知道。"

林欢接话说："科技就像既能治病又能成瘾的药品，是把双刃剑，当人们完全依赖科技的时候，那么科技就成了我们的软肋。"

谢侠坏笑着说："是啊，林博士都成哲学家了。爱情也是把双刃剑，是吧？"

没等林欢接话，谢侠转移话题，扭头问昏昏欲睡的彭鹰："彭哥，这次出来，是不是就不用再进去了？你下一步有什么打算？"

彭鹰淡淡地说："已经有证据证明我是被陷害的，我是无罪释放，你听明白了吧？至于下一步，我想，无线通信的安全市场应该是个很好的切入点。人人都有智能手机的时代，更不能让手机裸奔啊！这三个月，我想清楚了很多问题！"

彭鹰语气非常平静，看来这三个月让他成熟了许多！

林欢看了一下手机微信，突然站起来对谢侠说："刚接到邓宝剑副总队长的微信，让我协助抓捕你的手下陆璐。在这之前，我们一直怀疑陆璐，

303

她很可能与胡平阳联手作案。之前的多起黑客大案，很多线索都指向了陆璐！要不是勒索病毒的突然出现，我们可能早就动手了。而这起勒索病毒事件中，有个别案件也牵涉到陆璐。现在朱嘉已经带着拘留证到了巡天公司，走吧！我需要你们的配合！"

彭鹰冷冷地说："我已经不是巡天的人了，现在只想回家大睡三天，不掺和这些了，让谢侠跟你去吧！他已经是东方白帽子军团的领军人物了！"

谢侠愕然说："你说什么？陆璐是潜藏在巡天的黑客？打死我也不会相信啊！"

在谢侠眼里，陆璐是一个很有魅力的时尚女孩儿，一头时常变换发型的秀发，黑得有些发亮的皮肤，干净得像小鹿一样的眼睛，还有笑起来好看的酒窝，在独角兽战队也工作四五年了。作为一名资深程序员，说她是隐藏在自己身边的黑客，还涉嫌制造了一些黑客大案，谢侠如坠雾中，感情上一时无法接受。

彭鹰什么也没说，站起来悄然走出了巡天公司。

望着彭鹰黯然的背影，林欢对谢侠说："你记不记得《肖申克的救赎》里面有句话，有些鸟儿永远是关不住的，因为它的每一片羽翼上都沾满了自由的光辉！彭鹰就是这样的人。还有一些人，他做什么事情一定要做到极致，每件事情都试图触碰自己能力的边界，不管是对还是错，比如陆璐！当然，还有一个你我都熟悉的人！"

谢侠急切地想知道答案："还有谁？"

林欢笑笑说："保密！走吧，我们去找陆璐吧。"

当谢侠陪着朱嘉和林欢找到三天三夜没有回家、一直在指导各地高校杀灭勒索病毒的陆璐时，陆璐的嗓子已经累得沙哑，她毫无神采，半闭着眼睛问林欢："林博士，有事吗？累死我了，让我先睡会儿。"

林欢口气冷冷地说："陆璐，你看一下，这是拘留证。要睡，到看守所睡吧！"

瞌睡中的陆璐没听清楚，谢侠过去一把将陆璐从椅子上拽了起来，大声对陆璐说："你好好看看，这是什么？"

让谢侠感到不可思议的是，陆璐并没有大惊失色，而是把双手抬到了林欢面前。

而在谢侠记忆中陆璐的那双干净如水的眼睛，却像蒙了一层若隐若现的纱，空洞，无神，漠然。

当沈丹带着谢侠跑到程云鹤办公室汇报陆璐被林欢和朱嘉带走时，程云鹤也愣在了那里。

更出乎程云鹤意料的是，沈丹告诉程云鹤说："你在美国敲响巡天上市钟声的时候，也敲响了胡平阳的丧钟。在巡天上市前一天，他莫名其妙地来到咱们公司，跟我见了一面，什么也没有说就走了。在邓宝剑他们准备拘捕胡平阳之前，胡平阳就驾车跑到天津，用一份伪造的护照飞到了可以落地签证的马尔代夫，又从马尔代夫飞到了马来西亚吉隆坡，此后失去联系！"

程云鹤惊诧不已："你是说，胡平阳与陆璐联手给我们下套？他们的幕后是不是孟雷？"

沈丹说："是不是孟雷不敢说，陆璐已经落网，就看她供出谁了。"

程云鹤黯然说："这次全球暴发的勒索病毒，带给我很多需要思考的问题。以前，我的网络安全观念是狭隘的，仅仅关注中国人的上网安全，其实远远不够。包括孟雷和杨晋东，我们在共同应对病毒攻击的时候，也进行过推心置腹的交流。之前，我和杨晋东的媒体战也好，跟孟雷在法庭上交锋也好，那都是企业壮大过程中不可避免的竞争与摩擦。只有经历过这些征战杀伐之后，我们才会真切地体会到，我们真正的对手不是互联网安全企业之间的利益之争，而是共同应对黑客攻击。黑客，只有黑客，才是我们共同的敌人！"

沈丹说："是啊老程，你能悟到这一层，我很欣慰。我们都是在摔打中奋起，在磨炼中成长。我想，杨晋东和孟雷，也都会想到这一层。"

程云鹤扭头对谢侠说："谢侠，你这就召集大家一起，我们开个反思会吧。不，连开十场！一定要搞清楚我们这几年的得失，只有找到我们自己的失误在哪里，才能找到前进的正确方向！"

谢侠得令而去。

五月的鲜花开遍东河的大街小巷。潜龙和巡天的官司终于落下法槌，潜龙公司赢了官司，而巡天公司尽管在仓皇中上市，却在这场官司中以败诉收场。

按照所有人的理解，孟雷应该高举酒杯欢庆这场巨大的胜利。但是，与春意盎然的季节不同的是，潜龙公司的第一场反思会，在孟雷的主持下开得沉闷而庄重。

孟雷在开场白中一改往日的优雅，他深沉地说："我们的官司赢了，却输在勒索病毒的阻击战场上。说真的，这官司我赢得并不快乐，发自肺腑的不快乐！今天我想起了曹植的《七步诗》，煮豆燃豆萁，豆在釜中泣，本是同根生，相煎何太急！今天邀请国内法律和传媒界的专家学者朋友来，只有一个目的，就是为潜龙诊病。我们的目的，不是说战术上再有下一次危机我们该如何应对，而是战略上潜龙未来的定位和方向。这些年互联网的发展，从来都是弱肉强食的丛林法则，充满血淋淋的你死我活的厮杀。这不是中国文化的要义，中国文化的内核是和天下！怎么处理行业之间的关系，遇到行业间的矛盾和纠纷，我们该如何化解，才是我们今天这个反思会的目的。降龙十八掌中有两个绝招，一个叫潜龙勿用，一个叫亢龙有悔。今天，潜龙的胸怀全部放空，各位所有的批评和建议，我们都会虚心接受，认真改正。而且，这种反思会，我们要连开多场！在这个基础上，公司进入战略转型和文化转型时期！"

"潜龙公司虽然在不正当竞争的官司上与巡天公司打得不可开交，但在这次共同应对勒索病毒的过程中，能够冰释前嫌，与巡天联手共同抗击勒索病毒，说明潜龙公司具有宽广的胸怀。潜龙已经拥有数亿的用户，作为企业，不仅仅是为了赚钱，而是应承担起与之相应的更大的社会责任！潜龙的企业文化需要一种灵魂支撑，不要让人一听潜龙的名字，第一反应就是百亿、千亿企业，而是马上想到潜龙的企业文化！"一位法学家说。

孟雷认真地点点头！

一位传媒专家直接点出潜龙近年来屡遭诟病的症结所在："黑客并非一城一地，也并非一个国家一个地区，黑客攻击已经成为全球性的危害，是我们共同的敌人！潜龙要学会开放与包容，不能再以称霸全球的心态，谁冒尖就灭谁，打起仗来四处出击，与同行搞得水火不容。真正的大企业，需要的是包容与合作！"

孟雷点头说："开放和包容，是潜龙亟待提升的一种能力和心态，以前我们停留在嘴巴上和概念上，以后要体现在行动上。今天请大家来诊断潜龙，只是一个开始，我们企业文化的转型也是一个开始，请大家不断帮助我们，我们也将敞开心扉，为国家和社会带来更大的价值，为全球互联网安全出一份力量，尽一份责任。潜龙并不希望成为一家传统意义上的赚钱公司，更渴望生长进化成一个共享共赢、没有边界的生态型组织。"

会议结束后，孟雷站起来问："孟扬怎么没来？"

会场上的高管们面面相觑："不知道。"

孟雷急匆匆离开了会场，一边走一边打电话。但孟扬的手机却提示已经停机。孟雷没有叫司机，而是出门开上车，一溜烟飞驰而去。

在孟雷去寻找孟扬的同时，林欢开着她的陆虎车也在奔向单位的路上，她对坐在副驾驶位子上的谢侠说："陆璐涉嫌犯罪，我之所以事先没有告诉你，就是怕你感情用事泄露秘密，也担心你牵扯到这个案子里来。现在可以告诉你了，邓宝剑之所以没有立即对胡平阳采取行动，就是要挖出胡平阳身后的人！而我们经过这几个月缜密的侦查，了解了胡平阳在卧底过程中，为了隐匿300万元赌博时的获利，最终与暗黑网站的人沆瀣一气。胡平阳在东河市高级人民法院北门的宾馆与陆璐接头之后，先是给彭鹰制造冤案，接着又恐吓巡天公司。目前我们能够找到的人只有陆璐，至于陆璐背后还有谁，要经过审讯才能确定。"

林欢的话，也解开了谢侠心里的谜团。他恍然大悟说："我明白了，在巡天上市之前，胡平阳为什么还会来巡天公司虚晃一枪。原来，胡平阳已经嗅到危险气息，到巡天公司是最后的疯狂。这家伙，藏得够深的啊！"

林欢说："是啊，如果不是这次在阻击勒索病毒的过程中抓住了陆璐，我们还真没有把陆璐和胡平阳联系到一起。"

谢侠惊了一下："这次勒索病毒，陆璐也是幕后黑客吗？"

林欢肯定地说："是啊，我们警方的白帽子军团已经锁定陆璐，不然没有证据怎么可能贸然抓人啊！"

林欢告诉谢侠，邓宝剑执行押解任务回到东河后，她向邓宝剑汇报了胡平阳突然以两项罪名逮捕彭鹰的前后经过。邓宝剑当即指示林欢，不要打草惊蛇，而是从胡平阳卧底暗黑网络查起，查清他与暗黑网站的人是否做过私下交易。最终，林欢在暗黑网站的比特币与人民币转移的海量信息中，查到胡平阳私下开设的账号里有数千万的资金流量，而且账户中增加了 300 多万元。

接着，林欢查到了陆璐以黄金舰队管理员"郑石"的名字，与胡平阳交流的各种记录！

令林欢疑惑的是，陆璐用微信约胡平阳见面的时候，那个微信账号是约会前一天刚刚注册开通的。而且安装微信手机的信号所处位置，与陆璐携带的手机并不在同一个位置。

也就是说，与胡平阳通过微信交流的，可能还有另外一个人。那么，这个人是谁呢？

林欢在侦查中还查到，宋凯在落网之前与陆璐有过交流，而陆璐操盘的暗黑网站，与那个黑客培训的黑猫网站有着千丝万缕的关系！

这一系列疑问，只有控制住陆璐才会找到答案。恰巧，陆璐在全球暴发勒索病毒之后，竟然发布了一种勒索病毒的变种木马病毒，针对公安机关展开攻击，被林欢循线追踪，最终锁定。

在前期调查过程中，林欢查明陆璐很早就接触了比特币，并多次使用这种数字货币购物。黄金舰队加盟境外的海盗船网站之后，成为一级代理商，完成的第一笔交易就是由陆璐操盘的。后来，网站上有了越来越多的卖家入驻，买家的数量也随之增长，陆璐把二级代理和三级代理权限分了出去，其中包括卧底的胡平阳。

而林欢一直搞不清陆璐先是化名"郑石"，后来微信为什么用"郑石氏"。直到向邓宝剑提出这个疑问时，邓宝剑才哈哈笑着告诉林欢："书看少了吧，郑石氏是中国历史上最有名的女海盗！还有个名字叫郑一嫂呢，不信你上网搜索一下就知道了。"

林欢上网一查，才发现这个郑石氏可不是一般人物。郑石氏原名石秀姑，原为广东名妓，1801年被海盗郑一劫持，郑一死后，她接班成为当时最强权的女海盗船长。巅峰时期，郑石氏曾掌控一支拥有数百艘船的海盗舰队，被称作黄金舰队。1811年，郑石氏接受了朝廷的招安。

林欢这才明白，境外暗黑网站叫海盗船，中国的暗黑网站叫黄金舰队。黄金舰队的海盗船长，可不就是郑石氏嘛！

在调查陆璐的过程中，禁毒部门在快递邮件的化妆品中发现有毒品，并且发现这些毒品来自黄金舰队，所以邓宝剑在安排胡平阳卧底之后，又下决心安排林欢做胡平阳这个螳螂之后的黄雀！

当林欢把这一层层的逻辑关系分析完之后，谢侠感到头都大了，他说："也就是说，胡平阳和陆璐都不可能是主谋，我们现在最关键的是要找出陆璐身后的那个人，对吗？"

林欢笑笑说："是的。所以需要你出面。而且陆璐一直是你的小伙伴啊，你不想见见她，安慰一下她吗？"

谢侠脸上却没有任何笑意："这又是哪里打翻了醋坛子，好大醋味啊！快走吧。"

当陆璐被带进审讯室的时候，她没有抬头看对面的林欢和谢侠，此时她深深地低下头，恨不得把头扎进双腿之间。

谢侠急不可耐地先开了口："陆璐，是我，谢侠，我来看看你。放心吧，我边上也是老熟人林欢，她问什么你答什么，好好配合林警官，好吗？"

陆璐听到谢侠的声音，身子一震，但依然没有抬头，只是用蚊子一样低的声音答应了一声："嗯。"

林欢的问话很简洁："陆璐，咱俩简单点，我只问要点，你准确回答就行。我的第一个问题是，你是黄金舰队的管理员，对吗？"

"对。"陆璐回答。

林欢问："好。第二个问题是，这家网站是你建起来的吗？或者说，作为海盗船网站的中国总代理，你是实际控制人吗？"

陆璐说:"不是。"

林欢问:"那是谁?"

陆璐说:"实际上我只是管理员,至于谁在控制这个网站,我真的不知道。你懂的,这种暗黑网站都是用的洋葱路由器,根本找不到站点和服务器在哪里,谁也不知道是谁建的。我们只是链条上的一环,随时交易,随时结账。只要中断,就再也联系不上了。所以我只知道我是管理员,赚我该赚的那一部分,别的我就不知道了。而且,这些网络不知道被多少白帽子黑帽子攻击过,根本不可能留下痕迹。"

林欢笑笑说:"那我们聊聊痕迹吧,你曾经是东方最强白帽子军团的核心成员,表面上看,你们触犯刑法最轻的是买卖个人信息,你们所贩卖的数据因为路由器断开,所以你就以为我们无法查证来龙去脉,是吧?但你不要忘了,这些涉及公民个人隐私的数据,别人从你那里买走之后会层层转卖的,也就是为整个黑客团队所共享的。这样下去,这些公民个人信息,甚至包括你自己的信息,开始被公开批量地贩卖,你想到有什么后果了吗?"

陆璐说:"我认为公开那些信息,并不会使我获得最大的利益,也对别人造成不了多大危害。而且买卖信息谈不上什么赚钱。"

林欢说:"但有一些数据,那可是涉及核心机密啊!比如建筑图纸,比如机械制造图纸,身为黑客,入侵他人电脑盗取图纸进行买卖,如果是一般的图纸还好说,要是航母的图纸、军用飞机的图纸,那可是危害国家安全啊!也包括你的安全!"

陆璐赶紧解释说:"没有没有,谁也不敢干这个啊!盗取图纸的黑客主要是国外黑客,利用漏洞攻击盗取的,我们国内的黑客没人敢干这个!"

林欢之所以绕了个弯儿提问,就是想打乱陆璐的思路,给她制造一种紧张感。她接下来问道:"要是干这个没人救得了你了,间谍罪可是重罪。那我问第三个问题,这个简单,你当黄金舰队管理员的名字,用的是郑石吗?"

陆璐说:"是!"

林欢紧追不舍："你为什么叫郑石？你知道郑石的来历吗？"

陆璐低头说："是别人给我起的名字，我不知道郑石代表什么意思。"

林欢说："那我告诉你吧，郑石只是一个代号。但郑石氏却是个大有来头的女海盗，黄金舰队的女船长！你是那个郑石氏吗？"

陆璐说："不是啊，我不知道郑石氏，我只知道我叫郑石。"

林欢说："那我再告诉你一个秘密吧，陆璐，你跟胡平阳见面，用的微信号可是郑石氏，而且用微信与胡平阳聊天的时候，你常用的手机与微信所在位置相距二十多公里，一个在东河大学附近，一个在上河区，你有分身术吗？"

陆璐连忙辩解说："微信不是我聊的，郑石或者郑石氏，也不止我一个人在用，是好几个人共用的名字。"

林欢问："那跟你一起共用名字的人是谁？是你的幕后老板吧？胡平阳之前一直跟你单线联系。我可以告诉你的是，胡平阳之前是卧底，可自从你俩在东河市高级法院北门见面之后，性质就变了，完全变成涉嫌犯罪了！而且，我查到的信息是，你那天还在法院北门对面的宾馆开过一间房！要我报出房号吗？"

谢侠愣了，陆璐也愣了。还没等谢侠说话，陆璐连忙抬起头来说："我没有约见过胡平阳。根本不是我，客房是我用我的名字提前去开的，但我没进去，我只是按照老板的要求，把房卡放在了宾馆前台，然后我就走了。"

林欢冷冷地说："那你老板是谁？你在包庇谁？你要知道，黄金舰队网站买卖个人信息，贩卖枪支弹药，甚至还贩卖过机密资料。这还不算，贩毒、聚众吸毒、聚众赌博，而且还雇用职业杀手，引发一起轰动全国的连环杀人案！能想到的黑色交易，你们都做了。想不到的交易，你们也做了！这次勒索病毒暴发，你参与了变种木马的转发吧？"

陆璐连忙辩解说："我承认，我按照老板要求转发了一些木马出去。但我绝对没贩卖过枪支弹药，更没雇用杀手。我只管赌博和吸毒这两个板块，其他都是别人在做。"

林欢说："那你直接说吧，这么大的一个暗黑网站，不可能只有你一

311

个人在管理,供出别人才能减轻你的罪责,你只告诉我这个问题就好,既然你没有约见胡平阳,那天跟胡平阳见面的人是谁?"

陆璐还在拼死抵赖:"我真的不知道啊!"

林欢脸上越来越难看:"陆璐,你必须说,这不是讲义气为别人扛的时候!我告诉你,你不说,别人也会说!你说了算自首,等别人供出你来,你说了就不算了!而且,你不说,别人的罪你也要扛下来。反过来,万一别人都把罪责往你身上推呢?要知道,别人没吸毒,只有你吸毒啊!"

坐在林欢身边的谢侠一下子仿佛惊掉了下巴,发出一连串的疑问:"林欢,你说什么?陆璐吸毒?陆璐,是真的吗?"

陆璐缓缓抬起头来,又轻轻点点头。

谢侠痛心疾首地责备道:"天啊,你怎么能沾那种东西!你当黑客我可以接受,可你为什么要吸毒啊!你这个傻孩子,是谁带你吸毒的?你自己不可能沾那种东西!"

陆璐用哀怨的眼神看了谢侠一眼,轻轻吐出了两个字:"孟扬!"

林欢一听,腾地一下站起来问:"胡平阳在宾馆约见的是孟扬,对吗?黑猫网站培训黑客发动木马攻击,是孟扬安排你在巡天卧底,对吗?你几次透露我们抓捕的消息,黑猫网站的幕后推手销声匿迹,宋凯被孟扬推出来顶罪,最终导致我们一次次抓捕失败,对吗?"

陆璐淡然说:"对!"

林欢问:"那我问你,这次勒索病毒的背后是不是孟扬?"

陆璐说:"是!"

林欢顾不得再细问下去,拉起谢侠就走:"快,马上通知朱嘉,立即控制孟扬!"

朱嘉几乎和林欢、谢侠同一时间赶到了孟扬的住处。与他们在孟扬家门口相遇的,还有大汗淋漓、失魂落魄的孟雷。

孟雷用钥匙打开孟扬的房门,发现孟扬家里已经人去楼空,孟扬在客厅的桌子上给孟雷留了一封信,只有短短几句话:仰天大笑出门去,我辈岂是蓬蒿人!哥,不要找我,我会好好的,你照顾好自己,我会回来的!

后　记

黑客江湖的丛林法则

黑与白，阴与阳，正与邪，应该用什么标准来评判？

生存的丛林里，敌人可否握手言和？

在互联网江湖，谁是猎手？谁是猎物？在猎手与猎物的转换中，彼此可否相互依存、和谐共生？

今天的我们，可以看到科技不断进步，生活日新月异，但同时又悲哀地发现，人性亘古不变。人类进步的力量源于人性善恶的互相博弈和斗争，就像矛与盾互搏一样，在博弈中此消彼长，在斗争中对立统一，形成了人类生存的法则，推动着人类的发展。

正是善恶双方的这种对立统一，恰如其分地表现了人类进步的力量。

当然，你可以不认可这种说法。但在东河，当你打开窗户想呼吸一下新鲜空气时，一同涌进来的还有雾霾。如果恰巧你使用过互联网，那就更好比喻了：你无法否认，网络在带给你便利的同时，也隐藏着你看不见的木马与病毒。

在互联网江湖里，当黑客像飓风一样来势汹汹的时候，你是否关注过那些叫"白帽子"的网络安全英雄？当黑客江湖征战杀伐、尸横遍野的时候，你是否看到了那些守望者的情怀、梦想与担当？

没有一代网络安全英雄筑起的网络长城，没有东方最强白帽子军团的绝地阻击，中国绝不会像今天这样，成为睥睨天下、雄视寰宇的互联网安全强国！

在整整三年的时间里，我完成了对数十位黑客和网络英雄的采访，两次把书稿推翻重来。这是我写作生涯中最为惨痛的记忆。

但我因此而倍感幸运。因为只有一次次推翻书稿，我才能看到并矫正自己的不足。

我从来没有把我的作品称作心血之作！但这部是！必须是！它照亮我整整三年的夜晚！

在无数次通宵达旦的创作过程中，我梳理着互联网丛林法则，一次次打破与重构写作思路，讲述中国白帽子军团在守护国家网络安全过程中，与黑客以及互联网同行之间的没有硝烟的大战。

英雄的成长必然遍地荆棘，白帽子军团充满着鲜为人知又惊心动魄的争斗。

网络安全英雄们经受着痛苦、磨难、挣扎，获得了奖牌、掌声、人心。东方最强白帽子军团称雄全球，成为与以美国为代表的西方白帽子军团并驾齐驱的网络安全战队，构筑了坚固的东方网络安全防线，维护了国家网络安全。

网络安全影响着中国经济的走向，更影响着年轻一代的创业价值观。我们需要探索成功的经验与失败的教训，展示一个英雄群体的成长。

当然，还有梦想、情怀和信仰。